梁晓声青年文学中心精品丛书

父亲母亲

——梁晓声亲情散文精选

梁晓声　著

路文彬　选编

图书在版编目（CIP）数据

父亲母亲：梁晓声亲情散文精选 / 梁晓声著；路文彬选编. —北京：首都师范大学出版社，2022.11

（梁晓声青年文学中心精品丛书 / 路文彬主编）

ISBN 978-7-5656-7228-6

I. ①父… II. ①梁… ②路… III. ①散文集－中国－当代 IV. ①I267

中国版本图书馆CIP数据核字(2022)第194056号

FUQIN MUQIN

父亲母亲

——梁晓声亲情散文精选

梁晓声 著

路文彬 选编

责任编辑 林 尧

首都师范大学出版社出版发行

地 址 北京西三环北路105号

邮 编 100048

电 话 68418523（总编室） 68982468（发行部）

网 址 http://cnupn.cnu.edu.cn

印 刷 北京印刷集团有限责任公司

经 销 全国新华书店

版 次 2022年11月第1版

印 次 2022年11月第1次印刷

开 本 710mm×1000mm 1/16

印 张 21.75

字 数 296千

定 价 58.00元

亲情：作为一种生命情结

——读《父亲母亲——梁晓声亲情散文精选》

谭五昌

在我们每一个人的生命中，什么是非常重要的东西？这个问题当然没有统一的答案，但中国当代著名作家梁晓声先生却为我们提供了一个非常明确的答案：亲情！

梁晓声先生对于亲情的看重与珍视达到了一个空前的高度，在其迄今为止长达三四十年的创作生涯中，他陆续创作出了大量的以亲情为题材与主题的散文作品，充分彰显出了蕴藏在他内心深处的“亲情情结”。众所周知，在一个人的亲情关系网络中，父亲母亲占据着核心性的重要地位，兄弟姐妹、爷爷奶奶、外公外婆等血肉亲情关系，均由父母亲情的纽带连接、衍生而成。与此形成对应的是，在梁晓声先生表现亲情主题的散文作品中，有关父亲母亲的篇章数量甚多，而且分量最重。梁晓声先生近日将其授权出版的一部散文精选集命名为《父亲母亲》（路文彬选编，首都师范大学出版社出版）就是典型例证。本书由六篇构成：“父亲母亲”“当爸的感觉”“兄弟姐妹”“淡淡的友情”“婚缘备忘录”“生活杂感”，第一篇就是“父亲母

谭五昌：江西永新人。北京师范大学文学院教授，北京师范大学中国当代新诗研究中心主任。迄今已出版学术著作与文学类编著四十余种。

亲”，由14篇文章组成，在全书中占据的篇幅最长，数量最多，堪称“主打作品”，由此凸显出该书思想情感的“主旋律”。

书的首篇“父亲母亲”不仅篇幅最长，数量最多，更为重要的是，作为作者的梁晓声先生本人在自己的父亲母亲身上用心最多，用情最深。在《父亲》《普通人》《父亲的遗物》《父亲与茶》《父亲的荣与辱》等以自己父亲为书写对象的散文作品中，作者将父亲坎坷艰难的人生经历予以高度真实的叙述：属于工人阶级的父亲早年身体极为健壮，意志十分坚强，一门心思地养家糊口，父亲人到中年后则变得非常节俭、精打细算，精力和体力渐渐大不如前，但他勉力支撑全家人的生活。父亲退休以后来到大城市与儿子一起生活，但他几乎整日无事可做，进入晚年的他仍在努力寻找与证明自己生命的价值，苦闷是父亲晚年难以摆脱的一种情绪。作为儿子与作者的梁晓声，对于父亲的情感态度也经历了这样一种变化：由少年时代对父亲的畏惧与崇敬之情，发展至青年时期对父亲的不满与抵触情绪，而在自己人到中年以后则逐渐对父亲充满了理解、尊重与敬爱之情。在此必须指出的是，作者对于父亲的理解、尊重与敬爱之情，是他作为一个儿子对于父亲的最为本真的情感态度，准确一点说，是一个进入成熟阶段的儿子充分理解自己劳苦了一辈子的父亲后的“情感定位”，这种“情感定位”是非常真实的、可靠的。例如，在《父亲的遗物》一文中，作者叙述父亲晚年得了癌症，因为担心白白浪费儿子的钱而决定放弃治疗，并且特意声明一句：“儿子，我不怕死。”在文章的结尾，作者无比坦诚地表达了他自己对于亲情的态度：

我也不怕死，只是觉得，还有些亲情责任未尽周全。我是根本不相信另一个世界之存在的。但有时也孩子气地想：倘果有冥间，那么岂不就省了投胎转世的麻烦，直接又可以去做父母的儿子了吗？

在这里，作者以心灵独白的方式展现了他对于亲情的自觉担当意识，同时极为坦率地表白了他对于父亲及母亲的热爱之情，这份亲情的表白既让人感觉沉重，更显示出父子之情的真挚、强烈与深沉，可谓感人至深。

与作者对于父爱的极端珍视与认同态度相一致，作者对于母爱同样怀有一种深沉的感恩与眷恋之情。在《慈母情深》《母亲养蜗牛》《关于“罐头”的记忆》《我的第一支钢笔》《王妈妈印象》等以母亲为书写对象与抒情对象的散文作品中，作者用满满的真情叙述了母爱的故事，刻画出一位含辛茹苦地为儿女操劳了一辈子的中国传统慈母形象。与作者父亲外形的高大形成对比，作者的母亲身材瘦小，就是这么一位身材瘦小的母亲，在半个世纪前那个物质高度匮乏的贫穷年代，不但以自己的勤劳与坚韧和父亲一道勉力撑起这个六口之家，而且以自己深沉的母爱，尽量满足儿子买书、买笔的“奢侈要求”（在那个年代，能够吃饱肚子都是一种梦想，其他的文化消费对于当时的绝大多数贫穷家庭而言绝对都是难以接受的“奢侈”行为）。在《我的第一支钢笔》一文中，作者叙述了自己在学生时代怀有“拥有一支钢笔”的梦想，有一天他帮助一位在雨中艰难前行的拖板车的人推车上坡，之后他向车主提出“付给我钱”的要求（目的是想买一支钢笔），未曾想到这位车主竟是自己瘦弱不堪的母亲。最后，作者终于如愿以偿地得到了他梦寐以求的一支钢笔。在该文的结尾，作者这样写道：

如今，二十多年过去了，我已经是个成年人了，母亲变成老太婆了。那支笔，也可以说早已完成它的历史使命了。但我，却要永远保存它，永远珍视它，永远不抛弃它。

可以说，在这支来之不易的钢笔身上，寄托着情深意切的殷殷母爱，也承载着作者对于伟大母爱的珍视、铭记与感恩之情。总之，作者对于母亲的爱源于灵魂深处，深入骨髓当中。在《王妈妈印象》一文中，作者叙述自己在五十七八岁的年纪还认友人王教授的母亲做干妈，是由于在心理上仍有“做一个好儿子的愿望”，而写作此文时作者的母亲已经去世好几年了，这更是在一个深刻的层面凸显出了作者对于母亲的思念。

综合看来，本书作者梁晓声先生对于自己的父亲母亲怀有的深沉敬爱之情，不仅源于血缘关系，更体现出作者本人对于亲情的社会担当意识与责任意识，甚至上升为一种深刻、自觉的人文情怀。梁晓声先生在《父母是最朴素的人文》一文的开头部分明确指出：“我的意识中，母亲像一棵树，父亲像一座山。他们教育我很多朴素的为人处世道理，令我终生受益。我觉得，对于每一个人，父母早期的家教都具有初级的朴素的人文元素。”作者对于父母教育作用的这种认知，无疑体现出鲜明的人文思想与可贵的人文意识。而在该文的结尾，梁晓声先生又这样写道：“最后我想说，爱是双向的。只有父母对孩子的爱，没有孩子对父母的爱，这种爱是不完整的。父母养育孩子，子女尊敬父母，爱是人间共同的情怀与关爱。”由此可见，梁晓声先生已经把亲情视作一种生命财富，他本人也极为自觉地践行之，而这种亲情推崇的本质内涵，就是爱（爱父母，爱子女），充满伦理意味，也充满人文主义色彩，展现出梁晓声先生对于亲情认知的思想高度。

由此，我们可以看出梁晓声先生为什么花了不少笔墨创作出《带橘色套袖的人》《玻璃匠和他的儿子》《老茶农和他的女儿》等叙述他人父亲母亲的亲情故事的散文作品，其实就是在一个更加宽泛的范围与层面展示他本人的亲情情结与爱的理念，是一种“老吾老以及人之老”以及“幼吾幼以及人之幼”的爱心思想传播行为，值得我们赞赏。

从本书作者梁晓声先生对待自己及他人父母的敬爱态度上，我们可以确认，作者已把亲情内化成了一种生命情结，这一点，在作者对有些叛逆的“80后”儿子的宽容、理解与慈爱态度上体现得颇为鲜明（例如《当爸的感觉》《给儿子的留言》等文章），也体现在作者对于一位不称职父亲导致其花季女儿不幸夭折的批判态度与深切同情上（《达丽之死》）。同样具有说服力的，是作者对于其兄弟姐妹的手足情深与关爱态度。例如，在“兄弟姐妹”这一篇里，作者用朴素真诚的亲情话语，关心、安慰自己的妹妹与两个弟弟，鼓励他们靠自己的双手，过好普通人的生活（《过小老百姓的生活——给妹妹的信》《想想父亲——给三弟的信》《永不过时的休闲装——给四弟的信》）。最为感人也最为典型的，是作者对待自己兄长的情感态度。由于作者的兄长在大学时代受到精神刺激，后来长期居住在精神病院，作者在《此情最可珍——给哥哥的信》一文中怀着负疚的心情倾诉了自己这些年对于哥哥的深切思念，表示自己期待不久以后接哥哥回家过年，共享兄弟姐妹团聚的天伦之乐，并在信中称呼兄长为“亲爱的哥哥”，骨肉情深，溢于言表。而在《兄长》一文中，作者继续以自己命运多舛的兄长为言说对象，表示自己要把照顾兄长的责任担当到底，不仅如此，作者还表示要给兄长以血浓于水的亲情陪伴，与兄偕老。文中朴素而真诚的亲情话语具有感动人心的情感力量。

《父亲母亲——梁晓声亲情散文精选》一书不仅充分肯定、讴歌、赞美了人间亲情，也充分肯定并赞颂了友情（《淡淡的友情》）、爱情（《初恋杂感》《婚缘备忘录》）、敬爱师长之情等人间一切美好情感。例如，在《我和橘皮的往事》一文中，作者怀着感恩心情叙述自己小学时代一位深度近视的女老师为自己开脱“小偷”名声，从而让自己走上健康发展道路的陈年往事，作者内心对于师长的感激与敬爱之情，与老师对于学生的关爱之情交相辉映，传递出爱的夺目、巨大的正能量。不仅如此，作者还把爱的光芒投射到动物身上（《咪妮与巴特》《老驼的喘息》），展示出作者的博爱思想与人文主义情怀，令人肃然起敬。当然，作者的博爱思想与人文主义情怀，很大程度上是建立在“亲情情结”的基础上，是通过亲情这一坚韧有力的情感纽带而有机地联通了其他相关的情感领域。

概言之，《父亲母亲——梁晓声亲情散文精选》一书不但具有很高的情感价值与思想价值，也具有很高的审美价值。简单说来，该书在艺术表现方面具有四个非常鲜明的特点。

第一，真实、传神的细节描写。

在梁晓声的刻画亲人形象、表现亲情及其他相关情感主题的散文作品中，无不充斥着大量具有生活质感的真实而传神的细节描写。散文虽然主张不能虚构，但不少散文作家注重语言修辞效果，形式盖过内容，给人印象是不大接地气，而梁晓声的散文作品是最接地气的，作者采用大量真实的细节描写完全还原生活的原生态状貌，也真实地呈现出被叙述主人公的精神面目。例如，在《普通人》一文中，作者叙述父亲为了打发晚年寂寞时光，选择当一名收入极为微薄而工作非常辛苦的群众演员，但父亲的工作态度在剧组是出了名的认真，有一次导演把其他群众演员打发走了，单单留下父亲待命，其实导演也是这么随口一说，很快导演就忘记了父亲的存在，但父亲一直认真地坐在原地，傻等着导演给他发布新的工作指令，直到作者发现事情有些不大对劲，给导演打电话，导演这才让父亲走，然而父亲并未为这件事情生气。由此，一个做事认真、希望晚年有事可做的可爱老父亲形象便跃然纸上，令人印象深刻。再例如，在《慈母情深》一文中，作者讲述自己小时候想买一本长篇小说而去母亲工作单位，找到母亲当面向她要钱的情景。作者向母亲要一元五角钱，而当时的一元五角钱是一家六口人好几天的生活费，对于贫穷的家庭而言，这不是一笔小钱。文中有这样一个关于母亲数钱的细节描写：“母亲掏衣兜，掏出一卷揉得皱皱的毛票，用龟裂的手指数着。”只这一个细节描写，便把一个勤劳、贫穷、爱子心切的中国底层的慈母形象极为生动、传神地刻画出来了，令人过目难忘，足以刻骨铭心。类似这样真实、丰富、生动、传神的细节描写，在全书中可谓比比皆是，这里不再举例。

第二，语言质朴而生动。

综观《父亲母亲——梁晓声亲情散文精选》一书的整体语言风格，首先可以用“质朴”一词加以概括。全书质朴的行文风格，与作家本人对于亲人及他人真诚的情感态度构成了完全的对应关系。人们常说，文如其人，在这本书里，作者梁晓声先生真诚的人品与质朴的文品互为表里，和谐统一。从书中我们可以看到，梁晓声先生所有关于亲情以及友情与爱情的叙述，都是言出由衷，质朴无华，从不炫耀辞藻，而是用平民化的语言，倾诉着作家内心真实、真诚、真挚的情感与思绪。在此列举《谁是最可尊敬的人》一文，作者引导自己的儿子学会尊敬默默无闻但对社会有用的普通人，获得了儿子的认可，在文章的结尾部分，作者发表了这样一段感慨式的内心独白：“儿子呵，我愿你的内心里，将来对于普通善良的好人们，充满着仁和爱的感情。而这的确是需要爸爸从现在开始对你进行有益的教育的。这一种教育，目的在于使你明白，人作为人，虽在一切物质之中，却应同时在一切物质之上。”这样的内心独白，真可谓明白如话，妇孺均懂，与普通读者的交流沟通毫无障碍，给人带来亲切之感。当然，梁晓声散文作品的语言特色不仅仅是质朴，除了质朴之外，还有一个特色：生动。更为准确一点地说，梁晓声散文语言的质朴往往与生动有机融合，即质朴而生动。兹举《初恋杂感》一文中的一个小片段为例：“后来，我乞求一个朋友帮忙，在两个连队间的一片树林里，又见到了她一面。那一天淅淅沥沥地下着雨，我们的衣服都湿透了。我们拥抱在一起流泪不止……”这一段文字描述作者与初恋对象最后一次会面的情景，语言十分质朴，场景描写生动而传神，韵味无穷，令人感动。这种质朴而生动的语言特色，读者诸君可以在品读书中的诸多文章中用心体会。

第三，叙事与抒情有机结合。

梁晓声先生表达亲情、友情及爱情主题的散文作品，通常叙事清晰且情节完整，有着小说般的结构与布局。但是，梁晓声先生的散文作品并不仅仅满足于叙事与叙事技巧（那是小说所追求的东西），而是将叙事与抒情（有时还包括议论）有机融合在一起，由此将散文的功能充分呈现出来。在此以《母亲养蜗牛》一文为例，作者以质朴、生动的文笔，叙述母亲为了排解晚年孤独而养蜗牛的经过与情景，直至母亲去世，蜗牛也就无人养护与照管了。行文至此，意犹未尽，作者在文章结尾部分对于母亲、对于蜗牛，抒发了这么一份内心情愫：

那些甘于寂寞的，惯于离群索居的，羞涩的，斯文的，与世无争与同类无争的蜗牛们啊，谁知它们是否会挨过寒冷的冬天？

谁知它们明年春天是否会出现在那一棵老树之下？它们真的会认识饲养过它们的我的老母亲吗？居然也会认识那样一位老母亲的儿子吗？

愿上帝保佑它们！

在这段抒情性文字里，作者对于蜗牛的同情、关心与他对于逝去母亲的深切思念紧密缠绕、有机交融，令人伤怀，引人遐思，用抒情的方式完成叙事的升华，有力地彰显出作品的思想主题。

在此还须稍微指出一下的是，梁晓声散文作品中的抒情成分并不总是安排在文章的结尾部分，而是根据表达的需要灵活安排在文章的任何位置，由此真正实现叙事与抒情的有机融合。

第四，幽默的审美趣味。

除了前面论及的三个艺术特点，梁晓声散文作品还有一个不能忽略的艺术特点：幽默的审美趣味。一般而言，幽默是古今中外大作家必备的艺术品质之一，梁晓声也不例外。在《父亲母亲——梁晓声亲情散文精选》一书的诸多散文作品中，我们不难发现作家梁晓声幽默的审美趣味。现以《路文彬印象》一文为例，梁晓声以这样的口吻描述他对于其北京语言大学年轻同事路文彬的印象：

然我和他都是教育界新人。他比我早几年执教。故也可以说，他是我的“前辈”。

“路前辈”是个性感的男士，有一头浓密且自然卷曲的优质发。在头发稀疏甚至华发早生更甚至开始谢顶的中国青年男士越来越多的今天，他那一头优质发无疑是会令别的男士嫉妒的。比如我，每次见到他，心底便陡然产生一种打算革他那一头优质发的命的强烈冲动。

由此可见，作者的说话语气十分诙谐，充满一种冷幽默的意味，令人忍俊不禁，具有喜剧性的阅读效果。

作者不但在轻松的友情主题的表达上展示他的幽默趣味，即使在沉重的亲情主题的表达上也不自觉地流露其幽默的秉性。例如，《父亲》一文主要讲述了父亲怎样千辛万苦撑起一家人的生活，在文章的开头，作者通过父亲非同一般的辛苦来渲染亲情的沉重，我们且来看看作者是如何言说一家人全靠父亲一人养活的“残酷”事实：

那时妹妹未降生，爷爷在世，老得无法行动了，整天躺在炕上咳嗽不止，但还很能吃。全家七口人高效率的消化系统，仅靠吮咂一个三级抹灰工的汗水。用母亲的话说，全家天天都在“吃”父亲。

调侃式的说话语调，陌生化的修辞方式，充分凸显出作者现代性的幽默审美趣味，大大增加了读者阅读的快感。

简言之，把握了以上所论及的四个艺术特点，作为读者的我们，就可以找到进入《父亲母亲——梁晓声亲情散文精选》一书的有效路径了。

最后再简单强调一下《父亲母亲——梁晓声亲情散文精选》一书的主要思想价值（精神价值）之所在：梁晓声作为一位世所公认的极具人格魅力的中国当代著名作家，他在本书中对于亲情的着意推崇与大力弘扬，于当今这个许多人追求物质而淡薄亲情的社会而言，无疑具有补益世道人心的积极效果与重要作用。而从人类历史发展的角度来看，珍视亲情的价值，维系亲情的价值，并且传播亲情的价值，将使得亲情彰显出超越性的普世精神价值，在这个意义上，《父亲母亲——梁晓声亲情散文精选》可以说为我们提供了一个典范性的读本。

2022年8月22日凌晨写于北京京师园，10月6日略改

目　录

父亲母亲

当爸的感觉

兄弟姐妹

淡淡的友情

婚缘备忘录

生活杂感

父亲母亲

父 亲

一

小时候，父亲在我心目中，是严厉的一家之主，绝对权威。他靠出卖体力供我吃穿，是我的恩人，也是我惧怕的人。

父亲板起脸，母亲和我们弟兄四个就忐忑不安，如对大风暴有感应的鸟儿。父亲难得心里高兴，表情开朗。

那时妹妹未降生，爷爷在世，老得无法行动了，整天躺在炕上咳嗽不止，但还很能吃。全家七口人高效率的消化系统，仅靠吮咂一个三级抹灰工的汗水。用母亲的话说，全家天天都在“吃”父亲。

父亲是个刚强的山东汉子，从不抱怨生活，也不叹气。父亲板着脸任我们“吃”他。父亲的生活原则——万事不求人。邻居说我们家“房顶开门，屋地打井”。

我常常祈祷，希望父亲也抱怨点什么，也唉声叹气。我听一位会算命的邻居老太太说过这样一句话：“人人胸中一口气。”按照我天真幼稚的想法，父亲唉声叹气，则会少发脾气了。

父亲就是不肯唉声叹气。这大概是他的“命”所决定的吧？但父亲发脾气的时候，我却非常能谅解他，甚至同情他。

父亲第一次对我发脾气，就给我留下了终生难忘的印象。一个惯于欺负弱小的大孩子，用碎玻璃在我刚穿到身上的新衣服背后划了两道口子。父亲不容我分说，狠狠打了我一记耳光。我没哭，没敢哭，却委屈极了，三天没说话。在拥挤着七口人的不足十六平方米的空间内，生活绝不会因为四个孩子中的一个三天没话而变得异常的。全家都没注意我三天没说话。

第四天，在学校，在课堂，老师点名，要我站起来读课文。那是一篇我早已读熟了的课文。我站起来后，许久未开口。老师急了，同学们也急了。老师和同学，都用焦急的目光看着我。教室的最后一排，坐着七八位外校的听课老师。

“你怎么了？你为什么不开口读？”老师生气了，脸都气红了。

我哇的一声大哭起来。

从此，我们小学二年级三班，少了一名老师喜爱的“领读生”，多了一个“结巴磕子”。我，从此失掉了一个孩子的自尊心……

我的口吃，直至上中学以后，才自我矫正过来。我变成了一个说话慢言慢语的人。有人因此把我看得很“成熟”，有人因此把我看得“胸有城府”。而在需要“据理力争”的时候，我往往又成了一个“结巴磕子”，或是一个“理屈词穷”者。父亲从来也没对我表示过歉意，因为他从来也没将他打我那一耳光和我以后的口吃联系在一起……

爷爷的脾气也很火爆。父亲发怒时，爷爷不开骂，便很值得我们庆幸了。母亲属羊，也像羊那么驯顺，完全被父亲所“统治”。中国的底层家庭的主妇，对困窘生活的适应力和耐受力是极可敬的。她们凭一种本能对未来充满憧憬，虽然这憧憬是朦胧的，盲目的，带有浪漫的主观色彩的。期望孩子长大成人后都有出息，是她们这种憧憬的萌发基础。我的母亲在这方面的自觉性和自信心，我以为是高于许多母亲的。

关于“出息”，父亲是有他独到的理解的。

一天，吃饭的时候，我喝光了一碗苞谷面粥，端着碗又要去盛，瞥见父亲在瞪我。我胆怯了，犹犹豫豫地站在粥盆旁。父亲却鼓励我：“盛呀，再吃一碗！”父亲见我只盛了半碗，又说：“盛满！”接着，用筷子指着哥哥和两个弟弟，异常严肃地说：“你们都要能吃！能吃，才长力气！你们眼下靠我的力气吃饭，将来，你们都是要靠自己的力气吃饭的！”

父亲脸上呈现出一种真实的慈祥，一种由衷的喜悦，一种殷殷的期望，一种欣慰，一种光彩，一种爱。

我将那满满一大碗苞谷面粥喝下去了，还强吃掉半个窝窝头。为了报答父亲，报答他脸上那种稀罕的慈祥和光彩。

我以一个小学生的理解力，将父亲那话理解为对我的一次具有征服性的教导。从那一天起，饭量大了，我觉得自己的肌肉也仿佛日渐发达，力气也似乎有所增长。

“老梁家的孩子，一个个都像小狼崽子似的。窝窝头，苞谷面粥，咸菜疙瘩，瞧一顿顿吃得多欢，吃得多馋人哟！”这是邻居对我们家的唯一羡慕之处。父亲引以为豪。

我十岁那年，父亲随东北建筑工程公司支援大西北去了。父亲离家不久，爷爷死了。爷爷死后不久，妹妹出生了。妹妹出生不久，母亲病了。医生说，因为母亲生病，妹妹不能吃母亲的奶。哥哥已上中学，每天给母亲熬药，指挥我们将家庭乐章继续下去。我每天给妹妹打牛奶，在母亲的言传下，用奶瓶喂妹妹。

我极希望自己有一个姐姐。母亲曾为我生育过一个姐姐。然而我未见过姐姐长的什么样，她不满三岁就病死了。姐姐死得很冤，因为父亲不相信西医，不允许母亲抱她去西医院看病。结果，母亲偷偷抱着姐姐去西医院，医生说晚了。母亲由于姐姐的死大病了一场。父亲也从不觉得应对姐姐的死负什么责任。父亲认为，姐姐纯粹是因为吃了两片西药被药死的。

“西药，是治外国人的病的。外国人和我们中国人的血脉不一样。怎么可以靠西药来治我们中国人的病？西药要能治中国人的病，我们中国还发明中医干什么！”

父亲这样对母亲吼。

母亲辩驳：“中医先生也叫抱孩子去看看西医。”

“讲这话的，就不是好中医！”父亲更恼火了。

母亲，只有默默垂泪而已。

那个会算命的邻居老太太，说按照《麻衣神相》，男属阳，女属阴。说我们家的血脉阳盛阴衰，不可能有女孩。说我夭折的姐姐，是被我们家的阳刚之气“克”逃了，又托生到别人家中去了。

一天晚上，我亲眼看见，父亲将一包中草药偷偷塞进炉膛里，满屋弥漫一种苦涩的中草药味。父亲在炉前呆呆站立了许久，从炉盖子缝隙闪耀出的火光，忽明忽暗地映在他的脸上。父亲的神情那般肃穆，肃穆中呈现出一种哀伤……

我幼小的心灵，当时很信服《麻衣神相》之说。要不妹妹为什么是在父亲离家、爷爷死后才出生呢？我尽心尽意照料妹妹，希望妹妹是个胆大的女孩，希望父亲三年内别探家。唯恐妹妹也像姐姐似的，“托生”到别人家中去。

父亲果然三年没探家，不是怕“克”逃了妹妹，是打算积攒一笔钱。他身在异地，但仍企图用他那条“万事不求人”的生活原则遥控家庭。

“要节俭，要精打细算，千万不能东挪西借……”父亲求人写的每一封家信中，都忘不了对母亲谆谆告诫一番。父亲每月寄回的钱，根本不足以维持家中的起码开销。母亲彻底背叛了父亲的原则。我们家“房顶开门，屋地打井”的“自力更生”的历史阶段，很令人悲哀地结束了。我们连心理上的所谓“穷志气”都失掉了……

父亲第一次探家，是在春节前夕。父亲攒了三百多元钱，还了母亲的债，剩下一百多元。

“你是怎么过的日子？啊？！我每封信都叮嘱你，可你还是借了这么多债！你带着孩子们这么个过法，我养活得起吗？”父亲对母亲吼。他坐在炕沿上，当着我们的面，粗糙的大手掌将炕沿拍得啪啪响。

母亲默默听着，一声不吭。

“爸爸，您要责骂，就责骂我们吧！不过我们没乱花过一分钱。”哥哥不平地替母亲辩护。

我将书包捧到父亲面前，兜底儿朝炕上一倒，倒出了正反两面都写满字的作业本，几截手指般长的铅笔头。我瞪着父亲，无言地向父亲申明：我们并没乱花过一分钱。

“你们这是干什么？越大越不懂事了！”母亲严厉地训斥我们。

父亲侧过脸，低下头，不再吼什么。许久，他终于长叹了一声。那是我第一次听到父亲叹气。我心中倏然对父亲产生了一种怜悯。

第二天，父亲带领我们到商店去，给我们兄弟四个每人买了一件新衣服，也给母亲买了一件平绒上衣……

父亲第二次探家，是在三年困难时期。

“错了，我是大错特错了……”——细瞧着我们几个孩子因吃野菜而浮肿不堪的青黄色的脸，父亲一迭连声说他错了。

“你说你什么事错了？”母亲小心翼翼地问。

父亲用很低沉的声音回答：“也许我十二岁那一年就不该闯关东……猜想，如今老家的日子兴许会比城市的日子好过些？就是吃野菜，老家能吃的野菜也多啊……”

父亲要回老家看看。果然老家的日子比城市的日子好过些，他就决定带领母亲和我们五个孩子回老家，不再当建筑工人，重当农民。

父亲这一念头令我们感到兴奋，给我们带来希望。我们并不迷恋城市。当时，野菜也好，树叶也好，哪里有无毒的东西能塞满我们的胃，哪里就是我们的福地。父亲的话引发了我们对从未回去过的老家的向往。

母亲对父亲的话很不以为然，但父亲一念既生，便会专执此念。任何人也难以使他放弃。

父亲要带一个儿子回山东老家。

在我们——他的四个儿子之间，展开了一次小小的纷争。最后，父亲庄严地对我说：“老二，爸带你一块儿回山东！”

老家之行，印象是凄凉的。对我，是一次大希望的大破灭；对父亲，是一次心理上和感情上的打击。老家，本没亲人了，但毕竟是父亲的故乡。

故乡人，极羡慕父亲这个挣现钱的工人阶级；故乡的孩子，极羡慕我这个城市的孩子，羡慕我穿在脚上的那双崭新的胶鞋。故乡的野菜，还塞不饱故乡人的胃。我和父亲路途上没吃完的两掺面馒头，在故乡人眼中，是上等的点心。父亲和我，被故乡一种饥饿的氛围所促使，竟忘乎所以地扮演起“衣锦还乡”的角色来。父亲攒下的三百多元钱，除了路费，东家给五元，西家给十元，以“见面礼”的方式，差不多全救济了故乡人。我和父亲带了一小包花生米和几斤地瓜干离开了故乡……

到家后，父亲开口对母亲说的第一句话是：“孩子他妈，我把钱抖擞光了！你别生气，我再攒……”

这是我第一次听到父亲用内疚的语调对母亲说话。

母亲淡淡一笑：“我生啥气呀！你离开老家后，从没回去过，也该回去看看嘛！”仿佛她对那花光了的三百多元钱毫不在乎。但我看见，母亲背转身时，眼泪却从眼角溢出，滴落在衣襟上。

那一夜，父亲翻身不止，长叹接短叹。

两天后，父亲提前回大西北去了。假期内的劳动日是发双份工资的……

二

父亲始终恪守自己给自己规定的三年探一次家的铁律，直至退休。父亲是很能攒钱的。母亲是很能借债的。我们家的生活，恰恰特别需要这样一位父亲，也特别需要这样一位母亲。

我记忆的底片上，父亲越来越成为一个模糊的虚影，三年显像一次。在我的情感世界中，父亲越来越成为一个我想要报答而无力报答的恩人。

报答这种心理，在父子关系中，其实不啻于溶淡骨血深情的稀释剂。它将最自然的人性，最天经地义的伦理，扭曲为一种最荒唐的债务。而穷困之所以该诅咒，不只因为它造成物质方面的债务，更因为它造成精神上和情感上的债务。

父亲第三次探家，正是哥哥考大学那一年。父亲对哥哥想考大学这一欲望，以说一不二的威严加以反对。“我供不起你上大学！”父亲的话，没有丝毫商量余地。

好心的邻居给哥哥找了一个挣小钱的临时活——在菜市场卖菜，卖十斤菜可挣五分钱。哥哥每天偷偷揣上一册课本，早出晚归，回家后交给父亲五角钱。那五角钱，是母亲每天偷偷塞给哥哥的。哥哥实则是到公园里或松花江边去温习功课的。骗局终于败露，父亲对这种“阴谋诡计”大发雷霆，用水杯砸碎了镜子。

父亲气得当天就决定回大西北。我和哥哥将父亲送到火车站。

列车开动前，父亲从车窗口探出身，对哥哥说：“老大，听爸的话，别考大学！咱们全家七口，只我一个人挣钱，我已经五十出头了，身板一天不如一天了，你应该为我分担一点家庭的担子了啊……”父亲的语调中，流露出无限的苦衷和哀哀的恳求。

列车开动时，父亲流泪了。一滴泪水挂在父亲又黑又硬的胡茬上。我心里非常难过，却说不清究竟是为父亲难过，还是为哥哥难过。我知道，哥哥已背着父亲参加了高考。母亲又一次欺骗了父亲，哥哥又一次欺骗了父亲。

几天后，哥哥接到了大学录取通知书。母亲欣慰地笑了，哥哥却哭了……

我又送走了哥哥。

哥哥没让我送进站。他说：“省下买站台票的五分钱吧。”

在检票口，哥哥又对我说：“二弟，家中今后全靠你了！先别告诉爸爸，我上了大学……”

我站在检票口外，呆呆地望着哥哥随人流走入火车站，左手拎着行李卷，右手拎着网兜，一步三回头。

我缓慢地走在回家的路上，手中紧紧攥着没买站台票省下的那五分钢币。

我无法对父亲长久隐瞒哥哥已上了大学这件事，在一封信中向父亲透露了实情。

结果，哥哥在第一个假期被学校送回来了。他再也没能返校。他进了精神病院——一个精神世界的自由王国——一个心理弱者的终生归宿。

我从哥哥的日记本中，翻出了父亲写给哥哥的一封信。一封错字和白字占半数以上的信，一封并不彻底的扫盲文化程度的信……

父亲第四次探家前，我到北大荒去了。以后的七年内，我再没见过父亲。我不能按照自己的愿望和父亲同时探家。

在我下乡的第七年，连队推荐我上大学。那已是第二次推荐我上大学了。我并不怎么后悔放弃了第一次上大学的机会。哥哥上大学所落到的结果，远比父亲对我的人生教导在我心理上造成更为深刻的不良影响。然而第二次被推荐，我却极想上大学了。第二次即最后一次。我不会再获得第三次被推荐的机会。那一年我二十五岁了。

我明白，录取通知书没交给我之前，我能否迈入大学校门，还是一个问号。连干部同意不同意，至关重要。我曾当众顶撞过连长和指导员，我知道他们对我耿耿于怀，我因此而忧虑重重。几经彻夜失眠，我给父亲写了一封信，告知父亲我已被推荐上大学，但最后结果，尚在难料之中，请求父亲汇给我二百元钱。还告知父亲，这是我最后一次上大学的机会。信一投进邮筒，我便追悔莫及。我猜测父亲要么干脆不给我回音，要么会写封信来狠狠骂我一通，肯定比骂哥哥那封信更无情。按照父亲做人的原则，即使他的儿子有当皇上的可能，他也是绝不能容忍他的儿子为此用钱去贿赂人心的。

没想到父亲很快就汇来了钱，二百元整。汇单的附言条上，歪歪扭扭地写着几个错别字：“不勾（够），久（就）来电。”

当天我就把钱取回来了。晚上，下着小雨。我将二百元钱分装在两个衣兜里，一边一百元，双手都插在衣兜，紧紧攥着这两沓钱。我先来到指导员家，在门外徘徊许久，没进去。后来到连长家，鼓了几次勇气，推门进去了，支支吾吾地说了几句不着边际的话，立刻告辞。双手始终没从衣兜里掏出来，将两沓钱攥湿了。

我缓缓地在雨中走着。那时有一个声音在我耳边说：“梁师傅真不容易呀，一个人要养活你们这么一大家子！他节俭得很呢，一块臭豆腐吃三顿，连盘炒菜都舍不得买……”

这是父亲的一位工友到我家对母亲说过的话。那时我还幼小，长大后忘了许多事，但这些话却忘不掉。

我觉得衣兜里的两沓钱沉甸甸的，沉得像两大块铅。我觉得我的心灵那么肮脏，我的人格那么卑下，我的动机那么可耻。我恨不得将我这颗肮脏的心从胸膛内呕吐出来，践踏个稀巴烂，践踏到泥土中。我走出连队很远，躲进两堆木楞之间的空隙，痛痛快快地大哭了一场。我哭自己，也哭父亲。父亲他为什么不写封信骂我一通啊？！

第二天抬大木时，我坚持由三杠换到了二杠——负荷最沉重的位置。当一吨多重的巨大圆木在八个人的号子声中被抬离地面，当抬杠深深压进我肩头的肌肉时，我心中暗暗呼应的却是另一种号子——爸爸，我不，不！……

那一年我还是上了大学。连长和指导员并未从中作梗，而且还把我送到了长途汽车站。和他们告别时，我情不自禁地对他们说了一句：“真对不起……”他们默默对望了一眼，不知我说这句话是什么意思。

三

三年大学，我一次也没有探过家，为了省下从上海到哈尔滨的半票车费，也为了父亲每个月少吃一块臭豆腐，多吃一盘炒菜。

毕业后，参加工作一年，我才探家。算起来，我已十年没见过父亲了。父亲提前退休了。他从脚手架上摔下来过一次，受了内伤，也年老了，干不动重体力活了。

三弟返城了。我回到家里时，见三弟躺在炕上，一条腿绑着夹板，待在半空。小妹告诉我，三弟预备结婚了，新房是傍着我们家老屋山墙盖起的一间“偏厦子”。我们家的老屋很低矮，那“偏厦子”不比别人家的煤棚高多少。

我进入“新房”看了看，出来后问三弟：“怎么盖得这么凑凑合合的？”

三弟的头在枕上侧向一旁，半天才说：“没钱，能盖起这么一间就不错了。”

我又问：“你的腿怎么搞的？”

三弟不说话了。

小妹从旁替他说：“铺油毡时，房顶木板太朽了，踩塌掉进屋里……”

我望着三弟，心里挺难过，我能读完三年大学，全靠三弟每月从北大荒寄给我十元钱。吃过晚饭后，我对父亲说：“爸爸，我想和你谈件事。”

父亲看了我一眼，默默地等待我说。父亲看我时的目光，令我感到有些陌生。是因为我们父子分别了整整十年吗？是因为我成了一个大学毕业生吗？我不得而知。他看我那一眼，像一匹老马看自己带大的一头鹿。

我向父亲伸出了一只手：“爸爸，把你这些年攒的钱都拿出来，给三弟盖房子用吧！”

父亲又用那种有些陌生的目光看了我一眼，低下头，沉默半晌，才低声说：“我……不是已经给了吗？……”

我说：“爸爸，你只给了弟弟二百五十元钱呀，那点钱能够盖房子用吗！”

“我……再没钱……”父亲的声音更低。

我大声说：“不对！爸爸，你有！我知道你有！你有三千多元钱！……”

父亲腾地从炕沿上站了起来，脸色涨得紫红，怒吼道：“你！……你简直胡说！我什么时候攒下过三千元？……”

躺在炕上的三弟插嘴说：“二哥，你何必为我逼爸爸呢！爸爸一辈子都想攒钱，如今总算攒下了，能舍得拿出来为我盖房子？”口吻中流露出一个儿子内心对父亲的极大不满。

我生气了，提高嗓音说：“爸爸，你这样做不对！三弟能在那样一间煤棚似的破屋里结婚吗？那里出生的，将是你的孙子，或是你的孙女！你会在子孙后代面前感到羞愧的！……”

“住嘴！……”父亲举起了一个拳头。拳头没落到我身上，在空中僵了片刻，沉重地垂下了。

母亲、四弟和小妹赶紧从里间屋出来，把我往里间屋拉。

“你！……十年没见我，一见我就教训我吗？好一个儿子啊！你就是这样给你弟弟妹妹们做榜样的吗？你可算念成大学了！你给我滚……”父亲脸腮抽搐着，眼中喷射出怒火。他用手朝我一指，又吼出一个“滚”字，再说不出别的话来。

我一下挣脱了母亲和四弟拉住我的手，大声说：“爸爸，我永远不再回这个家……”说完，冲出了家门。

我一口气走到火车站，买了一张三个小时后开往北京的火车票，坐在候车室的长凳上，一支接一支吸烟。

不知过了多久，听到有人轻轻叫我，我抬起头，见母亲和四弟站在面前。

四弟说：“二哥，回家吧！”

母亲也说：“回家吧，妈求你！”

“不……”我坚决地摇摇头。

母亲又说：“你怎么能那样子跟你父亲争吵呢？他的确是没攒下那么多钱呀！他攒下的一点钱，差不多全给你三弟了……下个月初就要给你哥哥交住院费……”

我打断母亲的话，说：“妈妈，您别替我父亲辩解了！我在大学时，您亲自写信告诉过我，我父亲已积攒下了三千元钱。他怎么能对他的儿子那么吝啬？”

母亲怔了一下，说：“傻孩子，是妈不好，妈那是骗你的呀！为了让你在大学里安心读书，不挂虑家中的生活……”

听了母亲的话，我呆呆地望着母亲那张憔悴的脸，发愣许久，说不出话来。

“听妈的话，回家吧！回家跟你爸认个错……”母亲上前扯我。

我，低下头哭了……

我跟着母亲和四弟回到了家里。我向父亲认了错。父亲当时没有任何原谅我的表示。

小妹那时已中学毕业，在家待业两年了，一直没有分配工作。母亲低眉下眼去找过街道主任几次，街道主任终于给了个活话说："下一次来指标，我给使把劲，试试看吧。"

母亲将这话学给父亲，对父亲说："为了孩子，这人情，管多管少，无论如何也得送啊！"

父亲拉开抽屉，取出一个牛皮纸钱包，递给母亲，头也不抬地说："我这个月的退休金，刚交了老大的住院费，剩下的，都在里边了……"

纸钱包里，大票只有两张十元的了。母亲犹豫了一阵，将其中一张交给妹妹。妹妹就用那十元钱买了点不成体统的东西，当天拎着去街道主任家"表示表示"。怎么拎去的，又怎么拎回来了。

母亲诧异地问："怎么拎回来了？嫌少？"

"人家说，多年住在一条街上，收了，就显得不好了。"小妹沮丧地说，"人家说，要是咱们非愿意'表示表示'，她家买了一吨好煤，咱们帮忙给拉回来……"说罢，怯怯地瞟了父亲一眼。

父亲始终没抬头，听罢小妹的话，头更低下去了。过了好一会儿，父亲才开口说："我和你四哥……一块儿去给拉回来……"

四弟刚巧从外面回来，问明白后，为难地对父亲说："爸，我们厂的团员明天要组织一次活动，我是团支部书记，不能不去呀！"

小妹急了："什么破团支部书记，你当得那么上瘾？明天不给拉回来，人家的煤票就过期了……"

这一切话，我都在里屋听到了。我跨出里屋，对小妹说："明天我和爸去拉。"

父亲突然莫名其妙地火了："谁都用不着你们！我明天一个人去拉！我还没老得不中用，我还有力气！"

头天晚上就下起了大雨。第二天，雨下得更大了。我和父亲借了辆手推车，冒雨去拉煤。路很远。煤票是在铁道线附近的一个大煤厂开的。距我们住的街区，有三十来里。一吨煤，分三趟拉。拉第三趟时，天黑了，经过铁道线时，手推车的一个车轮卡在铁轨岔角里，无论我和父亲使出多大的力气，都纹丝不动。我和父亲一个推，一个拉，弄得浑身是泥，双手处处是伤，暴雨中，我只听见父亲像牛一样呼哧呼哧的喘息声。

我抹了一把脸上的雨水，对父亲大声喊：“爸爸，你在这儿看着，我去道班房找个人来帮帮忙！”

“你的力气都哪儿去了？”父亲一下子推开我，弯下腰，用他那肌肉萎缩了的肩膀去扛车。

远处传来了火车的吼声。一列火车开过来了。在闪电亮起的霎间，我看见一块松弛的皮肤，被暴雨无情地鞭打着。那是一个老年人丧失了力气的脊梁。

车头的灯光从远处射了过来，父亲仍在徒劳无益地运用着微不足道的力气。

我拔腿飞快地朝道班房跑去。

道班工人发出了紧急停车信号。

列车停住了。

道班工人和我一块跑到煤车前。

父亲还在用肩膀扛煤车。他仿佛根本没有发现有火车开过来。

“你他妈的玩命啊！”道班工人恶狠狠地骂了一句。

火车车头的光束正照着煤车。父亲的肩膀，终于离开了煤车。他缓缓抬起了头，我看清了他那张绝望的、皱纹纵横的脸。雨水，从他的老脸上往下淌着。

我知道，从父亲脸上淌下来的，绝不仅仅是雨水。父亲那双瞪大的眼睛，空洞的眼神，那抽搐的脸腮，那哆嗦的双唇，都说明了这一点……

四

今年四月的一天，我收到一封电报。电文：“父即日乘十八次去京，接站。”

我又几年没探亲了。我与父亲又几年没见面了。我已经三十五岁了，可以说是一个中年人了。电报使我心中涌起了一个中年人对自己老父亲的那种情感。人的回忆，是可以随着年龄的增长而改变“焦点”的，好像照片随着时间改变颜色一样。回忆往事，我心中对父亲的谴责少了，对自己的谴责反而多了。我作为一个儿子，毕竟没有给过父亲多少爱啊！

电报没能在头一天交到我手里，却从门底缝塞进了我的办公室。我头一天熬夜，第二天上班很迟。看看手表，离列车到站时间，仅差一小时十五分。我手中拿着电报，心里倏忽产生了一个念头——租一辆小汽车去接站。这念头产生得很随便，就像陕西人想吃一顿羊肉泡馍。父亲生平连一次小汽车也没坐过，我要给予父亲“生平第一次”。我给几处出租汽车站打电话，终于到了一辆车，但半小时以后才到。一路红灯，驶驶停停。到火车站，早已过时。

我打开车门就往下跳，司机一把揪住我：“车费！”我一摸衣兜，钱包没带！只好向司机赔笑脸，告诉他我是来接人的，接到了再给他车费。说了不少好话，最后将工作证押给他，他才算松开了手。

站内站外，都没寻找到父亲。

我沮丧地回到出租汽车跟前，央求司机再送我回家，来去车费一块付。

司机哼了一声，将车开走了。我见方向不对，赔着笑脸问：“你要把我拉哪去呀？”

司机冷冰冰地回答：“出租汽车总站。我饿了，该吃午饭了。你在总站再要一辆车吧！”

我自认理亏，不便再说什么。

在出租汽车总站，又等了一个多小时，才终于坐进了另一辆小汽车里。回来倒是一路飞快，算账时，可把我吓了一大跳——二十三元！

一进家门，见父亲已在家中了。

我埋怨道：“爸爸，你怎么不在火车站多等一会儿啊？让我白接了你一趟！”

父亲说：“等了一会儿，没见着你，我心想你不会来接了……”

“拍了电报，我能不去接吗？真是的！”我说，“爸，先给我二十三元钱！”

刚见面，伸手要钱，父亲奇怪、疑惑地瞧着我。我只好解释：“爸爸，我是租了一辆小汽车去接你的，司机在下边等着呢！我的钱包放在办公室了。”

仿佛为了证实我的话，司机按了几声喇叭。

父亲当时那种表情，就好像听说我是租了一艘宇宙飞船去接他似的。他缓缓解开衣扣，拆开缝在衣里儿的一块布，用手指捻出三张十元的钱钞，默默递给了我。我从父亲的目光中看出了他心里想说的一句话：“你摆的什么谱啊！”

“爸爸，这钱我会还你的……”我接过钱，匆匆奔下楼去。

当我回到屋里，见父亲脸色变得很阴沉，也不瞧我，低头吸烟。我省悟到，我刚才说了一句十分愚蠢的话……

父亲，不再是从前那个身强力壮的父亲了。他老了，他是完完全全地老了，他那很黑的硬发已经快脱落光了，没脱落的也白了。胡子银灰间黄，飘飘逸逸，留过第二颗衣扣。这一大把胡子，给他增添了些许老人的威仪。而他那一脸饱经风霜的皱纹里，却分明凝聚着某种不遂的夙愿的残影……

父亲到来的第一天，打量着我们家在走廊占据的“领地”，不无感触地说：“老二，你有福气啊！你才参加工作几年啊，就分到房子了。走廊这么宽，还能当厨房……你……比我强……”

这话从父亲口中说出，以那么一种淡泊的自卑的语调说出，使我心中有些难过。父亲当了一辈子建筑工人，盖了一辈子楼房，却羡慕我这筒子楼里的十三平米……他是被尊称为主人翁的人啊……

编辑部暂借给我一间办公室。每天晚上，我和父亲住在办公室，妻和孩子住在家中。我虽没有让父亲生平第一次坐上小汽车，父亲却沾了我的光，生平第一次住上了楼房。

父亲每天替我们接孩子，送孩子，拖地板，打开水，买菜，做饭，乃至洗衣服，拆被子，换煤气。一切的家务，父亲都尽量承担了。

我不希望我的老父亲沦落为我的老勤杂员。我对父亲说："爸爸，你别样样事都抢着做。你来后，我们都变懒了！"

父亲阴郁地回答："我多做点，倒累不着。只要能在你们这儿长住下去，我就很知足了……你妹妹结婚后，家中实在住不开了，我万不得已，才来搅扰你们……"

父亲的性格也变了，变成一个通情达理的，事事处处、家里家外都很善于忍让的，毫无脾气的老头了。

除了家务，父亲还经常打扫公共楼道、楼梯、厕所、水池。他不久便获得了全楼人的称赞和敬意。父亲初来乍到时，人们每每这么问我："那个大胡子老头就是你父亲吗？"以后我听到的问话往往是："你就是那个大胡子老头的儿子呀？"在我的意识中，父亲是依附于我的人格而存在的；在不少人心目中，我则开始依附于父亲的人格而存在了。一些从不到我家中走动的工人们，也开始出现在我家了，使我同他们也变得贴近了。

我惊奇地发现，不是家属洗澡的日子，父亲也可以公然到厂内浴室洗澡；没票，父亲也可以从容不迫地进入厂内礼堂看电影；忘带食堂饭菜票，父亲也可以从食堂里先端回饭菜来，而人们还都对他很客气，很友好。这些"优待"，我是没受到过的。

父亲身上最大的变化，是对知识分子表现出了由衷的尊敬。以前，他将各类知识分子统称为"耍笔杆子的"。靠"耍笔杆子"，而不是靠力气，吃"轻巧饭"的人，是他所瞧不起的。可这次住到我身边后，面对来找我的"耍笔杆子的"，他却总是臂微垂，腰微弯，很不自然地做他所不习惯的鞠躬状，脸上呈现出似乎不敢舒展的恭而敬之的笑容，随后替我给客人沏茶，点烟。当我和客人侃侃而谈时，父亲总是默默地坐在角落，一会儿注意地瞧着我，一会儿注意地瞧着客人，侧耳聆听。我和客人谈到该吃饭时，他便会起身悄然做饭。做完后进屋，低声问我："饭做好了，你们现在要吃吗？还是再过一会儿？"饭后，照例抢着刷洗碗筷。

一次，送走客人后，我对父亲说："爸爸，你不必对客人过分恭敬，过分周到，他们大多数是我的同事、朋友，用不着太客气。”

“我……过分了吗？……”父亲讷讷地问，仿佛我的话对他是一种指责。

几天后，我收到了友人的一封信，信中写道：“昨天我到你家找你，你不在，我和你的老父亲交谈了两个多小时。他真是一位好父亲，好老人。但我感到，他太寂寞了。他对我说，连和你交谈几句话的机会都没有。你真那么忙吗？……”

这封信使我无比惭愧，无比自责。是的，父亲来后，我几乎没同父亲交谈过。即使一次不太长久的，半小时以上的，父与子之间的随随便便的交谈也没有过。父亲简直就像我雇的一个老仆役，勤勤恳恳，一声不吭……

第二天晚饭后，我没到办公室去抄那篇急待发出的稿子，见妻抱着孩子到邻居家玩去了，我坐到了父亲面前。

我低声说：“爸爸，跟我聊几句家常话吧！”

父亲定定地看了我片刻，用一种单刀直入的语调问：“老二，你为什么不争取入党啊？”

我怔住了。我预先猜想三天三夜，也料不到父亲会向我提出这样的问题。难道这就是父亲最想同我交谈的话题吗？

我低头沉默了一会儿，抬起头又说：“爸爸，聊几句家常吧！”

“你们兄妹五个，你哥呢，就不提他了……比起来，顶数你有了点出息，可你究竟为什么不争取入党啊？”父亲的目光仍定定地看着我，揪住这个话题不放。

我怎么回答呢？我想了想，说：“爸爸，你怎么会把入不入党看得那么重呢？你希望我能入党，当官，掌权，而后就可以……”

父亲听出来了，我的话对他的愿望显然不无轻蔑。父亲缓缓站起，一只手撑着椅背，像注视一个冒充他儿子的人似的，眯起眼睛，眈眈地瞪着我。他突然推开椅子，转身朝外就走。椅子倒在地上，发出很响的声音。

他在门口站住，回过头，瞪着我，大声说：“你再说什么做官不做官的话，我就揍你！”说罢，一步跨出了房间。

在那一时刻，站在我面前的，又是从前那威严而易怒的父亲了。

我怀着复杂的心情离开家，来到了办公室。我坐在办公桌前，双手捧着脸腮，陷入沉思。

我理解父亲对共产党的感情。他六岁给地主放牛，十二岁闯关东，亲眼看到过国民党怎样残害老百姓。他被日本人抓过劳工。要不是押劳工的火车被抗联伏击，很难想象他今天还活着，也不知这个世界上会不会还有我这位“青年作家”……

但写一份入党申请书，毕竟要比创作一篇小说难得多。在我心灵中，还有许多腌臜得没勇气告人的欲念，还时时受到个人名利的诱惑，还潜藏着对享乐的希冀，还包裹着对虚荣的向往，还……我不，我不能够怀着一颗极不干净的心在一张雪白的纸上写下：我要求加入……

人可以欺骗别人，但无法欺骗自己。

我在心中说：“爸爸，原谅我！我不，现在还不……”

这时，办公室的门被突然推开了。

父亲来了。他连看也不看我，径直走到他睡的那张临时支起的钢丝床前，重重地坐了下去。钢丝床发出一阵吱吱嘎嘎的声响。

我转过身去瞧着父亲。

他又猛地站了起来，用手指着我，愤愤地大声说：“你可以瞧不起我，你的父亲！但我不允许你瞧不起中国共产党！如果你已经不信服这个党了，那么你从此以后也别叫我父亲！这个党是我的救星！如果我现在还身强力壮，我愿意为它卖力一直到死！你以为你小子受了点苦就有资格对中国共产党不满啦？你受的那点苦跟我在旧社会受的苦一比算个屁！”

我想对父亲解释几句什么，却一句适当的话也寻找不到。我一言不发地望着父亲，我觉得委屈极了，直想哭。

……

五

父亲对我教训了这一次之后，接连几天不理我，不跟我说一句话。

一天傍晚，有一个外地的陌生姑娘来到我家中。她自称是一位文学青年，读过我的几篇作品，希望能同我谈谈。

我带她来到了办公室。

她很漂亮。身材很美，又高，又窈窕。一张白净的鹅蛋形的脸，容貌端庄娴雅。眼睛挺大，闪耀着充满想象的光彩。剪得整齐的乌黑的短发，衬托着她那张动人的脸，像荷叶衬托着荷花。她穿一件五彩缤纷的花外衣，只有三颗扣子，好像是骨质的，月牙形，非常别致；半敞的衣襟露出里面深红色的毛衣。她端坐在沙发上，修长的双臂微向前探，双手习惯地揽住两膝，从头到脚焕发着浪漫气质。

我沏了一杯茶端给她。她接过去，看了一眼，欠身轻轻放在桌上，说：“我不喝绿茶。我从小就是喝花茶的。”

我说：“请便。”将椅子搬到她斜对面，瞧着她问：“你想和我谈些什么呢？”

她妩媚地一笑：“当然是谈文学啦……不过，也希望不仅仅限于文学。”

我说：“那么就请谈吧！不过，我也许会令你失望，我不是个理想的交谈者。”

儿子有些发高烧。走出家门时，妻正在给儿子灌药，而父亲在给我洗衣服。我尽量排除思路上的干扰，集中精神。我想她一定会首先向我提出什么问题。但她没有，她用悦耳的音调向我讲述起她自己来。

她说她离开家已经一个多月了。从南到北，旅游了不少大城市，拜访过了许多颇有名气的青年作家。接着，便依次向我说出他们的名字，有人是我认识的，有人是我没见过面的。还说她崇拜某某人及其作品，难以忍受某某人及其作品，欣赏某某人的作品但不喜欢作者本人，她很坦率。

“你此行是出差吗？”我问。

“噢——不，”她摇摇头，又是那么一笑，“就是为了玩，散散心。”

“你的单位竟会给你这么长一段假？”

“我现在是自由公民，不受任何单位管束！”

“你是个待业青年？”

“我想干工作时便可以有工作，腻烦了就当自由公民。”

我迷惑不解地望着她。她揽住两膝的双手放开了，身体舒展地靠在沙发上，目光迅速地向我的办公室内环视一番，说：“你的办公室可以容得下五对人跳舞。”我说：“大概是可以的。可我不会跳舞。”

这回轮到她迷惑不解了，怀疑地盯着我，要看出我说的是不是真话。

我惭愧地笑笑。她的目光移开了，落在写字台上，又问：“自由市场上买的吧？”

我点点头：“是的。”

“样式太老。”

“你是嫌它俗气，但便宜。”

她的目光又盯在了我脸上。我说：“请接着谈下去吧。你刚才谈到自己的话还使我有些不明白。”

“是吗？”怀疑的神态，怀疑的口吻！接着，她轻轻叹了口气，平平淡淡地说：“报考过电影学院、音乐学院，都没考上。在外贸局工作了三个月，在旅游局工作了半年，这两个单位都没能更长久些地吸引住我。在省图书馆混了一年，因为那里有书，才拴住我一年。看书也看腻烦了，于是就辞职了……回去以后，也许会到省电视台，看我那时心情好不好，乐不乐意去……”

我终于明白，她是来自另一个天地的。

“你出来这么长时间，父母放心吗？”

“他们也没什么不放心的。每座城市都有父亲当年的老战友。或者住他们家中，或者住宾馆……”

我没有什么再想问的了，只听着她说。她沉默了一会儿才又开口：“你一定无法理解我……小时候，我和姐姐，觉得世上任何好吃的东西我们都吃过了，我们就将糖和盐拌在一起，再浇点辣椒油……现在，我的心境就跟小时候似的。我觉得我对什么都腻烦了，对生活失去了热情，就好像我小时候对食物失去了味觉一样……”

我依旧望着她那张漂亮的脸，心中对她产生了一种异样的同情——也许应该叫作怜悯。

她见我在很认真地听，继续说下去：“本想离开家散散心，但结果心境反而越来越不好。每座城市都到处是人，人，人，愚昧的，没文化的，浑浑噩噩的人，许许多多的人，每天都在谈论房子问题、待业问题……”

我平静地问：“你无法忍受这样一些人吗？”

“难道你能够忍受这样一些人吗？”她坐直了身子，目光又盯在我脸上。

我没有立即回答她。我又想起了我躲在木楞堆间痛哭过一场的那个雨夜，想起了我和父亲为了妹妹早日分配工作给街道主任拉煤的那个雨夜。小雨，大雨，都是下雨的夜……为什么保留在我记忆中的都是雨夜呢？

我毕竟从我生活中的两个雨夜度过来了。我毕竟扯着父亲的破衣襟，扯着一个没有受过文化教育的，头脑中有着狭隘的农民意识的父亲的破衣襟，一步步从生活中走过来了，一岁岁长大了……

“古老的国家，古老的民族，活在这么一种氛围中，每个人都将要被窒息而死！……”那姑娘悦耳的声音，使我的注意力不能从她身上过久地分散。

我要求地说：“让我们谈谈文学吧！”

“文学？……”她嘴角浮现一丝嘲讽，大声说，“中国目前不可能有文学！中国的实际问题，就在于人口众多。如果减少三分之二，一切都会变个样子！”

我冷冷地回答她：“好主意！减少的当然应该是那些愚昧的，没文化的，浑浑噩噩的，每天都在谈论房子问题和待业问题的人啰？”

我情绪的变化并没有引起她的注意。她皱起眉头，用一种忧国忧民的语调说："就在今天，就在你们北影厂门口，我看到一个白胡子老头，抱着一个傻乎乎的孩子，在围观一辆外国小汽车，我心里真是悲哀极了！我要写一篇心理小说，将我内心这种悲哀表述出来！这就是我们的人民，我作为一个中国人真感到羞耻……"她那样子悲哀得快要哭了。

我告诉她，那白胡子老头，肯定就是我的父亲。而抱在他怀中那傻乎乎的孩子，是我的儿子。

"是你……父亲？"她的脸微微红了，显出动人的窘态，讷讷地说，"请原谅我！我……还以为你是……"

"这不值得请求原谅！因而我也不想对你表示原谅！我并不想否认，我的父亲没有文化，他在扫盲时所认识的字，绝不会比你这件花外衣上的花朵多！他还很愚昧，由于他的愚昧，由于他的农民意识的狭隘，给我们的家庭造成重大的不幸！因为他不相信医生的话而相信算命先生的话，我的姐姐夭折了！我的哥哥，因为他鄙薄文化而崇尚力气，疯了！我原谅了他，但却不能忘记这些。我要比你更加憎恨愚昧！我要比你更加明白文化对于一个国家、一个民族意味着什么！我诅咒造成愚昧和没有文化的落后状况的一切因素！……"我从椅子上站了起来。我的声音很高，我内心很激动。我仿佛不是在对我面前的这一位姑娘说话，而是在对众多的各种各样的人说话。

我还想对她说，她可以对我们的人民没有感情，她也尽可以像她读过的小说中那些西方的贵夫人一样，对他们的愚昧和没有文化表示出一点高贵的怜悯，这无疑会使像她这样的姑娘更增添动人的魅力。但她没有权利瞧不起他们！没有权利轻蔑他们！因为正是他们，这在历史进程中享受不到文化教育而在创造着文明的千千万万，如同水层岩一样，一层一层地积压着，凝固着，坚实地奠定了我们的九百六十万平方公里的土地！而我们中华民族正在振兴的一切事业，还在靠他们的力气和汗水实现着！愚昧和没有文化不是他们的罪过，是历史的罪过！是我们每一个对振兴我们的国家我们的民族缺乏热情、缺乏责任感的人的耻辱！

我还想对她说，至于她自己，不过是我们九百六十万平方公里土地上的一小片水分充足的沃壤之中的一朵小花而已。美丽，娇弱，但没有芬芳。因为她不是树木，所以她那短细的根须是触及不到水层岩层的。她所蔑视的正是她所赖以存在的。她漠视甚至嘲讽他们的最现实的烦恼，但她那种没有什么值得忧郁的事才产生的忧郁，那种一颗空泛的心灵内的微渺而典雅的悲哀，与他们可能经历过的悲哀相比，其实是不值论道的。

我还想对她说……

我什么也不想对她说了。

我又想到了发烧的儿子。我认为我应该回到儿子身边去了。

"非常抱歉，我不能再陪你交谈下去了！"我走到办公室门前，推开了门——门外，站着我的父亲，呆呆地，一动不动地像根木桩似的，一手拎着水壶，一手拿着一瓶墨水。

他是给我们送开水来的。

他分明是听到了我方才大声说的某些话。

那姑娘走下楼梯时，还回头来看了我一眼，我这样对待她，肯定是她绝没想到的。

父亲一声不响，放下水壶，默默走向他睡的那张钢丝床。

一直到熄灯，我和父亲彼此没说一句话。我静静地躺着，无法入睡，我知道父亲也是静静地躺着，没睡。

我真想翻身下床，走到父亲身边，跪下去，将头伏在父亲胸上，对他说："爸爸，原谅我那番话又无意中伤害了你，原谅我，爸爸……"

隔了一天，我从朋友家很晚才回来，一进家门，妻便告诉我，父亲走了。

"走了？上哪儿去了？"

"回哈尔滨了！"

"你……你为什么不拦他？！"

"我拦不住。"

病刚好的儿子大声哭叫："爷爷，我要爷爷！我要找爷爷嘛！……"

我问："父亲临走说了什么没有？"

妻回答："什么也没说。"

我一转身就从家中冲了出去。

我赶到火车站，匆匆买了一张站台票。

我跑到站台上时，开往哈尔滨的列车刚刚开动。我跟着列车奔跑，想大喊："爸爸……"却没喊出来。

列车开出了站台。

送行者们纷纷离去了。只有我一个人还孤零零地伫立在站台上。望着远处的铁路信号灯，我心中默默地说："爸爸，爸爸，我爱你！我永远不忘我是你的儿子，永远不耻于是你的儿子！爸爸，爸爸，我一定要把你再接到北京来！……"

远处的铁路信号灯，由红变绿了……

（选自1984年第11期《人民文学》）

慈母情深

我一直想买一本长篇小说——《青年近卫军》。书价一元多钱。

母亲还从来没有一次给过我这么多钱。我也从来没有向母亲一次要过这么多钱。

但我想有一本《青年近卫军》，想得整天失魂落魄。

我从同学家的收音机里听过几次《青年近卫军》的连续广播。那时我家的破收音机已经卖了，被我和弟弟妹妹们吃进肚子里了。

我来到母亲工作的地方，呆呆地将那些女人们母亲们扫视一遍，却没有发现我的母亲。

七八十台缝纫机发出的噪声震耳欲聋。

“你找谁？”

“找我妈！”

“你妈是谁？”

我大声说出了母亲的名字。

“那儿！”

一个老头儿朝最里边的角落一指。

我穿过一排排缝纫机，走到那个角落，看见一个极其瘦弱的脊背弯曲着，头和缝纫机挨得很近。周围几只灯泡烤着我的脸。

“妈——”

“妈——”

背直起来了，我的母亲。转过身来了，我的母亲。褐色的口罩上方，一双眼神疲惫的眼睛吃惊地望着我，我的母亲……

母亲大声问："你来干什么？"

"我……"

"有事快说，别耽误妈干活！"

"我……要钱……"

我本已不想说出"要钱"两个字，可是竟然说出来了！

"要钱干什么？"

"买书……"

"多少钱？"

"一元五角……"

母亲掏衣兜，掏出一卷揉得皱皱的毛票，用龟裂的手指数着。

旁边一个女人停止踏缝纫机，向母亲探过身，喊道："大姐，别给他！你供他们吃，供他们穿，供他们上学，还供他们看闲书哇！"接着又对着我喊："你看你妈这是在怎么挣钱？你忍心朝你妈要钱买书哇？"

母亲却已将钱塞在我手心里了，大声对那个女人说："我挺高兴他爱看书的！"

母亲说完，立刻又坐了下去，立刻又弯曲了背，立刻又将头俯在缝纫机板上了，立刻又陷入了忙碌……

那一天我第一次发现，母亲原来是那么瘦小！那一天我第一次觉得自己长大了，应该是个大人了。

我鼻子一酸，攥着钱跑了出去……

那天，我用那一元五角钱给母亲买了一听水果罐头。

"你这孩子，谁叫你给我买水果罐头的！不是你说买书，妈才舍不得给你这么多钱呢！"

那天母亲数落了我一顿。数落完，又给我凑足了买《青年近卫军》的钱。我想我没有权利用那钱再买任何别的东西，无论为我自己还是为母亲。

就这样，我有了第一本长篇小说。

（选自1988年梁晓声著《母亲》）

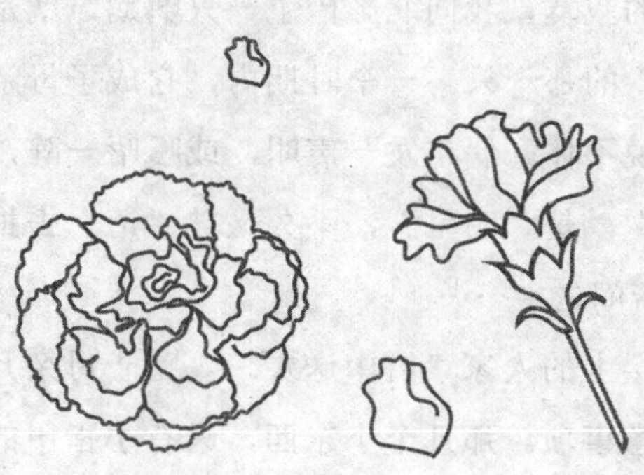

母亲养蜗牛

母亲是住惯了大杂院的。

大杂院自有大杂院的温馨。邻里处得好，仿佛一个大家庭。故母亲初住在北京我这里时，被寂寞所囿的情形简直令我感到凄楚。单位只有一幢宿舍楼，大部分职工是中青年，当然不是母亲聊天的对象。由于年龄、经历、所关注事物之不同，除了工作方面的话题，甚至也不是我的聊天对象。我是早已习惯了寂寞的人，视清静为一天的好运气，一种特殊享受。而且我也早已习惯了自己和自己诉说，习惯了心灵的独白。那最佳方式便是写作。稿债多多，默默地落笔自语，成了我无法改变的生活定律了。

而我们这幢楼，大多数日子，几乎是一幢空楼。白天是，晚上仿佛也是。人们在更多的时候不属于家，而属于摄制组。于是母亲几乎便是一位被“软禁”的老人了……

为了排遣母亲的寂寞，我向北影借了一只鹦鹉，就是电影《红楼梦》中黛玉养在“潇湘馆”的那一只。一个时期内，它成了母亲的伴友，常与母亲对望着，听母亲诉说不休。偶尔发一声叫，或嘎唔一阵，似乎就是“对话”了。但它有“工作”，是“明星”，不久又被“请”去拍电影了。母亲便又陷入寂寞和孤独的苦闷之中……

幸而住在我们楼上的人家“雪中送炭”，赠予母亲几只小蜗牛，并传授饲养方法，交代注意事项。那几个小东西，只有小指甲的一半儿那么大，呈粉红色，半透明，隐约可见内中居住着不轻易外出的胎儿似的小生命。其壳看上去极薄极脆，似乎不小心用指头一碰，便会碎了。

母亲非常喜欢它们，视若宝贝，将它们安置在一个漂亮的装过茶叶的铁盒儿里，还预先垫了潮湿的细沙。有了那么几个小生命，母亲似乎又有了需精心照料和养育的儿女了。七十多岁的老太太，仿佛又变成一位责任感很强的年轻的母亲。她要经常将那小铁盒儿放在窗台上，盒盖儿敞开一半，使那些小东西能够晒晒太阳。并且，要很久很久地守着，看着，怕它们爬到盒子外边，爬丢了。就好比一位母亲守在床边儿，看着婴儿在床上爬，满面洋溢母爱，一步不敢离开。唯恐一转身之际，婴儿会摔在地上似的。连雨天，母亲担心那些小生命着凉，就将茶叶盒儿放在温水中，使沙子能被温水焐暖些。它们爱吃的是白菜心儿、苦瓜、冬瓜之类，母亲便将这些蔬菜最好的部分，细细剁了，撒在盒儿内。一次不能撒多，多了，它们吃不完，腐烂在盒儿内，则必会影响“环境卫生”，有损它们的健康。它们是些很胆怯的小生命，盒子微微一动，立即缩回壳里。它们又是些天生的“居士”，更多的时候，足不出“户”，深钻在沙子里，如同专执一念打算成仙得道之人，早已将红尘看破，排除一切凡间滋扰，“猫”在深山古洞内苦苦修行。它们又是那么羞涩，宛如大门不出二门不迈的名门闺秀。正应了那句话，真人不露相，露相不真人。偶尔潜出“闺阁”，总是缓移“莲步”，像提防好色之徒，攀墙缘树偷窥芳容玉貌似的。觉得安全，则便与它们的“总角之好”在小小的“后花园”比肩而行。或一对对，隐于一隅，用细微微的触角互相爱抚、表达亲昵……

母亲日渐一日地对它们有了特殊的感情。那种感情，是与小生命的一种无言的心灵倾诉和心灵交流。而那些甘于寂寞、与世无争、与同类无争的小生命，也向母亲奉献了愉悦的观赏乐趣。有时，我为了讨母亲的欢心，常停止写作，与母亲共同观赏……

八岁的儿子也对它们产生了浓厚的兴趣，也开始经常捧着那漂亮的小蜗牛们的“城堡”观赏。那一种观赏的眼神儿，闪烁着希望之光。都是希望之光，但与母亲观赏时的眼神儿，有着质的区别……

“奶奶，它们怎么还不长大啊？”

“快了，不是已经长大一些了吗？”

“奶奶，它们能长多大呀？”

“能长到你的拳头那么大呢！”

“奶奶，你吃过蜗牛吗？”

“吃？”

“我们同学就吃过，说可好吃了！”

“哦……兴许吧……”

“奶奶，我也要吃蜗牛！我要吃辣味儿蜗牛！我还要喝蜗牛汤！我同学的妈妈说，可有营养了！小孩儿常喝蜗牛汤聪明……”

“这……”

“奶奶，你答应我嘛！”

“它们现在还小哇……”

“我有耐性等它们长大了再吃它们。不，我要等它们生出小蜗牛以后再吃它们。这样我不就永远可以吃下去了吗？奶奶你说是不是？”

母亲怅然。

我阻止他：“不许你存这份念头！不许你再跟奶奶说这种话！难道缺你肉吃了吗？馋鬼，你是一头食肉动物哇？”

儿子眨巴眨巴眼睛，受了天大委屈似的，一副要哭的模样……

母亲便哄：“好，好，等它们长大了，奶奶一定做给你吃。”

我说：“不能什么事儿都依他！由我替奶奶保护它们，看谁敢再提要吃它们！”

儿子理直气壮地说：“吃猪肉、羊肉、牛肉可以，吃鸡肉可以，吃烤鸭可以，为什么吃蜗牛就不行？”

我晓之以理：“我们吃的是肉……”

儿子说：“我想吃的也是蜗牛肉呀，我说吃它们的壳了吗？”

我说：“你得明白，人自已养的东西，是舍不得弄死了吃的。这个道理，是尊重生命的道理……”

儿子顶撞我：“你骗小孩儿！你尊重生命了吗？上次别人送给你的蚕茧，活着的，还在动呢，你就给用油炸了。奶奶不吃，妈妈不吃，我也不吃，全被你一个人吃了。我看你吃得可香呢！”

我无言以对。

从此，儿子似乎更认为，首先在理论上，有极其充分的、天经地义的、无可辩驳的吃蜗牛的根据了……

从此，母亲观看那些小生命的时候，儿子肯定也凑过去观看……

先是，儿子问它们为什么还没长大，而母亲肯定地回答——它们分明已经长大了……

后来是，儿子肯定地说，它们分明已经长大了。不是长大了些，而是长大了许多，而母亲总是摇头——根本就没长……

然而不管母亲怎么想，怎么说，也不管儿子怎么想，怎么说，那些小小的生命，的的确确是天天长大着。在母亲的精心饲养下，长得很迅速。壳儿开始变黑了，变硬了。不再是些仿佛不经意地用指头轻轻一碰就易破碎的小东西了，它们的头和它们的柔软的身躯，从它们背着的“房屋”内探出时，也有形有状了，憨态可掬，很有妙趣了。它们的触角，也变粗变长了，两两一对儿，在盒之一隅卿卿我我、“耳鬓厮磨”之际，更显得情意缱绻、斯文百种了……

那漂亮的茶叶盒儿，对它们来说未免显得小了。

于是母亲将它们移入另一个盒子里，一个装过饼干的更漂亮的盒子。

“奶奶，它们就是长大了吧？”

“嗯，就是长大了呢……”

“奶奶，它们再长大一倍，就该吃它们了吧？”

“不行。得长到和你拳头一般大。你不是说要等它们生出小蜗牛之后再吃它们吗？”

“奶奶，我不想等到那时候，我只吃一次，尝尝什么味儿就行了……”

母亲默不作答。

我认为有必要和儿子进行一次更郑重更严肃些的谈话。

一天，趁母亲不在家，我将儿子扯至跟前，言衷辞切，对他讲奶奶抚养爸爸、叔叔和姑姑成人，一生含辛茹苦，忍辱负重，是多么的不容易。自爷爷去世后，奶奶的一半，其实也已随着爷爷而去了。爸爸的活法又是写作，有心挤出更多的时间陪奶奶，也往往心恳而做不到。爸爸的时间，常被某些不相干的人不相干的事侵占了去，这是爸爸对奶奶十分内疚而无奈的。奶奶内心的孤独和寂寞，是爸爸虽理解也难以帮助排遣的。为此爸爸曾买过花，买过鱼。可养花养鱼，需要些专门的常识。奶奶养不好，花死了，鱼也死了。那些小小的蜗牛，奶奶倒是养得不错，而你还天天盼着吃了它们，你这样对吗？……

儿子低下头说："爸爸，我明白了……"

我问："你明白什么了？"

儿子说："如果我吃了蜗牛，便是吃了奶奶的那一点儿欢悦……"

我说："既然你明白了，以后再也不许对奶奶说吃不吃蜗牛的话了！"

儿子一副信誓旦旦的模样，诺诺连声。果然再不盼着吃辣味儿蜗牛、喝蜗牛汤了。甚至，再不关注那更漂亮的蜗牛们的新居了……

一天，我下班回到了家里，母亲已做好晚饭，一一摆上桌子。母亲最后端的是一盆汤，对儿子说："你不是要喝蜗牛汤吗？我给你做了，可够儿喝吧！"

我愕然。

儿子也愕然。

我狠狠瞪儿子。

儿子辩白："不是我让奶奶做的！……"

母亲也说："是我自己想做给我孙子喝的……"

母亲说着，朝我使眼色……

我困惑。首先拿起小勺，舀了一勺，慢呷一口，鲜极了！但我品出，那绝不是什么蜗牛汤，而是蛤蜊汤。

我对儿子说："奶奶是为你做的，你就喝吧！"

儿子迟疑地拿起小勺，喝了起来。

我问："好喝吗？"

儿子说："好喝。"

又问："奶奶对你好不好？"

儿子说："好……奶奶，等我长大了，能挣钱了，挣的钱都给你花！"

八岁的儿子动了小孩儿的感情，眼泪吧嗒吧嗒落入汤里……

母亲欣慰地笑了……

其实母亲将那些长大了的，她认为完全能够独立生活了的蜗牛放了，放于楼下花园里的一棵老树下。那儿土质松软、潮湿，很适于它们生存。而且，老树还有一深深的树洞，大概是可供它们避寒的……

母亲依然每日将蜗牛们爱吃的菜蔬之最鲜嫩的部分，细细剁碎，撒于那棵树下……

一天，母亲喜笑颜开地对我说："我又看到它们了！"

我问："谁们呀？"

母亲说："那些蜗牛呗。都好像认识我似的，往我手上爬……"

我望着母亲，见母亲满面异彩。

那一刻，我觉得老人们心灵深处情感交流的渴望，真真的令我肃然，令我震颤，令我沉思……

而长大成人的儿子们和女儿们，做了父母的儿子们和女儿们，四十多岁五十多岁的儿子们和女儿们，我们还能够经常洞察到这一点吗？

冬天来了。

树叶落光了。

大地冻硬了。

母亲孑然一身地走了。

我给母亲的信中写道："妈，来年春天。我会像您一样，天天剁了细碎的蔬菜，去撒在那一棵老树下……”

那些甘于寂寞的，惯于离群索居的，羞涩的，斯文的，与世无争与同类无争的蜗牛们啊，谁知它们是否会挨过寒冷的冬天？

谁知它们明年春天是否会出现在那一棵老树之下？它们真的会认识饲养过它们的我的老母亲吗？居然也会认识那样一位老母亲的儿子吗？

愿上帝保佑它们！

一九九三年元月二十四日于北京

（选自1993年梁晓声著《梁晓声人生独白》）

普 通 人

父亲去世已经一个月了。

我仍为我的父亲戴着黑纱。

有几次出门前，我将黑纱摘了下来。但倏忽间，内心里涌起一种怅然若失的情感。戚戚地，我便又戴上了。我不可能永不摘下，我想。这是一种纯粹的个人情感。尽管这一种个人情感在我有不可惮言的虔意。我必得从伤绪之中解脱，也是无须乎别人劝慰，我自己明白的。然而怀念是一种相会的形式，我们人人的情感都曾一度依赖于它……

这一个月里，又有电影或电视剧制片人员到我家来请父亲去当群众演员。他们走后，我就独自静坐，回想起父亲当群众演员的一些微事……

1984年至1986年，父亲栖居北京的两年，曾在五六部电影和电视剧中当过群众演员。在北影院内，甚至范围缩小到我当年居住的十九号楼内，这是司空见惯的事。

父亲被选去当群众演员，毫无疑问的最初是由于他那十分惹人注目的胡子。父亲的胡子留得很长，长及上衣第二颗纽扣。总体银白，须梢金黄。谁见了都对我说："梁晓声，你老父亲的一把大胡子真帅！"

父亲生前极爱惜他的胡子，兜里常揣着一柄木质小梳。闲来无事，就梳理梳理。

记得有一次，我的儿子梁爽天真地问："爷爷，你睡觉的时候，胡子是在被窝里，还是在被窝外呀？"

父亲一时答不上来。

那天晚上，父亲竟至于因为他的胡子而几乎彻夜失眠；竟至于捅醒我的母亲，问自己一向睡觉的时候，胡子究竟是在被窝里还是在被窝外。无论他将胡子放在被窝里还是放在被窝外，总觉得不那么对劲……

父亲第一次当群众演员，在《泥人常传奇》剧组。导演是李文化。副导演先找了父亲。父亲说得征求我的意见。父亲大概将当群众演员这回事看得太重，以为便等于投身了艺术，所以希望我替他做主，判断他到底能不能胜任。父亲从来不做自己胜任不了之事，他一生不喜欢那种滥竽充数的人。

我替父亲拒绝了，那时群众演员的酬金才两元。我之所以拒绝不是因为酬金低，而是因为我不愿我的老父亲在摄影机前被人呼来唤去的。

李文化亲自来找我——说他这部影片的群众演员中，少了一位长胡子老头儿。

“放心，我吩咐对老人家要格外尊重，要像尊重老演员们一样还不行吗？”——他这么保证。

无奈，我只好违心同意。

从此，父亲便开始了他的“演员生涯”——更准确地说，是“群众演员”生涯——在他七十四岁的时候……

父亲演的尽是迎着镜头走过来或背着镜头走过去的“角色”。说那也算“角色”，是太夸大其词了。不同的服装，使我的老父亲在镜头前成为老绅士、老乞丐、摆烟摊的或挑菜行卖的……

不久，便常有人对我说：“哎呀晓声，你父亲真好。演戏认真极了！”

父亲做什么事都认真极了。

但那也算“演戏”吗？

我每每的一笑置之。然而听到别人夸奖自己的父亲，内心里总是高兴的。

一次，我从办公室回家，经过北影一条街——就是那条旧北京假景街，见父亲端端地坐在台阶上。而导演们在摄影机前指手画脚地议论什么，不像再有群众场面要拍的样子。

时已中午，我走到父亲跟前，说："爸，你还坐在这儿干什么呀？回家吃饭！"

父亲说："不行，我不能离开。"

我问："为什么？"

父亲回答："我们导演说了——别的群众演员没事儿了，可以打发走了。但这位老人不能走，我还用得着他！"

父亲的语调中，很有一种自豪感似的。

父亲坐得很特别，那是一种正襟危坐。他身上的演员服，是一件褐色绸质长袍。他将长袍的后摆掀起来搭在背上，而将长袍的前摆卷起来放在膝上。他不倚墙，也不靠什么，就那样子端端地坐着，也不知已经坐了多久。分明地，他唯恐使那长袍沾了灰土或弄褶皱了……

父亲不肯离开，我只好去问导演。

导演却已经把我的老父亲忘在脑后了，一个劲儿地向我道歉……

中国之电影电视剧，群众演员的问题，对任何一位导演，都是很沮丧的事。

通常，需要十个群众演员，预先得组织十五六个，真开拍了，剩下一半就算不错。有些群众演员，钱一到手，人也便脚底板抹油——溜了。群众演员，在这一点上，倒可谓相当出色地演着我们现实中的些个"群众"，些个中国人。

难得有父亲这样的群众演员。

我细思忖，都愿请我的老父亲当群众演员，当然并不完全因为他的胡子……

那两年内，父亲睡在我的办公室。有时我因写作到深夜，常和父亲一块儿睡在办公室。

有一天夜里，下起了大雨。我被雷声惊醒，翻了个身。黑暗中，恍恍地，发现父亲披着衣服坐在折叠床上吸烟。

我好生奇怪，不安地询问："爸，你怎了？为什么夜里不睡觉却吸烟？你是不是有什么心事啊？"

黑暗之中，但闻父亲叹了口气。许久，才听他说："唉，我为我们导演发愁哇！他就怕这几天下雨……”

父亲不论在哪一个剧组当群众演员，都一概地称导演为“我们导演”。从这种称谓中我听得出来，他是把他自己——一个迎着镜头走过来或背着镜头走过去的群众演员，与一位导演之间联得太紧密了。或者反过来说，他是太把一位导演，与一个迎着镜头走过来或背着镜头走过去的群众演员联得太紧密了。

而我认为这是荒唐的。

而我认为这实实在在是很犯不上的。

我嘟哝地说：“爸，你替他操这份心干吗？下雨不下雨的，与你有什么关系？睡吧睡吧！”

“有你这么说话的吗？”父亲教训我道，“全厂两千来人，等着这一部电影早拍完，早通过，才好发工资，发奖金！你不明白？你一点儿不关心？”

我佯装没听到，不吭声。

父亲刚来时，对于北影的事，常以“你们厂”如何如何而发议论，而发感慨。不知从什么时候开始，他不说“你们厂”了，只说“厂里”了。倒好像，他就是北影的一员。甚至倒好像，他就是北影的厂长……

天亮后，我起来，见父亲站在窗前发怔。

我也不说什么。怕一说，使他觉得听了逆耳，惹他不高兴。

后来父亲东找西找的，我问找什么，他说找雨具。他说要亲自到拍摄现场去，看看今天究竟是能拍还是不能拍。

他自言自语：“雨小多了嘛！万一能拍呢？万一能拍，我们导演找不到我，我们导演岂不是要发急吗？”

听他那口气，仿佛他是主角。

我说：“爸，我替你打个电话，向你们剧组问问不就行了吗？”

父亲不语，算是默许了。

于是我就到走廊去打电话，其实是为我自己的事打电话。

回到办公室，我对父亲说：“电话打过了。你们组里今天不拍戏。”——我明知今天准拍不成。

父亲火了，冲我吼："你怎么骗我？！你明明不是给我们剧组打电话！我听得清清楚楚。你当我耳聋吗？"

父亲他怒纠纠地就走出去了。

我站在办公室窗口，见父亲在雨中大步疾行，不免羞愧。

对于这样一位太认真的老父亲，我一筹莫展……

父亲还在朝鲜民主主义人民共和国选景于中国的一个什么影片中担当过群众演员。当父亲穿上一身朝鲜民族服装后，别提多像一位朝鲜老人了。那位朝鲜导演也一直把他视为一位朝鲜老人。后来得知他不是，表示了很大的惊讶，也对父亲表示了很真的谢意，并单独同父亲合影留念。

那一天父亲特别高兴，对我说："我们中国的古人，主张干什么事都认真。要当群众演员，咱们就认认真真地当群众演员，咱们这样的中国人，外国人能不看重你吗？"

记得有天晚上，是一个星期六的晚上。我和妻子及老父母一块儿包饺子。父亲擀皮儿。

忽然父亲喟叹一声，喃喃地说："唉，人啊，活着活着，就老了……"

一句话，使我、妻子、母亲面面相觑。

母亲说："人，谁没老的时候，老了就老了呗！"

父亲说："你不懂。"

妻子煮饺子时，小声对我说："爸今天是怎么了？你问问他，一句话说得全家怪纳闷怪伤感的……"

吃过晚饭，我和父亲一同去办公室休息。睡前，我试探地问："爸，你今天又不高兴了吗？"

父亲说："高兴啊，有什么不高兴的！"

我说："那怎么包饺子的时候叹气，还自言自语老了老了的？"

父亲笑了，说："昨天，我们导演指示——给这老爷子一句台词！连台词都让我说了，那不真算是演员了吗？我那么说你听着可以吗？"

我恍然大悟——原来父亲是在背台词。

我就说："爸，我的话，也许你又不爱听。其实你愿怎么说都行！反正到时候，不会让你自己配音，得找个人替你再说一遍这句话……"

父亲果然又不高兴了。

父亲又以教训的口吻说："要是都像你这种态度，那电影，能拍好吗？老百姓当然不愿意看！一句台词，光是说说的事吗？脸上的模样要是不对劲，不就成了嘴里说阴，脸上作晴了吗？"

父亲的一番话，倒使我哑口无言。

惭愧的是，我连父亲不但在其中当群众演员，而且说过一句台词的这部电影，究竟是哪个厂拍的，片名是什么，至今一无所知。

我说得出片名的，仅仅三部电影——《泥人常传奇》《四世同堂》《白龙剑》。

前几天，电视里重播电影《白龙剑》，妻子忽然指着屏幕说："梁爽，你看你爷爷！"

我正在看书，目光立刻从书上移开，投向屏幕——哪里有父亲的影子……

我急问："在哪儿在哪儿？"

妻子说："走过去了。"

是啊，父亲所"演"，不过就是些迎着镜头走过来或背着镜头走过去的群众角色，走得时间最长的，也不过就十几秒钟。然而父亲的确是一位极认真极投入的群众演员——与父亲"合作"过的导演们都这么说……

在我写这篇文字时，又有人打来电话——

"梁晓声？"

"是我。"

"我们想请你父亲演个群众角色啊！……"

"这……我父亲已经去世了……"

"去世了？……对不起……"

对方的失望大大多于对方的歉意。

有些事，在我，也渐渐地开始不很认真了。似乎认真首先是对自己很吃亏的事。

父亲一生认真做人，认真做事，连当群众演员，也认真到可爱的程度。这大概首先与他愿意是分不开的。一个退了休的老建筑工人，忽然在摄影机前走来走去，肯定是他的一份愉悦。人对自己极反感之事，想要认真也是认真不起来的。这样解释，是完全解释得通的。但是我——他的儿子，如果仅仅得出这样的解释，则证明我对自己的父亲太缺乏了解了！

我想——“认真”二字，之所以成为父亲性格的主要特点，也许更因为他是一位建筑工人，几乎一辈子都是一位建筑工人，而且是一位优秀的获得过无数次奖状的建筑工人。

一种几乎终生的职业，必然铸成一个人明显的性格特点。建筑师们，是不会将他们设计的蓝图给予建筑工人——也即那些砖瓦灰泥匠们过目的。然而哪一座伟大的宏伟建筑，不是建筑工人们一砖一瓦盖起来的呢？正是那每一砖每一瓦，日复一日、月复一月、年复一年的，十几年、几十年的，培养了一种认认真真的责任感。一种对未来之大厦矗立的高度的可敬的责任感。他们虽然明知，他们所参与的，不过一砖一瓦之劳，却甘愿通过他们的一砖一瓦之劳，促成别人的广厦之功。

他们的认真乃因为这正是他们的愉悦！

愿我们的生活中，对他人之事的认真，并能从中油然引出自己之愉悦的品格，发扬光大起来吧！

父亲是一个普通得不能再普通的人。父亲曾是一个认真的群众演员，或者说，父亲是一个“本色”的群众演员。

以我的父亲为镜，我常不免地问我自己——在生活这大舞台上，我也是演员吗？我是一个什么样的演员呢？就表演艺术而言，我崇敬性格演员。就现实中人而言，恰恰相反，我崇敬每一个“本色”的人，而十分警惕“性格演员”……

（选自1994年梁晓声著《万千说法》）

戴橘色套袖的人

是的，他当然属于“环卫工人”中的一员。

但他又肯定没有北京户口。肯定，在北京并没有家。在其他城市想必也没有家。分明，他是一个中年农民。

他从哪儿来呢？他在农村的那个家，生活状况如何呢？显然是很贫穷的。可究竟会贫穷到什么程度呢？他在北京栖身于一处什么样的地方呢？他的工作能使他每月挣多少钱呢？

这些，在他活着的时候，都是我所不知道的。

我是隔着我家北屋的窗子“认识”他的。那窗对着元大都古城垣的墟址。十几米宽的小街，每日上午七点至九点是早市。公休日延至十点半。自从有了早市，古城垣那道风景便受着严重的“白色污染”了。肮脏的塑料袋儿触目皆是，一入冬季，挂满光秃秃的树枝，仿佛挂着一片片肮脏的棉团。而自从有了他，那个戴橘色套袖的人，风景才又是风景了。

我第一次隔窗望见他时，他正一动不动地蜷缩在土岗的凹处。那一天很冷，北风在小街上空呼啸。摆摊儿的小贩不多，逛早市的人也不多。两种人都穿得很厚，他却穿得挺单薄。蜷缩在那儿，怀里搂着塞垃圾的麻袋，像搂着一个孩子，袖着双手。

妻说：“外边太冷了。昨晚天气预报今天零下八九度呢！我不出去买早点了，把米饭热成粥，对付吃点儿算了。”见我没话，又说：“一早晨你站在窗前发的什么呆呀？”我将妻招到身旁，指着说：“你看，那人是不是已经冻死了啊？”

忽然又一阵风啸过，几只肮脏的塑料袋儿被旋上了天空。那看去似乎已经冻死了的人活了，站了起来，仰起头望那几只在空中飘飞的塑料袋儿。风一停，塑料袋儿一落地，他便追逐了过去。他用一根一米多长的、一端尖锐的竹竿，一一插住那些肮脏的塑料袋儿，捋进麻袋里去。有几只塑料袋儿挂在很高的树枝上。他就举着竹竿，蹦起来钩。那样也没能钩下来。但他并不离去，仰望着在树下想主意，仿佛是一头企图吃到嫩叶的瘦羊。后来他登上了土岗，凭借着土岗的高度飞身一跃，凌空之际同时举着手中的竹竿。他钩下了一只塑料袋儿，自己重重地摔在地上。他连摔了几次，挂在树上的塑料袋儿全钩下来了……

我望着，心想，这人太认真了啊！进而又想，也许他只有靠他这股认真劲儿，才能较长久地保住他这份儿“职业”吧？

他很敬业地做完他该做的事儿，就又蜷缩到那凹处去了……

以后，我在写作中驻笔凝思时，常不禁隔窗望他。有时他蜷缩在那凹处晒太阳，有时不在那儿。不在时，肯定是满公园转着清除污染去了……

有一天我隔窗见他用一柄小铲子铲那凹处，直至将那凹处铲出椅背和椅座的形状……

有一天我见他捡了个纸板箱，拆开来，垫他的“椅座”，挡他的“椅背”。他坐下去试了试，似乎觉得很舒服，很满意……

有一天更冷，我见他在他的“专座”前燃了一小堆火，蹲在那儿取暖。火熄了，又在炭热中拨拨拉拉地烤红薯和鸡蛋。红薯和鸡蛋都是他捡的。小贩们常将烂了一半儿的红薯或破了壳卖不出去的鸡蛋挑出来扔到土岗上，我望见他捡过……

有一天我见几个小伙子在土岗上溜达。他们在他的“专座”那儿站住，议论些什么，接着便一齐往他的“专座”上撒尿。他们嘻嘻哈哈地离去后，他走来了。我见他伫立在他的“专座”前发呆。片刻，他捡起那些纸板，折了几折，塞进了麻袋。

那一天他铲毁他经常晒太阳的“专座”……

第二天我见他在那儿的一棵大树的树干上，钉了一块纸板。纸板上歪歪扭扭地写着几个醒目的粉笔字——“比（此）处‘今（禁）只（止）’大小便！”总共七个字中错了三个字，招惹得一些逛早市的人指指点点地笑……

那一天他在我隔窗所望的视域内消失了。

那一天妻下班后，翻出了一些旧衣服，说单位又号召职工捐献了。我让她留下一件我曾穿过的棉大衣，打算送给那戴橘色套袖的人……

我没能将那件旧棉大衣送给他。因为一个同样是农村来的小伙子顶替了他。我问小伙子他哪儿去了？

小伙子说他死了。

“怎么……怎么就会死了呢？……”

“他得癌症好多年了。他能活到前几天，全靠心中有个愿望撑着啊！……”

“什么……愿望？……”

“还能是什么愿望？想多带回家点儿钱，盖房子，和供他小女儿上中学呗！……”

“他……一个月挣多少钱？”

“每天十元钱。少干一天，少挣一天的钱。我也是。省着吃，每月也只不过能剩一百多。和如今城市里下岗的工人一比，我们这些农村来的人，也就知足了。”

“你们，白天在这儿没有休息的地方？”

“想在哪儿歇会儿，就往哪儿一坐一缩呗！”

“你这套袖，是他戴过的？”

小伙子默默点了点头。

我将我那件旧棉大衣给了小伙子。那一天，《中华读书报》的女编辑杨颖来向我约稿，不知怎么，我们谈到了“精神家园”这个话题。

我说：“现在，中国的文化人们，总在那儿喋喋不休地大谈什么‘精神家园’，而我，只要一从报刊上看到这四个字，非但不觉得温馨，反而如酷暑之季中寒，感到周身发冷。”

她问：“你为什么会这样呢？那难道不是很时髦的话语吗？”

我说：“是的，很时髦。时髦的话语，总是难免使人听出矫情的意味儿的。如果‘精神家园’只不过就是文人的大小书斋，‘精神追求’只不过就是读经，读史，读哲，读诸子，读圣贤，吟诗自悦，行文自赏，自我尊崇，那么其实没谁进入文人的‘精神家园’，作奋勇抵抗之状是可笑的。起码没人敢闯入文人的书斋，往文人的椅子上撒尿。如果‘精神家园’非指文人的大小书斋，‘精神追求’非指对安逸的书斋生活的过分向往和沉迷，‘精神支柱’也非是‘万般皆下品，唯有读书高’的意思，那么我想，许多根本不读文人爱读的那类书的人，其实也是有他们的‘精神家园’、‘精神追求’和‘精神支柱’的。否则他们觉得没法儿活下去的苦闷，我想一定是远甚于文人们的。只不过他们天生不像文人们那么喜欢自我标榜地喋喋不休罢了。而还存在着不少这样的人——他们连起码的物质的家园也谈不上有。他们明白读书是很好的事，但他们忧愁的是自己的儿女根本上不起学。一个患了癌症的人不得不背井离乡，只为每个月挣很少的一点儿钱寄回家乡盖房子，供女儿上学，这不靠一种‘精神支柱’撑持着行吗？你能说他们的所求不是追求吗？你能彻底分得清他们那一种追求究竟是精神的还是物质的吗？文人有资格在内心里暗自轻蔑和嘲笑他们的追求不如自己的追求高雅吗？所以，据我想来，文人尽可以恪守自己喜欢的生活方式，但若太过分地自我赞美了，则就不但矫情，而且有些讨嫌了。归根结底，文人的‘家园’，也首先是物质组合的，其次才是精神质量的。这精神质量建筑在文人的‘家园’的物质基础之上。这是文人心里比任何非文人的人都更清楚的。所以，我们文人别让非文人的人讨嫌。所以，我从不就文人的‘精神家园’四个字写什么，实在是不愿置自己于被讨嫌的境地。”

杨颖困惑地看着我，不知我为何大发不合时宜之议论。

于是我引她至我家北屋窗前，指着元大都城垣的墟址上那曾被铲出椅状的凹处，向她讲那个我再也望不见了的、戴橘色套袖的人，敬业敬职地还那道风景以清洁的人……

同时我想——文人和文人的物质的以及精神的家园，若同他人的生活现状，他人的命运，他人的苦闷忧愁，他人对物质的以及精神的家园的向往与追求隔开，其实是多么简单的事啊！

简单得只消一扇单窗就够了。

这不知是文人的幸运，还是文人的不幸……

（选自1997年第8期《青年博览》）

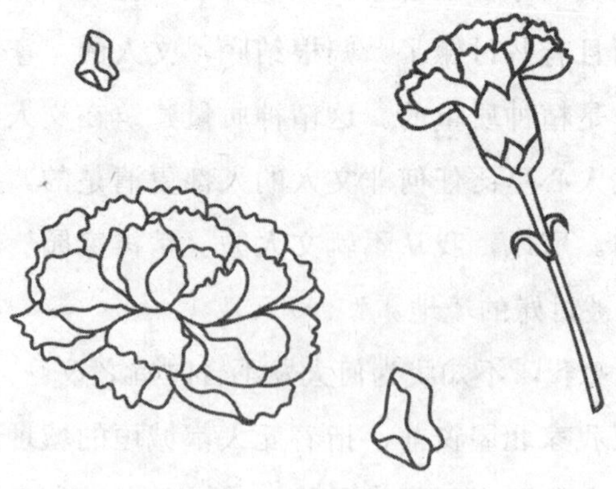

关于“罐头”的记忆

我永远忘不了十三四岁时，滴到我嘴里的那一滴罐头汁……

不知“罐头”一词究竟是外语的直译，或中国百姓的惯说。每每视其而想，“罐”字似乎有些道理，后边连着“头”字却又是何意呢？百思不得其解。

我大约已有十年没吃过罐头了。确切地说，是没吃过自己花钱买的罐头。当然不是舍不得自己花钱买了吃。如今罐头实在是很便宜，瓶装的才四五元，和一个半大不小的西瓜等价。生活不是特别困难的人家，买几听罐头吃绝对不算奢侈。当然也不是吃够了，事实上我活到如今没吃过几次罐头。

有时开什么会或参加什么活动吃公饭，饭桌上往往有一盘罐头水果。或梨，或桃，或荔枝，或菠萝什么的。众人离开餐桌时，那一盘罐头水果，又往往并没明显地减少。有人可能吃了一口，有人可能都懒得向那盘中伸筷子或勺子。我属于后一种人。正是在那样的时候，便不禁浮想联翩起来了。

逢年过节，客人登门，陪衬着些小礼物，总有一两听罐头。客人一走，则就放入冰箱保存。而这一放，也许一两个月甚至更长的时间忘了打开吃。终于某一天清理冰箱取出来，于是免不了大发指责。指责当然首先是冲妻子的。

“怎么回事？为什么到现在还没吃？以为放在冰箱里就不会坏吗？在冰箱里放久了照样会坏的！这么点起码的常识都不懂吗？放坏了不是一种浪费吗？”

妻子就会说：“那你吃啊！快打开吃！吃了就不必再往冰箱里放啦！还

省得占地方呢！”

“我吃就我吃！”

话一出口，自己听着也觉得不太对味儿，仿佛体现着一种“见危险就上”的大无畏精神似的。

家庭中出现了危险，勇于舍己的当然应是丈夫应是父亲。可这不是危险啊！这是吃罐头啊！

怎么地，吃罐头之对于中国人，竟成了这样的事了呢？仿佛还需要“战前动员”似的。

心里这么想着，就打开了。倒在碗里，自己先吃。有那么点儿以身作则的意味儿。

吃了几片，喝了一口汁，觉得和记忆中的罐头的好吃简直没法比。明知自己一个人无论如何是吃不完的，于是分在三碗里。

“哎，你也得吃！”

这话是对妻子说的。

“还有你，别以为没你的事儿！”

这话是对儿子说的。

嘴上这么说着，自己听着，越发觉得不像话了，好像在分派给妻儿极不情愿的“任务”。

妻子说：“先放那儿吧！没见我这会儿正忙着清理冰箱吗？”

“一会儿别忘了吃啊！”

与其说是叮嘱，莫如说是威告。

儿子说：“我不吃。”

态度是那么干脆。

“你不吃？凭什么你不吃？”

“爸你这是什么话啊！什么叫凭什么啊！”

“好，算我表达有误。那就不问你凭什么，问你为什么，为什么不吃？”

“不为什么。不想吃而已。”

“不想吃？还……还而已？！难道罐头不好吃吗？”

“我也没说不好吃啊！”

“没说不好吃，那就等于承认，罐头其实是一种好吃的东西！好吃的东西而不想吃，就得说出理由来！”

“说理由就说理由，我胃疼。”

“胃疼？撒谎！早不胃疼晚不胃疼，让你吃一小碗罐头就开始胃疼了？胃疼也得吃！吃罐头治胃疼！”

妻子从旁听不下去了，帮儿子解围：“你也太专制了吧！儿子已经说了他胃疼，你干吗还非逼他吃凉罐头？你也甭逼他，我替儿子吃！真是的，不就是一小碗罐头吗？”

听那口吻，大有舍身代罚的意味儿。

不愿惹得妻儿都不愉快，于是不再说什么，默默吃自己那一小碗。

心中不禁又浮想联翩……

待吃光了自己那一小碗，妻子也关上了清理后的冰箱。

搭讪着说：“同志，我已经吃完了，你也得吃完啊！包括儿子的一份儿！”

“去去去，别啰唆！我什么时候吃，是我的事儿，不必你管。”

妻子洗了手，径自看电视去了。

可自己的心思，还在那两小碗罐头内容上。见妻子看电视看得那么专注，一副根本没有“使命感”的模样，于是端了一小碗，凑将过去，尽量以亲爱的口吻说：“我替你端来了，一边看一边吃，怎么样？啊？”

妻子吃了两口，起身离开。随在妻身后“监视”着，见她将两碗罐头并为一碗，又放进了冰箱。

于是好言批评：“你看你，都打开了，倒出来了，不吃完，仍往冰箱里放，你不是成心要放坏吗？”

“那，我现在吃不下去怎么办？是罪？该杀？”

于是自己一赌气，从冰箱捧出，捧着闷坐一旁，暗暗发誓非吃个一干二净不可。

的确吃了个一干二净。

但是第二天自己的肠胃就闹起病来……

妻子非是富家女。全世界的富有人家并不整天吃水果罐头，这是谁都知道的。因而妻子不存在是否吃伤的问题。自从她成为我的妻子，似乎只买过几次水果罐头。儿子小时候，我是为他买过几次罐头的，有数的几次，最多不超过五次。他一上到小学，就再也不爱吃水果罐头了。

一切的罐头都是西方人发明的。最先是军用食品的一种，后来才普及于市民。水果罐头又只不过是水果保存的方式。在西方，富人当然不吃水果罐头，而吃应季鲜果。水果罐头是大众食品，是专供百姓吃的。

近年来，中国人的生活水平提高得较快。显著的提高体现在吃一方面。市场规律刺激了果农的积极性。所以近年来中国市场上瓜果梨桃供应极为丰富，有时甚至呈现过剩趋势，而且价格一年比一年便宜。即使按照低工资的消费水平比照，中国也几乎是寻常果类售价最便宜的国家。以北京为例，除了荔枝、桂圆、芒果、猕猴桃等南方果类的售价平民百姓轻易不敢问津，苹果、梨、桃、杏、菠萝、葡萄等价格，通常几乎与菜蔬相等。自然地，水果罐头便不怎么受待见了。如今，连城里人送礼，也不再考虑水果罐头了。水果罐头的身价一贬再贬，只农村和小乡镇还沿袭着以水果罐头作为礼品相送的人情遗风。据我所知，全国的水果罐头厂，经济效益皆不景气。

在我小的时候，水果罐头却是平民百姓家的孩子稀见之物。

小学六年级，我才知道世界上有水果罐头这一种东西。

当年一名同学正与另几名同学大谈水果罐头如何好吃，我走过去听了一耳朵，只听清了“罐头”二字，便从旁插言道：“那谁没吃过？也不像你说的那么好吃呀！”

那同学相讥道：“就你们家那么穷，你会吃过罐头？鬼才信哪！”

我比画着说：“我当然吃过一次的！不就比月饼大一圈儿吗？很硬很硬的。白面烙的，细嚼怪香的！”

他说：“哈！哈！你吹牛吧？那叫罐头吗？那叫‘杠头’！‘杠头’不过

是一种干粮！水果罐头，那是把水果削了皮，剔了核，切成块儿，放进一个铁罐子里，再加上糖水，然后把铁罐子封上。你吃过的吗？你吃过的吗？……”

我说：“你才吹牛呢！把水果削了皮，剔了核，切成了块儿，却不吃，反而要装进铁罐儿里，还要封上盖儿，那是干什么嘛！那不是精神病吗？”

于是我们彼此攻击。

另外的同学们，只有一两个见过罐头的，便都站在事实一边儿，竭力支持他说世上有罐头这一种东西。其余的同学和我一样，不但从未见过，而且从未听说过，就像从未听说过巧克力、麦乳精、乐口福、冰淇淋一样，当然盲目而又自信地站在我这一边儿，异口同声地冲着那个吃过罐头的同学嚷：“精神病！精神病！”

几天后，在校门外，在刚刚放学的时候，那名吃过罐头的同学和几天前支持过他的同学拦住了我。

他说：“你不是不相信世界上有罐头吗？来，让你见识见识什么是罐头！”他将我引到一处僻静的地方，从书包里掏出了一听罐头——后来我知道，因他父亲是飞行员，所以他才有幸能吃上罐头。那是一种筒装啤酒一样的铁皮罐头。盖儿上有环，一拉，盖儿便彻底翻开……

于是他和那几个支持过他的同学当着我的面儿轮番喝罐头汁，接着又轮番用手指夹出果块津津有味地吃……

后来他说：“还有呢！”——示意他们中个子最高的同学，将罐头放在了人家院门的柱顶上。

望着他们走远，我扬头看那“高高在上”的罐头。我心里对自己说，你可要有点儿志气，脚步却不由自主地走了过去。我踮起脚跟，伸长一只手臂，却怎么也够不到柱子顶上那听罐头。但同学们喝时吃时故意做出的夸张表情，惹得我真馋啊！我四下里找了几块碎砖头，摞起来，一只脚站上去才将那罐头够在手里。偏巧那人家里有人出屋，在院里大喝一声：“干什么？！”我一慌，摔了个屁蹲儿，手里仍拿着那听罐头……

院子里的人并没出院子，又回到屋里去了。

站起来，低头看罐头，见里面其实空空如也。当然很沮丧，但也非常不甘心，举起空罐头筒子仰起头张大嘴耐心地承接着。许久，终于有一滴特别甜特别甜的汁滴落口中。

那是我长到十三四岁从未品咂过的一种甜。它仿佛将我的嘴都甜得“麻木”了。仿佛在我胃里顿时溶解为一片，并经由胃渐渐渗入到我周身的血管里。好比世界上一块含糖量最高的冰糖渐渐溶解在一杯凉水里一样……

如今回想起来，用“天上甘露”来形容绝不算夸张。

忽然我听到一阵大笑。一转身，见一堵墙后，闪现出那几个同学们的身影。

我羞愧难当，丢了空罐头筒，拔腿便跑……

从那以后，“罐头”两个字，便深深地印在了我脑海里。

我开始常在梦中梦见罐头，如常在梦中梦见新书包……

老百姓家的孩子，只有在生病时，才可能吃到自己很馋，而平时又吃不到的东西。比如煎鸡蛋、面条、一个苹果、一只梨什么的……

我因馋罐头而巴望自己生一场大病。

不久我真的病了。不过不是什么大病，是由于中耳炎引起的高烧。

老百姓家的母亲们，在这种时候问病了的小儿女们的话照例是——“孩子，想吃点儿什么呀？”

我鼓足勇气，犹犹豫豫地说：“妈，我想吃罐头。”

母亲愣了愣，问站在一旁的哥哥：“他说他想吃什么？”

哥哥替我回答了一遍：“妈，二弟说他想吃罐头。”

母亲又是一阵发愣，之后将哥哥扯到外间屋去。

我听到母亲在外间屋悄悄声说：“这老二，想吃什么不好，怎么偏偏想起吃罐头来了呢？他从哪儿听说罐头好吃的呢？以为咱们是什么人家了啊！”

而哥哥悄声说：“妈，就给我二弟买听罐头吃吧。吃罐头有利于降烧呢！”

母亲低声训斥：“住嘴，别胡说！”——片刻后又问：“一听罐头得多少钱？”

哥哥说一听罐头九角多。

“九角多？那么贵？够三四天的菜钱了！你就说哪儿哪儿都没买到罐头，给你二弟买两支冰棍儿就行了。冰棍儿更有利于降烧……”

接着，母亲回到里间屋，俯下身，充满爱意地注视着我说：“我让你哥给你买罐头去了！”

我羞愧地说：“妈，其实我也不怎么想吃罐头，随口说说的，你别那么当真。”

母亲却说：“一听罐头，妈还是舍得买给你吃的……”

母亲离开后，弟弟妹妹们围了过来，一个个咽着口水问我，罐头究竟是种什么东西？怎么个好吃法儿？……

而我，不禁地就流泪了——因自己的过分高的要求，也因母亲那份兑现不起的母爱……

第二年，父亲从大西北回来探家了。我从他的背包翻出了两个“赤身裸体”、没有任何商标纸包装的铁皮罐儿。眼睛一亮，心想那必是罐头无疑了。一问父亲，果然是。父亲说，那是他用一双劳保鞋和几双劳保手套在列车上与人换的，为的是春节饭桌上能多道稀罕的菜。我问里边是什么，父亲说他也不知道。我说你与人交换时怎么不问问啊。父亲说，列车上许多人都争着用不能吃的东西换能吃的东西，自己挤上前换到手就谢天谢地了，哪儿还顾得上问啊！

“三十儿”晚上，父亲亲自开罐头。父亲不慎将手指划了个大口子，流血不止。母亲替父亲包扎手指之际，我将两听罐头分别倒在两个盘子里……

第一个盘子里出现的是没削皮的大红萝卜块儿，第二个盘子里出现的也是同样的东西。由于做罐头的铁皮不过关，由于过期，倒出的汁水浮着一层铁锈，变质的红萝卜块儿发出一股怪味儿。

它们根本就不能吃了……

我下乡后，连队的小卖部就有罐头卖。但我哪里舍得买了吃呢？“够三四天的菜钱了！”看见罐头，母亲当年的话便在我耳边响起。我宁愿自己永远也不吃罐头，为在城市里过贫穷日子的母亲和弟弟妹妹省下三四天菜钱……

但是我当班长时，班里的战士病了，我每每为他们买罐头。连队小卖部里除了罐头，也再无别的什么好吃的东西可买……

当小学教员时，学生病了，我也为学生们买过罐头……

每次探家，我去精神病院探视考上了大学而又因家境贫困读不起大学所以精神失常的哥哥，总是要拎上几听罐头……

怀着感激去到那些帮助过我家以及帮助过我的好心人家里作礼节性的走动时，罐头往往也是必买的东西之一种……

一九七四年我接到大学录取通知书后，回老连队去向知青战友们告别。他们在大宿舍里为我“饯行”。几只饭盒摆在一起时，有一个战友看一看说：“怎么觉得少点儿什么呢？哎，你们看还少点儿什么？”

我一言不发，默默起身去了小卖部，将每种罐头都买了一听。

那一年我二十五岁。第一次吃罐头，而且是吃自己买的罐头。我只象征性地吃了几口，不知为什么，竟没感到特别好吃……

大学毕业五年后，我成家了。我的工资五十元多一点点。妻的工资高我几元。有了儿子后，开销增加了，我们必得“勤俭持家”。

于是我在夏季西红柿便宜时，向邻居们学做西红柿“罐头”。那是“土法上马”的“制作”。诚所谓“有条件要上，没有条件，创造条件也要上”——这是毛主席当年的“最高指示”。做法说麻烦也麻烦，说简单也简单——将些葡萄糖瓶子水煮消毒，将西红柿洗净，切成条，由瓶口塞入瓶中，再加入糖醋，然后放在蒸锅里蒸。最后塞严橡皮瓶塞，再用塑料薄膜扎紧瓶口，摆放在阴凉处即可……

有一年夏季我做了二十几瓶。冬季吃不了，送给别人家，甚至也送给岳父母家。接受的人享用后，都说很好吃……

然而我却极少吃自己亲手做的罐头。天生吃不来一切罐头化了的水果或其他食品。在这一点上，我这个贫穷之家出身的人，又似乎显得太娇情了。

可当年落入口中那一滴罐头汁，为什么就特别特别甘甜呢？个中缘由，我没细想过，自己也说不太清。

如今，在任何一家副食商店，罐头的专柜，大抵琳琅满目。品种之多，包装之美，非常吸引人的目光。

我喜欢站在罐头专柜前欣赏地看，但绝不会买。

有时，竟会由欣赏而陷入浪漫的遐想，希望自己是一位神仙，口中暗念咒语，轻轻一挥手，将全中国大小商店里的，仓库里的，以及大小罐头厂里正在生产着的各种各样的罐头，全靠意念搬运到许多偏远农村的贫穷农家里去……

（选自1997年梁晓声著《凝视九七》）

玻璃匠和他的儿子

20世纪80年代以前，城市里总能见到这样一类游走匠人——他们背着一个简陋的木架走街串巷，架子上分格装着尺寸不等、厚薄不同的玻璃。他们一边走一边招徕生意："镶——窗户！镶——镜框！镶——相框！"

他们被叫作玻璃匠。

有时，人们甚至直接这么叫他们："哎，镶玻璃的！"

他们一旦被叫住，就有点儿钱可挣了。或一角，或几角。总之，除了成本，也就是一块玻璃的原价，他们一次所挣的钱，绝不会超过几角钱。一次能挣五角钱的活，那就是"大活"了。他们一个月遇不上几次大活的。一年四季，他们风里来雨里去，冒酷暑，顶严寒，为的是一家人的生活。他们大抵是些由于这样或那样的原因而被拒在"国营"体制以外的人。按今天的说法，是些当年"自谋生路"的人。有"玻璃匠"的年代，城市百姓的日子都过得很拮据，也特别仔细。不论窗玻璃裂碎了，还是相框玻璃或镜子裂碎了，那大块儿的，是舍不得扔的。专等玻璃匠来了，给切割一番，拼对一番。要知道，那是连破了一只瓷盆都舍不得扔，专等锔匠来了给锔上的穷困年代啊！

玻璃匠开始切割玻璃时，每每吸引不少好奇的孩子围观。孩子们的好奇心，主要是由"玻璃匠"那一把玻璃刀引起的。玻璃刀本身当然不是玻璃的。玻璃刀看上去都是样子差不了哪儿去的刃具，像临帖的毛笔。刀头一般长方而扁，其上固定着极小极小的一粒钻石。玻璃刀之所以能切割玻璃，完全靠那一粒钻石。没有了那一粒小之又小的钻石，一把玻璃刀便一钱不值了。玻璃匠也就只得改行，除非他再买一把玻璃刀。而从前一把玻璃刀一百几十元，相当于一辆新自行车的价格，对于靠镶玻璃养家糊口的人，谈何容易！并且，也极难买到。因为在从前，在中国，钻石本身太稀缺了。所以，从前中国的玻璃匠们，用的几乎全是从前的，从前也即一九四九年前的玻璃刀，大抵是外国货。一九四九年前的中国还造不出玻璃刀来。将一粒小之又小的钻石固定在铜或钢的刀头上，是一种特殊的工艺。

可想而知，玻璃匠们是多么爱惜他们的玻璃刀！与侠客对自己的兵器的爱惜程度相比，也是不算夸张的。每一位玻璃匠都一定为他们的玻璃刀做了套子，像从前的中学女生为自己心爱的钢笔织一个笔套。有的玻璃匠，甚至为他们的玻璃刀做了双层的套子。一层保护刀头，另一层连刀身都套进去；再用一条链子系在内衣兜里，像系着一块宝贵的怀表似的。当他们从套中抽出玻璃刀，好奇的孩子们就将一双双眼睛瞪大了。玻璃刀贴着尺在玻璃上轻轻一划，随之出现一道纹，再经玻璃匠的双手有把握地一掰，玻璃就沿纹齐整地分开了，在孩子们看来那是不可思议的……

我的一位朋友的父亲，便是那年代的一名玻璃匠，他的父亲有一把德国造的玻璃刀。那把玻璃刀上的钻石，比许多玻璃刀上的钻石都大，约半个芝麻粒儿那么大。它对于他的父亲和他一家，意味着什么不必细说。

有次我这位朋友在我家里望着我父亲的遗像，聊起了自己曾是玻璃匠的父亲，聊起了他父亲那一把视如宝物的玻璃刀。我听他娓娓道来，心中感慨万千！

他说他父亲一向身体不好，脾气也不好。他十岁那一年，他母亲去世了，从此他父亲的脾气就更不好了。而他是长子，下面有一个弟弟和一个妹妹。父亲一发脾气，他就首先成了出气筒。年纪小小的他，和父亲的关系越来越紧张，也越来越冷漠。他认为他的父亲一点儿也不关爱他和弟弟妹妹。他暗想，自己因而也有理由不爱父亲。他承认，少年时的他，心里竟有点儿恨自己的父亲……

有一年夏季，他父亲回老家办理他祖父的丧事。父亲临走，指着一个小木匣严厉地说："谁也不许动那里边的东西！"——他知道父亲的话主要是说给他听的。同时猜到，父亲的玻璃刀放在那个小木匣里了。但他也毕竟是个孩子啊。别的孩子感兴趣的东西，他也免不了会产生好奇心呀！于是父亲走后的第二天他打开了那小木匣，父亲的玻璃刀果然在里面。但他只是将玻璃刀从双层的绒布套子里抽出来欣赏一番，比画几下而已。他以为他的好奇心会就此满足，却没有。第三天他又将玻璃刀拿在手中，好奇心更大了，找到块碎玻璃试着在上边划了一下，一掰，碎玻璃分为两半，他就觉得更好玩了。然而最后一次，那把玻璃刀没能从玻璃上划出纹来，仔细一看，刀头上的钻石不见了！他这一惊非同小可，心里毛了，手也被玻璃割破了，他怎么也没想到，使用不得法，刀头上那粒小之又小的钻石，是会被弄掉的。他当时可以说是吓傻了……由于恐惧，那一天夜里，他想出了一个卑劣的办法——第二天他向同学借了一把小镊子，将一小块碎玻璃在石块上仔仔细细捣得粉碎，夹起半个芝麻粒儿那么小的一个玻璃碴儿，用胶水粘在玻璃刀的刀头上了。那一年是1972年，他14岁……

三十余年后，在我家里，想到他的父亲时，他一边回忆一边对我说："当年，我并不觉得我的办法卑劣。甚至，还觉得挺高明。我希望父亲发现玻璃刀上的钻石粒儿掉了时，以为是他自己使用不慎弄掉的。那么小的东西，一旦掉了，满地哪儿去找呢？既找不到，哪怕怀疑是我搞坏的，也没有什么根据，只能是怀疑啊！"

他的父亲回到家里后，吃饭时见他手上缠着布条，问他手指怎么了。他搪塞地回答，生火时不小心被烫了一下。父亲没再多问他什么。

翌日，父亲一早背着玻璃箱出门挣钱去，才一个多小时后就回来了，脸上阴云密布。他和他的弟弟妹妹吓得大气儿都不敢出一口。然而父亲并没问玻璃刀的事，只不过仰躺在床，闷声不响地接连吸烟……

下午，父亲将他和弟弟妹妹叫到跟前，依然阴沉着脸却语调平静地说："镶玻璃这种营生是越来越不好干了。哪儿哪儿都停产，连玻璃厂都不生产玻璃了。玻璃匠买不到玻璃，给人家镶什么呢？我要把那玻璃箱连同剩下的几块玻璃都卖了。我以后不做玻璃匠了，我得另找一种活儿挣钱养活你们……”

他的父亲说完，真的背起玻璃箱出门卖去了……

以后，他的父亲就不再是一个靠手艺挣钱的男人了，而是一个靠力气挣钱养活自己儿女的男人了。他说，以后他的父亲做过临时搬运工，做过临时仓库看守员，还做过公共浴堂的临时搓澡人，居然还放弃一个中年男人的自尊，正正式式地拜师为徒，在公共浴堂里学过修脚……

而且，他父亲的暴脾气，不知为什么竟一天天变好了，不管在外边受了多大委屈和欺辱，回到家里再也没冲他和弟弟妹妹宣泄过。那当父亲的，对于自己的儿女们，也很懂得问饥问寒地关爱着了。这一点一直是他和弟弟妹妹们心中的一个谜，虽然都不免奇怪，却并没有哪一个当面问过他们的父亲。

到了我的朋友34岁那一年，他的父亲因积劳成疾，才60多岁就患了绝症。在医院里，在曾做过玻璃匠的父亲的生命之烛快燃尽的日子里，我的朋友对他的父亲孝敬倍增。那时，他们父子的感情已变得非常深厚了。一天，趁父亲精神还可以，儿子终于向父亲承认，二十几年前，父亲那一把宝贵的玻璃刀是自己弄坏的，也坦白了自己当时那一种卑劣的想法……

不料他父亲说：“当年我就断定是你小子弄坏的！”

儿子惊讶了：“为什么？难道你从地上找到了……那么小那么小的东西啊，怎么可能呢？”

他的老父亲微微一笑，语调幽默地说：“你以为你那种法子高明啊？你以为你爸就那么容易骗呀？你又哪里会知道，我每次给人家割玻璃时，总是习惯用大拇指抹抹刀头。那天，我一抹，你粘在刀头上的玻璃碴子扎进我大拇指肚里去了。我只得把揣进自己兜里的五角钱又掏出来退给人家了。我当时那种难堪的样子就别提了，那么些大人孩子围着我看呢！儿子你就不想想，你那么做，不是等于成心当众出你爸的洋相吗？”

儿子愣了愣，低声又问：“那你，当年怎么没暴打我一顿？”

他那老父亲注视着他，目光一时变得极为温柔，语调缓慢地说：“当年，我是那么想来着。恨不得几步就走回家里，见着你，掀翻就打。可走着走着，似乎有谁在我耳边对我说，你这个当爸的男人啊，你怪谁呢？你的儿子弄坏了你的东西不敢对你说，还不是因为你平日对他太凶吗？你如果平日使他感到你是最可亲可爱的一个人，他至于那么做吗？一个14岁的孩子，那么做是容易的吗？换成大人也不容易啊！不信你回家试试，看你自己把玻璃捣得那么碎，再把那么小那么小的玻璃碴粘在金属上容易不容易。你儿子的做法，是怕你怕的呀！……我走着走着，就流泪了。那一天，是我当父亲以来第一次知道心疼孩子。以前呢，我的心都被穷日子累糙了，顾不上关怀自己的孩子们了……”

“那……爸，你也不是因为镶玻璃的活儿不好干了才……”

“唉，儿子你这话问的！这还用问吗？……”

我的朋友，一个34岁的儿子，伏在他老父亲身上，无声地哭了。几天后，那父亲在两个儿子一个女儿的守护之下，安详而逝……

我的朋友对我讲述完了，我和他不约而同地吸起烟来，长久无话。

那时，夕照洒进屋里，洒了一地，洒了一墙。我老父亲的遗像，沐浴着夕照，他在对我微笑。他也曾是一位脾气很大的父亲，也曾使我们当儿女的都很惧怕。可是从某一年开始，他忽然判若两人，变成了一位性情温良的父亲。

我望着父亲的遗像，陷入默默的回忆——在我们几个儿女和我们的老父亲之间，想必也曾发生过类似的事吧？那究竟是一件什么事呢？——可我却没有我的朋友那么幸运，至今也不知道。而且，也不可能知道了，将永远是一个谜了……

（选自2004年第4期《海燕》）

我的第一支钢笔

它是黑色的，笔身粗大，外观笨拙。全裸的笔尖、旋拧的笔帽。胶皮笔囊内没有夹管，吸墨水时，捏一下，缓慢鼓起。墨水吸得太足，写字常常“呕吐”，弄脏纸和手。

它是我使用的第一支钢笔，母亲给我买的。那一年，我升入小学五年级。学校规定，每星期有两堂钢笔字课。某些作业，要求学生必须用钢笔完成。全班每一个同学，都有了一支崭新的钢笔。有的同学甚至有两支。我却没有钢笔可用，连支旧的也没有。我只有蘸水钢笔，每次完成钢笔作业，右手总被墨水染蓝。染蓝了的手又将作业本弄脏。我常因此而感到委屈，做梦都想得到一支崭新的钢笔。

一天，我终于哭闹起来，折断了那支蘸水笔，逼着母亲非立刻给买一支吸水笔不可。

母亲对我说：“孩子，妈妈不是答应过你，等你爸爸寄回钱来，一定给你买支吸水笔吗？”

我不停地哭闹，喊叫：“不，不，我今天就要。你去给我借钱买。”

母亲叹了口气，为难地说：“你这孩子，真不懂事。这月买粮的钱，是向邻居借的；交房费的钱，也是向领导借的；给你妹妹看病，还是向领导借的钱。为了今天给你买一支吸水笔，你就非逼着妈妈再去向邻居借钱吗？叫妈妈怎么张得开口啊？”

我却不管母亲好不好意思再向邻居张口借钱，哭闹得更凶。母亲心烦了，打了我两巴掌。我赌气哭着跑出了家门……

那天下雨，我在雨中游荡了大半日不回家，衣服淋湿了，头脑也淋得平静了，心中不免后悔自责起来。是啊，家里生活困难，仅靠在外地工作的父亲每月寄回几十元钱过日子，母亲不得不经常向邻居开口借钱。母亲是个很顾脸面的人，每次向邻居家借钱，都需鼓起一番勇气。我怎么能为了买一支吸水笔，就那样为难母亲呢？我觉得自己真是太对不起母亲了。

于是我产生了一个念头，要靠自己挣钱买一支钢笔。这个念头一产生，我就冒雨朝火车站走去。火车站附近有座坡度很陡的桥，一些大孩子常等在坡下，帮拉货的手推车夫们推上坡，可讨得五分钱或一角钱。

我走到那座大桥下，等待许久，不见有推车来。雨越下越大，我只好站到一棵树下躲雨。雨点噼里啪啦地抽打着肥大的杨树叶，冲刷着马路。马路上不见一个行人的影子，只有公共汽车偶尔驶来驶去。几根电线杆子远处，就迷迷蒙蒙地看不清楚什么了。

我正感到沮丧想离开，因雨又太大，再等下去，肚子又饿，但忽然发现了一辆手推车，装载着几层高高的木箱子，遮盖着雨布。拉车人在大雨中缓慢地、一步步地朝这里拉来。看得出，那人拉得非常吃力，腰弯得很低，上身几乎俯得与地面平行了，两条裤腿都挽到膝盖以上，双臂拼力压住车把，每迈一步，似乎都使出了浑身的劲儿。那人没穿雨衣，头上戴顶草帽。由于他上身俯得太低，无法看见他的脸，也不知他是个老头儿，还是个小伙儿。

他刚将车拉到大桥坡下，我便从树下一跃而出，大声问："要帮一把吗？"他应了一声。我没听清他应的是什么，明白是正需要我"帮一把"的意思，就赶快绕到车后，一点也不隐藏力气地推起来。车上不知拉的何物，非常沉重。还未推到半坡，我便一点力气也没有了，双腿发软，气喘吁吁。那时我才知道，对于有些人来说，钱并非容易挣到的。即使一角钱，也是并非容易挣到的。我还空着肚子呢。又推了几步，实在推不动了，产生了"偷劲"的念头，反正拉车人是看不见我的。我刚刚松懈了一点力气，就觉得车轮顺坡倒转。不行，不容我"偷劲"。那拉车人，也肯定是凭着最后一点力气在坚持，在顽强地向坡上拉。我不忍心“偷劲”了。我咬紧牙关，憋足一股力气，发出一个孩子用力时的哼唷声，一步接一步，机械地向前迈动步子。

车轮忽然转动得迅速起来。我这才知道，已经将车推上了坡，开始下坡了。手推车飞快朝坡下冲，那拉车人身子太轻，压不住车把，反被车把将身子悬起来，腿离了地面，控制不住车的方向。幸亏车的方向并未偏往马路中间，始终贴着人行道边，一直滑到坡底才缓缓停下。

我一直跟在车后跑，车停了，我也站住了。那拉车人刚转过身，我便向他伸出一只手，大声说：“给钱。”

那拉车人呆呆地望着我，一动不动，也不掏钱，也不说话。

我仰起脸看他，不由得愣住了。“他”……原来是母亲。雨水，混合着汗水，从母亲憔悴的脸上直往下淌。母亲的衣服完全淋透了，像从水里捞出来的一样，湿漉漉地贴在身上，显出了她那瘦削的两肩的轮廓。她胸口剧烈地起伏着，脸色苍白，大口大口地喘着气。

我望着母亲，母亲望着我，我们母子完全怔住了。

就在那一天，我得到了那支钢笔，梦寐以求的钢笔。

母亲将它放在我手中时，满怀期望地说：“孩子，你要用功读书啊。你要是不用功读书，就太对不起妈妈了……”

在我的学生时代，我一刻都没有忘记过母亲满怀期望对我说的这番话。

如今，二十多年过去了，我已经是个成年人了，母亲变成老太婆了。那支笔，也可以说早已完成它的历史使命了。但我，却要永远保存它，永远珍视它，永远不抛弃它。

（选自2004年第10期《视野》）

父亲的遗物

我站在椅上打开吊柜寻找东西，蓦地看见角落里那一只手拎包。它是黑色的，革的，很旧的，拉锁已经拉不严了，有的地方已经破了。虽然在吊柜里，竟也还是落了一层灰尘。那是父亲生前用的手拎包啊！

父亲病故十余年了，十余年中，我不止一次地打开过吊柜，也不止一次地看见过父亲的手拎包，但是却从没把它取下来过。我怕陷入不可名状的亲情的回忆。

然而，这一次，我的手伸出又缩回，几经犹豫，最终还是把手拎包取了下来……我并没打开它。

我认真仔细地把灰尘擦尽，转而腾出衣橱的一格，将它放入衣橱里了。我心情很内疚，不该让自己父亲的遗物落满了灰尘啊！

我不必打开它，也知道里面装着一把刮胡刀。父亲的络腮胡子很浓，刮时发出刺啦刺啦的响声。父亲死前，刮胡刀的刀刃已被磨得只有原先的一半那么宽了。因为父亲的胡子硬，每用一次，必磨一次。父亲的胡子又长得快，四十几年的岁月里，刀刃自然耗损明显。

手拎包里还有一个小小的牛皮套，其内是父亲的印章。父亲一辈子只刻过那么一枚印章。木质的，比我用的钢笔的笔身粗不到哪儿去。父亲一生离不开那印章，当工人时每月领工资要用，退休后每三个月寄来一次退休金，每月六十余元，一年仅用数次……

一对玉石健身球，是我花五十元为父亲买的。父亲听我说是玉石的，虽然我强调我只花了五十元，父亲还是觉得那一对健身球特别宝贵似的。他只偶尔转在手里，之后立刻归放盒中。其中一只被他孙子小时候要去玩，结果掉在阳台的水泥地上摔裂了一条纹……父亲当时心疼得直跺脚，连说：“哎呀，哎呀，你呀，你呀！真败家，这是玉石的你知道不知道哇！……”

再有，就是父亲身份证的影印件了。原件在办理死亡证明时被收缴注销了。我预先影印了，留作纪念。

除了以上东西，父亲这一位新中国第一代建筑工人，再就没留下什么遗物了。仅有的这几件遗物中，健身球还是他的儿子给他买的。

手拎包的拉锁，父亲生前曾打算换过，但那要花三元多钱。花钱方面仔细了一辈子的父亲舍不得花三元多钱。父亲曾试图自己换，结果发现皮革已有些糟了，“咬”不住线了，自己没换成。我曾给过父亲一只开什么会发的真皮的手拎包。父亲却将那真皮的手拎包收起来了，舍不得用。他生前竟没往那真皮的手拎包里装过任何东西……

父亲逝前一个月，我为父亲买了六七盒“蛋白注射液”，大约用了近三千元钱。我明知那绝不能治愈父亲的癌症，仅为我自己获得一点儿做儿子的心理安慰罢了。父亲那一天状态很好，目光特别温柔地望着我笑了。

可母亲走到了父亲的病床边，满脸忧愁地说：“你有多少钱啊？买这种药能报销吗？你想把你那点儿稿费都花光呀？你们一家三口以后不过了呀？……”

仰躺着已瘦得虚脱了的父亲低声说：“如果我得的是治不好的病，就听你妈的话，别浪费钱了……”

沉默片刻，又说：“儿子，我不怕死。”

听了父亲的话，我心凄然。

我也不怕死，只是觉得，还有些亲情责任未尽周全。我是根本不相信另一个世界之存在的。但有时也孩子气地想：倘果有冥间，那么岂不就省了投胎转世的麻烦，直接又可以去做父母的儿子了吗？

（选自2006年第2期《老人天地》）

老茶农和他的女儿

当女儿的手轻轻推开了窗扇，呵——一阵馥郁的气息随之而至。顿时，她几乎醉了。

那是茶乡的早晨的气息。

城市和乡村的最根本的区别乃在于——乡村是有气息的，正如婴儿是浑身散发奶味的。而城市没有。

窗外，山丘波状的曲线近在眼前。一行行修剪过的茶树，从山脚至山头，层层叠叠，宛如梯田，使整座山丘成为茶山。

在对面的山腰，有这一户人家的几亩茶树。而房屋的左右两边，也是茶山。后边，是一条河。晚上，汩汩之声，彻夜入耳。那是河的永无休止的絮语，也是这茶乡的人们听惯了的。孩子们在家乡河的絮语声中长大成人，于是到城市里去试探人生的前途和世界的深浅。或者，像父母辈一样，成为新一代的茶农。近年，这茶乡的年轻人中，前一种越来越多了，后一种越来越少了。因为种茶也像种庄稼一样，一年到头，辛辛苦苦，也挣不到多少钱了。外出的年轻人们，即使在城市里始终没有获得到什么有保障的人生，那也还是不情愿回到这一个茶乡的。偶尔回来，往往是由于自己在城市里闯荡得实在是太累了，或者父母病了……

然而芸这一次回到家乡来，却是为了能在一个绝对不受任何干扰的地方潜心完成她的“出站”论文的。芸是这个茶乡的骄傲。因为她不但至今仍是这个茶乡唯一考上大学的姑娘，而且现在已经读到博士后了。所以她要完成的论文，也就不是什么一般的毕业论文，而叫“出站”论文。一般听了，是不太明白的。

芸在清明前十几天就回到茶乡了，那时的南方天气还没怎么转暖。父亲每天起得很早，悄无声息地做好饭，热在锅里，然后自己便背着茶篓上山采茶去了。有时自己也吃几口饭；有时，则连口饭也不吃。芸习惯了熬夜，为将论文写到优等的水平，每天睡得很晚，自然起来得也就很晚。一般总是在八点钟以后才醒。散步，洗漱；吃罢早饭，也就快九点了。一回到房间，便又埋头于写作了。等到父亲叫她的时候，肯定便是中午了。那时父亲已采回过一篓茶叶了。无论第二篓茶叶采满还是没采满，父亲都会在中午之前及时赶回家里，为的是能让女儿及时吃到午饭。开饭的时间，和大学食堂一样正点。午饭后，父亲刷锅洗碗，闲不住地收拾收拾这儿，打扫打扫那儿。而芸，照例再出去散步一小会儿。等芸散步回来，父亲或者盖件衣服在竹躺椅上睡着了，或者又背着茶篓采茶去了。那么，芸也开始午休了。她往往一觉睡到三点钟。那时，父亲已背回了下午采的第一篓茶。父亲总是悄无声息地回来，又悄无声息地离去。那些日子，父亲经常说：“茶叶又涨价了。新茶生出得那么快，可是生出的一笔笔钱啊，不采回家里多可惜。”——有时是对芸说，有时是自言自语。对芸说的时候，是在饭桌上的时候；自言自语的时候，是在芸放下碗筷要去散步的时候。那时候，芸并不接话的。怕一接话，父亲就跟她说起来没完。对于父亲的自言自语，芸只当是人老了，很普遍的现象。

在家乡的日子里，确切地说是在回家的日子里，芸的感觉好极了。芸至今还是一个独身女子。她不是一个漂亮女子，当然也不是一个多么丑的学习机器式的女子。她只不过不漂亮而已。那么对于她，在这个世界上目前只有一个家，便是有父母的地方，便是这个茶乡的这一幢两层的老木屋。它留给她的回忆都是那么温暖。正如她所料想的那样，她写论文的过程没受到过任何干扰。除了在她回到家里的当天，有些乡亲们闻讯来看她，家里再就没人来过。因为父亲和乡亲们打过招呼了。那天父亲往家院外送乡亲们时，芸听到父亲这么说："我女儿这次回来和往年回来不一样。她这次是为了能安心地写好论文才回来的。那对她将来的前途要紧得很哩！大伙互相转告，还没来看过她的，先就不要来了吧。等我女儿写好了论文再来看她也不迟。"第二天吃早饭时，芸关心地问父亲为什么夜里咳嗽不止，并表示愿意陪着父亲到镇里的医院去检查检查。父亲笑了笑，说没什么大不了的，老毛病了，春秋两季常犯的，过了季节就好了。她本想到镇里去替父亲买药的，但一离开饭桌，伏到写字桌上去，不一会儿就忘了。晚上，父亲夹着被褥睡到楼下去了。芸也就没听到过父亲的咳嗽声……

芸有一个哥哥。哥哥嫂子有一个女儿，已经七岁了。哥哥嫂子带着女儿到广州打工去了。若从广州回来就和父亲住在一起。他们还没有自己的家。他们带着孩子到广州去打工，为的就是挣够一笔足够的钱，也好早日盖起一处他们自己的家。而芸的母亲五年前去世了，芸竟没能及时赶回家乡和母亲见上最后一面。芸在大学里读的是新闻专业，毕业了通常是要当记者的。省城的一家报社在学校里进行招聘活动时，面试后对芸相当满意，基本上是将她预先聘定了。是她自己后来变卦了。大学快毕业的芸，对自己的人生有了更高的追求，觉得当记者太没意思了。人生的更高的追求，在芸的思想里，肯定是要凭借更高的学历去实现的。于是考研。芸有很好的记忆力，不久便成了本校经济学系的研究生。然而经济学不是她所喜欢的，也不相信学了经济学自己的人生将来便注定获得优越的经济基础，于是又向比更高还高的人生目标发起冲刺。三年后她成了北京某所大学中文系的博士生，专业方向是中国古典诗词研究。母亲正是在她成为博士生那一年去世的。母亲去世前，哥哥曾给她写过一封信，告诉她母亲是多么想她，而且病了。那时芸正以"头悬梁，锥刺股"般的刻苦精神备考，哪里会接到哥哥的一封信就十万火急地赶回家呢？等她顺利考完，隔了几天回到家乡时，母亲已成土中之人。芸自然是很悲痛的。她埋怨哥哥不该在信中将母亲的病告之得那么轻描淡写。而哥哥，一句话都没说，狠狠瞪她一眼，起身走到外边去了。倒是父亲向她承认，是他不许哥哥在信中写得太明白，怕她着急上火，影响了考博的状态。事实上，芸是幸运的，在获得研究生文凭以后，也曾有多种在省城就业的机会，但已经获得了研究生文凭的芸，觉得自己的就业人生不该是在省城里开始，而应该是在北京实现。在读博的几年里，芸的日子基本上过得挺快活。而且她再也不像是本科生和研究生时那么手头拮据了。博士生的生活补助够每月吃饭的了，协助导师编书的报酬也不菲。自己还为某杂志开辟了一个专门介绍古典诗词背后的爱情故事的专栏，颇受好评，杂志社竟给她开出了最高稿酬，每月又是相当稳定的一千来元的入项……

昨天晚上，吃罢饭，芸没有像往日一样立刻起身回到自己的房间去。

她说："爸，我的论文写完了！"——说完，伸了个懒腰，一副大功告成的喜悦模样。她对自己的论文质量很满意，也很自信。

父亲望着她，欣慰地说："好啊。写完了好。"

芸又说："我怎么觉得我没瘦，反而胖了呢！"

父亲就笑了，再没说话。

怎么会瘦了呢？

饭桌上几乎顿顿也没断过鱼汤或鸡汤。老茶农对自己是博士的女儿的爱心，全都煨在汤里了。

"爸，我已经决定了明天下午就回北京去。"

"明天就回去？"

"我想学校的环境了。爸，我们的校园可大了，可美了！有湖，还有假山。湖里有野鸭，我想那些野鸭了……"

"女儿，你是不是还要再往下读好几年的书呢？"

"爸，我再也不必考什么学位了！我想，我已经该算是我这个专业的精英了。"

"什么鹰？"

"爸，你别想错了！好比一座宝塔，我已经是塔尖上的人了。"

"好。好啊。女儿，你终于出息了……"

不知为什么，父亲嘴上这么说着，表情却变得忧郁了。

女儿困惑地问："爸，你有什么愁事儿吗？"

老茶农微微摇头道："没有。女儿，你这么出息，爸爸还会有什么愁事呢？就真有，也不愁了。只是，茶叶又涨价了……"

"茶叶涨价了不是好事吗？"

"是啊，是好事。可我一个人，采不过来啊！"

"爸，那就雇人嘛！"

"雇人倒是省事。但四六分钱，一小半被别人得了，不划算啊！"

"爸，采一斤茶叶能卖多少钱？"

"十二三元呢。"

"那您一天采十斤，不才能卖一百二三十元吗？爸，您就别计较划算不划算的了，干脆雇人吧！"

"干脆雇人？"

"干脆雇人！"

临睡前，当女儿的塞给父亲一千元钱，说是早就想寄回家来孝敬父亲的。父亲却无论如何不肯收下。

父亲说："女儿，我不缺钱，真的不缺。你在北京花销大，还是你留着吧。"

……

现在，女儿的皮箱已经放在门口了，单等着听到摩托车的喇叭声，拎起来就走了。

她已归心似箭。

可父亲为什么还不回来呢？

女儿望着山上那些采茶的身影，看不出哪一个是自己的父亲。

可自己一会儿就要走了，父亲为什么一早还要上山去采茶呢？不就多采回一斤茶才能卖十二三元钱吗？

女儿心里正这么责备着父亲，却听到了父亲上楼的脚步声；一转身，父亲已在跟前，手拿一只塑料袋，里边装的是刚煮熟的茶叶蛋。就在此时，一个本村的小伙子，在老屋前按响了他的摩托车喇叭。父亲头天晚上求他用摩托车将芸送到镇上去，镇上有去省城的长途公共汽车……

当芸已经坐在直达北京的特快列车上时，认出坐在自己对面的，竟是邻村的一位远房叔叔。

于是二人亲热地聊了起来。

“叔，到北京干什么去？”

“还能干什么去？打工呗！”

“如今一斤茶就能卖十二三元了，还非得背井离乡地去打工？”

“谁说一斤茶叶能卖十二三元了？”

“我父亲啊。”

“他骗你哩！现如今茶叶不稀罕了，种茶的收入也薄多了。清明前的头遍茶，最高价也就以每斤四五元来收！清明一过，一斤才能卖两元钱！”

“可，可……可我爸他骗我干什么呢？”

“我怎么知道！哎，芸啊，你父亲的病轻了重了？”

“我父亲……我父亲得什么病了？”

“你不知道？你不知道，我倒不好说了……”

“叔，快告诉我！……”

“唉，芸啊，你父亲他得的是肺癌啊！他已经是个活一天赚一天的人了啊！……”

……

车轮隆隆……

列车向北，向北……

直达北京，而且特快，自然向北……

那茶乡，那老屋，那住守着老屋的老父亲，离是博士后的女儿分分秒秒地远着……

车轮隆隆，仿佛在说：“回来！回来！”

当女儿的心里霎时明白了——茶叶的价格已经降到两元钱一斤了，而父亲却骗她说涨到十二三元一斤了；分明地，老父亲多希望她这一个是博士后的女儿能留下帮他采几天茶呀！茶叶究竟多少钱一斤哪里还重要呢？……

车轮隆隆，仿佛在说："分明，分明……"

是博士后的女儿，顿时省悟了——苦读十四年，年年月月收到过钱，原来是父亲、母亲、哥哥和嫂子，以每采一斤茶叶才挣几元钱的辛勤劳作成全着她的人生追求啊！

如今母亲已是泉下之人，而父亲说不定哪一天也是了……自己心里边所装的却是校园湖里的野鸭们！……

"唉，芸啊，我觉得你是读书读傻了哩！你父亲身体那么单薄了，脸色那么不好了，你怎么就会一点儿都没看出来呢？……"

女博士早已泪流满面！

她在心里对自己说："我不是读书读傻了呀，我是……我是……"

车轮隆隆……

列车向北，向北……

车厢里忽然响起了哭声……

（选自2006年梁晓声著《未死的沙威》）

父母是最朴素的人文

一年一度，又逢母亲节、父亲节。

我的意识中，母亲像一棵树，父亲像一座山。他们教育我很多朴素的为人处世道理，令我终生受益。我觉得，对于每一个人，父母早期的家教都具有初级的朴素的人文元素。我作品中的平民化倾向，同父母从小对我的教育和影响密不可分。

我出生在哈尔滨市一个建筑工人家庭，兄妹五人，为了抚养我们五个孩子，父亲在我很小的时候就到外地工作，每月把钱寄回家。他是国家第一代建筑工人。母亲在家里要照顾我们五个孩子的生活，非常辛劳。母亲给我的印象像一棵树，我当时上学时看到的那种树——秋天不落叶，要等到来年春天，新叶长出来后枯叶才落去。

当时父亲的工资很低，每次寄回来的钱都无法维持家中的生活开支，看着我们五个正处在成长时期的孩子，食不果腹，鞋难护足，母亲就向邻居借钱。她有一种特别的本领，那就是能隔几条街借到熟人的钱。我想，这是她好人缘所起的作用。尽管这样，我们因为贫困还是生活得很艰难，五个孩子还是经常挨饿。

一次，我小学放学回家走在路上，肚子饿得咕咕叫，正无精打采往家赶时，看到一个老大爷赶着马车从我面前走过。一股香喷喷的豆饼味迎面扑来，我立即向老大爷的马车看过去，发现马车上有一块豆饼。我本来就饿，再加上豆饼香味的刺激，当时只有一个念头：拿着豆饼填饱肚子。我趁着老大爷不注意，抱起他身旁唯一的一块豆饼，拔腿就跑。

老大爷拿着马鞭一直在后面追我，我跑进家里，他不知道我一下子跑入了哪间房子。我心惊胆战地躲在家里，可没想到他还是找到了我家。“你看到一个偷我豆饼的小孩儿了吗？”老大爷问我母亲。母亲对发生的事全然不知。老大爷就把事情的经过给母亲详细说了一遍，然后蹲在地上沮丧地说：“我是农村的庄稼人，专门替别人给城里的人家送菜，每次送完菜，没有工钱，就得到四分之一块豆饼，可没想到半路上豆饼被一个学生娃给抢了，可怜我家里还有妻子和孩子，就靠这点豆饼充饥……”

母亲听完后，立即命令我把豆饼还给了老大爷。他走了十几米远后，母亲突然喊住了他。母亲将家中仅剩的几个土豆和窝头送给了他，老大爷看到玉米面做的窝头时，就像一个从未见过粮食的人一样，眼睛放亮，一边不停地说着感谢的话一边流着眼泪。

母亲回到家时，我以为她会打骂我，可她没有，她要等所有的孩子都回来。晚饭后，她要我将自己的行为说了一遍，然后她才严厉地教训我：“如果你不能从小就明白一个人绝不可以做哪些事，我又怎么能指望你以后是一个社会上的好人？如果你以后在社会上都不能是一个好人，当母亲的又能从你那里获得什么安慰？”这些道理不在书本里，不在课堂上，却使我一生受益。

当时我家虽然非常穷，但母亲还是非常支持我读书，穷日子里的读书时光对我来说是最快乐的。当时家中买菜等事都由我去做，只要剩两三分钱，母亲就让我自己留着。现在两三分钱掉到地上是没人捡的，那时五分钱可以去商店买一大碟咸菜丝，一家人可以吃上两顿，两分钱可以买一斤青菜，有时五分钱母亲也让我自己拿着。我拿着这些钱去看小人书，《青年近卫军》我从同学那里借来读过后，才知道还有下集，上下两部加起来一块八毛多一点，我还清楚地记得书的封面是浅绿色的，画有红缨枪，颜色很鲜红，我很喜欢，非常想看这本书的下集。当时正读中学，我下了很大的决心才鼓起勇气去找母亲要钱。

那天下午两点多，我来到母亲做工的小厂。进去一看，原来母亲是在一个由仓库改成的厂房里做工。厂房不通风，也不见阳光，冬天冷夏天热，每个缝纫机的上方都吊着一个很低的灯泡。因为只有灯泡瓦数很高，人们才能看得见做活。厂房很热，每个人都戴着厚厚的口罩，整个车间像一个纱厂一样，空中飞舞着红色的棉絮，所有母亲戴的口罩上都沾满了红色的棉絮，头发上、脸上、眼睫毛上也都是，很难辨认哪位是我母亲。

我一直不知道母亲是在这样的环境下工作，后来还是母亲的同事帮我找到了她。见到母亲，本来找她要钱的我，一时竟说不出话来。

母亲说："什么事说吧，我还要干活。"

"我要钱。"

"你要钱做什么呀？"

"我要买书。"

"梁嫂，你不能这样惯孩子，能给他读书就不错了，还买什么书呀！"母亲的工友纷纷劝道。

"他呀，也只有这样一个爱好，读书反正不是什么坏事。"母亲说完就把钱掏给了我。

拿着母亲给的钱，我的心情很沉重，本来还沉浸在马上拥有新书的喜悦中，现在一点儿买书的念头都没有了。当时我心里很内疚，因为母亲在那里工作了两年多，我一直不知道她在那里。我一次都没有看望过她，我也没有钱孝敬她，我怀着这样的心情去用母亲给的钱给她买了罐头。

母亲看到我买的罐头反而生气了，然后又给了我钱去买书。那时我就拥有了完整的《青年近卫军》，我非常喜欢这两本书。这件事给我的印象很深，以至于后来参加工作后我的第一件事就是花了二三十元钱，给母亲买回所有款式的罐头和点心。母亲看着我买的礼物，泪流满面。她把这些罐头擦得很亮，整整齐齐地摆在桌子上。

母亲最令我感动的事是发生在三年困难时期的那件事。当时因为我们家里小孩儿多，所以政府给了我们家一点粮食补贴，补了五至十斤粮食吧。月底的最后一天，家里一点粮食都没有了，揭不开锅，母亲就拿着饭盆将几个空面粉袋子一边抖一边刮，终于刮出了一些残余的面粉。母亲把它做成了一点疙瘩汤，然后在小院子里摆上凳子。

正在我们吃饭的时候，来了一个讨饭的。那是一个留着长胡子的老人，衣服穿得很破，脸看上去也有几天没洗。他看着我们几个孩子喝疙瘩汤的时候，显得非常馋。母亲给他端来洗脸水后，又给他搬凳子，把她自己的那份疙瘩汤盛给了他，而自己却饿着肚子。

然而这件事被邻居看到后，不知是谁开居委会时把这个事讲出来了，说我们家粮食多得吃不完，还在家中招待要饭的人。从这以后，我们家就再也没有粮食补贴了。可我母亲对这件事并没有后悔，她对我们说我们长大后也要这样。我觉得有时母亲做的某些小事都具有对儿童和少年早期人文教育的色彩。我现在教育我的学生时也经常这样讲，少写一点初恋、郁闷，少写一点流行与时尚，多想一下自己的父母，如果连自己的父母都不了解，谈何了解天下。

我们这一代人的父母，几乎没有过过一天幸福的晚年。老舍在写他的母亲时说："我母亲没有穿过一件好衣服，没有吃过一顿好饭，我拿什么来写母亲。"我能感受到作者当时的心情。

萧乾在写他母亲时说，他当时终于参加工作并把第一个月的工资拿来给母亲买罐头，当他把罐头喂给病床上的母亲时，她已经停止了呼吸。

季羡林在回忆他母亲时写道："我后悔到北京到清华学习，如果不是这样，我母亲也不会那么辛苦培养我读书。我母亲生病时，都没有告诉我，等我回到家时，母亲已经去世，我当时恨不得一头撞在母亲的棺木上，随她一起去……"

这样的父母很多，如果我们的父母也长寿，到街心公园打打太极拳，提着鸟笼子散散步，过生日时给他们送上一个大蛋糕，春节一家人到酒店吃一顿饭，甚至去旅游，我们心中也会释然。如果我们少一点粗声粗气地对母亲说话，惹她生气；如果我们能多抽出一点时间来陪陪母亲，那就好了。我想全世界的儿女都是孝的，只要我们仔细看一下“老”字和“孝”字，上面都是一样的，“老”字非常像一个老人半跪着，人到老年要生病，记性不好，像小孩儿，不再是那个威严的教育你的父母，他变成弱势了，在别人面前还有尊严，在你面前却要依靠……

最后我想说，爱是双向的。只有父母对孩子的爱，没有孩子对父母的爱，这种爱是不完整的。父母养育孩子，子女尊敬父母，爱是人间共同的情怀和关爱。

（选自2006年第12期《北方人》）

王妈妈印象

写罢《茶村印象》，意犹未尽，更想写友人的母亲王妈妈。

王妈妈今年七十七岁了。

我第一次见到她，是在她家门口。当时是傍晚，她蹲着，正欲背起一只大背篓到茶集去卖茶。

茶集不过是一处离那个茶村二里多远的坪场，三面用砖墙围了。朝马路的一面却完全开放，使集上的情形一目了然。茶集白天冷冷清清，难见人影。傍晚才开始，附近几个茶村的茶农都赶去卖茶，于是熙熙攘攘，热闹得很。通常一直热闹到八点钟以后，天光黑了，会有许多灯点起来，以便交易双方看清秤星和钱钞。那一条路说是马路，其实很窄，一辆大卡车就几乎会占据了路面的宽度；但那路面，却是水泥的，较为平坦。它是茶农们和茶商共同出资铺成的，为的是茶农们能来往于一条心情舒畅的路上。所幸很少有大卡车驶过那一条路。但在茶农们卖茶的那一段时间里，来往于路上的摩托、自行车或三轮车却不少。当然更多的是背着满满一大背篓茶叶的茶农们。他们都是些老人，不会或不敢骑车托物了，只有步行。一大背篓茶对于年轻人来说并不太重，二三十斤而已。但是对于老人和妇女，背着那样一只大背篓走上二三里地，怎么也算是一件挺辛苦的事了。他们弯着腰，低着头，一步步机械地往前走。遇到打招呼的人偶尔抬起头，脸上的表情竟是欣慰的。茶村毕竟也是村，年轻人一年到头去往城市里打工，茶村也都成了老人们、孩子们和少数留守家园的中年妇女们的村了。这一点和中国其他地方的农村没什么两样。见到一个二三十岁的男人或女人，会使人反觉稀奇的……

事实上，当时王妈妈已将背篓的两副背绳套在肩上了，她正要往起站，友人叫了她一声“妈”。

她一抬头，身子没稳住，坐在地上了。

我和友人赶紧上前扶她。自然，作为儿子的我的友人，随之从她背上取下了背篓。她看着眼前的儿子，笑了，微微眯起双眼，笑得特慈祥。

她说：“我儿回来啦！”——将脸转向我，问：“是同事？”友人说：“是朋友。”

她穿一件男式圆领背心，已被洗得过性了，还破了几处洞；一条草绿色的裤子，裤腿长不少，挽了几折，露出半截小腿；而脚上，是一双扣绊布鞋，一只鞋的绊带就要断了，显然没法相扣了，掖在鞋帮里。那双鞋，是旧得不能再旧了，也挺脏，沾满泥巴（白天这地方下了一场雨）。并且呢，两只鞋都露脚趾了……

我说：“王妈妈好。”——打量着这一位老母亲，倏忽间想念起我自己的母亲来。我的老母亲已过世十载了，在家中生活最困难的时期，那也还是会比友人的这一位老母亲穿得好一些。何况采茶又不是什么脏活，我有点儿不解这一位老母亲何以穿得如此不伦不类又破旧……

然而友人已经叫起来了：“妈，你这是胡乱穿的一身什么呀？我给你寄回来的那几套好衣服为什么不穿？我上次回来不是给你买了两双鞋吗？都哪儿去了？……”

友人的话语中，包含着巨大的委屈，还有难言的埋怨。显然，他怎么也没想到他的母亲会以那么一种样子让我看到，他窘得脸红极了。须知我这一位友人也是大学里的一位教授，而且是经常开着“宝马”出入大学的人。

他的母亲又笑了，仍笑得那么慈祥。

她说：“都在我箱子里放着呢。”

“那你怎么不穿啊？”

当儿子的都快急起来了，跺了下脚。

“好好好，妈明儿就穿，还不快请你的朋友家里坐啊！……我先去卖茶，啊……”

我对友人说：“咱俩替老人家去卖吧！”

但是王妈妈这一位老母亲却怎么也不依，既不让我和她的儿子一块儿去替她卖那一大背篓茶叶，也不许她的儿子单独去替她卖。我和我的友人，只得帮老人家将背篓背上，眼睁睁地看着身材瘦小的老人家像一只负重的虾米一样，一步步缓慢地离开了家门前……

友人问我：“你觉得有多少斤？”

我说：“二十几斤吧。”

友人追问：“二十几斤？”

我说：“大约二十五六斤吧。”

他家门前，有一块半朽未朽的长木板，一端垫了一摞砖，一端垫了一块大石头，算是可供人在家门前歇息的长凳。

友人就在那木板上坐下去了，默默吸烟。我知他心里难受，大约也是有几分觉得难堪的，就陪他坐下，陪他吸烟。

这时，友人的脸上淌下泪来了。

他说：“上个月我刚把她接到我那儿去，可住了不到十天，她就闹着回来，惦记着那不到一亩的茶秧。她那么急着回来采茶，我不得不给她买机票，坐飞机能当天就回来啊！可从广州到成都，打折的飞机票也九百多元啊！还得我哥到成都机场去接她，再乘长途汽车到雅安，再从雅安坐出租车到村里，一往一返，光路费三千元打不住。她那几分地的茶秧，一年采下的茶才卖两千多元。她就不算算账！这不，回来了，又采上茶了，才活得有心劲儿了似的……”

我说：“那你就给老人算一算这笔账嘛。”

他回答：“当然算过，白算。我们算这一种账，在我母亲那儿根本就不走脑子。关于钱，一过千这么大的数，她就没意识了。她只对小数目的钱敏感，而且一笔笔算起来清清楚楚，从没糊涂过，谁想蒙她都不容易。还对小数目的钱特亲。比如这个月茶价多少钱一斤，下个月多少钱一斤，那么这个月几天没采茶，等于少挣了多少钱……”说到此处，苦笑。

我说：“那你以后就把花在路费方面的钱寄回呗。”

友人说，那寄回来的钱对于他的老母亲就只等于是一个数字，她会直接把钱存在银行里，连过手都不过手。说自己当教授了，住上宽敞的房子了，有了私家车了，不将老母亲接到城市里享享福，内心不安。说他老母亲第一次到深圳的日子里，他曾驾车带着他老母亲到海滨路上去度周末，也像别人一样将塑料布铺于绿地，摆开吃的喝的，和老母亲共同观海景，聊天。可老母亲却奇怪于城里人为什么偏偏将那么一大片地植树了、种草了，而不栽上茶秧？栽茶秧那能解决多少人的挣钱问题啊！进而大为不满地批评城里人罪过，不知土地宝贵，浪费大片大片的土地简直像不在乎一张纸一样。又觉得城里人太古怪，难以理解，待在家里多舒服，干吗都一家家一对对跑到海边傻坐着？海边再凉快，还能比有空调的家里凉快吗？说那一次老母亲在他那儿住的日子还长久些，因为在大都市里发现了生财之道——一个空塑料瓶两分钱，易拉罐三分钱，纸板三角钱一斤，她觉得比采茶来钱容易多了。说那是老母亲唯一愿意向城市人学习的地方，也是对大都市的唯一好感。还因为捡那些东西，和“同行”发生了口角。而他，只得向老母亲耐心解释，捡那些东西的人，是划分了街区领地的。在别人的街区领地捡那些东西，就是侵犯了别人的利益。别人对你提出抗议，抗议得有理。你跟别人吵，吵得没理。老母亲却振振有词地反问，他有政府发的证书吗？如果没有，凭什么说那些街区是他的“领地”呢？依她想来，既然拿不出类似政府发给农民的土地证一样的证书，凭什么只许自己捡，不许别人捡呢？而他就只得更加耐心地向老母亲解释，尽管对方并无证书，但那是“潜规则”。“潜规则”相互也是要遵守的。解释来解释去，最后也没能使老母亲明白究竟什么是“潜规则”，为什么“潜规则”对人也具有约束性……老母亲离开的前一天，他家阳台上已堆满了空塑料瓶等废弃物。他想通知收废品的人上门来收走，可老母亲不许，因为人家上门来收，一个塑料瓶子就变成一分钱了，废纸也变成两角一斤了。在老母亲那儿，账算得“倍儿清”——一个塑料瓶等于卖亏了百分之五十，一斤废纸板等于卖亏了百分之三十，合计卖亏了百分之八十！他说：“妈，账你也不能这么算，并不是你原本该卖得十元，结果亏掉了八元，就剩两元了。”老母亲说：“你别跟我拌嘴！百分之五十加百分之三十，怎么就不是亏了百分之八十呢？你当儿子的，不能拿我的辛苦不当辛苦，我捡了那么一阳台我容易吗我？”于是伤心起来。我的朋友这个当儿子的，只得赶紧认错。接下来乖乖地将阳台上的废品弄出家门，塞入他那辆刚买的“广本”，再带上老母亲，分两次卖到废品收购站去。老母亲点数总计二十来元钱，顿觉是一笔大收入，这才眉开眼笑……

友人问我：“如果请收废品的上门来收走，是等于卖亏了百分之八十吗？”

我说：“当然不是。百分之百减去百分之三十剩百分之七十，加上塑料瓶的百分之五十，是百分之一百二十……”

友人奇怪了：“少卖钱是肯定的，怎么也不会成了百分之一百二十吧？”

我愣了，自知我的算法也成问题，陪着苦笑起来……

友人的老母亲卖茶叶回来了，一脸不快。当儿子的问她卖了多少钱，她说：“儿子你还不知道吗？这个季节大叶子茶更不值钱了，才卖了九元三角钱；辛苦了一白天，到手的钱居然还不够一个整数。”她是得怏怏不乐。

吃晚饭时，老人家在自家的太阳能洗浴房里冲过了澡，翻箱倒柜，换上了一身体面的衣服。我的友人，他的哥哥嫂子都说，老人家纯粹是为我这一位远道而来的客人才那样的。

老人家说是啊是啊，多次听晓鸣（我的友人的名字）跟她谈到过我，早知我们情同手足。说好朋友要长久。她相信我和她儿子会是天长地久的朋友，替我们高兴。老人家不断为我夹菜，口口声声叫我“声仔”。

友人对我耳语：“我母亲叫你‘声仔’，那就等于是拿你当儿子一样看待了。”

我也耳语，问：“要不要将我装在红信封里的五百元钱立刻就从兜里掏出来，作为见面礼奉上？”友人却摇头。第二天，友人陪我到镇上去，将五张百元钞换成了一百余张小面额的钱，扎成厚厚两捆，在他老母亲高兴之时，暗示我抓住机遇。

我就双手相递，并说：“王妈妈，我希望您能认下我这个干儿子。这些钱呢，我也不知是多少，算是我这个干儿子的一份心意，您一定要收下。”

老人家顿时笑得合不拢嘴，连说：“好啊好啊，我认我认，我收我收！……”她接过钱去，又说：“看我声儿，孝敬了我这么多钱！真多真多……”友人心理不平衡地嘟哝：“那就多了？才……有好几次我一千两千地给你寄，你也没夸过我一句！”老人家批评道：“你动不动就挑我的理，看我这么也不对那么也不顺眼，他怎么就不说？”我趁机讨好：“干妈，以后他再对您那样，我这儿先就不依！”晚上，我和友人照例同床。那是他父亲生前睡的床，如今是他母亲的床，也是家中最宽大的床，却哪儿哪儿都松动了，我俩不管谁一翻身，那床都发出嘎吱嘎吱的响声。老人家为了我们两个小辈儿睡得好，把那床让给了我俩，她自己睡在客厅里的旧沙发上。

友人向我讲起了他的父亲，以及他的父亲和他母亲的关系。他的父亲曾是乡长，极体恤农民的一位乡长，故也备受农民的敬重；不幸罹患癌症，四十几岁就去世了。他父亲生前，和他母亲的关系一向不好，几乎谈不上有什么夫妻感情可言。自然，也就有过几次和别的女人的暧昧关系，母亲甚至因此寻过短见。父亲去世以后，母亲一个人拉扯着四个儿女，日子变得朝不保夕。他的妹妹，由于小病没钱治，拖成了大病。水灵灵的一个少女，临死想换一身新衣服美一下，都没美成……

友人嘱咐我，千万不要提他的妹妹，那是他母亲心口永远的痛；也千万不要提他的父亲，那似乎是他母亲永远的怨……

他说：“我听过不少父亲们为儿女卖血的事，在我们家里，为供我们几个儿女读书，卖血的却是我母亲。而且像许三观一样，在一个月里卖过两次血。上苍让我母亲活到今天，实在是对她本人和对我们儿女的眷顾……”

茶村的夜晚，万籁俱寂。友人的话语，流露着淡淡的忧悒，绵长的思念，令我的心情也忧悒起来了；并且，令我也思念起了我那没过上几天好日子的老父亲和老母亲……

第二天，王妈妈打发晓鸣到另一个茶村去看望他二姐，却要我留了下来。她不采茶了，让我陪她在村里办点事。

我陪她去了几户茶农的家里，显然是茶村生活仍很贫穷的人家。她竟是一家一户去送钱，有的送一百，有的送五十。

“看你，又送钱来，别总操心我们的日子了，我们还过得下去……”

每户人家的人都说类似的话；家家户户的人的话中，却都有“又送钱来”四个字。

那“又送钱来”四个字，令我沉思不已。

她老人家却说：“晓鸣的爸又给我托梦了，是他牵挂着你们，嘱咐我一定来看看。”

或者指着我说：“看，我认了个干儿子，和我晓鸣一样，也是教授，都是正的。他们都是每个月开五六千的人，以后我是不缺钱花的一个妈了。周济周济你们，还不应该的？……”

我陪着在茶村认的这一位干妈，去给她的女儿、她的丈夫扫了坟。两坟相近，扫罢以后，她跪了很久。

她面对这座坟说：“他爸，儿女们以为我还怨你，其实我早就不怨你了。我还替你做了些事情，那是你生前常做的事情。其实我一直记着你说过的一句话——为人处世，心里边还是多一点儿善良好。你要是也不嫌弃我了，那就给我托梦，在梦里明说。要是不好意思跟我明说，给儿女们托梦说说也行。那么，我死后，就情愿埋在你旁边……”

又对那一座坟说：“幺女啊，妈又来看你了。妈这个月采了二百多元的茶。现在女孩儿家也该穿裙子了，过几天，妈亲自到乐山去给你买一件漂亮的裙子。听你二姐的女儿说，乐山有一家服装店专卖女孩子穿的衣服，样式全都是时兴的……”

对第一座坟说话时，她的语调很平静；对第二座坟说话时，她忽然泣不成声……

在回家的路上，干妈对我说：“声儿，记着，以后找机会告诉晓鸣，他说得不对。一个塑料瓶子不是两分钱，是一角二分钱。硬铁皮的才两分钱，易拉罐八分钱，顶数塑料瓶子值钱。一斤纸板也不是一角几分钱，是三角钱……”

我诺诺连声而已。不知为什么，那一天这一位友人的老母亲，竟令我心生出几许肃然来……

后来我和我的干妈又聊过几次。

她问我：“如果一个老人生了癌症，最长能活多久，最短又能活多久？”

我以我所知道的常识回答了以后，她沉默良久，又问：“活得越久，岂不是越费钱？”

我一时不知该如何回答，尤其是对这样一位七十七岁了还辛劳不止采茶攒钱的老母亲。

她语调平静地又说：“晓鸣他爸生了癌症，才半个多月就走了。晓鸣寄给我的钱和我自己挣的，加起来快一万元了。现在治病很费钱，不知道一万元够治什么样的病？……”

我更加不知如何回答才好，只有摇头。

于是她自问自答：“我死，也许不会因为病。就是因为病，估计也不会病得太久。我加紧再挣点儿钱，攒够一万元，估计怎么也够搪病的了。我可不愿拖累儿女们，儿女们各有各的家，也都不容易……”

我装出并没注意听的样子。

不料她突然问：“你们城里的老人，如果还挺能吃，就表明还挺能活，是吧？”我回答：“是。”她说：“我们农村的老人，如果还挺能干，才表明挺能活。你看干妈，是不是还挺能干的？”我又回答：“是。”……

当我离开茶村时，我和我的干妈，相互都有些依依不舍了。我又明白了我自己一些——都五十七八岁的人了，居然还认起干妈来；实不是习惯于虚与委蛇，而是由于在心理上，仍摆脱不了那一种一心想做一个好儿子的愿望。

因为我从来就不曾好好地做过儿子。那是需要些愿望以外的前提的。对于我，前提以前没有。现在，前提倒是有了，父母却没了。我也更明白了——为什么我的某些同代人，一提起自己过世了的父母就悲泪涟涟。我是那么羡慕我的好友晓鸣教授。他的老母亲认下了我这一个干儿子，我觉得格外幸运。而我尤其幸运的是，我的远在一个小小茶村里的干妈，她是一位要强又善良的老人家。至于她爱捡废品的“缺点”，那是我能理解的，也是我觉得有趣的……

（选自2009年梁晓声著《上蹿下跳的人们》）

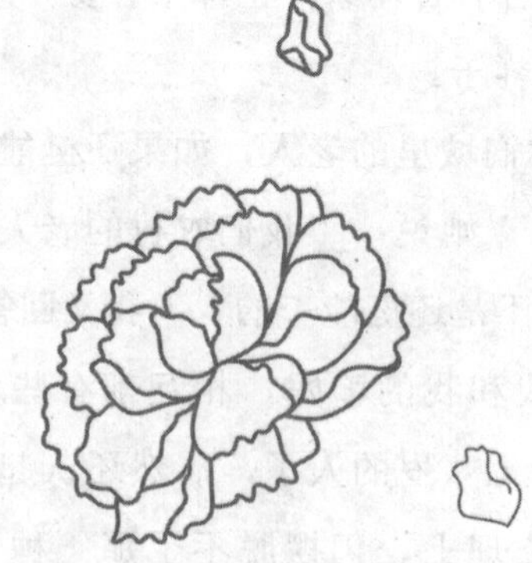

父亲与茶

父亲是从不饮茶的。

我想，他年轻时大约也在什么场合饮过几次茶的吧。当然，那天他肯定被失眠所折磨了，结果再就畏茶如畏虎。

正如酒于父亲也是如此。

1963年冬季，春节前，父亲从四川辗转数千公里回到了家。四川是他支援大三线建设的最后停驻地。他背回了一个自己缝做的特大的帆布袋，里边剩有二十几个冻得很硬的大米面馒头、三双从工地上捡的劳保鞋、十几双线的劳保手套、四顶兔毛帽子、几件毛线背心……五十来斤四川大米。父亲背着如上东西，首先要从山岭间搭来往于工地的运输卡车去到乐山；再从乐山乘长途汽车到成都；从成都乘列车到北京；从北京转乘列车到哈尔滨。

当年的中国列车，最快时速也就80公里，而通常的时速是60公里。从四川到哈尔滨，父亲经历了五整天。一名建筑工人的探亲假是不能享受卧铺的。当年一名乘客即使买的是有座票，在长途列车上其实无座可坐也是司空见惯之事。因为当年列车超载很正常，有时超载人数甚至过半。而有些城市的列车站干脆售的就是无座票。

春节前是客运高峰时期，许多要赶回家过春节的人能买到一张无座票已觉相当幸运。正是列车经常严重超载的时期，列车上往往这么广播：各位乘客，本次列车由于超载，决定取消座号，请乘客们发扬社会主义风格，互相谦让，轮流而坐。男同志应该照顾女同志，成年人应该照顾老弱病残及儿童……

父亲不但是成年人，而且是穿工作服的受人尊敬的工人阶级之一员，他一路上当然会自觉发扬社会主义风格。换一种说法那就是，五个整天里他肯定经常是站在列车里的。

父亲回到家里时，双腿肿胀得一按一个坑，却那么高兴。二十几个冻得很硬的馒头中，有半个上边留下了父亲的牙印。三双劳保鞋是翻毛水牛皮的，每一只都有磨破处，也都被父亲用皮片儿补好了，那是他从工地上捡的，带回来给我、哥哥和三弟穿。三双由父亲补过的劳保鞋，对于我们兄弟三人的脚都未免太大了。线手套也是父亲从工地上捡的，也都由父亲补过了。而毛线背心，则是父亲将捡到的但破得没法补的手套拆成了线，再用染料染了，一针针织成的。有母亲一件，还有妹妹一件。四顶兔毛帽子却是新的，是列车经过西北某站时父亲在站台上买的，我们兄弟四人一人一顶。父亲最后从大帆布袋里取出的是一个牛皮纸包，有包一斤蛋糕的纸包那么大。

他将纸包递给母亲时叮嘱说："这是茶，在咱们东北是稀罕东西，哪天要分给邻居，放好，千万别沾水。"

1963年我已经14岁了，还没见过茶。但从读过的小说里知道，茶是南方有身份的人家待客的饮料。

第二天，父亲和母亲一块儿将茶分成十多份，用红纸包好。红纸是我替母亲买的，五分钱一张，母亲让我买了两张。母亲本是要用红纸亲手做拉花的，而父亲坚决主张用红纸包茶，说那才显得心诚。我在一旁裁红纸时，母亲一味絮叨些舍不得的话。母亲陪着父亲，挨家挨户将茶送给邻居，回家时都满脸高兴，我想那足以证明，收到茶的邻居们也都是很高兴的。初一上午，全院孩子们大串门儿。在我们那个大院儿，拜年首先是由小字辈开始的。

一户邻居家的大婶问我："除了茶，你爸还带回了什么好东西呀？"随口一问的话。

我说："还带回了50多斤大米呢！"也是随口一答的话。

就见大婶和大叔交换了一次意味深长的眼神儿。那是一户和我家关系最好的邻居。

我当时因大叔大婶的眼神很觉奇怪。

初二晚上，和我家关系最好的邻居家的女孩来到了我家，将用红纸包着的茶原封不动退送给我家了。女孩代她爹妈说：“我家没人喜欢饮茶，好东西别白瞎了。”

在我看来，那是一件挺正常的事。几年也见不着一次茶的哈尔滨人，对待并不留下吃饭的客人的礼节分为三个等级——白开水、白糖水、红糖水。至于茶，其实并不比红糖水的规格更高。所以既然不喜欢饮，再给我家送回来挺自然的。女孩走后，父亲和母亲满脸困惑了。

父亲说：“别是因为有什么事使人家不高兴了吧？”

母亲说：“一向处得很好啊！”想了想，问我初一去拜年时说了什么不得体的话没有。我就将我在邻居家说过的话又说了一遍，因母亲之问感到冤枉。

父亲一拍脑门说：“错！错！怎么没想到也送些大米给人家？”

1963年中国许多省份发生旱情，水稻严重减产。全哈尔滨市的居民，由每人每月两斤大米减少到了一斤。那女孩的姥姥姥爷都是南方人，他家的大米从来不曾为过春节攒下过。

母亲此时也想到了这一点，后悔极了，而父亲已搬出米袋子往一只盆里倒米了。

母亲说行了，父亲说太少。但母亲接着说出一句话，使父亲犹豫不决了。

母亲说的是：“只送给一家，其他几家不送，邻里间还不分出远近来了？再者，是人家把茶送回来了在先，咱们又送米过去在后，不是反而闹得双方面都不尴不尬的？”

如果给每户邻居都送些米，哪怕一户两三斤，那父亲千里迢迢背回的米也就只剩一小半了。别说母亲多么舍不得了，连父亲也觉得像割肉，而我们几个儿女更舍不得。

大米呵！尽管只不过是四川糙米。

米最终没送。

那包茶，母亲后来送给了别人家。

我们两家邻居的关系，并没因而出现裂痕。但两家的大人孩子心里都留下了隐隐的不悦，只不过都尽量掩饰。

父亲临走时还埋怨我："你说那么一句干什么啊！……"

从此，我与父亲天各一方，每隔多年才能同时与家人团圆，仅两个星期。并且，通信也少。因为父亲只不过在"扫盲"运动中识过不多的字，我的信他若不请人读，自己是看不明了的。而父亲又必亲笔回信，仅一页纸而已，字体大且歪歪扭扭，夹杂着错别字。这使我每次给父亲写信，难免总是犹豫不决。

1971年，也是春节前，我从兵团回哈尔滨探家。那个冬季多雪而寒冷。父亲原本是准备与我同时探家的，却没成行——他在家信中写的原因是："建设任务紧张，请不下假来。"

自从1963年我与父亲一别，我们父子二人已8年没见过面了。而母亲在8年中苍老成一个老太婆了。

母亲告诉我，父亲从四川寄回了一斤茶叶，信上说是花8元钱买的头季芽茶，要我在春节前按地址送给某人。那一年我已22岁，还没饮过一口茶水呢。父亲每月最多才能往家里寄40元，自己又节俭得要命，都舍不得花几分钱买食堂的菜吃，一块腐乳下三天的饭，却居然用8元钱买一斤茶，千里迢迢地寄回来送人，我想父亲一定是欠了对方极大的人情。

那天，我就去替父亲送茶。哥哥疯着，母亲关节炎很重，三弟也下乡了，四弟小妹没办过重要之事，那一斤珍贵的茶只有我去送了。在当年的哈尔滨，整整一斤四川的好茶，确乎算得上珍贵了。

地址是"动力之乡"的一处工人居住区。"动力之乡"在郊区，我家离那儿有30多里，且交通不便。当年是没有什么出租车的。我先乘公共汽车到了郊区某站，下车后开始步行。由于那一段公路来往车辆少，一尺多深的积雪尚未被压平。我一脚一个雪坑走了20来里，才终于到达"动力之乡"。在那一带，样式一律的平房和楼群左一片右一片，此片彼片相距挺远。父亲寄给家中的地址上仅写了第几工人宿舍区第几排第几号，而那是根本不能将茶送到的。因为当年的“动力之乡”，是由三个大厂组成的。每个厂又分干部宿舍区和工人宿舍区；多数干部住楼房，多数工人住平房。这些父亲都没写清楚，我忽东忽西奔走了一个多小时也没打听出个结果，最后只有气喘吁吁、万般无奈地站立在冰天雪地之中，望楼群而沮丧，望一排排平房而无奈。

到家时，天已黑了。而我将一斤好茶丢在公共汽车上了。

当母亲听我说非但没将茶送到，还将茶丢了，眼神呆呆地望着我，整个人像被定身法定住了似的。

许久，母亲才缓过神来，惴惴不安地说：“这可咋办？这可咋办？我猜你爸肯定是遭遇到了特别为难的事，急着求人帮忙化解，不然会舍得花8元钱买一斤茶送人？你知道的，你爸他可是万事不求人的性格啊！这可咋办？儿子这可咋办啊？由谁写信告诉你爸实情呢？咱们总不该撒谎骗他吧？”

父亲的性格我当然清楚，母亲的猜想也正是我的猜想，当然告诉父亲实情才是唯一正确的做法。

我对母亲内疚地说：“妈，别急成这样。急也没用，由我写信告诉我爸。”因为那一斤茶的丢失，1971年的春节我们全家谁都过得高兴不起来。8元钱一斤的四川好茶也只不过是茶，我们和母亲高兴不起来的主要原因是一种大的担忧——父亲他究竟遭遇到了什么事，使他这个从不求人的人非求人不可？

我回到了连队才给父亲写信。我在信中实话实说，承认那包茶被我丢失了。接着用一大段文字细写我寻找地址上的人家多么多么不容易，我认为那种客观原因也是必须让父亲了解的。再接着，批评父亲粗心大意，自己应该将地址搞详细了嘛。最后，询问父亲究竟遇到了什么为难的事，是否到了自己克服不了，非求人相助不可的程度？如果并没到，那么还莫如自己迎难而上克服过去为好。那样一些话，想不写出儿子反过来教诲父亲的意味也不可能。

1971年整整一年内，父亲没回信。我明白，我伤了父亲的自尊心，他生我气了。

转眼到了1973年夏季，我又一次探家。而父亲，也终于与我同时探了一次家。那一年是我下乡的第五个年头，屈指算来，我与父亲整整十年没相见了。

父亲已秃顶。我印象中那个身体强健的父亲，变成了形销骨立的老父亲，两眼却还是那么炯炯有神。也唯有此点，仍能显出他倔强又正直的老工人的性格。

父亲又带回了一斤好茶。

他要亲自将茶送给据他所说的“一个好人”。但他出示的地址，还是两年前使我白辛苦了一次的地址。

我说按照那个地址他肯定也会白辛苦一次。他却一意孤行。没法子，我只得相陪而往。

一路上，我和父亲都矢口不提两年前被我丢失了的那一斤好茶。我也没因两年前写给父亲那封信而向父亲认错，因那么一来，就会提到那一斤被我丢失的好茶。而父亲也没解释什么，更没训我，仿佛两年前我们父子之间根本没发生过什么不愉快的事。

1973年，“动力之乡”已是哈尔滨市的一个远郊之区了。我和父亲用了更长的时间寻找“一个好人”的家，却没找到。那天很热，我和父亲心里同样着急，我们父子俩的衣服都被汗湿透了。回家的路上，我忍不住埋怨了父亲几句，惹得父亲光火起来，站在路旁冲我吼：“我是你父亲！我做什么事自有我的道理！你不埋怨我就不行啊？”

我也冒火了，大声顶撞：“我哥哥生病了，我已经是家里实际上的长子，你究竟遇到了什么事不必也不应该瞒我！我有权知道！”父亲气得举起了巴掌，几乎就要扇我一耳光。

团圆的日子里，父亲一直生我的气。到他回四川的前一天，他的气才终于消了些。我往列车站送他时，他没头没脑地说了一句：“到该告诉你知道的时候，当然就会告诉你。但也许，一辈子都不告诉你，也不告诉你妈，更不告诉你弟弟妹妹！”

父亲将他亲自带回的一斤茶又带回了四川，怕留在家里，母亲收藏得不好，糟蹋了。

他的话，使我心怀不安地离开了家。

1977年春节前，我从北京回到了哈尔滨。1977年的我已经是北京电影制片厂的一名编辑了，而父亲已经退休了。父亲是63岁才退休的，因为家中生活困难，单位照顾他晚退休3年。

还是雪后的一天，父亲命我陪他将他再次从四川带回的那斤茶给他所言的“一个好人”送去。那斤茶，第一次带回哈尔滨时是绿的，再次被父亲带回时，已是褐色的了。父亲舍不得一次次花钱买，请四川茶厂里的茶工将那斤茶焙成了干茶，那样就容易保存了。我提醒父亲：“如果还是原先那地址，不去也罢。明明找不到却非去，何必呢？”

父亲表情深沉地说：“有新地址了。现在的地址确切无误，今天咱们一定会找到他。”

路上，父亲告诉我，“文革”开始不久，他这名获得过许多奖状的老建筑工人，竟被不知何人写的一封信揭发成了“伪满时期”的“汉奸特务”。因为父亲会说几句日本话，档案里又有在日本药店当过小伙计的记载，所以造反派们对揭发深信不疑。

“他们将我两条胳膊反吊起来拷打我，像当年的日本人拷打咱们抗日的中国人一样，不但逼我承认自己是汉奸特务，还逼我揭发别的汉奸特务。我横下一条心，诬陷我的事，打死我也不承认……”父亲讲得很平静，我却听得惊心动魄——那是我这个“红五类”的儿子根本想不到的事。

我心疼地低声说：“爸，其实你当时承认了也没什么。好汉不吃眼前亏啊！”

父亲说：“那不行。我如果承认了，你1974年还能上大学吗？我如果承认了，咱家不就一下子变成‘黑五类’家庭了？你们能一下子承受得住日后的种种歧视吗？我如果承认了，继续逼我揭发别人，那我又该怎么办？所以当年我只能横下一条心，诬陷在我头上的事，打死也不承认。”

父亲的话使我的眼泪顿时夺眶而出。

我和父亲并没再去“动力之乡”，父亲引领我来到了近郊的一处公墓。

在一座木碑上，刻着“一个好人”的姓名。父亲说：“就是他，咱们山东的一个人。也是我17岁那年到东北以后，给过我许多爱护的人。当年是他介绍我到一家挺大的日本药店去做小伙计的，而我经常向他汇报日本人尤其日本军人到药店去开药的情况。当年我就猜到了他是抗联的人，1949年后他当上了一个县的武装部部长。‘文革’中四川的造反派来到哈尔滨向他搞外调，巴不得由他证明我千真万确曾是‘汉奸特务’。那时他自己也进了‘牛棚’，但他将那些造反派顶得一愣一愣的。他说——你们想要从我这儿得到证言的事，完全是胡说八道！所以，造反派们才不得不结束了对我的隔离审查，你才能够顺利地上了大学，咱们家才没成为‘黑五类’家庭。其实，我也不知道他有没有喝茶的习惯，但我总得表达一种心意吧！除了茶，我也再没什么更好的东西值得从四川带回来送给他啊！”

父亲将那包从四川带回来又带回去、退休后再带回来的茶和一瓶白酒，恭恭敬敬地放在坟前。

我说：“爸，这么放这儿不行，会被看到的人拿走的……”

不由自主地，我跪下了。

我将白酒浇在茶包上，用打火机将茶包点燃了。我和父亲一样，既是一个不喜欢喝酒的人，也是一个不喜欢饮茶的人。

父亲已于十几年前去世了。

如今茶已成了中国人之间普遍送来送去的见面礼，而且包装越来越讲究，甚至到了不必要的极其考究的程度。

而我每每地回忆起父亲与茶，也可以说是我们全家与茶的那一段往事……

二〇一二年六月二十六日于北京

（选自2012年第9期《散文选刊·下半月》）

父亲的荣与辱

一

我的父亲是新中国第一代建筑工人。

我上小学前见到他的时候是不多的——他大部分日子不是家里的一口人，而是东北三省各建筑工地上的一名工人。东三省是新中国之重工业基地，建筑工人是“先遣军”。

那时的我便渐渐习惯了有父亲却不常见到父亲的童年。

我上小学二年级那一年，父亲所在的建筑工程公司支援大三线建设去了，父亲报名随往。去与不去是自愿的，父亲愿去。作为新中国第一代建筑工人，他觉得能在国家需要时积极响应号召，是无上之光荣。

父亲远赴外省之前，母亲与他几次发生口角——因为水泥。

当年的哈尔滨，除了道里、道外、南岗三处市中心区，大多数居民社区其实没有什么明显的城市特征可言，多是一片片的泥草房，即黄泥脱坯所建，稻草为顶的一类房子。长江以北的中国农村，家家户户住的基本是那类房屋。而住在哈尔滨市那类房屋内的，大抵是一九四九年以前“闯关东”的农民——我的父亲也是。他们没钱在市中心买砖房，城市也没能力解决他们的住房问题。他们只能自己动手解决，并且，也是买不起水泥和砖瓦的。所以，只得在经允许的地段自盖那类泥草房，形成了一片片当年的城中村。

那类房屋，每年都须用黄泥抹一层外墙。因为经过一年的风吹雨打，起先的一层黄泥处处剥落，土坯墙体暴露出裂缝，如不再补一层泥，冬季必然挨冻。俗话说：“针尖大的缝隙，斗大的风啊。”

为使黄泥不易剥落，人们想出了多种多样的和泥之法。普遍的经验，是将草绳头、破袋子、草帘子拆开，剪为等长的干草截搅入泥里——那个年代，除了市中心，农村进城的马车几乎随时随地可见，城里人只要留意，草绳、破草袋子、草帘子也几乎处处可以捡到。甚至，这一户城里人家可以向那一户城里人家借到铡刀。足见，某些所谓城里人家“城市化”的历史有多么短。他们转变身份之前，即将某些农具带入城里了，预见必会有用，也将完整的农村生活习惯带入了城里，如养鸡鸭，养猪。少数人家，虽已入城市户籍，却无工作，靠围一块地方养奶牛、卖牛奶为生。像在农村时那样，以土坯盖房屋，以泥草维修房屋，对于他们是轻车熟路之事。对于我的父亲也是。

然而成为城里人后，毕竟会学到新的经验以使干后的墙泥结实——将炉灰拌入泥中，便是很城市化的法子。但一户人家烧一冬季的煤，其实煤灰多不到哪儿去，即使挺多也没处堆放，用时还需筛细，挺麻烦。所以，此法往往只在和泥抹内墙、炕面、窗台或锅台时才用。在当年，筛细的炉灰对于寻常百姓人家便如同水泥了。

记得有一年，一座炼铁厂搬迁了，引得许多人家的老人、女人和孩子纷纷出动，带着破盆、破筐，推着小车争先恐后地前往。

去干什么呢？

原来铁厂的某处地方，遗留下了厚厚一层铁锈——聪明的人不约而同地想到，将铁锈和到泥里，干后的泥面一定不容易裂，大约也比较能经得住水湿。事实果然如此，并且泥面呈褐色，也算美观。

我家住的虽然是当年的俄国难民遗留的小房屋，已有三十几年历史了，地基下沉，门窗歪斜，早已失去了原貌，比刚住几年的草坯房差多了。父亲早已开始用黄泥维修了。

某年父亲和泥抹房子时，母亲又一边帮他一边唠叨不休：“说过几次了，让你从工地上带回来点水泥，怎么就那么难？”

父亲那时每每板起脸训母亲："再说多少次也白说！从工地上带回来点儿？说得好听，那不等于偷吗？水泥是建筑行业的宝贵物资，而我是谁？……"

母亲也每每顶他："说来听听，你是谁？你不就是十七岁闯关东过来的山东农民的儿子梁秉奎吗？"

父亲则又不高兴又蛮自豪地说："不错，那是从前的我，现在的我是中国第一代建筑工人，中国工人阶级的一员！休想要我往家里带公家的东西，你那是怂恿我犯错误，有你这么当老婆的吗？"

"抹抹窗台、锅台、炕沿，那才能用多少水泥？怎么话一到你嘴里，听起来就是歪理了呢？"——母亲光火了。

"我把咱家的窗台、锅台、炕沿用水泥抹得光溜溜的了，别人一眼不就看出来了吗？你当别人都是傻子？如果谁一封信揭发到我们单位去，班长我还当得成吗？"——父亲也光火了。

"那就不当！不当又怎么了？我问你，那么个小破班长，不当又怎么了？"

母亲则将铁锨往泥堆上一插，赌气不帮他了。

为了修房屋时能否有点儿水泥，父母之间不止发生过一次口角。

当年我的立场是站在母亲一边的。我讨厌窗台、锅台、炕沿经常掉泥片儿的情形。依我想来，就是一次带回家一饭盒水泥，几次带回家的水泥，也够将我们的小家很主要的地方抹得美观一点儿了。当年我也挺轻蔑父亲将自己是一名建筑工地上的工人班长太当回事儿的心理。在这点上，我的一辈子与父亲的一辈子完全不同。父亲当他的班长一直当到"文革"开始那一年，以后不再是班长了，似乎是他心口永远的"痛"。而我这一辈子，从没在乎过当什么。不管当过什么，随时都可以平静面对被"免去"的结果——只要还允许我写作。而今，连是否"允许"我继续写作都不在乎了。快七十岁的人了，爬格子爬了大半辈子了，一旦不"允许"了，不写就是了。

父亲去往大西南的前一天晚上，母亲又与他闹得很不愉快，还是因为水泥。

母亲一边替他收拾东西一边嘟哝："说走就走，一走还去往那么老远的省份，把这么个破家丢给我和孩子，叫我们往后怎么办？你看这炕沿、窗台，还有外屋那……”

父亲打断道：“还有外屋那锅台是不是？你就别叨叨了，饶了我行不行？我还是那句话，占公家便宜的事我肯定不干！”

父母之间的不快，使父亲与我们临别前那一个晚上的家庭气氛沉闷又别扭。

我上初一那一年夏季，父亲自四川归来。他这一次探家历时六日，先要从大山里搭上顺路卡车到乐山，再从乐山乘长途公交至成都，而后乘列车至北京，从北京至哈尔滨。当年直达车每日一次，没赶上的话，只得等到第二天。如果还没买到票，还得再等一日。直达的票极难买到，父亲便索性一段段向北方转乘。因为根本无法确定到哈时间，父亲就没拍电报要家人去接他。

他是很突然地进入家门的，在晚饭后那会儿。当时家中有位邻居大婶与母亲唠嗑，不唯那大婶，母亲和我们几个儿女也讶然不已。他带回了太多东西，肩挎一截粗竹筒，一手拎一只大旅行袋，还背着一只不小的竹编背篓，很沉。我和哥哥帮他放下背篓，见他的蓝工作服背上一片白，像是被面粉搞的。

母亲用扫炕笤帚替他扫时，邻居大婶惊诧地说：“哎呀妈呀，你家梁大哥太顾家了，还从四川那么远的地方往家里带东西啊！四川不是出水稻不出麦子的省份吗？”

父亲无言地笑笑，没解释什么。

等邻居大婶走了，父亲才说，背篓里那两个布袋子装的不是面，而是白灰和水泥。

母亲心疼地说：“你中魔了？那是非往家带不可的东西吗？”

父亲说：“是啊，我要了你的心愿，用水泥把咱家窗台、锅台、炕沿抹得光光溜溜的，再把咱家屋刷得白白的，也让你见识见识中国第一代建筑工人干活的质量标准！”

母亲愣愣地看了父亲片刻，一转身，双手捂面无声而泣。

我们的家在父亲连续几天的劳累之下旧貌换新颜了。粗竹筒里装的是十来份奖状，都是晚报展开那么大幅的。花钱仔细得要命的父亲，居然舍得花钱买了十来个相框。当十来份奖状镶入框中，分两排挂在迎门墙上后，简直可以说很壮观，使我们的家蓬荜生辉了。

片警小龚叔叔来家里看父亲，而父亲去工友家尽自己的探家义务去了。小龚叔叔扫视两排奖状，正了正警帽，庄重地敬了个礼说：“向支援大三线建设的建筑工人致敬！”

母亲将小龚叔叔的敬意告诉了父亲后，父亲红着脸笑了，笑得满脸灿烂辉煌……

二

一九七八年，我回哈尔滨探家时，父亲已六十三岁了，退休不久。因为家中生活困难，单位照顾他，特批他晚退休三年。退休与没退休，每月差二十元左右呢。在一九七八年，二十元对任何一户普通城市人家都是一笔关乎生活水平的钱数。

自一九六六年“文革”发生后，父亲两年没再探过家。一九六八年我下乡了，从此与父亲南北分离，天各一方。算来，很多年没见过父亲了。

我又见到了父亲，他已是完全秃顶，蓄着半尺长白须的老头了。

那年我二十九岁，不太觉得自己与十年前有什么区别，但父亲的变化着实令我暗自神伤，感慨多多。父亲不仅是一个老头了，而且，分明还是一个自卑的老头了。似乎，不知从何时起，他那种“新中国第一代建筑工人”“工人阶级之一员”的光荣感、自豪感，被某种外力摧毁了，彻底瓦解了。为了使他开朗一点，起码不那么像个哑巴似的，我经常主动找些话题与他聊，然而他总是三言两语地应付我，一次也没聊成。

一日，家里收到一封挂号信，是父亲单位从四川寄来的——一份“政治问题”审查结论书，写的是关于父亲系“日本特务”之嫌疑罪名，实属诬陷，彻底平反。而关于父亲在“文革”中的错误言行，经复查一一属实，维持原处分。

我大愕。

问父亲："'日本特务'之嫌是怎么回事？"

父亲说，那是因为自己当时说几句日本话跟工友开玩笑惹出的祸。自己是从"伪满时期"过来的人，会说几句日语也没什么值得大惊小怪的啊。

又问："'文革'中的错误言行是怎么回事？"

父亲说，"停产闹革命"时，他想不通，确实说过一些话，如——"普通的工人阶级文化程度都很低，'文化大革命'跟咱们没多大关系"，"工人都不做工了，农民都不种地了，这么闹下去，天下大乱还只是乱了敌人吗？"

再问："后来号召'抓革命，促生产'了，那时怎么没为你平反呢？"

父亲吞吞吐吐地承认，自己当年还先动手打了批斗他的人，一拳将对方打得口鼻出血，这当然激怒了对方，围殴他。他也被激怒了，抡起了铁锨，差点儿劈死了一个人……

这太符合父亲的性格了。不问我也想象得到，父亲肯定因而大吃苦头。

我说："爸，你别管了。你的事，我管定了。"

我当即复信，在信中写了几多"你们他妈的""混蛋王八蛋"之类，总之是骂了个淋漓痛快。信末，限对方在我要求的时间内给我以答复，否则我将亲往四川，找他们当面算账。

如今想来，我还是认为，那是我生平写过的最好的信之一。

当年，那也太符合我的性格了！

为了等到回信，我推迟了回北京的日子。在我要求的时间内，家里收到了回信。是一封措辞极为客气、恳切、委婉，承认他们思想认识有局限性的信——结论嘛，自然是按我要求的那样，一概平反，赔礼道歉。

我将那封信读给父亲听时，他一动不动地仰躺床上，眼角不停地流下老泪来。

自那以后，父亲"幽闭"般的沉默寡言终于不再，颇愿与我这唯一上过大学的儿子交谈了。有时，甚而是主动的。

于是，我也就了解了他的某些屈辱经历——不是一九四九年以前的，而是一九四九年以后的；并且，如果我不讲，弟弟妹妹们是不知道的，连母亲也知之不详。

毕竟他是新中国第一代建筑工人，一名获得过许多奖状的优秀建筑工人，故有人暗中保护过他。他被派遣到一座山上独自看仓库，以示惩罚。一年见不到几次人，连猫狗也不许养。倘允许，父亲当年是宁愿与一只小猫或小狗分吃自己那一份口粮的，但绝不允许。父亲也从没有过“半导体”。即或有，在大山里也收听不到什么广播，而且那是更不允许的。也没有任何读物。非说有，便是家信了。家信辗转到他手中，比以往晚一两个月的时间——得由上山拉建材的人带给他，还得那人愿意。

那些年里，父亲自制织针，偷偷下过几次山，向村里的妇女们请教，以极大的耐心学会了织衣物。他寄给我们的线背心、手套、袜子、围巾，便是那几年里的成果。他收集建筑工人们丢弃的破劳保手套，洗净，拆开，于是便有了线。父亲的织技发挥到最高水平，也只不过能织成一件背心。

“文革”结束后，他仍留在山上，反而不愿下山了。到了退休年龄，他还独自留在山上。那时他已有伴了——一只被他发现，由小养到大的狍子。

六十二岁他不得不离开那座山之前，将狍子带往深山放跑了。他说，如果自己不那么做，狍子肯定会被上山的工人们弄死吃掉的。

他还说，即使在看仓库的那些年，他也完全对得起国家发给自己的六十二元工资。因为他不只看仓库来着，还在山坡开出了几大片地，用自己的钱到村里去买菜籽种菜。每隔几个月，山下的工地食堂便会派人派车上山拉走，多时一次能拉走两卡车。

“我好后悔。起初我是瓦工，瓦工最高是七级。我到四川之前就是四级瓦工了，可是偏让我当水泥工班长。水泥工最高才六级。退休前终于给我涨了一次工资，也不过是五级水泥工。同级的水泥工与瓦工相比，每级少几元钱呢。熬到五级，少十几元钱呢！……”

这是我从父亲口中听到的唯一的抱怨话。

他一向说：“他们对不起我。”

从不说："国家对不起我。"

他是新中国第一代建筑工人，工龄三十余年，退休后的工资是四十六元，我记不太清了，总之是四十几元而已。

父亲的身体一向很好，偶尔生病也就是吃几片药"扛过去"罢了。即使患了癌症，也没住过一天院。何况一检查出来便是晚期，住院也是白住。

我服从他的意愿，使他得以"走"在家中。在一个中午，我与他并躺床上，握着他一只手，他就那么静静地走了。

三十余年间，他享受公费医疗待遇的钱，加起来不超过三百元。

我曾问他："爸，工人阶级是我们国家的领导阶级，你是工人的年代，你觉得你真的领导过什么人吗？"

他沉默良久，才以低缓的语气回答："我明白你的话是什么意思。有些事是不必较真儿的，太较真儿没意思。"

片刻，又说："我作为新中国第一代建筑工人，对得起发给我的每一份奖状，这就行了，是不是？"

我反而不知再说什么好了。

我觉得父亲也算是幸运的，退休早，避过了后来千千万万工人的"下岗"。

而如今退休工人们普遍一千七八百、两千多元退休金的待遇，父亲却没赶上。这对于他，又不能不说是终生憾事。

如今的退休工人们，比如我的弟弟妹妹们，时常抱怨"那点儿"退休金太少，根本不够较宽松地来花，但比起父亲当年盼四十几元退休金，委实是他做梦都不敢想的啊！

联想到新中国第一代、第二代、第三代工人们，不禁生出疼惜不已的敬意……

（选自2015年第10期《北京文学》）

当爸的感觉

我开始告诉儿子

儿子九岁，明年上四年级。

我想，我有责任告诉他一些事情。

其实我早已这样做了。

儿子爱画。于是有朋友送来各种纸。儿子若自认为画得不好，哪怕仅仅画一笔，一张纸便作废了。这使我想起童年时的许多往事。有一天我命他坐在对面，郑重地严肃地告诉他——爸爸读小学三年级的时候，从来没见过一张这么好的纸。爸爸小时候也爱画。但所用的纸是到商店去捡回来的，包装过东西的，皱巴巴的纸，裁了，自己订了。便是那样的纸，也舍不得画一笔就作废的，因为并不容易捡到。那一种纸是很黑很粗糙的，铅笔道画上看不清，因为那叫“马粪纸”……

“怎么叫‘马粪纸’呢？”

于是我给他讲那是一个怎样的年代。在那样的一个年代，几乎整整一代共和国的孩子们都用“马粪纸”。一流大学里的教授们的讲义，也是印在“马粪纸”上的。还有书包，还有文具盒，还有彩色笔……哪一位像我这种年龄的父母，当年不得书包补了又补，文具盒一用几年乃至十几年呢？

……

“爸爸，我拿几毛钱好吗？”

“干什么？”

“想买一支雪糕吃。”

我同意了。几毛钱就是七毛钱，因为一支雪糕七毛钱。

于是儿子接连每天吃一支雪糕。

有一天我又命他坐在对面，郑重地严肃地告诉他——七毛钱等于爸爸或妈妈每天工资的一半。爸爸从小学一年级到六年级，总共吃了还不到三四十支——当然并非雪糕，而是“冰棍”，且是三分钱一支的，舍不得吃五分一支的，更不敢奢望一毛一支的。只能在春游或开运动会时，才认为自己有理由向妈妈要三分钱或六分钱……

我对儿子进行类似的教育，被友人们碰到过几次。当着我儿子的面，友人们自然是不好说什么的。但背过儿子，皆对我大不以为然，觉得我这样做父亲，未免煞有介事，甚至挖苦我是借用“忆苦思甜”的方法。

友人们的“批判”，我是极认真地想过的。然而那很过时的，可能被认为相当迂腐的方法，却至今仍在我家里沿用着，也许要一直沿用到儿子长大成人，打算在他干脆将我的话当耳旁风的时候打住。

所幸现今我告诉了他的，竟对他起到了一定的影响。

一次，儿子把作业本拿给我看，虔诚地问：“爸爸，这一页我没撕掉。我贴得好吗？”

那是跟我学的方法——从旧作业本上剪下一条格子，贴在了写错字的一页上。

我是从来舍不得浪费一页稿纸的，尽管是从公家领的。

那一刻我内心里竟十分激动，情不自禁地抱住他亲了一下。

“爸爸，你为什么哭呀？”儿子困惑了。

我说：“儿子啊，你学会这样，你不知爸爸多高兴呢！”

我常常想，我们这一代人中的绝大多数，都是拉扯着我们父母的破衣襟，跟着共和国趔趄的步子走过来的。怎么，我们的下一代消费起任何东西时的那种似乎理所当然和毫不吝惜的作风，竟比西方富有之国富有之家的孩子们要厉害得多呢？仿佛我们是他们的富有得不得了的爸爸妈妈似的。难道我们自己也荒诞到这么认为了吗？如果不，我们为什么不告诉他们一些他们应该知道的事呢？

我的儿子当然可以用上等的复印纸习画，可以有许多彩色笔，可以不必背补过的书包，可以想吃“紫雪糕”时就吃一支……

但他必须明白，这一切的确便是所谓“幸福”之一种了！

我可不希望培养出一个从小似乎什么也不缺少，长大了却认为这世界什么都没为他准备齐全，因而只会抱怨乃至憎恶的人。

无忧无虑和基本上应有尽有，既可向将来的社会提供一个起码身心健康的人，也可“造就”一批少爷。

而这个国家这个民族，是再也养不起那么多少爷的。现有的已经够多的了！

难道不是吗？

（选自1993年梁晓声著《梁晓声人生独白》）

心灵的花园

谁不希望拥有一个小小花园？哪怕是一丈之地呢！若有，当代人定会以木栅栏围起。那木栅栏，我想也会以各人的条件和意愿，摆弄得尽可能美观。然后在春季撒下花种，或者移栽花秧。于是，企盼着自己喜爱的花儿，日日地生长、吐蕾，在夏季里姹紫嫣红开成一片。虽在秋季里凋零却并不忧伤。仔细收下了花籽儿，待来年再种，相信花儿能开得更美……

真的，谁不曾怀有过这样的梦想呢？

都市寸土千金，地价炒得越来越高，今后将更高。拥有一个小小花园的希望，对寻常之辈不啻是一种奢望，一种梦想。

我想，其实谁都有一个小小花园，谁都是有苗圃之地的，这便是我们的内心世界。人的智力需要开发，人的内心世界也是需要开发的。人和动物的区别，除了众所周知的诸多方面，恐怕还在于人有内心世界。心不过是人的一个重要脏器，而内心世界是一种景观，它是由外部世界不断地作用于内心渐渐形成的。每个人都无比关注自己及至亲至爱之人心脏的健损，以至于稍有微疾便惶惶不可终日。但并非每个人都关注自己及至亲至爱之人的内心世界的阴晴，己所无视，遑论他人？

我常“侍弄”我心灵的苗圃。身已不健，心倘尤秽，又岂能活得好些？职业的缘故，使我惯对自己和他人的心灵予以研究。结论是——心灵，亦即我所言内心世界，是与人的身体健康同样重要的。故保健专家和学者们开口必言的一句话，不仅仅是“身体健康”，而且是“身心健康”。

我爱我的儿子梁爽，他小学五年级。这正是一个人的内心世界开始形成的年龄。我也常教他学会如何“侍弄”他那小小心灵的苗圃。“侍弄”这个词，用在此处是很勉强的，不那么贴切，姑借用之吧！意思无非是——人自己的内心世界如果自己惰于拂拭，是会浮尘厚积、杂草丛生的。也许有人联系到禅家的一桩“公案”——“时时勤拂拭，莫使惹尘埃”之说的“俗”和“心中无一物，何处惹尘埃”之说的“彻悟”。

我系俗人，仅能以俗人的观念和方式教子。至于禅家乃至禅祖们的某些玄言，我一向是抱大不恭的轻慢态度的。认为除了诡辩技巧的机智，没什么真的“深奥”。现代人中，我不曾结识过一个内心完全“虚空”的。满口“虚空”，实际上内心物欲充盈、名利不忘的，倒是大有人在。故我对儿子首先的教诲是——人的内心世界，或言人的心灵，大概是最容易招惹尘埃、沾染污垢的，“时时勤拂拭”也无济于事。心灵的清洁卫生只能是相对的，好比人的居处的清洁卫生只能是相对的。而根本不拂拭，甚至不高兴别人指出尘埃和污垢，则是大不可取的态度，好比病人讳疾忌医。

一次儿子放学回到家里，进屋就说：“爸爸，今天××同学的红领巾被老师收去了！”

我问为什么。

儿子回答：“犯错误了呗！把老师气坏了！”

那同学是他的好朋友，但却有些日子不到家里来玩了。我依稀记得他讲过，似乎老师要在他们俩之间选拔一名班干部。

我又问：“你高兴？”

他怔怔地瞪着我。

我将他召至跟前，推心置腹地问：“跟爸爸说实话，你是不是因此而高兴？”

他便诚实地回答：“有点儿。”

我说：“你学过一个词，叫‘幸灾乐祸’，你能正确解释这个词吗？”

他说：“别人遭遇灾祸时自己心里高兴。”

我说："对。当然，红领巾被老师收去了，还算不得什么灾。但是，你心里已有了这种'幸灾乐祸'的根苗，那么你哪一天听说他生病了、住院了，甚至生命有危险了，说不定你内心里也会暗暗地高兴。"

儿子的目光告诉我，他不相信自己会那样。

我又说："为什么他的红领巾被老师收去了，你会高兴呢？让爸爸替你分析分析，你想一想对不对——如果你们老师并不打算在你们两个之间选拔一名班干部，你倒未必幸灾乐祸。如果你心里清楚，老师最终选拔的肯定是你，你也未必幸灾乐祸。你之所以幸灾乐祸，是因为自己感到，他和你被选拔的可能性是相等的，甚至他被选拔的可能性更大些。于是你才因为他犯了错误，惹老师生气了而高兴。你觉得，这么一来，他被选拔的可能性减小，你自己被选拔的可能性就增大了。你内心里这一种幸灾乐祸的想法，完全是由嫉妒产生的。你看，嫉妒心理多丑恶呀，它竟使人对朋友也幸灾乐祸！"

儿子低下了头。

我接着说："如果他并没犯错误，而老师最终选拔他当了班干部，你现在幸灾乐祸，就可能变成一种内心里的愤恨了。那就叫嫉妒的愤恨。人心里一旦怀有这一种嫉妒的愤恨，就会进一步干出不计后果，危害别人危害社会的事，最后就只有自食恶果。一切怀有嫉妒的愤恨的人，最终只有那样一个下场……"

接着我给他讲了两件事——有两个女孩儿，她们原本是好朋友，又都是从小学芭蕾的。一次，老师要从她们两人中间选一个主角。其中一个认为肯定是自己，应该是自己，可老师偏偏选了另一个。于是，她就在演出的头一天晚上，将她好朋友的舞裙，剪成了碎片。另外有两个女孩儿，是一对小杂技演员。一个是"尖子"，也就是被托举起来的；另一个是"底座"，也就是将对方托举起来的。她们的演出几乎场场获得热烈的掌声，可那个"底座"不知为什么，内心怀上了嫉妒，总是莫名其妙地觉得，掌声是为"尖子"一个人鼓的。她觉得不公平。日复一日，那一种暗暗的嫉妒，就变成了嫉妒的愤恨。她总是盼望着她的"尖子"出点儿什么不幸才好。终于有一天，她故意失手，制造了一场不幸，使她的“尖子”在演出时当场摔成重伤……

最后我对儿子讲，如果那两个因嫉妒而做伤害别人之事的女孩儿，不是小孩儿是大人，那么她们的行为就是犯罪行为……

儿子问：“大人也嫉妒吗？”

我说，大人一旦嫉妒起来尤其厉害，甚至会因嫉妒杀人放火干种种坏事。也有因嫉妒太久，又没机会对被嫉妒的人下手而自杀的……

我说，凡那样的大人，皆因从小的时候开始，就让嫉妒这颗种子，在心灵里深深扎了根。他们的内心世界，不是花园，不是苗圃，而是荆棘密布的乱石岗……

儿子问：“爸爸你也嫉妒过吗？”

我说我当然也嫉妒过，直到现在还时常嫉妒那些比自己幸运或某方面比自己优越比自己强的人。我说人嫉妒人是没有办法的事。从伟大的人到普通的人，都有嫉妒之心，没产生过嫉妒心的人是根本没有的。

儿子问：“那怎么办呢？”

我说，第一，要明白嫉妒是丑恶的，是邪恶的。嫉妒和羡慕还不一样。羡慕一般不产生危害性，而嫉妒是对他人和社会具有危害性和危险性的。第二，要明白，不可能一切所谓好事、好的机会，都会理所当然地降临在你自己头上。当降临在别人头上时，你应对自己说，我的机会和幸运可能在下一次。而且，有些事情并不重要。比如对于一个小学生来说，当不当班干部，并不说明什么。好好学习，才是首要的……

儿子虽然只有十一岁，但我经常同他谈心灵。不是什么谈心，而是谈心灵问题，谈嫉妒、谈仇恨、谈自卑、谈虚荣、谈善良、谈友情、谈正直、谈宽容……

不要以为那都是些大人们的话题。十一岁的孩子能懂这些方面的道理了，该懂了。而且，就我儿子而言，我认为，他也很希望懂。我认为，这一切和人的内心世界有关的现象，将来也必和一个人的幸福与否有关。我愿我的儿子将来幸福，所以我提前告诉他这些。

邻居们都很喜欢我的儿子，认为他是个“懂事”的好孩子。同学们跟他也都很友好，觉得和他在一起高兴，愉快。

我因此而高兴，而愉快。

我知道，一个心灵的小花园，“侍弄”得开始美好起来了……

（选自1994年梁晓声著《万千说法》）

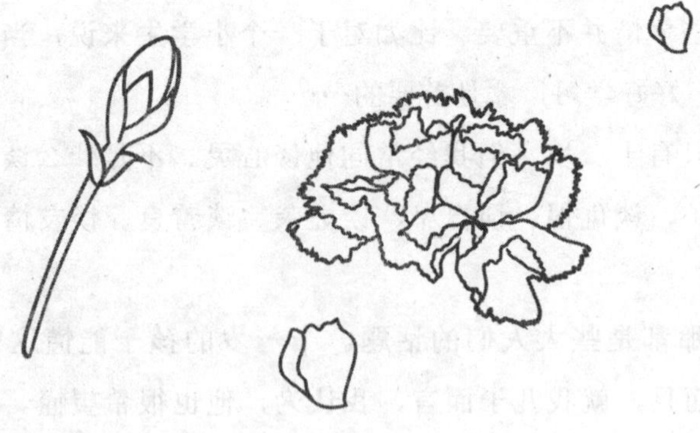

达丽之死

达丽是友人的女儿，是友人唯一的女儿。达丽是初中二年级的学生，是个秀气的少女，也是个文静的少女。友人原是一家大报的编辑，年长我七八岁，那么今年该是五十二三的人了。十年前我们认识的，后来渐渐断了来往。一日我乘坐出租汽车，路遇一个招手截车的男人。那是冬季的一日，风很大，天气很冷。司机跟我商量："问问他去哪儿。如果顺路，就把他捎上，行不？"我说："这么大的风，行啊！"于是司机停了车，摇下车窗问他去哪儿？他回答说去亚运村那边儿。而我回家，正好同路。不待他央求，我就开了车门……他上了车，坐我旁边了。看了我一眼，在我膝上猛拍一掌，友好惊诧地叫出我的名字。于是我不禁扭头注视他，却想不起在哪儿见过他。"唉，唉，当年，你可是以'老师'称我的啊！现在却对面不相识了……"他以批评的口吻说，显出挺感伤的样子。可我还是回忆不起来。他说出了他的姓名。我虚伪地说："是你呀？真巧！……"其实还是没想起他是谁。他将一张名片塞我手里，爽爽快快地对司机说："快开车吧，我付两份儿车钱就是了！"司机说："你们各付各的。你上车，是他同意的。你们原先认识，也不能算同路。不图多挣一张，我车上已经载客了，还停下问你去哪儿干什么……"我下车时，他不许我付车钱，说由他付了。回到家里，我细看那张名片，见他的身份是，某某文化广告公司副经理。

不知为什么，我要求自己必须回忆起这位巧逢的"老师"。我一册册地翻阅名片夹，终于又发现了一张印有他姓名的名片。那上面他的身份是报社文艺部副主任，业务级别是副编审……

晚上我给他打了一次电话——因在出租车上没能立刻认出他，尤其是在他已认出了我并说出了他自己的姓名后，居然一时还回忆不起他来，几分不好意思掺杂着几分虚伪地说了些请多原谅之类的话……

他在电话那一端哈哈笑了。仿佛在通过那一种朗朗的笑声，向我证明着他目前对自己的自信，和对自己新职业新身份的良好感觉，以及目前对自己的活法和生活现状的满足……

我问他："哪一年离开报社的？"

他说："1990年。"

我问："是辞职还是兼职？"

他说："当然是辞职。"又说像他这样的人，一旦想通了，决心下定了，那就破釜沉舟，开弓没有回头箭了。他明白了我的意思，他说这不安上电话了吗！说房子住得也宽敞多了。公司为他在亚运村买了三室一厅……"我受之无愧！"他说，"因为我为公司创收三百余万元，这点儿奖励是公司完全应该给的！"他特别向我强调——他已经是一个有小车坐的人了。只不过那一天他吩咐司机送客人去了，所以才"打的"……"我已经两年多没有挤公共汽车和骑自行车的体验了，也两年多没'打的'了……今天真狼狈，沾了你的光……"听他的口气，似乎还挺留恋当年那种挤公共汽车和骑自行车横穿大半个北京的体验似的。我忙说："哪里哪里，其实是我沾了你的光。"我将我家里的电话号码告诉了他……以后他就常来电话，和我进行一般性的感情联络。如果说也有什么目的性，那也无非是怂恿我去听内地或港台歌星们的什么什么演唱会……

渐渐地，他使我重新认识了他——看来他已经是国内专门组织歌星演唱会的"大腕"了。据他自己说，好几场火爆的演唱会，票价高得令人咋舌的演唱会，都是他策划的。

"现在策划人太多了。阿猫阿狗，往往也摇身一变成了策划人。可有名望的策划人是不多的。真的，中国应该产生超级策划人！……"

有一次他在电话里这么对我说。听得出，他以五十多岁的年龄而踌躇满志，仿佛为自己确定了后半生努力奋斗的目标——成为超级歌星演唱会的策划人，仿佛他已经接近着那样的目标了。起码给我的印象是如此……

终于有一天他光临我家，还领来了宝贝女儿达丽。我也就是在那一天，第一次见到了那秀气的、沉静的而又举止斯文的初二女学生。“叫叔叔！”少女就略显拘谨地叫了我一声叔叔，并且腼腆地羞红了脸。而后依偎地坐在她父亲身旁，低着头翻阅一册画报。“你看我女儿怎么样？”我一时没领会他的话是什么意思，怔愣地瞧着他，不知如何回答才好。“你看我女儿形象如何？”生平第一次，有一位父亲，当着自己初中二年级的女儿的面，那么问我。我很是愕异，觉得他问得实在唐突。我看了那少女一眼，对她的父亲说：“小达丽形象很清纯嘛！将来也许能当演员呢！”

“是吗？你真的这样认为吗？……”——我的话使他顿时高兴起来。他将女儿往自己身旁搂了搂，使她更亲昵地依向自己，望着我坦率地说：“其实我来，是有求于你。”

我说：“你讲，只要我能办到，绝不推诿。”他说：“我是为女儿来求你的。要不我也不带她来了。”我又看那少女一眼，沉默着，期待着。而达丽则停止了翻阅那一册画报，分明是在低着头猜测我的表情反应。“我这个宝贝女儿，是我唯一的安慰。她妈七年前去世了，我当年一门心思在工作方面，生怕评不上副编审。副编审倒是评上了，可孩子自小的学业给耽误了。当年没入上一所好小学，我对她的学习关心得又不够，现在也就只能在一所很差的中学里混着读。我不打算培养她考大学了。她自己也没这份儿心劲了。好在我这女儿形象不错，嗓子也挺好……达丽，站起来给叔叔唱支歌儿……”

于是那少女迟疑了一阵，站起来，低着头问父亲：“唱什么呀爸？”他说：“随便。觉得自己哪首唱得好，就唱哪一首。”那些日子电视里正播放台湾电视连续剧《新白娘子传奇》，那少女便轻声唱起了《千年等一回》……

她唱完，瞧着她父亲，似乎在问——爸，我唱得还好吗？还要再唱一首吗？而他的父亲则望着我——似乎在同样地问我……

我说：“达丽，你坐下吧！”她这才款款重新落座。我望着她父亲说：“唱得真是怪不错的！”其实我并不觉得唱得多么好，也听许多女孩子能唱到那种水平，虚与委蛇地应酬着罢了……

她父亲说：“达丽，听到了吧？你在学习方面没了信心，也就算了。一个女孩子家，读到初中，不搞学问，不教书，文化够了……”

他说着，吸着了一支烟。

近些年来，我虽然听到过许多抱怨文化和知识贬值的悲观言论，但还是头一次听到一位曾当过大报社编辑部副主任的父亲，当着自己女儿的面，并当着外人的面说这样的话。我暗想，副编审，在中国，也可以算是一位高级知识分子了，享受副高级职称待遇嘛！尽管那待遇可能不过是空头支票，尽管他已经改行当副经理了……

他又轻轻推着女儿，怂恿道：“既然叔叔给了你公正的评价，那你就再给叔叔唱一首！”那少女刚欲站起，我忙制止：“不必了不必了，你就直说你到底求我什么事吧！”

他说：“我想朝影视歌这三方面培养我的宝贝女儿。歌这方面嘛，我自己的能力绰绰有余了。影视圈里，我还不太熟。想劳你今后替达丽，当然也是替我多关注关注，操操心，如果有什么合适的角色，给推荐推荐……”

我吞吐地说：“这个……看机会吧！如果正好有合适的角色，又赶上孩子放假……”“放假不放假的不必太考虑！”他打断了我的话，“只要机会难得，还上什么学啊！”达丽这时就站了起来。她说：“爸，我先到叔叔家对面那个花园里去玩会儿行吗？”毕竟是初二的女学生，即使在父亲眼里仍是个孩子，她那自尊心肯定早已变得极其敏感了。我很是体恤她处在我和她父亲之间的窘迫。不待她父亲开口，我抢先对她实行了“放逐”。我说：“去吧去吧，那花园很美……”她迅速地瞥了我一眼，转身离去了。在那少女的一瞥之中，我破译了许多感激。那是回报给理解的感激……

房门一关上，我瞪着她的父亲，非常郑重地，以批评的口吻说：“你不该当孩子的面说那些话啊！她才初二嘛！我看她不是一个笨孩子。你完全可以替孩子请位家庭教师补补课嘛！离考大学还有四年哪，来得及嘛！……”

他掐灭烟蒂，又吸上了一支，吸两口，慢条斯理地说：“非要读大学的话，当然还来得及。我这女儿又不弱智。”

我说：“那为什么……”

他说：“为什么不给她请位家庭教师？目前现状明摆着嘛！”

“请不起？”

“那才几个钱，看看我吸的什么烟？‘中华’！除了‘中华’，别的烟我不吸。一个月少吸两条‘中华’，请位赋闲的教授也有人愿意！”

“那究竟还有些什么别的原因呢？”

“什么别的原因也没有。她偏文科，所以将来考也只能考文科。大学文科毕业生，又是个女孩子，会有什么出息？硕士又怎样？博士又怎样？博士后又怎样？当了教授又怎样？每个月最多还不是八九百一千来元吗？那得学多少年，还得学八年。八年后才大学毕业啊！读得满腹经纶，学富五车，一直读到博士，那就至少得再读十二年！十二年啊！十二年后中国什么样都不知道啦！可换一种思维，替孩子选择另一种人生，兴许三年后，十五六岁，我就把她培养成一名小歌星了。哪怕三流歌星，一场演出费，就顶大学教授一年的工资了。我这个副编审，没当经理前，不才一百五十多元基本工资嘛！八年时间，一名三流歌星，玩似的也挣下七八十万元了！如果唱红了呢！做一次广告够高级知识分子一辈子享受不完的啦！我为什么那么傻？非鼓励孩子走刻苦读书这一条老路？孩子累，我也累，图的什么？你倒说说究竟图的什么？我还能干几年？再干三五年，别人仍抬举，让干也干不动了。那时如果女儿正读大学，我这几年辛辛苦苦积攒下的钱，全得为她交了学费。等到她毕业，一名一无所有的大学生，或者硕士生博士生，供养一位同样一无所有了的老爸，那将会是一种多么绝望的生活？达丽她若能早出息成一名歌星，我晚年不是也跟着享享福吗？我又当爸又当妈，还不就指望晚年享享女儿的福吗？……”

我也吸着了一支烟。我不知再说什么好。觉得他的话，自有一番道理……

“我要从现在起，努力将我宝贝女儿培养成一个影视歌三栖明星！将来这三个行当，竞争肯定激烈，淘汰也快。所以必须朝三方面的全才去培养。又唱歌，又演电影，又演电视剧。这行受挫了，兴许在另外两行还红着……”

他说完凝视着我。

我问：“你怎么给孩子起名叫达丽？”

我是无话找话，总得说句什么。而且暗想“达丽”这个名，太像有些人给喜爱的小狗起的名字了。

“我和她妈，不都是看《钢铁是怎样炼成的》成长起来的一代人嘛！她妈怀她时，我们讨论过，如果是男孩，就叫保尔。如果是女孩，就叫保尔恋人的名。后来时代变了，我们对自己的理想主义情结也就越来越轻蔑了。先是被别人轻蔑，后是觉得被时代轻蔑，最后是自己轻蔑自己，自己嘲弄自己。所以，女儿上小学时，我和她妈讨论，就将女儿的名字由‘丽达’改成‘达丽’了，表示一点儿对理想主义情结的背叛情绪吧！知识分子，也就这点儿能耐，就小小不言地表达点儿背叛情绪……”

我说：“原来是这样……”

他说：“终于理解我这位父亲的良苦用心了？”

我说：“理解了……”

他说：“那，肯帮忙了？……”我说：“放心，我一定像为自己的女儿操心一样，一定尽力而为……”直至我送他出家门，达丽还没回来……

几个月后，我收到他提前寄来的一张票，夹在信纸内。信很短，只有几行字——说他女儿在那一次演出中，和一个什么什么少女合唱团一起，将荣幸地登台为某“天王巨星”级的香港歌星伴唱，请我无论如何要抽时间去听听。

那天晚上我已有安排，没去。我心里挺不安，觉得太辜负人家的一片诚意。对他求我的事，更加铭记不忘了。又几个月后，我替达丽抓住了一个机会。是一部三集电视剧。是一个有几十句台词的串场大群众角色。可是达丽没接那角色。据说嫌戏太短，戏也太少。我很怀疑是达丽本人不愿接，还是她父亲……

他就再没来过电话……

渐渐地，联络又中断了。我也就渐渐地又把他们父女俩从记忆中排挤出去了……

今年春节期间，似乎是初五的晚上，我接到了一次电话。“喂，晓声吗？听得出来我是谁吗？”声音很低，无精打采的。我没听出来。“我是……达丽她父亲啊……”我赶紧说：“听出来了听出来了！故意说没听出来，跟您开玩笑哪……”他告诉我达丽住院了，是破伤风，很希望有人看望看望她。他想来想去，只有请求我成全他女儿的这一种小心愿。我一向是个最好说话的人。何况对那少女，我内心里其实挺喜爱的，于是满口答应。于是第二天带了礼物到医院去看她……

那是我第二次见到她。她脸色极苍白，虚弱得说不出话。一双大眼睛，也丝毫没了光彩，没了生动。她得的根本不是什么破伤风而是败血症。这么说也不对。应该说，是由破伤风引起了严重的败血症。

我看过她以后，在病房外问她的父亲：“怎么会这样？”

他起初不肯说。我一再逼问，才说了——达丽的班上，以达丽为核心，由十几个初二女学生，组成了一个什么“少女追星大家庭”。她是她们那个“大家庭”的“家长”。她的一个女同学，也是她们那个“大家庭”的成员之一，在一块手帕上，绣了大大小小十几颗心，寄给了香港某男歌星。结果她得到了一张他的照片。四寸的，背面有他的亲笔签名。其实究竟是不是亲笔签名，她是无从知道的。她以为是，当然便是了。于是这一张照片，成了她们“大家庭”中的无价之宝似的，引起了另外一些少女们极大的嫉妒。其中最嫉妒的是达丽。她想，她一定要从他那儿得到一件比一张照片更宝贵的东西。其实她究竟要得到什么，连她自己也不十分清楚。这痴情的少女，竟割破自己的手，滴了半小碗血，就蘸着自己的血浆，给自己崇拜的偶像写了一封血书——三四千字的一封血写情书，每一句，每一个标点，都是用他唱过的歌的歌词串联写成的。然而信寄出后，仿佛泥牛入海，空谷无音……

她的手却渐渐感染了……

“这孩子，她为什么就不对我讲呢！不就是一张歌星的照片嘛！十张我也能替她要来呀！为什么要这么傻呢！……”

他哭了。眼泪顺着脸腮往下淌，哭得一塌糊涂……

“破伤风引起败血症的，百分之一还不到，怎么偏偏让我的女儿摊上了呢！……”

我意识到情况严重，去找医生问，医生果然说——她到医院来得太晚了，因为不但血液，而且心肌也受到了严重的病毒感染……

她的父亲策划了一场又一场大型港台歌星演唱会，使他们一个个席卷巨款乐滋滋、喜洋洋地离开大陆，为公司累计创收五六百万元，也同时制造了一阵又一阵的“追星热”，直接培养了一批又一批大陆少男少女的“追星族”。

她无疑是她父亲培养得最成功的一个……

却也成了最失败的一个……

破伤风危及生命的百分之一还不到的比例，在这一种成功和这一种失败之间那么荒唐地画了一个等号……

我心中涌起极大的悲哀。为达丽这少女，也为她的父亲。我没话可安慰他……

我第三次见到达丽，已是在火葬场了。那是一个人少得不能再少的哀悼仪式。五六个成年男人，哀悼一个十四岁的少女……

她一只手放在胸前，持着某香港歌星的一张照片。是我从一册画报上剪下来的。是我以模仿的笔体在背面签上了那香港歌星的姓名。我原以为，能在她活着的时候，给她一点儿心理安慰——谁知却成了她死后的陪葬品……

五六个成年男人中，除了她父亲，除了我，再就是他公司里的人了……

哀悼仪式还没完，他们就悄悄谈论起策划下一场演唱会的事儿来……我听一个人很有把握地说——获利一百多万元似乎不成问题……

（选自1994年第12期《新华文摘》）

体恤儿子

现在，儿子是一点儿良好的自我感觉也没有了。起码我这个父亲是这么看他的。

由小学生到中学生，他已算颇经历了一些事，或直白说是一些挫折。在学业竞争中呛了几次水，品咂了几次苦涩。

儿子自小就受到邻居的喜爱，“干妈”不少。“干妈”们认他这个“干儿子”，绝非冲着我认的。一个写作者的儿子没有什么稀罕的。在人际关系中对谁都不可能有实际的帮助，犯不着走“干儿子”路线，迂回巴结。当然也绝非冲着他亲妈认的。他亲妈——我的“内人”乃工人阶级之一员，更是谁都犯不着讨好的。别人喜爱他，纯粹是因为他自己有招人喜爱之处。长得招人喜爱，虎头虎脑，一副憨样儿。性情招人喜爱，不顽不闹，循规蹈矩，胆子还有些小，内向又文静。

在小学六年里，他由“一道杠”而“两道杠”，由小组长而班委，连续三年是“三好生”。这方面那方面，奖状拿了不少。而优于我的一点是，“群众关系”极佳。同学们都乐于跟他交朋友。小学中的儿子，是班里的一个小“首领”，不是靠了争强好胜，而是靠了随和亲善。

六年级下学期，他非常在乎的一件事，便是能否评上“三好生”了。评上了，据他自己讲，就可以被“保送”了。然而儿子小学的最后一次考试，亦即毕业考试，却并没有考好。在我印象中，似乎数学96分，语文85分，平均90.5分。结果可想而知，他在全班的名次排到了第二十几名。儿子终于意识到，“保送”是绝无希望了！

“但是我们老师说，一百二十三中也不错！以后可能升格为区重点中学呢！”

他这么安慰他自己，也希望他的父亲能从这番话中获得安慰。

我当然有些沮丧，但主要是替他感到的。

我说：“儿子，好学生不只出在重点中学里。你能自己往开了想，这一点爸爸赞成。”

在我印象中，一百二十三中是我们那一市区普通得不能再普通的一所中学。然而儿子连这一所中学也没去成。

两天后他回到家里，表情从来没有过的那么抑郁。

他说：“爸，老师说去一百二十三中的同学，名次必须在二十名以前。”

我说：“那，你如果连一百二十三中也去不成的话，能去哪一所中学呢？”

“老师悄悄告诉我，推荐我去北医大附中。”听来倒好像老师们格外惠顾着他似的。而北医大附中，据我想来，已属“最后的退却”了。

我问：“你们老师不是说，考卷要发给家长们看看的吗？”——我这么问，是因为我凭着大人的社会经验，开始起了些疑心的。

“又不发了。”

“为什么？”

“不知道。”

“你自己怎么想？”

“我……怎么想也没用了……”

我说：“儿子，听着。如果你希望进一所较好的中学，爸爸是可以试着办一办的，只不过太违背爸爸的性格。但爸爸从来没给你开过一次家长会，觉得很愧疚，也是只在你感到需要时……”

“爸你别说了！我不怪你。我去北医大附中就是了。”

看得出，儿子是不愿使我这个“老爸”做什么违心求人之事的。

然而儿子连北医大附中也没去成。第二天他接到同学打来的一个电话后，伤心地哭了。

他被分到了一所仿佛是全市最差的中学。

我说："别哭，也许是不一定的事儿呢！"

发榜那一天，结果却正是那么一回事儿。只不过他拿回了小学的最后一份"三好学生"证书。

于是该轮到我安慰他了。

我说："哪怕最差的中学，只要学生自己努力，也是有可能考上最好的高中的。你难道没有信心做一名这样的中学生？"

他流着泪说："有的……"

于是开学那一天，我亲自送他去报到……

但是他的"干妈"们，和一直关心着他升学去向的我的朋友们，获知消息后，一个个都感到十分意外了，纷纷登门了——有的严厉地批评我对子女之不负责任，有的"见义勇为"地向儿子保证着什么……

在正式开学的第三天，儿子转入了一所重点中学——这是我根本没有能力扭转，也不知究竟该怎么去办的事。全靠别人们的热心……

如今，上了重点中学的儿子，仅仅一年，性情彻底变了，也成了家中最没有"业余时间"的成员——早晨我还在梦乡之中，他就已经离开家骑着自行车去上学了。晚上，妻子都已经下班了，儿子往往还没回到家里。一回到家里，就一头扎入他自己的小房间，将门关起来。吃过晚饭，搁下饭碗就又回到他的小房间……

有次我问他："在同学中有新朋友了吗？"

他摇头，摇过头说："都只顾学习，谁跟谁都没时间建立友谊。"

倒是他小学的同学们，星期天还常一伙一伙地来找他玩儿。瞧这些小学的学友们在一起那股子亲密劲儿，我真从内心里替孩子们感到忧伤——缺乏友谊，缺少愉悦的时光，整天满脑子是分数、名次和来自家长及学校双方的压力。这样的少年阶段，将来怕是连点儿值得回忆的内容都没了吧？几分之差，往往便意味着名次排列上前后的悬殊。所以为了几分乃至一分半分，他们彼此间的竞争态势，绝不比商人们在商场上的竞争性缓和……

由我的儿子，我也很是体恤中国当代的所有上了中学的孩子们。他们小小年纪，也许是活得最累的一部分中国人了……

（选自1995年第11期《家庭教育》）

谁是最可尊敬的人

我以为，情感是每一个人的“不动产”。它应该随着社会的文明而“升值”。它是精神的“琥珀”。说到底，人类精神自我完善的终极目的，乃是使我们每一个人的情感更丰富，更细腻，更符合人性的自然。货币升值、情感贬值的时代，无论工业怎样发达，商业怎样繁荣，其实都是令人悲哀而沮丧的。这不但会使我们每个人都成了百万富翁之后依然觉得无奈的贫穷，而且会使我们每个人都陷入空前的孤独。何况富人将永远是少数。

所以，有今天这么一个物欲横流，对物质的占有愿望极端膨胀，到处可见贪婪和经商野心嚣噪不安的年月，我是很重视对于我的儿子的情感教育的。因为我清楚地知道，我将不能留给他什么所谓的遗产。我对他的情感教育，乃是我对他的为父者的责任之一啊！

某一天儿子回来发愁，说老师留了一篇作文，题目是——一个你尊敬的人。

“哪儿有这样的人哪？”

儿子迷惘地嘟哝，一副愁眉不展的样子。

我正在写作，听了他的话，不禁搁笔，问他：“怎么，这世界上竟没有一个受你尊敬的人？”

儿子说：“若有，那你告诉我是谁？”

我说：“你自己想想。”

他说：“不用想，那就是雷锋呗。可雷锋已经死了。老师要求写一个没死的人，还不能写一个报纸上、电视里宣传的什么模范人物，这不等于是故意为难我们吗？”

我说：“反正在你的周围，在你的熟悉的人中，值得你尊敬的人，肯定是有的。”

他问：“谁？”

他又说：“你自己，或者妈妈呗！”

我问：“你为什么这样猜测？”

他说：“许多同学都写自己的爸爸妈妈。”

我说：“儿女尊敬爸爸妈妈，当然是应该的。每个人正是从这一点开始，学会尊敬师长，尊敬一切值得尊敬的人。但是我不希望你写爸爸，也不希望你写妈妈。在我们的生活范围里，有一个人确实值得你尊敬，也值得写。”

他想了想，说出一个为世人所熟悉的名字。

我摇头。

他急躁地说：“她是著名演员，经常在电视里露面，名字经常见报，还不值得尊敬吗？”

我也有些生气地说：“你别往名人里去想！一个人的名气，和一个人究竟可敬不可敬，有很多时候恰恰是成反比的。你往最普通最平凡的人里去想想！如果你能够从他们中发现，有一个人的某一点值得你尊敬，那就是真的可敬的人或可敬的品格了。因为他们的名字不大容易见报，他们几乎一辈子根本没可能在电视里露面，他们的好品格才最是本质的，才最是无杂念的，才最是值得我们由衷去尊敬的！这样的一个人在我们的生活范围里明明是有的！爸爸和你天天都不止一次地见着他！”

儿子不言语了，默默地想。

我又问：“是谁，一年四季，每天早早起来，把咱们周围的环境打扫得干干净净？是谁，每年开春给院里院外的花修枝，浇水？是谁，每年元旦、春节，不管天气多冷，不管刮风还是下雪，连夜扫尽遍地鞭炮的碎屑，使我们第二天看见一个舒心悦目的早晨？……”

儿子低声说：“爸爸，我明白了……”

他那篇作文，写的是我们童影厂的老勤杂工赵大爷。

他在作文中这样写道——赵大爷是穷人中的一个。五年多以来，我从未见他穿过一件哪怕稍微新一点儿的衣服。爸爸妈妈给过他一些衣服，却不曾见他穿过。想必是自己舍不得穿，捎回农村去了吧？他干的活不少，并且是要天天干的；哪一天不干，宿舍区和厂区的环境都会大不一样。他每个月只拿一百五十元。在今天，每个月只拿一百五十元，干他天天必干的那种脏活，而且干得认真负责，任劳任怨的人，恐怕是太少了……

不久，赵大爷去世了，很突然就去世了。大概是死于脑出血。

儿子那一天对我说：“爸爸，我心里好难过。为什么一个辛辛勤勤为我们服务了那么多年的好人去世了，人们心里仿佛一点儿悲伤的感觉都没有？而有的人家里若死了他们养的一条小狗，一只小猫，鱼或者花虫什么的，也会闹得人人皆知，悲伤得要命似的？……”

儿子落泪了。

我说：“儿子，我心里也很难过呀！”

我搂着儿子，在默默的难过之中，寄托着我们父子对赵大爷的哀思……

儿子后来又写了一篇作文《怀念赵大爷》——这一篇作文不是在我的启发之下写的，是他自己想写的，是我翻阅他的作文本时发现的。

儿子在他的第二篇关于赵大爷的作文中这样写道——

赵大爷干完他应该干的活，还经常帮人修自行车，帮人搬搬抬抬的。大概他明白，他唯一能对别人有所帮助的，就是他那双手和他的力气了。所以他从不放过可以帮助别人的机会，哪怕别人并没求他。他是个完全没有文化的人。然而在我看来，又是一个极其文明的人，一个极其文明的穷人。我从没见他和谁吵过架，甚至从未见他和谁大声嚷嚷过。一些有知识有文化的人，如今吃了一点亏，甚至明明没吃亏，只不过自己觉得似乎吃了什么亏，就会骂天骂地的。而我从没听到赵大爷口中吐出过一个脏字。穷是多么容易使人嫉妒啊！在我们这幢楼里，住着不少先富起来了的人。在他们的高消费的比照下，赵大爷日复一日任劳任怨地干他那份儿脏活，月复一月挣他那一百五十元钱，从不眼红别人的生活，更不在背后对别人的高消费说三道四。他从垃圾堆里捡出酒瓶子罐头盒，破纸箱破鞋袜，积聚多了就卖，所得算是他的额外收入……赵大爷，我心里是很尊敬你的啊！你穷，可是你善；你没文化，可是你文明；你干的是脏活，可是你敬业。好人赵大爷，穷人赵大爷，文明而善良的赵大爷，干脏活而内心干净的赵大爷，我会长久长久地怀念你的……

我读着儿子的这一篇作文，心中十分激动。我觉得，儿子的作文，写得从来没有这么好过。这是儿子最用心写的一篇作文呵！

我感到欣慰的是——作为一个父亲，我不但关心过儿子的心脏作为器官是否是健康的，而且也关心到了他的内心世界是怎么样的，将来会变成怎样的。

儿子呵，我愿你的内心里，将来对于普通善良的好人们，充满着仁和爱的感情。而这的确是需要爸爸从现在开始对你进行有益的教育的。这一种教育，目的在于使你明白，人作为人，虽在一切物质之中，却应同时在一切物质之上。归根结底，清贫者和大富豪的生活都同样是有缺陷的。后者的缺陷里填的是金钱。我没那么多金钱遗留给你，你将来只有用你对生活、对他人的爱心填充你生活的物质缺陷。这虽不比用金钱去填充更得意，但也绝不更卑俗……

（选自1996年第4期《中流》）

当爸的感觉

尽管我的儿子早已不是儿童，而是初二的学生了。尽管我已经纯粹为了自己得以从稿债中解脱，根本不睬他的抗议，拿他做过两次文章了。我常想我若有五个六个儿子就好了，便可轮番写来。甚至可以在几个儿子之间采取小小的“重点政策”，使儿子们相互嫉妒，认为当老子的写了谁，乃是谁的殊荣。那我不是就变被动为主动了吗？无奈我只有这么一个儿子。无奈他对我的容忍度，已然放宽到连自己都十分难为情的地步了……

儿子刚刚背着行李，参加军训去了，临走前见我铺开稿纸，煞有介事地思考，犹犹豫豫地写下题目，凑过来瞟了一眼，嘲讽地说：“爸，你真天才。从我这么一个平庸的儿子身上，你竟能发现那么多可写的素材！”

我说：“儿子，向你保证，这是最后一次！”

儿子说：“别保证。用不着保证。你发誓我都不会相信！说相声的常拿自己的‘二大爷’逗哏，你跟相声演员们犯的是同一种职业病。我充分理解！”

我说：“好儿子，谢谢。”

他说：“不用谢。因为我也开始写你了，而且已经公开发表了一篇。”

我一惊，忙问：“发在哪儿了？”

儿子说发在班级的墙报上了。

我这才稍稍心定，又严肃地问：“都写了我些什么？为什么不先让我过过目？”

儿子说："你写我，也没先征得我的同意啊！咱俩彼此彼此。"

我一时很窘，无话可说……

半夜解题

儿子中考前的一天，刚吃过晚饭就写作业。写到十点半，还有一道几何题没解出来。我几次主动"请缨"，说儿子你要不要我和你一块儿攻下这道难题啊？几次都遭到儿子颇不耐烦的拒绝。最后我不顾他的拒绝，粗暴参与。结果正如他所料，既干扰了他的思路，也浪费了他的时间，自己昏昏，使儿子昏昏。那时快十二点了。妻说你还让不让儿子睡觉了？他明天还得上一天课呀！不像你，可以在家里睡懒觉！于是我强行收起他的作业卷，以不容争辩的命令的口吻，催促他洗漱了躺到床上去。儿子也真是困到了极点，头一挨枕便酣然入眠。而我却不再睡得着。用冷水冲了头，强打精神，继续替儿子钻研那道几何难题。半个小时后，我对陪在一旁织毛衣的妻说——老爸出马，一个顶俩，我解出来了！

博得了妻对我羡佩的一笑。

第二天儿子刚起床，我便从自己枕下摸出作业卷，大言不惭地对儿子说："这么简单的题你都不开窍？这有何难的？站到床边儿来，听老爸给你讲讲——这两个直角三角形，有两个角相等，还都有一个角是直角。三角相等，故两个三角形全等。而三角形A又等于三角形B，而三角形B又等于……"

儿子脸上便呈现出冷笑。

我生气了，说："儿子你冷笑什么？你的态度怎么这样不谦虚？"

儿子说："两个锐角相等的直角三角形就全等啊！直角三角形哪儿有这么一条定理？"——于是画图使我明白，它们也有可能仅仅是相似……

我愣了半天，讷讷地说："难道……是我想象出了这么一条定理？"

儿子说："反正书上没有，老师也没教过这么一条全等直角三角形的定理。"

我羞惭难当，无地自容，躺在床上挥挥手，大赦了儿子……

我明白——我再也辅导不了儿子数理化了。从那一天起，直至永远。当年我初三下乡。当年的初三数理化教材，比如今的初二教材只低不高。我太不自量力，太无自知之明了……

自己承认了这一点，使我内心里涌起一种难言的悲哀。以后，不管他写作业到多么晚，不管他看上去多么需要一个头脑聪明的人的指点和帮助，我是再也不往他跟前凑了……

给儿子写信

按照学校的要求，我得给儿子写一封信，而且此事不让学生知道，更不能让学生看到信。在某次活动中，信将由老师分发给每一名学生，希望以这种方式，在他们普遍十四周岁以后，带给他们每个人一份儿意外的欣喜。

于是我生平第一次给我的儿子写信。

我竟不知在这一封信里该写些什么。我不愿在信中流露出我对他的体恤。因为几乎每一个城市里的初二的儿女都如他一样似箭在弦，他不应格外地得到体恤。我也不愿用信的方式鞭策他。因为他自己早已深知每次在分数竞争中失利，对自己都意味着一种严峻。我不愿在信中写入对他所寄的希望。我不望子成龙。事实上只祈祝他能有幸受到高等教育，而仅仅这一点已使他过早地成熟了。他的日渐成熟正是我倍感欣慰的，同时又是倍感悲哀的。刚刚十四岁就开始思考人生和忧患自己未来的命运，这太令我这个当父亲的替他感到沮丧了。我自己的少年时代就是从忧患之中度过来的。我真不愿他和当年的我一样。当年的我是因为家境的贫寒，如今的他是因为变成了应试教育的奴仆。我极端憎恶这一种应试教育，但我又十分冷静地明白——此一点最是我丝毫也不能流露在字里行间的……

“爸爸，你怎么想了这么久还不写？”

儿子忽然在我背后发问。显然，他站在我背后多时了。我赶紧用一只手捂住稿纸上端——捂住“给儿子的信”一行字。

良久，我听到坐在沙发上的他说：“爸，对不起，给你添麻烦了……”

顿时，我眼眶有些潮了……

儿子“采访”我

我儿子上个星期的一项作业是——采访父母。妻上个星期几乎每天加班，不加班便上夜校，只得由我来接受“采访”，否则儿子就完不成作业。于是我和儿子之间，有了如下一次较为特别的谈话：

“你是哪一年下乡的？”

“这还用问？”

“不问我怎么清楚？”

“一九六八年。”

“哪一年上大学的？”

“一九七四年。”

“哪一年毕业的？”

“一九七七年。”

“你经历过坎坷吗？”

“经历过。”

“说说。”

“这还用说？”

“你不说我怎么会知道。”

……

我凝视着儿子，觉得他是那样陌生。或者反过来说，他怎么对我一无所知似的？他要了解他问的那一切，是多么简单！书架上陈列的，几乎每一部书脊上印着我名字的书，都有我的简历。从我的许多篇小说中，都能看到他的老爸的身世。而他从来没有触摸过我的任何一部书。那些书对他来说仿佛根本就不存在。他从来也不曾扫视过那一格书架一眼。他甚至远不及别人家的，比如朋友或邻人的初二的儿女们对我的大致经历有所了解。

有一次我无意中偷听到他和他的几名男同学背地里如此谈论我的书：

“你爸爸可真写了不少书。”

“你别翻他的书！”

“你自己喜欢看吗？”

“我为什么要喜欢看他写的书？”

“借我一本看行吗？”

“不行！”听来他似乎生起气来了。

“你干吗这样牛气呀？他这些书迟早会过时的！”

“他这些书已经过时了！以后我也不看他的书。世界上那么多经典还看不过来呢！”

没想到，我以近二十年的精力和心血所获得的创作成果，在他眼里似乎皆是些没有什么意义的，仿佛一文不值的东西。

“你对你至今的人生满意吗？”——儿子继续“采访”我。

我回答：“谈不上满意不满意。我的人生已经这样了。我习惯了。”

“假如有一件最使你高兴的事，目前而言那可能是一件什么事？”

我几乎是恶狠狠地回答：“你的学习成绩又前进了五名！”

儿子目不转睛地看了我一阵，淡淡地说：“我的采访结束了，就到这儿吧！”

我意识到，我深深刺伤了儿子的自尊心。正如儿子也深深刺伤过我的自尊心一样。于是我联想到了王朔的小说《我是你爸爸》。进而又想，有一个多少具有点儿精神叛逆色彩的儿子，也好。这样的一个儿子，时刻提醒我明白，我只不过是一个初二男生的父亲。除此之外，也许再什么都不是，更没有任何可得意的资本。儿子在家里教我夹起尾巴做人。

读者，如果你的儿子已经初二了，如果你是一位父亲，我想你一定会同意我的看法——和你初二的儿子交朋友并非一件容易的事。有时他似乎将你当作朋友了，其实在他内心里，你仍然只不过是他的父亲。

当爸的感觉在现代是越来越变得粗糙而暧昧了呀！

（选自1997年梁晓声著《丢失的香柚》）

关于小芳

我家的小保姆叫小芳，四川妹。

母亲到北京的前年春，经朋友介绍，小芳也便成了我家的一员。更准确地说，介绍人应是朋友家的小保姆。那时小芳刚到北京不久，先在一户人家看小孩儿，因为带孩子到外面玩儿，孩子丢了玩具枪，主人不但严厉地训责她，还要她照价赔。她赔了，但觉得非常委屈，便离开了那一家。也许玩具枪是主人刚给孩子买的，也许还挺贵，也许丢了确实怪小芳，总之，在这件事上，我没法儿说究竟是小芳不对，还是主人家不对。雇小芳的第二户人家房间小，没她睡的地方。她的一个同村姐妹在某大学的招待所做服务员，她每晚便到那儿去借宿。半月后，带回一条床单要用主人家的洗衣机洗，主人坚决不许。小芳说——你家没地方住，我才不得不借宿。我睡脏了人家的床单，不给人家洗，像话吗？主人说——偏要洗你就用手洗！小芳用手洗净了那床单，第二天又离开了那户人家。在这件事上，我的公正态度是给予小芳的。当然，这都是以后熟了，小芳讲给我听的。尽管我信，读者们却是可信可不信的……

迄今为止，我家雇过三次人。第一次是儿子梁爽刚出生时，雇的是位安徽老保姆，非常好的一位乡下老人。我和妻子至今常共同忆起她。梁爽满周岁后，她回安徽去了。回去时我们和她互相都有些依依不舍。接着到我家的也是一位安徽乡下女孩，叫小华。那时我和妻子工资都很低，加起来不足二百元。我也没多少稿费收入，每月只能给小华一百元。小华不嫌少，肯干活儿，实心实意地干活儿。那时家里连洗衣机也没有。冬天为儿子洗衣洗尿片儿，小华的手常被冷水浸得通红。儿子入托后，小华走了。我和妻至今忆起小华，心里总牵牵挂挂的。想必小华早已做妻子做母亲了。我们对她的命运和生活的牵挂，还包含有一份儿亏心。觉得当年给她的工钱实在是太少了。屈指算来，已是十多年前的事了。当年有当年的情况啊！

小芳才到我家时很瘦。眼睛大大的，看人愣愣的，显出几分惊诧的模样儿。最初的日子里，我总叫她小华。我母亲也叫她小华。因为小华在时，我老母亲也住在北京，跟小华处得很亲。妻也每每错将小芳叫小华，小芳听了，脸上就不免怏怏的。而老母亲，还要常对小芳夸小华，我从旁边看出，小芳听了心里其实很不受用。有次小芳问我："叔叔，你家有小华的照片吗？"我说："有啊！"她便说："找出来让我看看！"我奇怪地反问："你看小华的照片干吗？"她说："你别管，就是想看呗！"我拗不过她，只得找出一张小华抱儿子照的黑白照片给她看。十多年间中国发生的变化太巨大了！小华在我家时，即或北京，照彩色照片的人也太少太少……

小芳将小华的照片端详了半天，往桌上一甩，以相当不服气的口吻说："我以为啥样的人呢，还不是和我一样！"

我和妻和老母亲都被逗乐了。

一天，我吩咐小芳："你和叔叔一道擦窗子吧！"——我指的是，让她擦内窗，我自己擦阳台窗。我家住三楼，阳台下有带尖儿的铁栅，失足掉下去非出人命不可，我每次擦，腰间也必系上安全带。

小芳愣愣地望着我，当时脸都白了。直至我向她解释清楚，她的脸才缓过血色。经那一吓，她第二天竟牙疼了。

不久我出差回来，她问我："叔叔，没发现家里变样了吗？"

我四面望望，摇头。

妻便替她说："小芳能耐，将阳台窗也擦了！"

她却没获得我的夸奖，反而挨了我一顿训。因为那实在太危险了。妻自然护着她，说已经责备过她了……

天长日久地，小芳就真变成了我家的一员。雇佣关系，仅仅体现在每月的十八日那一天了。那一天我们要付给小芳工钱。每到妻给小芳工钱时，我不禁总忆起小华，心中戚戚的。熟了，小芳就常闹点儿小女孩儿家的脾气了。她闹脾气，我们都让着她。她也日渐胖了。胖得带来的衣服都穿不下了。于是她就减肥。减肥的方式是不吃晚饭。我和妻关心她，逼她吃晚饭，她就说胃疼。唬得我和妻以为她生了胃病，竟打算带她去医院透视……

小芳的眼睛虽大，但却高度近视。一只一千八，一只一千四。有次我说："小芳，要早知道你近视的程度如此深，叔叔是不会雇你的。"她就笑，笑够了说："活该！谁叫你们当时不问问清楚！"

后来妻陪她到医院去配了一副眼镜。瓶底儿般厚，戴上了模样十分可笑。她只在家看书、看电视、洗菜、切菜时戴，出门绝不戴。有客来了立刻摘下。刚满二十岁，正是女孩儿家爱美的年龄。镜片儿厚，觉着戴上丑，自然不怎么爱护，结果摔碎了一只镜片儿。戴不成了，才觉着眼睛离不开眼镜了。于是央我找关系，给她配副美观的。又配了副超薄型的，相当美观的，觉着戴上美了，才高兴了。

小芳是某电台音乐频道的"发烧友"。还给电台的《友谊桥》投过稿。结果，引得一些"兵哥"来信频频，于是家里常常出现这样的情形——我在一个房间里写作，小芳在另一个房间里给"兵哥"们回信，老母亲独自在一个房间看电视。老母亲感到被冷落了，一个人孤独了，就对小芳有意见了。我劝母亲："她还是个孩子。她也需要扩大情感交流范围。妈，理解万岁吧！"

有时我让小芳去替我寄稿，她则噘起嘴说："外边正热呢，天黑我再去！"

我说："不行，得赶上下午开箱的邮车！"

她说："那你逼我去呀！"

我想，她不愿立刻去，也别逼她去啦！

便自己去寄。出门前少不得问一句："小芳，你有信要发没有？"

她笑起来说：“有！叔叔劳您驾了！”

母亲便嘟哝：“瞧瞧，这成什么事儿了？你们家把个小保姆惯得没样儿了！”

寄罢信，我回来还要劝母亲。我常对母亲说——妈，小芳事实上虽是佣人，但您的儿子您还不了解吗？我是个最板不出主人面孔的人啊！归根结底，小芳是来帮我们做事的呀！咱们不能因为给了她工钱，就不拿她当自家人一样看待啊！……

老母亲通情达理，我这么一说，也就释然了。

的确，在某种程度上，小芳是我家很重要的一员呢。由于她到了我家，我出差，再也不惦家了。妻下班晚，或加班，心里也不急了。

有次看电视——屏幕上有一个村妇，抱着孩子，坐在村口树下，望着远景……

小芳忽说：“没意思！”——将电视关了。之后，自己也痴痴地呆呆地想起心事来。

我问：“小芳，想什么呢？”

她说：“将来我也一样！”

我一时不知该再说什么。

我知道，和小芳一起到北京来的那些同村的小姐妹们，没有一个还心甘情愿地再回家乡去。她们的家乡很闭塞。她们都希望她们在北京时命运发生奇迹般的转变。然而我又知道，她们总归还是要回到家乡去的……

她的小姐妹们都很羡慕她。不是羡慕她别的，仅仅羡慕我们视她为一个孩子，拿她当自家人看待。

她也渐渐地对我们依赖起来。竟至于很怕离开我们家了——怕再换个人家，对她不好……

但，她不久必得离开我们家了。因为我的老母亲要回哈尔滨了。白天，我一个人在家，是不需要保姆的……

我和妻商议，由妻先给她下点儿“毛毛雨”。于是妻有天晚上对她说："芳啊，以后，你如果离开了阿姨家，不管是回家乡了，还是受雇于别的人家了，只要想回咱家，随时都可以回来的！这家里永远为你保留着一张床……"

小芳大约听出了什么意思，那天夜里失眠了，第二天早晨眼睛红红的……

妻就再也不忍心对她下"毛毛雨"了。

但母亲却是肯定要回哈尔滨的。

我们都不知该怎么对小芳摊牌。

最后我们决定——如果她愿意的话，由她陪母亲回哈尔滨。我们怕只怕她不愿意。一个四川妹，远去东北，冬天那冷就够她受的！

没想到一说，她高兴极了。

归根结底，小芳是个勤快的，懂事的，有规矩的，知情知义的四川妹。看来，她和我家，有着一种缘分。

我和妻都达成了共识——乡下女孩儿进城当小保姆，可能是她们一生中最值得回忆的事呢！我们一定要使我家的小芳将来回忆时，心中充满温爱，充满美好！充满对我们的思念！如有可能改变我家的小芳的命运，我们当然也要竭尽全力为她去考虑。……

（选自1998年梁晓声著《梁晓声文集 第2卷》）

给儿子的留言

儿子：

你今天放学，爸爸已回哈市了。在你期末考试前，不知能否回来。因为四叔昨天夜里突然从哈市打电话来说奶奶病了，正于医院抢救中……当时你睡了，爸爸没告诉你。

你无法完全理解爸爸对奶奶的亲情。这亲情中包含着太多太多儿子对母亲的内疚。等我从哈市回来再讲给你听——爸爸有一种极不祥的预感，可能爸爸此一去，将永远失去爸爸的妈妈了。写到这儿，眼泪在爸爸眼里转……

但爸爸给你留言，主要是关于你对考试的态度嘱咐你几句——当了爸爸妈妈的中年男人女人几乎都这样，一颗心分几瓣儿。主要的两瓣儿给儿女，给自己的爸妈，所谓“上有老，下有小”。你将来也会人到中年，那时你也会有深切的体会……

我认为——你已经努力学习了。这爸爸看到了，妈妈也看到了。所以，无论你此次考得多么差，爸爸妈妈都不会埋怨你的。因为你已经尽到了自己是学生的义务，已经表现出了自己对自己的责任心。爸爸妈妈因某一次考试的失利而埋怨你这样一个儿子是错误的，对你也是极不公平的。

考试——能否正常发挥自己的学习水平很重要。所谓正常，其实就是尽量做到凡自己会的，能答对的，不丢太多的分，甚至不丢分。

当然，要做到这一点也不容易。因为考场是一种氛围特殊的“场”。在规定时间内，面对那么多考卷，难免心里紧张。一紧张，每每会的，也似乎不会了。一道难题卡住，纠缠过久，时间不允许；干脆放弃，丢分又太多。以为对于别的同学根本不算难题，自己觉得难，乃因自己太笨。于考场的氛围中这么一想，先自气馁，于是自信崩溃……

以上种种，皆考场紧张的心理原因。一半源自外界，比如以前没考好，爸爸妈妈曾给脸色看。一半源自内心，怕在同学中太失面子。

爸爸妈妈以前确因你没考好曾给你脸色看过。但那时的你太贪玩，学习缺乏上进心。现在你不是改变了吗？你既改变了，爸爸妈妈对你考试成绩的态度，不是也改变了吗？

好固可喜，差亦欣然——这就是爸爸妈妈的态度。我保证，首先绝对是爸爸对你考试成绩的真实不相欺的态度。

丘吉尔也曾是中学的成绩差生。

巴尔扎克还是中学的厌学生。

中国的教育体制有问题，这是你们这几代学生所面对的现实；你们必须顺应这有问题的教育体制，这是你们这几代学生所面对的另一现实。

两种现实加起来，严重影响你们的人生。但再严重，也仅仅是影响而已，断不会是裁定。目前中国求知识的途径正多起来。别的途径也是可以成才并进而推动人生的。

这么一想，一次考试成绩不理想又怎么样？高考落榜又怎么样？——是遗憾，但绝非人生的深渊。

总之我是在指出——爸爸妈妈能正确对待，你自己反而不太能正确对待了似的。否则你为什么临考前总失眠呢？为什么仅仅一科失利，就阴云满面呢？

想想那些参加奥运会的各国运动员们吧！四年一赛，有人苦练四年，只为一搏。也有人一搏失利，由于年龄原因，以后再无搏的时机。那他们不活了吗？

要学他们面对挫折的心理承受力。

除了心理要调整，“战术”上也要调整。

爸爸给你的建议是——不在难题上纠缠太久。看了两遍还没找到解题的良好感觉，干脆绕过。将会的题、易的题全解完，回过头来再“攻克”。倘已没时间，拉倒。总之，一味只管做下去，遇难题就绕行，先将有把握的分数拿下再说。

高考前的一切考试，不过是“热身”式的考试，意义在于经验的积累和教训的总结。

考数学前一天，不必再苦苦钻研，干脆放松，连书也不翻。倒是应该静下心来，回想一下——自己以往所遇难题，有几种类型？解题和思路有什么规律性？其题可变异为另外的哪几种类型？如何看出特征，识别其变异？

考语文前一天仍需看看书，还有外语，两门是须强记的学科。多记一点儿，便有多获几分的可能。作文勿跑题，不求事例新，但求事例准，较严格地符合题意。

倘或“出师不利”——第一天没考好，哪怕两门都没考好，也不要沮丧。

只不过是高二第一学期，说明不了什么根本问题。

见你已酣睡，不忍心推醒你，故留此言。因明天你起得早，爸爸醒来已肯定见不到你了……

儿子，请在内心里替奶奶祈祷几次！

爸爸于夜

（选自1999年梁晓声著《世纪末的证明》）

小垃圾女

我第一次见到她，是在元月下旬的一个日子，刮着五六级风。我家对面，元大都遗址上的高树矮树，皆低俯着它们光秃秃的树冠，表示对冬季之厉色的臣服。偏偏十点左右，商场来电话，通知安装抽油烟机的师傅往我家出发了……

前一天我就将旧的抽油烟机卸下来丢弃在楼口外了。它已为我家厨房服役十余年，油污得不成样子。我早就对它腻歪透了。一除去它，上下左右的油污彻底暴露，我得赶在安装师傅到来之前刮擦干净。洗涤灵去污粉之类难起作用，我想到了用湿抹布滚沾了沙子去污的办法。我在外边寻找到些沙子用小盆往回端时，见个十一二岁的女孩儿，站在铁栅栏旁。我丢弃的那台脏兮兮的抽油烟机，已被她弄到那儿。并且，一半已从栅栏底下弄到栅栏外；另一半，被凸出的部分卡住。

女孩儿正使劲跺踏着。她穿得很单薄，衣服裤子旧而且小。脚上是一双夏天穿的扣襻布鞋，破袜子露脚面。两条齐肩小辫，用不同颜色的头绳扎着。她一看见我，立刻停止跺踏，双手攥一根栅栏，双脚蹬在栅栏的横条上，悠荡着身子，仿佛在那儿玩的样子。那儿少了一根铁栅，传达室的朱师傅用粗铁丝拦了几道。对于那女孩儿来说，钻进钻出仍是很容易的。分明，只要我使她感到害怕，她便会一下子钻出去逃之夭夭。

而我为了不使她感到害怕，主动说："孩子，你是没法弄走它的呀！"——倘她由于害怕我仓皇钻出时刮破了衣服，甚或刮伤了哪儿，我内心里肯定会觉得不安的。

她却说："是一个叔叔给我的。"——又开始用她的一只小脚跺踏。

果而有什么"叔叔"给她的话，那么只能是我。我当然没有。

我说："是吗？"

她说："真的。"

我说："你可小心……"

我的话还没说完，她已弯下腰去，一手捂着脚腕了。

破裂了的塑料是很锋利的。

我说："唉，扎着了吧？你倒是要这么脏兮兮的东西干什么呢？"

她说："卖钱。"其声细小。说罢抬头望我，泪汪汪的。显然疼的。

接着低头看自己捂过脚腕的小手，手掌心上染血了。

我端着半盆沙子，一时因我的明知故问和她小手上的血而呆在那儿。

她又说："我是穷人的女儿。"——其声更细小了。

她的话使我那么的始料不及，我张张嘴，竟不知再说什么好。而商场派来的师傅到了，我只有引领他们回家。他们安装时，我翻出一片创可贴，去给那女孩儿，却见她蹲在那儿哭，脏兮兮的抽油烟机不见了。

我问："哪儿去了？"

她说被两个蹬手板车收破烂儿的大男人抢去了。说他们中一个跳过栅栏，一接一递，没费什么事儿就成他们的了……

我问："能卖多少钱？"她说十元都不止呢，哭得更伤心了。

我替她用创可贴护上了脚腕的伤口，又问："谁教你对人说你是穷人的女儿？"

她说："没人教，我本来就是。"

我不相信没人教她，但也不再问什么。我将她带到家门口，给了她几件不久前清理的旧衣物。

她说："穷人的女儿谢谢您了叔叔。"

我又始料不及，觉得脸上发烧。我兜里有些零钱，本打算掏出全给了她的。但一只手虽已插入兜里，却没往外掏。那女孩儿的眼，希冀地盯着我那只手和那衣兜。

我说："不用谢，去吧。"

她单肩背起小布包下楼时，我又说："过几天再来，我还有些书刊给你。"

听着她的脚步声消失在外边我才抽出手，不知不觉中竟出了一手的汗。我当时真不明白我是怎么了……

事实上我早已察觉到了那女孩儿对我的生活空间的"入侵"。那是一种诡秘的行径。但仅仅诡秘而已，绝不具有任何冒犯的意味。更不具有什么危险的性质。无非是些打算送给朱师傅去卖，暂且放在门外过道的旧物，每每再一出门就不翼而飞了。左邻右舍都曾说撞见过一个小小年纪的"女贼"在偷东西。我想，便是那"穷人的女儿"无疑了……四五天后的一个早晨我去散步，刚出楼口又一眼看见了她。仍在第一次见到她的地方，她仍然悠荡着身子在玩儿似的。她也同时看见了我，语调亲昵地叫了声叔叔。而我，若未见她，已将她这一个穷人的女儿忘了。

我驻足问："你怎么又来了？"

她说："我在等您呀叔叔。"——语调中掺入了怯怯的，自感卑贱似的成分。

我说："等我？等我干什么？"

她说："您不是答应再给我些您家不要的东西吗？"

我这才想起对她的许诺，搪塞地说："挺多呢，你也拎不动啊！"

"喏"——她朝一旁翘了翘下巴，一个小车就在她脚旁。说那是"车"，很牵强，只不过是一块带轮子的车底板。显然也是别人家扔的，被她捡了。

我问她："脚好了吗？"

她说："还贴着创可贴呢，但已经不怎么疼了。"之后，一双大眼瞪着我，又强调地说，"我都等了您几个早晨了。"

我说："女孩儿，你得知道，我家要处理的东西，一向都是给传达室朱师傅的。已经给了几年了。”——我的言下之意是，不能因你改变了啊！

她那双大眼睛微微一眯，凝视我片刻说：“他家里有个十八九岁的残疾女儿，你喜欢她是不是？”

我不禁笑着点了一下头。

“那，一次给她家，一次给我，行不？”——她专执一念地对我进行说服。

我又笑了。我说：“前几天刚给过你一次，再有不是该给她家了吗？”

她眨眨眼说：“那，你已经给她家几年了。也多轮我几次吧！”

我又想笑，却怎么也笑不起来了。心里一时很觉酸楚，替眼前花蕾之龄的女孩儿，也替她那张能说会道的小嘴儿。

我终不忍令她太过失望，二次使她满足……

我第三次见到那女孩儿，日子已快临近春节了。

我开口便道：“这次可没什么东西打发你了。”

女孩儿说：“我不是来要东西的。”——她说从我给她的旧书刊中发现了一个信封，怕我找不到着急，所以接连两三天带在身上，要当面交我。那信封封着口，无字。我撕开一看，是稿费单及税单而已。

她问：“很重要吧？”

我说：“是的，很重要，谢谢你。”

她笑了：“咱俩之间还谢什么。”

她那窃喜的模样，如同受到了庄严的表彰。而我却看出了破绽——封口处，留下了两个小小的脏手印儿。夹在书刊里寄给我的单据，从来是不封信封口的。

好一个狡黠的“穷人的女儿”啊！

她对我动的小心眼儿令我心疼她。“看！”——她将一只脚伸过栅栏，我发现她脚上已穿着双新的棉鞋了，摊儿上卖的那一种。并且，她一偏她的头，故意让我瞧见她的两只小辫已扎着红绫了。

我说：“你今天真漂亮。”她悠荡着身子说：“我妈妈决定，今年春节我们不回老家了。”

“爸爸是干什么的？”

她略一愣，遂低下了头。

我正后悔自己不该问，她抬起头说：“叔叔，初一早晨我会给您拜年。”

我说不必。

她说一定。

我说我也许会睡懒觉。

她说那她就等。说我不会初一整天不出家门的呀。说她连拜年的话都想好了：“叔叔马年吉祥，恭喜发财！”

“叔叔，我一定来给你拜年！”

说完，猛转身一蹦一跳地跑了。两只小辫上扎的红绫，像两只蝴蝶在她左右肩翻飞……

初一我起得很早。倒并不是因为和那“穷人的女儿”有个比较郑重的约会，而是由于三十儿夜晚看一本书看得失眠了。我是个越失眠反而越早起的人。却也不能说与那个比较郑重的约会毫无关系。其实我挺希望初一一大早走出家门，一眼看见一个一身簇新，手儿脸儿洗得干干净净，两条齐肩小辫扎得精精神神的小姑娘快活地大声给我拜年：“叔叔马年吉祥，恭喜发财！”——尽管我不相信那真能给我带来什么财运……

一上午，我多次伫立窗口朝下望，却始终不见那“穷人的女儿”的小身影。

下午也是。

到今天为止，我再没见过她。

却时而想到她。

每一想到，便不由得在内心默默祈祷：小姑娘，马年吉祥，恭喜发财！……

（选自2002年梁晓声著《人生真相》）

小芝麻粒儿

“小芝麻粒儿”是一个女孩儿。两年前，好友A君带她到我家来，预先在电话里说她要采访我。当我开门让他们进后，朝外又张望了一眼，奇怪地问：“人呢？”A君回答：“没谁了，就我俩。”我又问：“记者呢？”A君说：“是她。”我不由得扭头打量——那天她穿的是运动鞋，个子看上去不高，也就一米六五吧；女式半袖T恤，运动短裤；但是身材很匀称，腰特别细，而且……薄。所以用窈窕二字形容她也还恰如其分。总而言之，穿着黄色T恤和短裤的她，当时给我的印象像是一只金小蜂，又叫细腰蜂的那一种。

主客坐定，我望着她有把握地问：“高二了吧？”

我以为她是高二刚分在文科班的女生，一年后打算报考新闻专业，采访我纯粹是为了实习实习。女孩儿大眼睛，薄嘴唇，脸颊瘦削，看去很精神的，蛮清秀。

她回答：“没有高二了呀。”——表情端庄，语调柔婉。一个拖出轻声的“呀”字，使她的话听来如小女儿言。A君替她补充道：“都大学毕业四年了，在一家外企工作。”我心中暗暗一算，那么她起码该二十六七岁了，人家是个大姑娘了嘛！不禁讶然于她的小模小样。我又问她，为什么已在外企工作了，还要来对我进行采访。她那双看人时有点儿定定的大眼睛求助地瞟向A君。于是A君替她解释：“她同学在报社当编辑，给了她这么一个采访任务。再说她自己工作之余也喜欢写写。”

我问她都写过什么。

她说："诗啊，散文啊还有童话啊，都写过，发表了几篇。"

那天她对我进行了一个多小时的采访。于我，是一次态度郑重的敷衍。于她，我想她一定是有所感觉的。

果然，晚上她给我来了一次电话，开口便说："梁大作家，没想到你是那样的！"

我说："我配合你完成了采访任务，你怎么还像对我有意见似的？"

她说："可你明明是在应付我！"——接着也不给我开口的机会，又说她进行过调查了解，十之七八的当代青年并不知道我的名字并没读过我的书；而读过的，都不喜欢我写的那些作品，竟还说"姑且算作品吧"。

她话说得很快，忽然压低声音道："对不起，不是不给你平等的说话权利，我们只有十五分钟喝茶的时间，我该回写字间去了。"

放下电话，我愣了片刻，便给A君打过去电话，抱怨地说："你带到我家来一个什么女孩儿呀！耽误了我的时间，刚刚竟还挖苦了我一通！"

自从我过了五十岁生日，即使二十六七岁的小女子们，在我眼里亦皆是女孩儿了。

A君开导我："你是长者，一切多担待。何况你也多了种机会了解当代的某些女孩子……"

我打断道："某些？专指她'那样式'的？"

A君耐心可嘉地说："你别年轻人挖苦了你几句就经不起似的！有点儿风度行不行？我向你保证，她是个可爱的女孩儿。再说和我不一般关系，不看僧面看佛面……"

后来，她又采访了我一次，是关于"时尚"话题的。这一次我较为认真地接受了她的采访。然我一向对于"时尚"二字反感透顶。觉得那个在中国传媒中出现得越来越频繁的词，已"黏人"到了令我嫌恶的程度。我记得我在回答时说了"时尚不过就是摩登"一句话，还形容"时尚"是谙人间惑术的"巴狗"。

她目光定定地仿佛还有点儿愕异地盯着我听我说。终于轮到她开口时，她平心静气地道出自己的一番看法来："其实我觉得时尚并不就是摩登。摩登是时髦，是对时尚的一种不相宜的夸张和炫耀。而时尚是一种虽然往往与时髦并行，但是永远不会被改变为时髦的事物。时髦是一种企图追求到某种品质却几乎永远也追求不到的现象，而时尚却好比一枚一生出来就有品质的蛋……"

这时我极想很不雅地问一句："从哪儿生出来的？"——但考虑到面前坐的毕竟是一个女孩儿，话到喉间吞回去了。

她仿佛猜到了我想说什么而没有说，脸微微红了，低下头沉默几秒钟，自言自语般地嘟哝："时尚其实是尚时的意思，就是还没开始流行的状态，所以不同于时髦……"

我觉她的话亦有道理，并且将那道理用语言表达得挺好，于是刮目相看。那一次采访，因为有了点儿争论的意味，她反而显得满足，大概以为那才叫认真对待。她临走前我问她："是不是与我的好友A君是近邻啊？"她说："比邻居关系更近。"我又问："亲戚？"她说："比亲戚还亲。"我一时困惑得说不出话来。她咯咯笑了："他是我爸爸呀！"……

晚上我给好友打电话，责问为什么不告诉我她是他女儿。A君说："唉，不许我告诉嘛！你看，她自己倒忍不住彻底交代了，但我希望你还是应该对她保持一种威严。"我问为什么。他说："我说她不服之时，你可以帮我呀！"然而自从知道了她是A君的女儿，我对她也就威严不起来了。A君长我十余岁，不仅有一女，还有一子。儿子已成家，是兄长。

女儿与他们老两口共同生活着，是妹妹。再后来，我与A君之间，关于他的女儿，话题渐多。有次在他家他内疚地对我说："我这女儿呀，从小被我管束得太严，管坏了。都二十六七岁了，在别人眼里是白领了，在家里还是个孩子似的，好像越大越傻。"我说："她不傻呀，挺聪慧的。"

A君说："工作方面是不傻。可二十六七岁了还不知道谈恋爱，找朋友，自己也不急。转眼成大龄女了，也是我一件愁事啊！"A君的老伴儿插言道："设身处地替孩子想一想，孩子她都没时间谈恋爱找朋友啊！"我问：

“工作有那么忙？”“可不嘛！要是冬天，天刚亮就出门上班去了。起得稍微晚一点儿，就得打的。打的那花的是自己的辛苦钱啊！这孩子要强，在外企工作三年多了，一次没迟到过。下班也晚，九十点钟才回到家里是常事。星期六、星期日两天休息，往往用一整天补觉，睡呀睡呀，叫吃饭都叫不醒。还剩一天呢，就一心只想玩了。”——当母亲的说着，叹了口气。

正那会儿，他们的女儿以手掩口，打着哈欠从自己的小屋走了出来。我问她：“听到你爸妈的话了吗？”她点点头，去喝水。我说：“一个星期一天，谈恋爱也差不多够了。玩是可以两个人一起的事儿，何不同时进行？”

她说：“同时进行当然好了。可要找到那个爱我、我也爱他的人，要用比谈恋爱本身多得多的时间呀！这么着吧叔叔，您先替我找着。替我找到之前，我抓紧时间一个人玩儿挺好。再不抓紧时间玩儿都老了，结果落得个既没爱过，也没好好玩儿过的下场。两耽误，人生岂不是更可悲？”——说完，打着哈欠回到她的小屋去了，八成继续补觉。

A君苦笑道：“听听，说的是什么话？”他老伴儿望着我请求地说：“真的，你也替我们当父母的操操心行不？”我说：“行。”不料小屋里传出他们女儿的话：“叔叔，我刚才只不过随口一说，千万别听我爸妈的。爱人我以为那还是自己去发现的好。”

有一个星期六的晚上，我接到她的电话，说希望我第二天陪她逛动物园。我说没时间，她说她老爸要给我照相，也去。那是我早就答应了A君的事。我略一犹豫，她就在电话那端说：“叔叔，算你答应了啊！”可是第二天，我在动物园门口只见着了她。她狡黠地一笑，说她老爸临时有事，来不了啦。而我意识到，我上当了。一上午她显得特别高兴，主动说了许多话。她说从初中到高中，为了能考上一所使父母也使自己光彩的大学，舍不得花时间玩。大学毕业后一参加工作，没时间玩了。并且扳着指头遗憾地说，从十六七岁到二十六七岁，总共才开开心心地玩了有限的几次。她看每一种动物的目光，那纯粹是小女孩第一次看到它们的惊奇的目光。我觉得我像是带着一个八九岁的女童在逛动物园。

我问她在外企具体做什么工作，她说给一位部门长当助理。我说那也算较高一级的白领了。她说其实她觉得自己是"小芝麻粒儿"，镀银的一粒小芝麻粒儿。我说："起码你的工资是令人羡慕的，比我这大学教授的工资还高一倍多呢！"她说："叔叔，不骗你，有时我加班到晚上十点多，觉得自己口中有血腥气。而那时，整幢写字楼就剩我和一名等着关大门的保安了……"我倏然间明白了她为什么那么爱玩和贪睡。我问她的顶头上司对她如何。她说挺好。我问是不是真的。她说如果她的上司再能多体恤她一点儿，就是一位好上司了。我说可见她的上司有不够体恤她的时候。她想了想，说她其实不该抱怨给自己发工资的人。我说又不是当面，抱怨了一两句又有什么？她说养成习惯就不好了。所以即使在背后，也还是一句都不应该抱怨。冲着那份儿不菲的工资，她得具有任劳任怨的敬业精神。我问："据我所知，在外企工作的中国人，如果摊上一位同胞是自己的上司，反而可能是一种不幸，实际情况是不是那样？"

她想了想，委婉地回答："中国人替外国人要求自己的同胞，总是会比他代表中方企业的情况下对同胞的要求更严，也总是会比外企老板要求得更严。外企老板有时还不至于对中方雇员有多么不近情理的要求，而恰恰是同胞的上司会。不过也可以理解，他们只有那样表现，升得才快……"

我问："你的上司是中国人还是外国人？"她忽然觉得失言了，岔开话题道："叔叔，咱们看大象表演节目去吧！……"

"非典"时期，她公司里的欧洲人都回国去了，而中方雇员照常上班。有天晚上十点多，电话响了。我抓起一听，是她打来的。我问："小芝麻粒儿，你在哪儿？"她说："叔叔，我在加班……"我又问："你是不是在哭啊？"她说："叔叔，整幢写字楼又只剩我和一名等着关大门的保安了。我已经连续一个星期每天都加班到这时候了，我觉得嘴里又有血腥味儿了……"我生气地说："这是什么日子啊！你这样辛苦，免疫力下降，上下班路上那是极容易……"她说："叔叔我会注意的……我不过就是想和一个人说几句话……有些话又不能对爸爸妈妈说……"

前天下午，A君打来电话，说她女儿还要来采访我。我说：“你的女儿嘛，可以。”他在电话那端沉默片刻，又说：“我女儿失业了……”我不禁“噢”了一声。“她公司新来了一名女大学生，负责社会福利保险的一位部门长，把公司应该替大家缴的保险金额压得很低很低，低于公司的内部规定一半多。她觉得不公，替人家那大学生据理力争，结果一时冲动，和那位部门长吵了起来……”

我问：“对方是咱们中国人吧？”

A君说：“可不嘛。”

我说：“他是咱们中国人中的混蛋。”

A君说：“他还对我女儿说——你不想干了就走人！我女儿一气之下辞职了。但人家那名女大学生自己反倒想开了，留下了……”

我不知再说什么话好。“小芝麻粒儿”来时，脸上少了往常的开朗神情，一副心事重重的模样。而我心里，却对那女孩儿陡升起了几分敬意。

这一次不是我应付她，而是她自己采访得有点儿心不在焉。结束后，我说：“小芝麻粒儿，叔叔想过几天去爬香山，你陪我如何？”她顿时高兴起来，一双大眼睛亮晶晶地说：“好呀！好呀！……”

（选自2004年梁晓声著《人性似水》）

好心怎么就做下了坏事

四月中旬某日，北京的树虽已开始绿了，然而天气并未明显转暖，忽冷忽热，正是所谓春寒料峭之季。但那一日天气却难得的好——几乎没有雾霾，可见晴空白云，气温也升高到了二十度左右，外边比家里还令人觉得舒适。

中午时分，我隔窗听到鸽子的叫声——咕咕，咕咕，持续经久，听来蛮焦虑的。在邻家的外窗台上，落着一灰一白两只鸽子。白鸽雪白，比之于灰鸽，体形略小，俊美好看。灰鸽自然也是好看的，却分明是只胖鸽子，胖得富态，估计“鸽龄”比白鸽大些。世上没有不好看的鸟儿，每一只鸽子都是漂亮的——至于秃鹫，虽属禽类，我却从不将它们视为鸟儿，总觉得它们更是长翅的怪兽。

那只灰鸽并非完全的灰，它身上闪耀着紫色和孔雀蓝、翡翠绿相间的羽泽，仿佛被洒上过那三色彩粉。我们小时候，叫那样的鸽子“灰彩光”，以区别于通体全灰的叫“瓦灰”的鸽子。

白鸽不断地替“灰彩光”梳理羽毛，还时时与之碰喙，以自己的叫声回应“灰彩光”的叫声——总之两只鸽子耳鬓厮磨，缠绵不休。

忽然，“灰彩光”飞起，落在了我家厨房窗外的空调筐上。白鸽反应迅速，几乎同时落在了“灰彩光”旁边。我看出来了，它们是夫妻关系，“姐弟恋”式的夫妻。并且，还处在甜蜜蜜的阶段。

我家厨房窗口的左右两侧，是我家一间卧室和邻家一间卧室的外墙。两面外墙，夹成了五六米长的幽巷般的空间。我家住十三层，楼高二十余层，以前也常有鸽子光顾那空调筐——就高度与隐蔽性而言，是鸽子们小憩的安全之地。我家厨房未安装空调，所以空调筐里放了两摞瓷砖，其上盖塑料板。瓷砖没将空调筐占满，一边余有一掌宽的空处。“灰彩光”咕咕叫了几声，跳入那空处去了，白鸽也毫不犹豫地随之跳入，我便看不见它们，只闻其声了。

我顿悟——“灰彩光”是要在那里生蛋呀！

但我家那空调筐也太脏了呀，多年没清理过了，积了很厚的灰土。特别是那一掌宽的空处尤其肮脏，除了灰土不说，还因曾在“筐”中碎过咸菜坛子，有风干了的咸菜疙瘩仍在那里——两只鸽子怎么能卧得舒服呢？

我虽未养过鸽子，却是自幼喜欢鸽子的人。谁会不喜欢鸽子呢？不论家鸽野鸽，它们看上去都是那么温良儒雅、风度翩翩。我一向觉得鸽子是鸟类中特有“君子”气质的。不是所有的鸟皆有气质可言。鹦鹉、八哥虽善学人语，但其实并无气质。孔雀有贵族气质，天鹅有仙家气质，鹤有道家气质，猫头鹰有股子先知气质，而若论“君子”气质，我认为非鸽子莫属。

出于对鸽子的自幼好感，我决定将那空调筐清理一番，以使“灰彩光”有一处条件不错的产房。儿子也在家，听了我的打算，表示支持。

我关上厨房门，打开窗子，正欲探身去，儿子问：“爸，你要干什么？”

我说：“抓住它们，请它们在厨房待会儿。”

儿子说：“何必将它们请进厨房呢？你让它们先飞走不就行了吗？”

我说：“那我替它们弄好了一处小窝，它们不再飞回来了呢？我岂不是白费事了吗？先将它们请进厨房，一会儿不是可以直接将它们放入窝里吗？”

儿子想了想，表情特理性地说：“你先别惊动它们。”

他将一只长方形的，一面透气的帆布挎包取来了，那是专为带我家的猫去看病用的。

儿子说："你抓住了鸽子，先放这里。"

我说："笨办法。第一，放入放出的，麻烦。第二，如果将屎拉在里边，得刷洗，更麻烦。一切在我掌控之中，不用协助，你离开就是。"

儿子不以为然地离开了。我首先抓住了白鸽，口中喃喃自语："乖，别乱飞，我是为你们好，要懂事啊。"将它放在了矮柜上。它似乎听懂了我的话，只从矮柜上飞到厨案上，就不再飞了，困惑地歪头看我。

它的良好表现增强了我的信心，我接着将"灰彩光"抓住，同时喃喃自语一番。两只鸽子挤在狭窄的地方，无法躲避，更无法立刻飞起，所以抓住它们可以说是手到擒来之事。然而"灰彩光"的表现却不像它的郎君那么良好，我刚一将它放下，它立刻展翅飞起来。我家厨房才十来平方米的空间，也不是能容一只胖鸽子飞来飞去的地方啊，结果它便接连撞在墙上，撞在窗玻璃上，撞得掉下了两片羽毛。也许由于撞得有点晕了，终于歪歪地落在了冰箱上。

儿子显然听到了声音，隔了门问："爸，要不要参谋？"

我说："不要，一切都在我掌控之中。"

儿子又说："做什么决定前最好考虑周到些。"

我说："我已经说过了，一切都在我掌控之中，你最好闭上嘴从门口消失。"

接下来的事简单多了——"灰彩光"不是即将当母亲了，而是已经当母亲了。那么一会儿工夫，它居然生下两只蛋了！我将两只蛋小心翼翼地从肮脏的角落里拿起，放在了预先准备好的碗里。

我当然是做事考虑周到的人，一切也当然在我掌控之中——这么一件小事，难道我还至于做出差错不成？我有条不紊地做着——将厚积灰土的塑料布轻轻地卷起，塞入垃圾桶；将瓷砖一块块搬入屋里；用拖把将空调筐清洁了两番；放了一块预先备好的三合板垫底；最后将同样预备好的塑料提篮放于板上。提篮是红色的，不大不小，放那儿之前，用厚纸板围了三面，留一面透气……

这一切我做得真是有条不紊，谁能说我考虑不周呢？

接下来，无非就是将两只鸽子请出门了。我第二次抓白鸽时，它还是没乱飞，只不过有点不情愿地躲了几躲。我将它放入窗外的窝里后，它却一秒钟也没在里面待，立刻飞走了。没飞多远，落在邻家外窗台上，疑虑重重地望着我。

我相信它会喜欢那个窝的，也相信“灰彩光”会喜欢那“产房”的。我出其不意地抓住了“灰彩光”——就在那一瞬间，极其不好的结果，也可以说是悲剧发生了。我的手不够大，而它却挺胖。我抓的是它的肩膀，那是它全身最宽的部位。我没敢用力，抓得不紧。它本能地一挣，我也本能地攥紧，却还是被它挣脱了，但——它的尾巴整齐地攥在了我的手里！整齐的意思就是，每一枚尾羽都在我的手里了！

它惊恐地在厨房里飞，东撞西撞，又撞了多次才从窗口飞出，不，那明明是仓皇地飞逃而去，摇摇晃晃地，像秃尾巴的鹌鹑，也像被击中的战机。白鸽也立刻伴之飞走……它将装着两只蛋的碗弄掉地上；一只蛋碎了，另一只掉在拖布上，侥幸完好。

我一手攥着一把鸽尾，另一只手捡起完好的蛋，看看窗外我煞费苦心为两只鸽子做的干干净净、舒舒服服的窝，傻眼了，也心疼极了！

怎么会是这么个结果？我是爱它们甚至对它们心怀敬意的呀！

可我接下来能做的事，也就唯有往造成它们灾难的窝里，深怀罪过感地放入那只幸存的蛋了。并且，在放入前垫了绒片儿。为使那只蛋一目了然，还在绒片儿上铺了块红色的布。

不久，白鸽单独飞回来了。很明显，即将做父亲的它牵挂着那两只蛋。它先落在邻家的外窗台上，几分钟后，开始一点儿一点儿横移身体，保持高度戒备地接近着空调筐。终于，它鼓足勇气落在了空调筐上，却只低头看着它陪爱妻趴过的角落，对我为它们提供的窝却连瞧都不瞧一眼——我又想抓住它将它放入窝里，刚一开窗，它机警地飞走了……

儿子进入厨房，看看一地鸽子的尾羽和碎了的蛋、碗，吃惊地问：

“爸，你怎么会将事情搞成这样？”

我无言以对。

两只鸽子再也没飞回来过。

至今，十几天过去了，那只幸存的鸽子蛋不知为什么也碎了。而每每向我认为见多识广的人问：“完全没有了尾巴的鸽子还会活下去吗？”没有谁肯定地回答：“能。”

一想到一对即将做父母的亲亲爱爱的夫妻鸽，就因为我一片好心要为它们提供一处窝，不仅使它们的两只蛋“完蛋”了，还使母鸽残疾了，我的罪过感很难消除。就算它们在那个肮脏的角落生出了两只小鸽子，也是根本无法在那个肮脏的角落将小鸽子抚养大的——我也只有这么安慰自己。

但我却不能不反省自己好心做下了坏事的原因：

我抓住两只鸽子后，根本无须将它们“请”入厨房。手一松，它们自会飞走。而它们一飞走，我想怎么做就可以怎么做，丝毫不会受到干扰。

在我将为它们提供的窝放入空调筐后，也根本不必再抓它们，只消将窗户开着，它们自会飞出去的，“灰彩光”也就断不至于没了尾巴。或许，它们没受到惊吓和伤害，有可能愿意接受我为它们提供的窝。

我既要为它们提供一处窝，就应对它们有所了解，预先搞清楚，它们比较愿意接受什么样的窝，对什么样的窝反而会心生疑虑。甚至，什么颜色会使两只无家的流浪鸽不安，这也是要有常识的。绿色的塑料提篮，内铺块红色的布，篮体又高，会不会使它们觉得是陷阱？如果并不放那篮子，只将清理干净的空调筐铺垫柔软、温暖，不但省了事，也许反而正是它们愿意接受的窝吧？

我自信满满，认为“一切都在掌控之中”，这意味着，我主观上当时是有控制欲的。否则，我不会犯那么低级的错误，居然非两次将鸽子抓在手中不可……

世上一定有不少人好心反而做下了坏事。

我想，这些人中，像我一样好大喜功自以为是，同时控制欲作祟者，估计也为数不少吧？——若是政府官员，恐怕便会激起民怨甚而民反了呀。

民可不像鸽子那般君子……

二〇一五年四月二十八日

（选自2015年梁晓声著《困境赐予我的》）

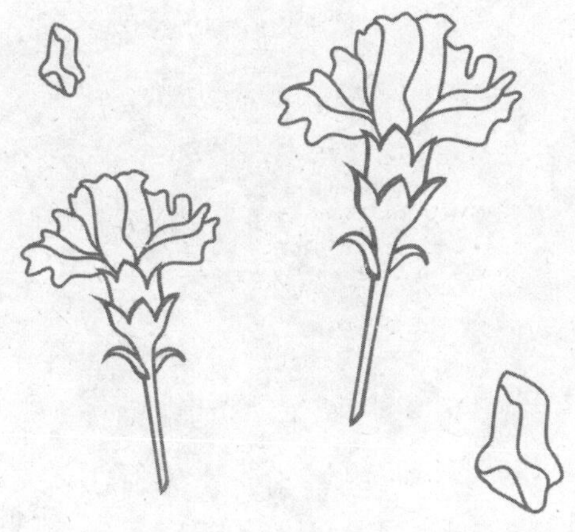

兄弟姐妹

过小老百姓的生活——给妹妹的信

妹妹：

见字如面。知大伟学习成绩一向优异，我很高兴。在孙女外孙女中，母亲最喜欢大伟，每每说起大伟如何如何疼姥姥，善解人意。我也认为她是个非常懂事的孩子。她学习努力，并且爱学习，不以为苦，善于从学习中体会到乐趣，这一点实在是难能可贵的。因而要由做父母的克服一切生活困难，成全孩子的学志。否则，便是家长的失责。前几次电话中，我也忘了问你自己的身体情况了。两年前动那次手术，愈后如何？该经常到医院去进行复查才是。

我知道，你一向希望我调动调动在哈市的战友关系、同学关系，替你们几个弟弟妹妹，转一个经济效益较好的单位，谋一份较稳定的工薪，以免你们的后顾之忧，也免我自己的后顾之忧。不错，我当年的某些知青战友、中学同学，如今已有几位当了处长、局长，掌握了一定的权力。但我不经常回哈市，与他们的关系都有点儿疏淡了。倘为了一种目的，一次次地回哈重新联络感情，铺垫友谊，实在是太违背我的性情。他们当然对我都是很好的，我一向将我和他们之间的感情、友情，视为“不动产”，唯恐一运用，就贬值了。所以，你们几个弟弟妹妹的某些困难，还是由我个人来和你们分担吧！何况，如今之事，县官不如现管。便是我吞吞吐吐地开口了，他们也往往会为难。有一点是必须明白的——我这样的一个写小说的人，与某些政府官员之间，倘论友谊，那友谊也更是从前的某种特殊感情的延续。能延续到如今，已太具有例外性。这一种友谊在现实之中的基础，其实是较为薄脆的，因而尤需珍视。好比捏的江米人儿，存在着便是美好的，但若以为在腹空时可以充饥，则大错特错了；既不能抵一块巧克力什么的，也同时毁了那美好。更何况，如说友谊也应具有相互帮助的意义，那么也只有我求人家帮我之时，而几乎没有我也能助人家之日。我一个写小说的，能指望自己在哪一方面帮助别人呢？既已注定了不能互相帮助，我也就很有自知之明，封唇锁舌，不吐“求”字了。

除了以上原因，大约还有天性上的原因吧。那一种觉得“上山擒虎易，开口告人难”的天性，我想一定是咱们的父亲传给我的。我从北影调至童影，搬家我也没求过任何一个人，是靠了自行车、平板车，老鼠搬家似的搬了一个多星期。有天，我一个人往三楼用背驮一只沙发，被清洁工赵大爷撞见，甚为愕异。后来别人告诉我，他以为我人际关系太恶，连个肯帮自己搬家的人都找不到。当然，像我这么个性极端了，也不好。我讲起这件事，是想指出——哈尔滨人有一种太不可取的“长”处，那就是几乎将开口求人根本不当成一回事儿。本能自己想办法解决之事，也不论值不值得求人，哪怕刚刚认识，第二天就好意思相求。使对方犯难自己也不在乎，遭到当面回绝还不在乎。总之仿佛是习惯，是传统。好比一边走路一边踢石头，碰巧踢着的不是石头，是一把打开什么锁的钥匙，则兴高采烈。一路踢不着一把钥匙，却也不懊恼，继续地一路走一路踢下去。石头碰疼了脚，皱皱眉而已。今天你求我，明天我求你，非但不能活得轻松，我以为反而会活得很累。

我主张首先设想我们在生活中所遇到的困难，乃是没有任何人可求，任何人也帮不上忙的，主张首先自己将自己置在孤立无援的境地。而这么一来，结果却很可能是——我们发现，某些困难，并非我们估计的那么不可克服。某些办成什么事的目的，即使没有达到，也并非我们估计的那么损失严重。我们会发现，有些目的，放弃了也就放弃了。企望怎样而最终没有怎样，人不是照活吗？我常想，我们的父亲，一个闯关东闯到东北的父亲，一个身无分文只有力气可出卖的山东汉子，当年遇到了困难又去求谁啊！我以为，有些时候，有些情况下，对于小百姓而言，求人简直意味着是高息贷款。我此话非是指求人要给人好处，而是指付出的利息往往是人的志气。没了这志气，人活着的状态，往往便自行地瘫软了。

妹妹，为了过好一种小百姓的生活而永远地打起精神来！小百姓的生活是近在眼前伸手就够得到的生活。正是这一种生活才是属于我们的。牢牢抓住这一种生活，便不必再去幻想别的某种生活。最近我常想，这地球上的绝大多数人，其实都在各个不同的国家，各种不同的生活水平线上，过着小百姓的生活。生活中最不可或缺的，我以为乃是温馨二字。没了温馨的生活，那还叫生活吗？温馨是某种舒适，但又不仅仅是舒适。许多种生活很舒适，但是并不温馨。温馨是一种远离大与奢的生活情境。一栋豪宅往往只能与富贵有关。富贵不是温馨。温馨是那豪宅中的小卧室，或者小客厅，温馨往往是属于小的一种生活情境。富人们其实并不能享受到多少温馨。他们因其富，注定要追求奢侈追求华靡，而温馨甚至是可以在穷人的小破房里呈现着的生活情境。温馨乃是小百姓的体会和享受。我说这些，意思是想强调——房子小一点儿没关系，只要小百姓主人勤快，收拾得干干净净就好。工资收入低一点儿没关系，只要小百姓自己善于节俭持家就好，只要小百姓善于为了贴补生活再靠诚实的劳动挣点儿钱就好。哪怕是双休日在家里揽点儿计件的活儿。在小的住房里，靠低的工资，勤勤快快，节节俭俭，和和睦睦地生活，即为小百姓差不多都能把握得住的温馨日子，小百姓的幸福生活。这样的生活，绝对是我们想过上便能过上的。还记得我们小时候，我们将一个破家粉刷得多亮堂，收拾得多干净啊！每查卫生，几乎总得红旗。我们小时候，家里的日子又是多么的困难哪！但不也有许多温馨的时候吗？

在物质生活方面，我是一个绝对的胸无大志之人，但愿你们也是。不要说小百姓只配过小日子的沮丧话，而要换一种思想方法，多体会小百姓的小日子的某些温馨。并且要像编织鸟一样，织一个小小的温馨的家，将小百姓的每一个日子，从容不迫地细细地品咂着过。你千万不要笑我阿Q精神大发扬，这不是在用阿Q精神麻痹你，而是在教你这样一个道理——任何情况之下，只要不是苦役式的命运、完全没有自由的生活，那么人至少可取两种不同的生活态度，至少可实际地选择两种不同的生活——积极的态度和消极的态度，较乐观的生活和非常沮丧的生活。而这也就意味着获得同一情况之下两种不同的生活质量……

哈市国有企业的现状是严峻的，令人堪忧的。东三省大多数国有企业的现状，都是严峻的，这是一个艰难的时代。对普遍的国有企业的工人来说尤其艰难，据我看来，绝非短时期内能全面改观的。国家有国家的难处，这难处不是一位英明人物的英明头脑，或一项英明决策所能一朝解决的。这个体制的负载早已太沉重了。从前中国工人的活法是七分靠国家，三分靠自己的，现在看必得反过来了，必得七分靠自己，三分靠国家了。那三分，便是国家对国有企业的工人阶级的责任。它大约也只能负起这么多责任了，这责任具有历史性。

既然必得七分靠自己了，你打算怎样，该认真想想。你来信说打算提前退休或干脆辞职。我支持。这就等于与自己所依赖惯了的体制彻底解除“婚约”了。这需要很大的勇气，因为你毕竟有别于年轻人。而且得清楚，那体制不会像一个富有的丈夫似的，补偿你什么，届时你的心态应该平衡，不能被某种“吃了大亏”的想法长久纠缠住。而最主要的，是你做出决定前必得有自知之明，反复问自己什么是想干的？什么是能干的？在想干的和能干的之间，一定要确定客观实际的选择。

总之，你一旦决定了，你的困难，二哥会尽全力周济帮助的。过些日子，我会嘱出版社寄一笔稿费去的。

抽时间去医院看望大哥。

今天，我集中精力写信。除了给你们三个弟弟妹妹写信，还要抓紧时间再写几封。告诉大伟，说二舅问她好。也替我问春雨好，嘱他干活注意安全。

余言后叙。

兄 晓声

一九九六年五月三日于北京

（选自1996年11月26日《工人日报》）

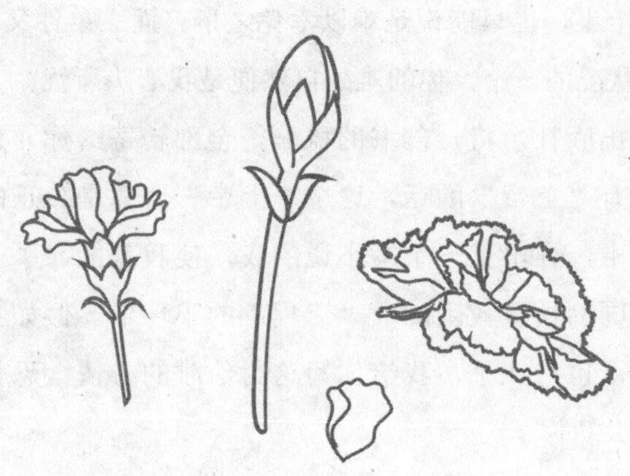

想想父亲——给三弟的信

三弟：

来信收到，内情尽知。

哈市工人“下岗”待业乃至二度失业的状况，我是很了解的。尽管我已经又两年多没回哈市了，但我一向在关心着这一状况。我关心这一状况，实际上便是在关心着你及四弟及妹妹的命运。我们的父亲是工人。我们都是工人家庭的儿子。三十年前的一个工人家庭，除了你们的二哥这一个家庭而外，又派生出了三个工人家庭。中国改革的痉挛，或者直接说是阵痛，正由数以千万计的中国工人阶级俯腰承受着。这是改革所不希望的，又是改革所必须经历的一步。在数以千万计的承受着中国改革阵痛的工人阶级中，父亲身后的我们这个家庭，摊上了两个半，也只能说是难以幸免之事。而三弟你又是这两个半中最经常处于半失业状况的一个，你的难处自然便是我心头所忧。

我已嘱一家出版社，将一部书的稿酬，全部转寄给你。你看，以乐观的态度想一想，倘有“上帝”的话，这个“上帝”还算是公正的。因为“他”在我们的家庭之中，弄出了一个写小说的我，使我竟能靠了一支笔，在某种程度上，参与中国的扶贫救困的大“工程”的小环节。假如我也是工人，并且也“下岗”了，也待业了，我给你写这封信时的心情，恐怕你就可想而知了，更不知该怎么劝你了。

有些话，或者说有些思想问题的观点和方法，我一直打算等回了哈市以后，和你面对面地细谈。但母亲目前住在我这儿，无奈我一时也回不去，莫如先在此信中写入几句，也许正是别人劝你而又劝不“到位”的话。

首先我以为，作为国家，是一定要尽最大的能力关怀和体恤到它的普遍子民的。国家不这样，掌握国家大命运的人们，便严重地失职了。而我们的国家，其实正是在尽最大的能力这样做着。中国的人口太众，近于世界人口的五分之一。从一种体制向另一种体制的转化中，艰巨多多，顾此失彼，实非国家所愿。这一点是毫无疑问的。相信了这一点，明白了国家的这一大背景，作为具体的个人，若与时代赌气，若长工向东家讨公道似的，偏振振有词地向国家要个说法，其实等于是首先和自己过不去。我最近开了一个会，会上有当工会领导的说——失业的人，不要找厂长，更不要找市长，而要去找市场。这话听起来似乎有理。但由国家的干部，尤其是工会的干部口中说出，是未免太官话了，也未免太不像话了。如果事情这么简单，岂非等于在说，数以千万计的失业工人阶级，是眼前摆着许许多多的再就业机会可选择而自己不愿选择吗？那个能解决半亿失业工人再就业的市场在哪呢？它真的有那么无限大吗？这一种说法，等于看待半亿中国失业工人是“矫情”的，仿佛甘愿“坐以待毙”似的。这是太推卸职责的一种说法。也是太不实事求是的一种说法。尽管听来像顺口溜一样押韵。中国的某些当官之人，一旦太会当官了，也就太会编这类顺口溜了。所以我当即予以反驳。但是，作为兄长，对于你，我的亲弟弟，在这一封信中，我却更愿强调——你但凡有一步路可以自己去走，哪怕那对你来说是倍感屈辱的一步，便尽量不要去找厂长，尤其不要产生去找市长的念头。有某些话，经由官员们之口说出来是不对的，是听了很逆耳的。而经由自己的头脑产生出来，变为自己的主动性选择，却又是明智可取的。因为我们必须得承认，今日之中国，只要一个人吃得了苦，还是能够挣到一笔起码可以养家糊口的钱的。何况，咱们兄弟姐妹之间，也是能互相周济的。在此二点上，你们的二嫂很开通，从不计较。这是我的幸运，也是你们的幸运。

一个处在大转折关头的时代，无论是进步式的转折，还是后退式的转折，总是要付出代价的。这代价有时所以惨重，乃因付出的往往是一代人甚至几代人的命运。哪一代人哪几代人的命运被作为代价付出了，也就只有俯腰承受，别无他法。

比较而言，我们兄弟姐妹中的两个半待业者、“下岗”者，并不能说是落入了最惨的地步。还没有天灾人祸同时殃及身上，此幸运之一；都先后解决了住房问题，此幸运之二。我在其他城市，深入过一些困难典型的失业工人的家——住的是低棚陋室，床上躺着病人，几个月领不到工资，那才叫悲惨啊！

总之我希望，我们兄弟兄妹中的待业者、“下岗”者，万不可自行地想象自己是当代中国最不幸的人，最被国家亏待了的人，最被时代彻底抛弃了的人。这起码并不符合事实。而且，一旦耽于这样的想象，愤怨积心，自哀自怜，便再也打不起生活的精神了。倘还原本有七分自救的能力和信心，往往会自行地销蚀了三分。一个时代的发展，体现于一座城市，往往是明显的。五六年内，多了几片楼区，几座立交桥，几幢摩天大厦，人们就会承认，发展了，变化了。但体现于小百姓的实际生活方面，则往往就不那么明显了。非与自己十年二十年前乃至父辈的生活状况相比，是不大容易被自己承认的。想想我们的父亲，当年一人凭力气汗水，拼死拼活养着五个儿女，大哥还有病，那是多么不容易！那些年我们住的什么？吃的什么？穿的什么？父亲又何曾向生活低过头呢？真的，只有将我们目前的实际生活，与父亲当年所力撑着的生活境况相比，才能看出时代的确悄悄发展了。也只有将我们的儿女与我们自己的童年和少年相比，才能比出生活毕竟还是朝好的方面变化着。不错，除了我这个当哥哥的，父亲身后派生出来的，由你们所实际挑起在肩的，乃是三个城市平民家庭的担子，但绝不是已经陷入了贫困难以度日。相对贫困往往是横向的，而且往往是与其他阶层相比的结果。其结果令人沮丧，更往往带有心理的因素色彩。可话又说回来，既已生为工人的后代，既已命中注定又成为工人，何必非要与其他阶层去相比？这就好像食草动物不必去羡看去妒想食肉类动物的活法一样，各有各的活着的快乐。面临困难尤要保持乐观。重要的是，将我们的生活追求标准，定位在小百姓这一广大的阶级层面上，即或眼前面临失业的窘状，也要较乐观较有信心地去为实现自己小百姓的小康日子孜孜奋斗。有一点是人必须明白的——四十五岁的时候有被胶着在哪个阶层，大抵也就一辈子隶属于哪一个阶层了。例外是有的，但很少。我认为这乃是人对生活所取的很现实也很明智的一种态度。这种态度并不消极，恰恰相反，本质上反而是积极的……

三弟，这封信写得太长了。一边写，我一边想，这哪里像一个哥哥给一个“下岗”的工人弟弟的信呢？

兄 晓声

（选自1997年梁晓声著《丢失的香柚》）

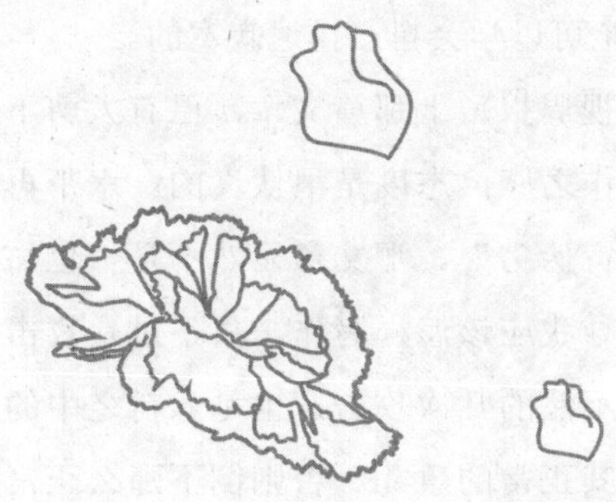

永不过时的休闲装——给四弟的信

四弟：

寄来的剪报一一收到。电话里谈不明白，今天挤出一段时间，给你写一封信，也许对你目前的烦恼，能多少起点儿消解的作用。

首先告诉你放心，母亲在我这里生活得很好。只是开春以来，气管炎又犯了些日子，现已轻微了。妹妹给母亲买的强力镇咳药，这几天内就会收到的。与健康相比，母亲最主要的问题是寂寞。家中每日来客颇多，但都是找我的，不是找她老人家的。我陪客人谈话之时，母亲坐在一旁插不上嘴，于是倍感失落和无聊。无人来时，我便写作，她尤其觉得寂寞了。我已为她买了四只鹦鹉。今天还会有朋友送两只金黄色小玉鸟来。母亲很喜欢鸟，看不够。我也为她买了一个小半导体。这些日子，在收听田连元播讲的《水浒》。我又为她装订了几册白纸本儿，有时也剪剪贴贴，涂涂画画，自找乐趣。我看老人家是完全可以学会自己排遣寂寞的。

关于《哈尔滨影视周报》上那篇文章，已有人剪下寄给了我。我为赵忠祥的《岁月随想》所作之序，态度是很认真的。水平再怎么低，也不至于是“一盆糨糊”，“假冒伪劣”。那文章显然不是一位与人为善的、文字水平远远高于我的人在指导我应该怎样写作，只不过是攻击罢了。我的笔，常触怒某些人，遭到小小不然的几次攻击，也是意料之中的事儿。甚至可以说是情理之中的事儿，极其正常的事儿。否则倒不那么正常了。我不那么娇气，不那么容不得攻击。一笑而已。你也不必大惊小怪。更不必替你的哥哥感到愤愤不平。相反，你们作为我的弟弟妹妹，都要习惯于此。可视为与你们的哥哥相关的，一些“好玩儿”之事而已。

你所写的几篇杂文——四篇发表了的，一篇手稿，我都认真看了，并都替你保留着。我觉得写得还不错。工人拿起笔，以杂文的形式，论底层工人的所见所闻，便自有了其不同于文人杂文的特质。

但是，记得你初动此念之时，我就曾有言在先——一个月一篇，一年写十一二篇即可。要抑制写的冲动，甚至要学会转移写的冲动。万不可写上了瘾。因为一旦上瘾，就容易被写的冲动所诱惑而不能自拔。写又非是你的专职，你又没有谋向这一专职的奢望和野心，只不过是想以写来充实业余时间，倘孜孜以求起来，便是何苦的呢？却果然被我言中，你竟写到了一发而不可收的地步。几十篇压在自己手里，不知该投寄向何处，搞得自己由愉悦而始，反变沮丧，难终难了的，岂非自寻烦恼了吗？

我这个哥哥，其实是难以替你“批发积货”的。固然全国向我约短稿的报刊甚多，但我的身体已大不如前，精力也有限得很了。有限的精力，唯愿用以写小说。十之八九的约稿，只能取一种婉言推搪、敬请谅解的态度。我推搪了人家，又怎么好意思将自己弟弟的稿件荐给人家？设身处地，倘我们是编辑，内心该作何种想法，是不难预料的啊！不投入纸篓才怪呢。

但我会通过新闻出版署的朋友，为你讨要一份全国的报址汇编。你不妨自己按址投寄，自己投石问路，但一定要留有底稿。否则，人家不退稿，希望不但落空，连原稿也赔上了。我看，某些辟有文化版的报，你不妨订一份。常看，才能了解人家需要哪类短文，做到心中有数。

记得我也曾有言在先——发过几篇杂文之后，要转而习写散文、随笔。我认为今天原本应该是一个杂文活跃的时代。而明摆着的道理，今天又根本不可能是一个杂文活跃的时代。一言以蔽之，杂文首先是写它的人，用它对社会各方面现象发表的一种“意见”。在诸文体中，杂文最像公开的“意见书”。而且往往是尖锐，甚至尖刻的那一类“意见书”。即或幽默，那幽默也常属黑的、冷的、辣的。所以在“原本应该”和“根本不可能”之间，原因是不言自明的。我收到的报挺多。我发现许多报上的杂文越来越少。杂文显然是越来越不讨人喜欢了。先是不讨眼睛长了钩子似的监察报纸的某些人的喜欢，自然的也就不讨编报的人们喜欢了。或者他们只能心里暗暗喜欢，原则上却要敬而远之的。偶见的杂文，那“意见”的锋芒所向，早已悄悄地由针对大社会的现象，而明智地收敛了，专指向文坛或文艺界这“茶杯里的风波”了。细想想，杂文的“种”的渐渐消踪匿迹，或许并没什么不好。各级“人大”、“政协”、新闻媒介、不同名目的座谈会，几乎天天都在对社会对时代的各方各面发表着林林总总的“意见”，其间少了文人用杂文制造出的锐利的声响，既不见得影响进步，也不见得导致倒退。所以今后的杂文，若要维护“种”的延续，大概是要和散文“远亲通婚”，生出某种有杂文血统的新散文来。不过四弟你大可不必急着便做“创新”者。你对杂文和散文都读得太少，是做不成“创新”者的。还是老老实实地改弦易辙，从习写最传统的散文、随笔开始吧。尤其传统的散文文体中，常能使人读出一种近乎唐诗宋词的格律化了的美韵。哪怕仅仅是初步领略了这一美韵，对习写者都是大有裨益的。

四弟，我主张你放弃杂文的习写，而开始习写散文，其实还有以下的考虑——杂文的作者，由于所观察的往往是社会的丑陋现象，由于常将杂文当了“匕首”和“投枪”，便又往往的会变成所谓愤世嫉俗之人。这样的人，现在是越来越“不合时宜”了。“不合时宜”便孤独。孤独而仍要取一种“斗士”的姿态，便不免的常会心生出诸多悲慨来。而悲慨久之，是伤思智的。每每被讥为当代“堂吉诃德”时，那悲慨便尤甚，会直蚀进灵魂里去的。我有些体会。我的几位写杂文的师长，简直可以说是些深受其害之人。我不愿你也这样了。

散文则不同。读或习写，都足以修身养性，滋润襟怀。好比赏习书法，赏习国画。散文乃是与美互为关系的。连散文中的感伤、忧郁、凄苦和烦愁，也首先都是美的。以写作为职业的人，据我想来，可能最以散文家为幸运。我这么说，并非褒散文而贬杂文，只不过希望使你明白——杂文好比是文人自己选择了并且穿上的一件斗牛士才穿的服装，而散文却好比永不过时的休闲装。我愿你将习写散文当成你的休闲内容。这么说似乎又有点儿轻薄散文了似的。比喻只是针对你的。

好了，几分钟后要有人来，就此止笔。我知你最牵挂母亲。老人家住我这儿，你是尽可放心的。你和绍连和妹妹，但凡有空儿，各家里多走动，多关心。不论哪一家有了什么困难，要及时写信告诉我。有时不告诉我，我也会在不知中惦念着，还是让我经常了解你们的生活境况为好……

祝全家好！

兄 晓声

（选自1997年梁晓声著《丢失的香柚》）

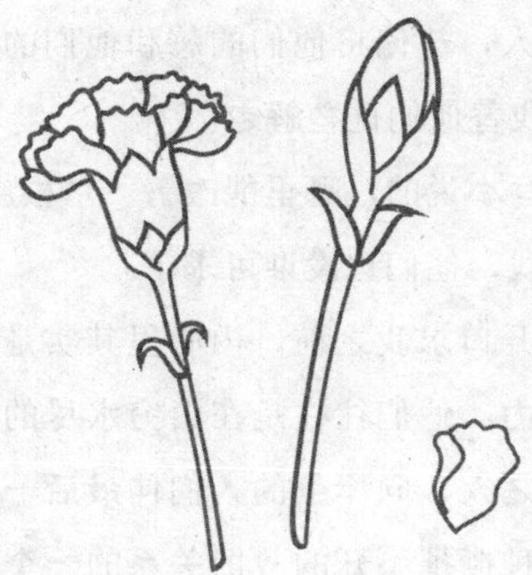

“野草根”祭

“二……二……二小……走……了……”

电话里，从哈尔滨那端，传来二小的哥哥大小口吃的声音。很轻，但清楚，似乎就在我家楼外给我打电话。

那是春节长假结束不久的一天。夜里我被颈椎病折磨得翻来覆去，天亮后头晕沉沉的。十点多钟，又平躺在硬板床上。电话铃响了几下，我懒得接，它也就不再吵我。不料我将要睡去，又响了……

头还在晕。

我微闭着双眼问：“走了？哪去了？……”

北方民间有句俗话是：“破车子，好揽载。”

指的便是我这一种人。

我常想，自己真的仿佛一辆破车子，明明载不了世上许多愁，许多忧，些个有愁的人，有忧的人，却偏将他们的愁和他们的忧，一桩桩一件件放在我这辆破车子上，巴望我替他们化之解之。

而我，只不过是个写小说的，哪里能改善“草根族”们的生存难题呢？

但我又清楚，除了我，他们也没谁可求了。

我同时清楚，他们开口求我之前，内心里其实是惴惴不安的。他们也明白我其实并没多大的能力。他们往往是在山穷水尽的情况下，向我发出最后的求援吁呼。好比溺水之人，向岸上的人们伸最后一次手。而我，乃是岸上的人们中，和他们有种种撕扯不开的故旧关系的一个。倘我不相应地也伸出手去，他们就会放弃挣扎。我伸出我的手，他们便会再扑腾一会儿。我虽多次伸出过自己的手，却没有一次真正握住过他们谁的手，一下子将谁从生存的灭顶之灾拉上岸过。他们的命况出了转机，主要还是靠自己的不甘沉没救了自己。

“别急，让我们一块儿来想想办法！”

“天无绝人之路，我尽力而为！”

这是我每说的话。

而就意味着我作了承诺。于是便揽了一件难事。于是自己便有了种烦和忧。于是，也便似乎有责任和义务。

我第一次听到“草根族”这一种说法，是十几年前的事。一位从国外进修电影回来的朋友说的。他对我的一篇小说发生兴趣，改编成了电影剧本，并且决心一试牛耳，亲自执导。那剧本就起了个名是《野草根》。

我问：“为什么起这么一个名字？”

他说：“你小说写的是底层民生形态啊。”

我说：“那就叫《底层》不好吗？”

他认为太直白了，没意味。

我说：“高尔基曾写过一部话剧剧本，便是以《底层》这一剧名公演的。”

他说：“国外目前将底层民众叫草根族，你的小说反映的是底层的底层的民生，自然生活于社会关怀半径以外的群体，所以该叫《野草根》，我挺欣赏我起的名字的，你依我吧！”

我见他那么坚持，依了他。

但他没拍成，剧本审查时被“枪毙”了。在我预料之中，在他预料之外。

后来，中国对于底层的底层之民众，有了比较人情味的一种说法，叫“弱势群体”。这说法中包含着关注与体恤的意思。然而依我的眼看来，中国之“弱势群体”，或曰“野草根”族，似乎不是在减少着，而是在增多着。有时，则减与增的现象并存，这一行业在减着，那一行业在增着，此地减，彼地增。而谁一旦被列入增数里，谁的命况也就比底层更低了一层。谁也就由“草根族”而“野草根”了……

二小是“野草根”二十余年了。死前无栖身之所，自然也就没家。还往往没工作。其实只有小学文化的二小，除了摆摊，要在当今职业竞争严酷的社会找到一份能相对干得长久的工作，几乎是不可能的。

我的父母去世以后，我将我的哥哥从哈尔滨的一所精神病院接到北京。我不想哥哥在精神病院度过一生，所以在西三旗买了房子，决心给哥哥一个属于他自己的家。我在那样打算时，心中便想到了二小。我的哥哥是由我的四弟和二小护送至北京的。

我当时对二小说：“这儿既是大哥的家，也是你的家。你和大哥，以后相依为命吧！我把大哥托付给你照顾最放心。”

三室一厅敞敞亮亮的房子，一切家具皆新。电视机、影碟机、冰箱、洗衣机，应有尽有。还有电子琴，还有空调，还有摆满了书的书橱，还有文房四宝，还有象棋、围棋和扑克……

我的哥哥和二小喜出望外，高兴得合不拢嘴。

我给二小每月的工资是七百元。

生活费由我来负担。哥哥吸烟很凶，二小也是烟民，且有那么点儿酒瘾。

我说：“二小，这都没关系的。只要适量，不危害身体。烟酒你千万不要花自己的钱买，二哥会经常给你们送来，断不了你们的就是。你的工资基本不必动，存着，一年就是八千多。几年后，二哥再支援你一笔钱，你也算有点儿小小的本钱可以去扑奔你的人生了！”

二小诺诺连声。

从此我觉少了两桩心事。一份是牵挂于我的哥哥，一份是牵挂于二小。两份心事，都曾使我彻夜难眠过。

二小把我的哥哥照顾得很好。凭良心讲，比我这个当亲弟弟的做得还好。我对二小的感激也常溢于言表。那小区有人曾私下向我告二小的状，说哪天哪天，二小将我的哥哥锁在家，自己去小饭店里喝酒；哪天哪天，二小才从外边回小区。言下之意，是二小不定往什么不干净的地方鬼混去了。

而我总是笑笑。终日与我的哥哥相厮守，我理解二小那一份大寂寞。尽管我常去陪他们住。

我便每每提醒二小：北京和别的城市一样，也有进行非法勾当和肮脏交易的场所，也有专布泥潭设陷阱诱别人入彀的阴险邪狞之徒，要善于识别，避免沾染其污其秽。

二小便也每诅天发誓般地回答：“二哥，我能做让你失望的事吗？”

二小确实没做过那样的事。起码在北京是没做过。起码，没使我起过疑心。

有人又背地里向我告他的状，说他剪一次发花了八十多元。

我便问他：“二小，你的头发，是花八十多元剪的吗？”

二小说：“是啊，二哥。”

我又问：“头发不过就是一个人的头发。咱们男人，花那么多钱剪一次发干什么呢？”

二小说：“二哥，我才四十多岁，头发就快白一半了。不染，我自己照镜子的时候都觉得伤心。用好点儿的染发剂，就那个价。”

我想了想，掏出一百元钱给二小。

我说：“二哥是舍不得你花自己的钱。你以后剪发的钱，二哥补贴给你就是了。”

二小哪里肯接呢！

我逼他收下，并说：“就这么定了。”

半年后，二小带我的哥哥回了一次哈尔滨，我给他带上了两千元钱。十天后，二小和我的哥哥回北京，两千元全花光了。

我的弟弟妹妹因而对我有看法，抱怨二小花钱太大手大脚了。

我说：“我们的哥哥三十余年在精神病院，几乎没快乐过。二小二十余年人生无着落，受了不少苦。哥哥是我们的手足，二小是老邻居的孩子，我和你们都因有家庭有工作而不能全身心照顾哥哥，二小替我们照顾着了。我认为他照顾得很好，我们应该永远感激二小。平均下来，他和大哥，也不过每人每天才花一百多元，不算多。不能以平常过生活的标准要求他们这一次的花费。”

二小回到北京，内疚地对我说：“二哥，我花钱花得太冒了，连车票都是借钱买的，你扣我一月工资吧！”

我说：“别胡思乱想。车票钱，二哥还。但你以后应该明白，二哥虽有些稿费收入，却来之不易啊！何况我也不是为了稿费才写作。总之我认为，节俭是美德。你不是靠技能挣钱的人，花钱大手大脚，会给别人不好的印象。”

二小脸红了。

我若批评二小，一向点到为止。

二小对我的话，也从不当耳旁风，一向铭记于心。

这使我欣慰。

一年多以后，二小有日忽然对我说：“二哥，你救人就救到底吧！”

我不禁一怔。二小紧接着说：“二哥，给我找个老婆，替我成个家吧！”

我沉吟起来。

“二哥，求求你了！我都四十多岁了，还不知道女人的滋味啊！我有时喝酒，那是借酒浇愁呀！”

我心一阵难过。

我说：“那你们住哪儿呢？”二小说：“这不三个房间吗？我们两口子一间卧室；大哥一间；空一间你来时住，我们永不侵占。”

我说：“二小，像你目前这种情况，哪个能自食其力的女人肯嫁给你呢？如果你们以后有了孩子，如果以后你们一家三口再陷入生活的困境，我除了赡养大哥，除了周济弟弟妹妹，再负担起对你们一家三口的责任来，二哥还有一天安心的日子过吗？别忘了，二哥也五十多了。你断不可以有一生依赖于我的念头！二哥请你来照料大哥，不过是权宜之计。对你是，对大哥也是。大哥今后还是要由我来陪过一生的。而你，要在五年内攒下笔钱，也要养好身体。五年后，你才四十七八，身体健康，到时二哥再帮你一笔钱。

那时，你考虑成家才现实啊！……”

二小于是默然，也有几分怅怅然怏怏然。

……

我这辆“破车子”，已越来越感超载的滞重，实在不敢再让二小拖家带口地坐在我这辆“破车子”上了。那么一种情形，我连想一想都慌恐。

那一年的春节刚过，大小突然来到北京，预先也没打个招呼。

两天后，我被大小找去，说有急事。

见了面，兄弟俩坐我对面，大小给了我一张诊断，郁郁地说：“二哥你看咋办？”

那诊断上写着——二小的肺结核又复发了，且正有传染性。

大小将二小接回了哈尔滨。

我给他们带上了一万元钱。

几天后，我说服哥哥，住进了朝阳区的一家精神病托管医院。

半个月后，惦着二小，又托人捎回了五千元钱。

一个月后，二小从哈市郊县的一所医院来电话，说住院费每天就得三百多元。

我明白他的意思，再次电汇五千元……

又住院了的哥哥，我每去看他，他总说：“二小怎么还没从哈尔滨回来？写信告诉他，我想他了，让他快回北京来接我出院。”

我说：“哥呀，二小的病还没养好啊！他怕传染你啊！”

哥哥说：“我不怕。写信太慢了，打电话催他回来！我不怕传染上肺结核。”

我暗想，我的老哥哥呀，你不怕，我怕啊！你精神不好，再患上肺结核，连住院都没医院收了，我可该怎么办！

再后来好长时间没有了二小的音信。

再再后来，听说他在这儿或那儿干点儿活。

别人曾替我分析，说二小兄弟俩的话未必可信。暗示我那也许是他们兄弟俩做的一个圈套，多骗我些钱去先花着……

我不信。

我始终觉得二小他本质上是我家老邻居的一个好孩子。始终认为他的心地是善良的。

我相信我的感觉。

即使他们真的骗了我，我也宁愿原谅他们。因为那肯定是由于他们面临难言的困境。

终于有一天我接到了二小的电话，他说他找到了一份工作，挣钱很少。

我问："多少钱？"

他说："才三百多元。"

我问："累不累？"

他说："倒不累，替人看一个摊子。"

我问："住哪儿？"

他说："还能住哪儿呢？又厚着脸皮住妹妹家了呗！"又说，"二哥，我想回北京，还照顾大哥。"

我说："二小呀，大哥刚刚适应了医院，出出入入，一反一复的，对大哥的病情不好啊！"

电话那一端，二小沉默良久后，低声问："二哥，你是不是不想管我了？"

这一问，也将我问得不禁沉默了片刻。

"二哥，你要不管我，我活着就没什么指望了。"

二小的声音，悲悲切切。

我反问："二小，缺不缺钱？"

二小说："二哥，我给你打电话不是要钱的意思。你寄来的钱，我还有两千多元没花。"

我说："二小，听着。一名下岗工人的最高抚恤金，也不过三百多元。而且他们有子女，要供子女上学。你挣的确实少，但你毕竟已开始自食其力。这是你在社会上的起点。你应该坚持一个时期。如果你确实缺钱了，就打电话告诉二哥。但别一开口五万十万地要。那二哥给不起。二哥出一本内容全新的书，也不过才三万左右的稿费。但五千六千，二哥是舍得寄给你的。而且，依二哥算来，当可使你过上半年。市郊租一间有家具的小房，不过二百元；一个人每月四百元生活费，也算可以了。所以，我再给你寄钱，半年内如果没有特殊情况，你就不应该再开口向我言钱。相当长一段时间内，二小你一定要学会节俭地活着。你照顾大哥的一年多，二哥曾给你开的工资，你是怎么都花掉的呢？……”

那一天，我在电话里批评了二小。

最后我说：“我不愿你流落街头。但哪一天你真的陷入绝境，那也不要怕，有你二哥呢！”

二小在电话那端情绪乐观了。

他说：“二哥，这我就放心地活着了。”

后来大小来电话麻烦我，我关心地问起二小，他说二小在烧锅炉，一个月挣四五百元了。

我说：“那不是很累的活吗？他是肺结核病人，怎么干得了呢？”

大小说：“现在取暖都改烧油了，不烧煤了，不累。但是责任大，要留心看仪器……”

我心遂安。

……

又很久没有二小的消息了。

我想，他在社会上四处乞讨似的讨的只不过是一种能够生存下去的最低等的机会而已。最终恐怕还是觉得，陪伴一个老邻居家的患了三十余年精神病的大哥，依赖一个写小说的二哥提供住处和饭食，并每月给开七百元“工资”，对于他更是一种较好的活法。即使一辈子。即使我这位“二哥”曾明确告诉他，指望我给他娶个老婆成个家，是多么不现实的念头。

但我却不像他那么想。我一直很理性地认为，陪伴我的哥哥无论对于二小还是对于我的哥哥，都只能是一个时期内的事。当时二小瘦得可怜，身体状况看去比我的哥哥还差。倘我不做出那一种安排，他是活不了多久的。事实上他当时正是处于人生的绝境。

我希望他早有人生的另外一种出路，而我的哥哥的余生由我来负责。

我觉得他总算是找到了出路。

所以当大小在电话的那一端告诉我“二小走了”，我一时不能明白大小的话，以为二小不干那份烧锅炉的活，离开哈尔滨到外地谋另一种人生去了。

我竟有些生气，又说：“那活不是不累吗？不是工资也不算低吗？不是还有住处吗？他跟你商议了吗？你也同意他走了吗？……”

我接连问过之后，大小在电话那端沉默。

“你怎么不说话？”

我断定大小也是同意了的，直想在电话里冲大小发火。

不料大小想快而快不了地回答：“二……二小……死……死了……我……我们刚……刚把他……火化……”

我一时握着话筒呆住。头也突然不晕沉了，如同被医术很高的中医师，将一枚银针深深地捻入我足以使头脑清醒的穴位。它仿佛扎在我一根极敏感又脆弱的神经上了。而那一根神经每使我对生死之真相陷于宿命的悲观。

大小的声音，听来平静。似乎在通知我一件纠缠了他很久，也使他很累很无奈而原本不过是“死马当作活马医”之事终于彻底结束了，一了百了。

“野草根”们的亲情，并不像我从前想象的那样反而更加温爱更加密切。事实上好比干旱来临时非洲原野上的野生动物，各顾各成了一种不二法则。

我低声问：“怎么才告诉我？”

连自己都听出了只不过是自言自语。

大小反问：“二哥，早两天告诉你，你能为二小回哈尔滨吗？”

声音仍那么平静。

奇怪，这话，大小倒说得一点儿都不口吃了，仿佛是背了一百遍的一句台词。

我，只有缄默。

大小告诉我，二小是这么死的——端着他的一大瓶茶水，下什么跳板，一失足，从高处摔下，头脑撞磕于水泥台的尖角，在医院里躺了三天，头肿大得不成样子，三天后就死了。

死前，嘴里还念叨着：“北京，大哥，二哥……”

我心一阵酸楚。

……

现在，二小已经死了两个多月了。

我去医院探视我的哥哥，他必问：“给二小打电话了吗？他什么时候来北京？不是让你告诉他我不怕传染上肺结核吗？……”

我只有支吾搪塞而已。

野草根，野草根，野草根啊，人命一旦若此，那是如我这样的一个写小说的“二哥”，既陪伴不起，也实际上安慰不了的。

有时我放眼望我们这个有着十三亿之众的国家，“草根族”竟比比皆是起来；似乎，还在一茬一茬地增多着。

而我，由于来自他们，便从根上连着他们的根。斩不断，理还乱。优越于他们，却也只有徒自地优越于他们，并一再地辜负于他们。

我这辆“破车子”，怎载得了人世间许多困苦艰难？

也只有写下些劳什子文字，祭我和他们曾经同根的那一种破絮般的人生之缘，并安慰一下自己的无能为力……

（选自2002年梁晓声著《人生真相》）

此情最可珍——给哥哥的信

亲爱的哥哥：

提笔给你写此信，真是百感交集。亦羞愧难当，无地自容！

屈指算来，弟弟妹妹们各自成家，哥哥入院，十五六年矣！这十五六年间，我竟一次也没探望过哥哥，甚至也没给哥哥写过一封信，我可算是个什么样的弟弟啊！

回想从前的日子，哥哥没生病时，曾给予过我多少手足关怀和爱护啊！记得有次我感冒发烧，数日不退，哥哥请了假不上学，终日与母亲长守床边，服侍我吃药，用凉毛巾为我退烧。而那正是哥哥小学升中学的考试前夕呀！那一种手足亲情，绵绵温馨，历历在目。

我别的什么都不想吃，只要吃“带馅儿的点心”，哥哥就接了母亲给的两角多钱，二话不说，冒雨跑出家门。那一天的雨多大呀！家中连件雨衣连把雨伞都没有，天又快黑了，哥哥出家门时只头戴了一顶破草帽。哥哥跑遍了家附近的小店，都没有“带馅儿的点心”卖。哥哥为了我这个弟弟能在病中吃上“带馅儿的点心”，却不死心，冒大雨跑往市里去了。手中只攥着两角多钱，自然舍不得花掉一角多钱来回乘车。那样，剩下的钱恐怕连买一块“带馅儿的点心”也不够了。一个多小时后哥哥才回到家里，像落汤鸡，衣服裤子湿得能拧出半盆水！草帽被风刮去了，路上摔了几跤，膝盖也破了，淌着血。可哥哥终于为我买回了两块“带馅儿的点心”。点心因哥哥摔跤掉在雨水里，泡湿了。放在小盘里端在我面前时，已快拿不起来了。哥哥见点心成了那样子，一下就哭了……哥哥反觉太对不起我这个偏想吃“带馅儿的点心”的弟弟！唉，唉，我这个不懂事的弟弟呀，明知天在下雨，明知天快黑了，干吗非想吃“带馅儿的点心”呢？不是借着点儿病由闹矫情吗？

还记得我上小学六年级，哥哥刚上高中时，我将家中的一把玻璃刀借给同学家用，被弄丢了。当时父亲已来过家信，说是就要回哈市探家了。父亲是工人。他爱工具。玻璃刀尤其是他认为宝贵的工具。的确啊，在当年，不是哪一个工人想有一把玻璃刀就可以有的。我怕受父亲的责骂，那些日子忐忑不安。而哥哥安慰我，一再说会替我担过。果然，父亲回到家里以后，有天要为家里的破窗换块玻璃，发现玻璃刀不见了，严厉询问，我吓得不敢吱声儿。哥哥鼓起勇气说，是被他借给人了。父亲要哥哥第二天讨回来，哥哥第二天当然是无法将一把玻璃刀交给父亲的。推说忘了。第三天，哥哥不得不“承认”是被自己弄丢了——结果哥哥挨了父亲一耳光。那一耳光是哥哥替我挨的呀……

哥哥的病，完完全全是被一个“穷”字愁苦出来的。哥哥考大学没错，上大学也没错。因为那也是除了父亲而外，母亲及弟弟妹妹们非常支持的呀！父亲自然也有父亲的难处。他当年已五十多岁了，自觉力气大不如前了。对于一名靠力气挣钱的建筑工人，每望着眼前一个个未成年的儿女，他深受着父亲抚养责任的压力啊！哥哥上大学并非出于一己抱负的自私，父亲反对哥哥上大学，主张哥哥早日工作，也是迫于家境的无奈啊！一句话，一个穷字，毁了当年一考入大学就被选为全校学生会主席的哥哥……

我下乡以后，我们还经常通信是不，哥哥？别人每将哥哥的信转给我，都会不禁地问：“谁给你写的信，字迹真好，是位练过书法的人吧？”

我将自己写的几首小诗寄给哥哥看，哥哥立刻明白——弟弟心里产生爱了！我也就很快地收到了哥哥的回信——一首词体的回信。太久了，我只能记住其中两句了——“遥遥相望锁唇舌，却将心相印，此情最可珍。”

即使在我下乡那些年，哥哥对我的关怀也依然是那么的温馨，信中每嘱我万勿酣睡于荒野之地，怕我被毒虫和毒蛇咬；嘱我万勿乱吃野果野蘑，怕我中毒；嘱我万勿擅动农机具，怕我出事故；嘱我万勿到河中戏水，怕下乡前还不会游泳的我被溺……

哥哥，自我大学毕业分配在北京以后，和哥哥的通信就中断了。其间回过哈市五六次，每次都来去匆匆，竟每次都没去医院探望过哥哥！这是我最自责，最内疚，最难以原谅自己的！

哥哥，亲爱的哥哥，但是我请求你的原谅和宽恕。家中的居住情况，因弟弟妹妹们各自结婚，二十八平方米的破陋住房，前盖后接，不得不被分隔为四个“单元”。几乎每一尺空间都堆满了东西——这我看在眼里，怎么能不忧愁在心中呢？怎么能让父亲母亲在那样不堪的居住条件之下度过晚年呢？怎么能让弟弟妹妹们在那样不堪的居住条件之下生儿育女呢？连过年过节也不能接哥哥回家团圆，其实，乃因家中已没了哥哥的床位呀！是将哥哥在精神病院那一张床位，当成了哥哥在什么旅馆的永久“包床”啊！细想想，于父母亲和弟弟妹妹，是多么的万般无奈！于哥哥，又是多么的残酷！哥哥的病本没那么严重啊！如果家境不劣，哥哥的病早就好了！哥哥在病中，不是还曾在几所中学代过课吗？从数理化到文史地，不是都讲得很不错吗……

我十余年中，每次回哈，都是身负着特殊使命一样，为家中解决住房问题，为弟弟妹妹解决工作问题呀！是心中想念，却顾不上去医院探望哥哥啊！当年我其实也是心有余而力不足，豁出自尊四处求助，往往的事倍功半罢了……

如今，我可以欣慰地告诉哥哥了——我多年的稿费加上幸逢拆迁，弟弟妹妹的住房都已解决；弟弟妹妹们的工作都较安稳，虽收入低，但过百姓日子总还是过得下去的；弟弟妹妹们的三个女儿，也都上了高中或中专……

如今，我可以欣慰地告诉哥哥了——父母二老还都健在，早已接来北京与我住在一起……

望哥哥接此信后，一切都不必挂念。

春节快到了——春节前，我将雷打不动地回哈市，将哥哥从医院接出，与哥哥共度春节……

今年五月，我将再次回哈市，再次将哥哥从医院接出，陪哥哥旅游半个月……

如哥哥同意，我愿那之后，与哥哥同回北京——哥哥的晚年，可与我生活在一起……

如哥哥心恋哈市亲情旧友多，那么，我将为哥哥在哈市郊区买一套房，装修妥善，布置周全——那里将是哥哥的家。

总之，我不要亲爱的哥哥再住在精神病院里！总之，我要竭尽全力为哥哥组建一个家庭，为哥哥积攒一笔钱，以保证哥哥晚年能过无忧无虑的正常的家庭生活！

哥哥本来早就是可以像正常人一样过家庭生活的啊！这一点是连医生们心中都清楚的啊！只不过从前弟弟顾不上哥哥，只不过从前弟弟没有那份儿经济能力……

哥哥，亲爱的哥哥——你实实在在是受了天大委屈！哥哥，亲爱的哥哥——耐心等我，我们不久就要在一起过春节了！哥哥，亲爱的哥哥——紧紧地拥抱你！

你亲爱的弟弟 绍生

一九九九年一月二十日 于北京

（注：十年前失去了老父亲，去年又失去了老母亲，我乃天下一孤儿了！没有老父亲老母亲的感觉，一点儿也不好。特别的不好！我宁愿要那种“上有老，下有小”的沉重，而不愿以永失父子母子的天伦亲情，去换一份卸却沉重的轻松。于我，其实从未觉得真的是什么沉重，而觉得是人生的一种福分，现在，没法再享那一种福分了！我真羡慕父母健康长寿的儿女！现

在，对哥哥的义务和责任，乃我最大的义务和责任之一了。对哥哥的亲情，因十五六年间的顾不上的落失，现在对我尤其显得宝贵了。我要赶快为哥哥做。倘在将做未做之际而痛失哥哥，我想，我心中的亲情伤口怕就难以愈合了。故有此信。）

（选自2006年梁晓声著《你在今天还在昨天》）

兄 长

如果，谁面对自己的哥哥，心底油然冒出“兄长”二字的话，那么大抵，谁已老了。并且，谁的“兄长”肯定更老了。

这个“谁”，倘是女性，那时刻她眼里，几乎会漫出泪来；而若是男人，表面即使不动声色，内心里也往往百感交集。男人也罢，女人也罢，这种情况之下的他或她以及兄长，又往往早已是没了父母的人了。即使这个人曾有多位兄长，那时大概也只剩对面或身旁那唯一的一个了。于是同时觉得变成了老孤儿，便更加互生怜悯了。老人而有老孤儿的感觉，这一种忧伤最是别人难以理解和无法安慰的，儿女的孝心只能减轻它，冲淡它，却不能完全抵消它。

有哥的人的一生里，心底是不大会经常冒出“兄长”二字的。“兄长”二字太过文化了，它一旦从人的心底冒了出来，会使人觉得，所谓手足之情类似一种宗教情愫，于是几乎想要告解一番，仿佛只有那样才能驱散忧伤……

几天前，在精神病院的院子里，我面对我唯一的哥哥，心底便忽然冒出了“兄长”二字。那时我忧伤无比，如果附近有教堂，我将哥哥送回病房之后，肯定会前去祈祷一番的。我的祷词将会很简单，也很直接：“主啊，请保佑我，也保佑我的兄长……”我一点儿也不会因为这样的祈求而感到羞耻。

我的兄长大我六岁，今年已经六十八周岁了。从二十岁起，他一大半的岁月是在精神病院里度过的。他是那么渴望精神病院以外的自由，而只有当我是一个退休之人了，他才会有自由。我祈祷他起码再活十年，不病不瘫地再活十年。我不奢望上苍赐他更长久的生命。因为照他现在的健康情况看来，那分明是不实际的乞求。我也祈祷上苍眷顾于我，使我再有十年的无病岁月。只有在这两个前提之下，他才能过上十年左右精神病院以外的较自由的生活。对于一个四十八年中大部分岁月是在精神病院中度过的，并且至今还被软禁在精神病院里的人，我认为我的乞求毫不过分。如果有上帝、佛祖或其他神明，我愿与诸神达成约定：假使我的乞求被恩准了，哪怕在我的兄长离开人世的第二天，我的生命也必结束的话，那我也宁愿，绝不后悔！

在我头脑中，我与兄长之间的亲情记忆就一件事：大约是我三四岁时，我大病了一场，高烧，母亲后来是这么说的。我却只记得这样的情形——某天傍晚我躺在床上，对坐在床边心疼地看着我的母亲说我想吃蛋糕。之前我在过春节时吃到过一块，觉得那是世上最好吃的东西。外边下着瓢泼大雨，母亲保证说雨一停，就让我哥去为我买两块。当年，在街头的小铺子里，点心乃至糖果也是可以论块卖的。我却哭了起来，闹着说立刻就要吃。于是当年十来岁的哥哥脱了鞋、上衣和裤子，只穿裤衩，戴上一顶破草帽，自告奋勇，表示愿意冒雨去为我买回来。母亲被我哭闹得无奈，给了哥哥两角多钱，于心不忍地看着哥哥冒雨冲出了家门。外边又是闪电又是惊雷的，母亲表现得很不安，不时起身走到窗前往外望。我觉得似乎过了挺长的钟点哥哥才回来，他进家门时的样子特滑稽，一手将破草帽紧拢胸前，一手拽着裤衩的上边。母亲问他买到没有，他哭了，说第一家铺子没有蛋糕，只有长白糕，第二家铺子也是，跑到了第三家铺子才买到的。说着，哭着，弯了腰，使草帽与胸口分开，原来两块用纸包着的蛋糕在帽兜里。那时刻他不是像什么落汤鸡，而是像一条刚脱离了河水的娃娃鱼；那时刻他也有点儿像在变戏法，是被强迫着变出蛋糕来的。变是终归变出来了两块，却委实变得太不容易了，所以哭，大约因为觉得自己笨。

母亲说：“你可真死心眼儿，有长白糕就买长白糕嘛，何必多跑两家铺子非买到蛋糕不可呢？”

他说："我弟要吃的是蛋糕，不是长白糕嘛！"

还说，母亲给他的钱，买三块蛋糕是不够的，买两块还剩下几分钱，他自作主张，还为我买了两块酥糖……

"妈，你别批评我没经过你同意啊，我往家跑时都摔倒了。"

其实对于我，长白糕和蛋糕是一样好吃的东西。我已几顿没吃饭了，转眼就将蛋糕狼吞虎咽地吃了下去。

而母亲却发现，哥哥的胳膊肘、膝盖破皮了，正滴着血。当母亲替哥哥用盐水擦过了伤口，对我说"也给你哥吃一块糖"时，我连最后一块糖也嚼在嘴里了……

是的，我头脑中只不过就保留了对这么一件事的记忆。某些时候我试图回忆起更多几件类似的事，却从没回忆起过第二件。每每我恨他时，当年他那种像娃娃鱼又像变戏法的少年的样子，就会逐渐清楚地浮现在我眼前。于是我内心里的恨意也就会逐渐地软化了，像北方人家从前的冻干粮，上锅一蒸，就暄腾了。只不过在我心里，热气是回忆产生的。

是的——此前我许多次地恨过哥哥。那一种恨，可以说是到了憎恨的程度。也有不少次，我曾这么祈祷：上帝呵，让他死吧！并且，毫无罪过感。

我虽非教徒，但由于青少年时读过较多的外国小说，大受书中人物影响，倍感郁闷、压抑了，往往也会像那些人物似的对所谓上帝发出求助的祈祷。

千真万确，我是多次憎恨过我的哥哥的。

我上小学三年级时，哥哥已经在读初三了，而我从小学四年级到六年级的三年里，正是哥哥从高一到高三的阶段。那时，我又有了两个弟弟一个妹妹。而实际上，家中似乎只有我和两个弟弟一个妹妹四个孩子。除了过年过节和星期日，我们四个平时白天是不太见得到哥哥的。即使星期日，他也不常在家里。我们能见到母亲的时候，并不比能见到哥哥的时候多一些。而是建筑工人的父亲，则远在大西南。某几年在这一省，某几年在那一省。从我小学一年级的时候起，父亲就援建"大三线"去了——每隔两三年才得以与全家团圆一次，每次十二天的假期。那对父亲如同独自一人的万里长征，尽管一路有长途汽车和列车可乘坐，但中途多次转车，从大西南的深山里回到哈尔滨的家里，每次都要经历五六天的疲惫途程。父亲的工资当年只有六十四元，他每月寄回家四十元，自己花用十余元，每月再攒十余元。如果不攒，他探家时就得借路费了，而且也不能多少带些钱回到家里了。到过我家里的父亲的工友曾同情地对母亲说："梁师傅真不容易呀，一个人要养活你们这么一大家子！他节俭得很呢，一块臭豆腐吃三顿，连盘炒菜都舍不得买……"

那话，我是亲耳听到了的。

父亲寄回家的钱，十之八九是我去邮局取的。从那以后，每次看着邮局的人点钱给我，我的心情不是高兴，而竟特别的难受。正是由于那种难受使我暗下决心，初中毕业后，但凡能找到份工作，我一定不读书了，早日为家里挣钱才更要紧！

那话，哥哥也是当面听到了的。

父亲的工友一走，哥哥哭了。

母亲已经当着来人的面落过泪了，见哥哥一哭，便这么劝："儿子别哭。你可一定要考上大学对不对？家里的日子再难，妈也要想方设法供你到大学毕业！等你大学毕业了，家里的日子不就有缓了吗？爸妈不就会得你的济了吗？弟弟妹妹不就会沾你的光了吗……"

从那以后，我们见到哥哥的时候就更少了，学校几乎成了他的家了。从初中起，他就是全校的学习尖子生，也是学生会和团的干部，他属于那种多项荣誉加于一身的学生。这样的学生，在当年，少接受一种荣誉也不可能，那是自己做不了主的事。将学校当成家，一半是出于无奈，一半也是根本由不得他自己做主。我们的家太小太破烂不堪，如同城市里的土坯窝棚。在那样的家里学习，要想始终保持全校尖子生的成绩是不太可能的，所以他整天在学校里，为那些给予他的荣誉尽着尽不完的义务，也为考上大学刻苦学习。

每月四十元的生活费，是不够母亲和我们五个儿女度日的。母亲四处央求人为自己找工作。谢天谢地，那几年临时工作还比较好找。母亲最常干的是连男人们也会叫苦不迭的累活儿脏活儿。然而母亲是吃的了苦的。只要能挣到份儿钱，再苦再累再脏的活儿，她也会高高兴兴地去干。每月只不过能挣二十来元吧，那二十来元，对我家的日子作用重大。

一年四季，我和弟弟妹妹们的每一天差不多总是这样开始的：当我们醒来，母亲已不在家里，不知何时上班去了。哥哥也不在家里了，不知何时上学去了。倘是冬季，那时北方的天还没亮。或者，炉火不知何时已生着了，锅里已煮熟一锅粥了，不是玉米粥，便是高粱米粥。或者，只不过半熟，得待我起床了捅旺火接着煮。也或者，锅火并没生，屋里冷森森的，锅里是空的，须我来为弟弟妹妹们弄顿早饭吃。煮玉米粥或高粱米粥是来不及了的，只有现生火，煮锅玉米面粥……

我从小学二三年级起就开始做饭、担水、收拾屋子，做几乎一切的家务了。在当年的哈尔滨，挑回家一担水是不容易的。我家离自来水站较远，不挑水也要走十来分钟。对于才小学二三年级的孩子，挑水得走二十来分钟了，因为中途还要歇两三歇。我是决然挑不起两满桶水的，一次只能挑半桶。如果我早上起来，发现水缸里居然已快没水了，我对哥哥是很恼火的。我认为挑水这一项家务，不管怎么说也应该是哥哥的事。但哥哥的心思几乎全扑在学习上了，只有星期日他才会想到自己也该挑水的，一想到就会连挑两担，那便足以使水满缸了。而我呢，其实内心里也挺期待他大学毕业以后，能分配到较令别人羡慕的工作，挣较多的钱，使全家人过上较幸福的生活。这种期待，往往很有效地消解了我对他的恼火。

然而我开始逃学了。

因为头一天晚上没写完作业或根本就没顾得上写，第二天上午忙得顾此失彼，终究还是没得空写——我逃学。

因为端起锅时，衣服被锅底灰弄黑了一大片，洗了干不了，不洗再没别的衣服可换（上学穿的一身衣服当然是我最体面的一身衣服了）——我逃学。

因为一上午虽然诸事忙碌得还挺顺利，但是背上书包将要出门时，弟弟妹妹眼巴巴地望着我，都显出我一走他们会害怕的表情时——我逃学。

因为外边大雪纷飞，天寒地冻，而家里若炉火旺着，我转身一走不放心；若将炉火压住，家里必也会冷得冻手冻脚——我逃学。

因为外边在下雨，由于房顶处处破损，屋里也下小雨，我走了弟弟妹妹们不知如何是好——我逃学……

我对每一次逃学几乎都有自认为正当的辩护理由。而逃学这一种事，是要付出一而再、再而三的代价的。我头一天若逃学了，晚上会睡不着觉的，唯恐面对老师当着全班同学面的训问不知如何回答是好。结果第二天又逃学，第三天还逃学。最多时，我连续逃学过一个星期，并且教弟弟妹妹怎样帮我圆谎。纸里包不住火，谎言终究是要被戳穿的。有时是同学受了老师的指派到家里来告知母亲，有时是老师亲自到家里来了。往往的，母亲明白了真相后，会沉默良久。那时我看出，母亲内心里是极其自责的，母亲分明感觉到对不住我这个二儿子。

而哥哥却生气极了，他往往这么谴责我：你为什么要逃学呢？为什么不爱学习呢？上学对于你就是那么不喜欢的事吗？你看你使妈妈多难堪，多难过！你是不对的！还说谎，会给弟弟妹妹们什么影响？！明天我请假，陪你去上学！

却往往的，陪我去上学的是母亲。母亲不愿哥哥因为陪我去上学而耽误他的课。

哥哥谴责我时，我并不分辩。我内心里有多种理由，但那不是几句话就自我辩护得明白的。那会儿，我是恨过我的哥哥的。他一贯以学校为家，以学习为“唯此为大”之事。对于家事，却所知甚少。以他那样一名诸荣加身的优秀学生看来，我这样一个弟弟简直是不可理喻的，也是一个令他蒙羞的弟弟。在我的整个小学时期，我是同学们经常羞辱的“逃学鬼”，在哥哥眼中是一个令他失望的、想喜欢也喜欢不起来的弟弟。

一九六二年，我家搬了一次家。饥饿的年头还没过去，我们竟一个也没饿死，几乎算是奇迹。而哥哥对于我和弟弟妹妹，只不过意味着有一个哥哥。他在家也只不过就是我们学习的榜样。

那一年我该考中学了，哥哥将要考大学了。

六月，父亲回来探家了。那一年父亲明显地老了，而且特别瘦，两腮都塌陷了。他快五十岁了，为了这个家，每天仍要挑挑抬抬的。他竟没在饥饿的年代饿倒累垮，想来也算是我家的幸事了。

一天，屋里只有父亲、母亲和哥哥在的时候，父亲忧郁地说："我快干不动了，孩子们一个个全都上学了，花销比以前大多了，我的工资却十几年来一分钱没涨，往后怎么办呢？"

母亲说："你也别太犯愁，那么多年苦日子都熬过来了，再熬几年就熬出头了。"

父亲说："你这么说是怪容易的，实际上你不是也熬得太难了吗？我看，千万别鼓励老大考大学了，让他高中一毕业就找工作吧！"

母亲说："也不是我非鼓励他考大学，他的老师、同学和校领导都来家里做过我的工作，希望我支持他考大学……"

父亲又对哥哥说："老大，你要为家庭也为弟弟妹妹们做出牺牲！"

哥哥却说："爸，我想过了，将来上大学的几年，争取做到不必您给我寄钱。"

父亲火了，大声嚷嚷："你究竟还是不是我儿子？！难道我在这件事上就一点儿也做不了主了吗？！"他们都以为我不在家，其实我只不过趴在外屋小炕上看小说呢。那一时刻，我的同情是倾向于父亲一边的。

在父亲的压力之下，哥哥被迫停止了高考复习，托邻居的一种关系，到菜市场去帮着卖菜。

又有一天，哥哥傍晚时回到家里，将他一整天卖菜挣到的两角几分钱交给母亲后，哭了。那一时刻，我的同情又倾向于哥哥了。

他的同学和老师都认为，他天生似乎是可以考上北大或清华的学生。我也特别怜悯母亲，要求她在父亲和哥哥之间立场坚定地反对哪一方，对于她都未免太难了。是我和哥哥一道将父亲送上返回四川的列车的。父亲从车窗探出头对哥哥说："老大，我该说的都说了，你自己再三考虑吧！"父亲流泪了，哥哥也流泪了，列车就在那时开动了。等列车开远，我对哥哥说：

“哥，我恨你！”依我想来，哥哥即使非要考大学不可，那也应该暂且对父亲说句谎话，以使父亲能心情舒畅一点儿地离家上路，可他居然不。

多年以后，我理解哥哥了。母亲是将他作为一个“理想之子”来终日教诲的，说谎骗人在他看来是极为可耻的，那怎么还能用谎话骗自己的父亲呢？

哥哥没再去卖菜，也没重新开始备考。他病了，嗓子肿得说不出话，躺了三天。同学来了，老师来了，邻居来了，甚至街道干部也来了，所有的人都认为父亲目光短浅，不要听父亲的。连他的中学老师也来了，还带来了退烧消炎的药。居然有那么多的人关心我的哥哥，以至于当年使我心生出了几分嫉妒。直至那时，我在街坊四邻和老师同学眼中，仍是一个太不让家长省心的孩子。

哥哥考上了唐山铁道学院——他是为母亲考那所学院的。哈尔滨当年有不少俄国时期留下的漂亮的铁路员工房。母亲认为，只要哥哥以后成了铁道工程师，我家也会住上那种漂亮的铁路房。

父亲给家里写了一封有一半错字的亲笔信，以严厉到不能再严厉的词句责骂哥哥。哥哥带着对父亲对家庭对弟弟妹妹的深深的内疚踏上了开往唐山的列车。

我上的中学，恰是哥哥的母校。不久全校的老师几乎都认得我了。有的老师甚至在课堂上问：“谁是梁绍先的弟弟？”——哥哥虽然考上的不是清华、北大，但他是在发着烧的情况之下去考的呀！而且他放弃了几所保送大学，而且他是为了遵从母命才考唐山铁道学院的！一九六二年，在哈尔滨市，底层人家出一名大学生，是具有童话色彩的事情。这样的一个家庭，全家人都是受尊敬的。

我这名初中生的虚荣心在当年获得了巨大的满足，我开始以哥哥为荣，我也暗自发誓要好好学习了。第一个学期几科全考下来，平均成绩九十几分，我对自己满怀信心。

饥饿像一只大手，依然攥紧着大多数中国人的胃，从草根草籽到树皮树叶，底层中国人几乎将一切能吃的东西都吃遍了，吃光了，并尝试吃许多自认为可以吃的，以前没吃过不敢吃的东西。父亲在大西北挨饿，哥哥在大学里挨饿，母亲和我们在家里挨饿。哥哥居然还不算学校里家庭生活最困难的学生，他每月仅领到九元钱的助学金。他又成了大学里的学生会干部，故须带头减少口粮定量，据说是为了支援亚非拉人民闹革命。父亲不与哥哥通信，不给他寄钱，也挤不出钱来给他寄。哥哥终于也开始撒谎了——他写信告诉家里，不必为他担什么心，说父亲每月寄给他十元钱。那么，他岂不是每月就有十九元的生活费了吗？这在当年是挺高的生活费标准了，于是母亲真的放心了，并因父亲终于肯宽恕哥哥上大学的"罪过"而感动。哥哥还在信中说他投稿也能挣到稿费。其实他投稿无数，只不过挣到了一次稿费，后来听哥哥亲口说才三元……

哥哥第一个假期没探家，来信说是要带头留在学校勤工俭学。第二个假期也没探家，说是为了等到父亲也有了假期，与父亲同时探家。而实际上，他是因为没钱买车票才探不成家。

哥哥上大学的第二个学年开始不久，家里收到了一封学校发来的电报——"梁绍先患精神病，近日将由老师护送回家"。电文是我念给母亲听的。

母亲呆了，我也呆了。

邻居家的叔叔婶婶们都到我家来了，传看着电报，陪母亲研究着，讨论着——精神病与疯了是一个意思，抑或不是？好心的邻居们都说肯定还是有些区别的。我从旁听着，看出邻居们是出于安慰。我的常识告诉我，那完全是一个意思，但是我不忍对母亲说。

母亲一直手拿着电报发呆，一会儿看一眼，一直坐到了天明。

而我虽然躺下了，却也彻夜未眠。

第二天我正上最后一堂课时，班主任老师将我叫出了教室——在一间教研室里，我见到了分别一年的哥哥，还有护送他的两名男老师。那时天已黑了，北方迎来了第一场雪。护送哥哥的老师说哥哥不记得往家走的路了，但对母校路熟如家。

我领着哥哥他们往家走时，哥哥不停地问我：家里还有人吗？父亲是不是已经饿死在大西北了？母亲是不是疯了？弟弟妹妹们是不是成了街头孤儿……

我告诉他母亲并没疯时，不禁泪如泉涌。

那时我最大的悲伤是——母亲将如何面对她已经疯了的“理想之子”？

哥哥回来了，全家人都变得神经衰弱了。因为哥哥不分白天黑夜，几乎终日喃喃自语。仅仅十五平方米的一个破家，想要不听他那种自语声，除非躲到外边去。母亲便增加哥哥的安眠药量，结果情况变得更糟，因为那会使哥哥白天睡得多，夜里更无法入睡，但母亲宁肯那样。那样哥哥白天就不太出家门了，而这不至于使邻居们，特别是邻家的孩子们因为突然碰到了他而受惊。如此考虑当然是道德的，但我家的日子从此过得黑白颠倒了。白天哥哥在安眠药的作用下酣睡时，母亲和弟弟妹妹们也尽量补觉。夜晚哥哥喃喃自语开始折磨我们的神经时，我们都凭意志力忍着不烦躁。六口人挤着躺在同一铺炕上，希望听不到是不可能的。当年城市僻街的居民社区，到了夜晚寂静极了。哥哥那种喃喃自语对于家人不啻是一种刑罚。一旦超过两个小时，人的脑仁儿都会剧痛如灼的。而哥哥却似乎一点儿不累，能够整夜自语。他的生物钟也黑白颠倒了。母亲夜里再让他服安眠药，他倒是极听话的，乖乖地接过就服下去。哥哥即使疯了，也还是最听母亲话的儿子。除了喃喃自语是他无法自我控制的，在别的方面，母亲要求他应该怎样不应该怎样，他都表现得很顺从。弟弟妹妹们临睡前都互相教着用棉团堵耳朵了。母亲睡前也开始服安眠药了。不久我睡前也开始服安眠药了……

两个月后，精神病院通知家里有床位了。

于是一辆精神病院的专车开来，哥哥被几名穿白大褂的男人强制性地推上了车。当时他害怕极了，不知要将他送到哪里去，对他怎么样。母亲为了使他不怕，也上了车。

家人的精神终于得以松弛。而我的学习成绩一败涂地。

我又旷了两天课，也不用服安眠药，在家里睡起了连环觉。

哥哥住了三个月的院，在家中休养了一年。他的精神似乎基本恢复正常了。一年后，他的高中老师将他推荐到一所中学去代课，每月能开三十五元的代课工资了。据说，那所中学的老师们对他上课的水平评价挺高，学生们也挺喜欢上他的课。

那时母亲已没工作可干了，家里的生活仅靠父亲每月寄回的四十元勉强维持。忽一日一下子每月多了三十五元，生活改善的程度简直接近着幸福了。

那是我家生活的黄金时期。

家里还买了鱼缸，养了金鱼。也买了网球拍、象棋、军棋、扑克。在母亲，是为了使哥哥愉快。我和弟弟妹妹们都知道这一点的至关重要，都愿意陪哥哥玩玩。

如今想来，那也是哥哥人生中的黄金时期。

他指导我和弟弟妹妹们的学习十分得法，我们的学习成绩都快速地进步了。我和弟弟妹妹们都特别尊敬他了，他也经常表现出对我们每个弟弟妹妹的关心了。母亲脸上又开始有笑容了。甚至，有媒人到家里来，希望能为哥哥做成大媒了。

又半年后，哥哥的代课经历结束了。

他想他的大学了。

精神病院开出了“完全恢复正常”的诊断书，于是他又接着去圆他的大学梦了。那一年哥哥读的桥梁设计专业迁到四川去了，而父亲也仍在四川。父亲的工资涨了几元，他也转变态度，开始支持哥哥上大学了。父亲请假到哥哥的大学里去看望了哥哥一次，还与专业领导们合影了。哥哥居然又当上了学生会干部，他的老师称赞他跟上学习并不成问题，同意他从大三第一学期开始续读。因为他在家里自学得不错，大二补考的成绩还是中上。

一切似乎都朝良好的方面进展。

那一年已经是一九六五年了。

然而哥哥的大三却没读完——转年“文革”开始，各大学尤其乱得迅猛，乱得彻底。有人“大串联”去了，有人赴京请愿告状了，有人留在学校打“派仗”。

哥哥又被送回了家里。

他又整夜整夜地喃喃自语了。他很可怜地对母亲解释，他不是自己非要那样折磨亲人，而是被特务们用仪器操控的结果，还说他的头也被折磨得整天在疼。母亲则只有泪流不止。

在那样的一些日子里，我曾暗自祈祷：上帝啊，让我尽快没了这样的一个哥哥吧！

即使那时我也并没恨过哥哥，只不过太可怜母亲。我怕哪一天母亲也精神崩溃了，那可怎么办呢？对于我和弟弟妹妹们，母亲才是无比重要的。我们都怕因为哥哥这样了，哪一天再失去母亲，怕极了。

哥哥住了三个月的院，花去了不少的钱，都是母亲借的钱。报销单据寄往大学，杳无回音，大学已经彻底瘫痪了。而续不上住院费，哥哥被母亲接回家了，他的病情一点儿也没减轻。

在接下来的一年里，全家人的精神又备受折磨，整天提心吊胆。哥哥接连失踪过几次，有次被关在某中学的地下室，好心人来报信，我和母亲才找到了他，他的眼眶被打青了。还有一次他几乎被当街打死，据说是因为他当众呼喊了句什么反动口号。也有一次是被公安局的“造反派”关押了起来，因为他不知从哪儿搞到了笔和纸，写了一张反动的大字报贴到了公安局门口……

“上山下乡”运动开始了。

我毫不犹豫地第一批就报了名。

每月能挣四十多元钱啊！我要无怨无悔地去挣！那么，家里就交得起住院费了，母亲和弟弟妹妹们就获救了。

我下乡的第二年，三弟也下乡了。我和三弟省吃俭用寄回家的钱，几乎全都用以支付哥哥的住院费了。后来四弟工作了，再后来小妹也工作了。他俩的学徒工资头三年每月十八元。尽管如此，还是支付不起哥哥的常年住院费，因为那每月要八十几元。但毕竟的，我们四个弟弟妹妹都能挣钱了。幸而街道挺体恤我家的，经常给开半费住院的证明。而半费的住院者，院方是比较排斥的。故每年还有半年的时间，哥哥是住在家里的。

有一年我回家探亲，家里的窗上安装了铁条，钉了木板，玻璃所剩无几；镜子、相框，甚至暖壶，一概易碎的东西一件没有了，菜刀、碗和盘子都锁在箱子里。

我发现，母亲额上有了一处可怕的疤，很深。那肯定是皮开肉绽所造成的。我还在家里发现了自制的手铐、脚镣、铁链，四弟的工友帮着做的。四弟和小妹谈起哥哥简直都谈虎色变了。四弟说哥哥的病不是从前那种“文疯”的情况了。而母亲含着泪说，她额上的伤疤是被门框撞的。那时刻，我内心里产生了憎恨。我认为哥哥已经注定不是哥哥了，而是魔鬼的化身了。那时刻，我暗自祈祷：上帝啊，为了我的母亲、四弟和小妹的安全，我乞求你，让他早点儿死吧！以往我回家，倘哥哥在住院，我必定是要去看望他两次的。第二天一次，临行一次。那次探亲假期里，我一次也没去看他。临行我对四弟留下了斩钉截铁的嘱咐：能不让他回家就不让他回家！我的一名知青朋友的父亲是民政部的领导，住院费你们别操心，我要让他永远住在精神病院里！我托了那种关系，哥哥便成了精神病院的半费常住患者……而我回到兵团的次年，成了复旦大学的“工农兵学员”。这件事，我是颇犯过犹豫的。因为我一旦离开兵团，意味着每月不能再往家里寄钱了，并且，还需家里定期接济我一笔生活费。我将这顾虑写信告诉了三弟，三弟回信支持我去读书，保证每月可由他给我寄钱。这样的表示，已使我欣然。何况当时，我自觉身体情况不佳，有些撑不住抬大木那么沉重的劳动了，于是下了离开兵团的决心。

在复旦的三年，我只探过一次家，为了省钱。分配到北京电影制片厂后，我又将替哥哥付医药费的义务承担了。为了可持续地承担下去，我曾打算将独身主义实行到底。两个弟弟和小妹先后成家，在父母的一再劝说和催促之下，我也只有成家了。接着自己也有了儿子，将父母接到北京来住，埋头于创作，在北京“送走了”父亲，又将母亲接来北京，攒钱帮助弟弟妹妹改善住房问题……各种责任纷至沓来，使我除了支付住院费一事，简直忘记了还有一个哥哥。哥哥对于我，似乎只成了"一笔支出"的符号。

一九九七年母亲去世时，我坐在病床边，握着母亲的手，问母亲还有什么要嘱咐我的。

母亲望着我，眼角淌下泪来。

母亲说："我真希望你哥跟我一块儿死，那他就不会拖累你了……"我心大恸，内疚极了，俯身对母亲耳语："妈妈放心，我一定照顾好哥哥，绝不会让他永远在精神病院里……"

当天午夜，母亲也"走了"……

办完母亲丧事的第二天，我住进一家宾馆，命四弟将哥哥从精神病院接回来。

哥哥一见我，高兴得像小孩似的笑了，他说："二弟，我好想你。"

算来，我竟二十余年没见过哥哥了，而他却一眼就认出了我！

我不禁拥抱住他，一时泪如泉涌，心里连说：哥哥，哥哥，实在是对不起！对不起……

我帮哥哥洗了澡，陪他吃了饭，与他在宾馆住了一夜。哥哥以为他从此自由了。而我只能实话实说：现在还不行，但我一定尽快将你接到北京去！

一返回北京，我动用轻易不敢用的存款，在北京郊区买了房子。简易装修，添置家具。半年后，我将哥哥接到了北京，并动员邻家的一个弟弟"二小"一块儿来了。"二小"也是返城知青，常年无稳定工作、稳定住处。我给他开一份工资，由他来照顾哥哥，可谓一举两得。他对哥哥很有感情，由他来替我照顾哥哥，我放心。

于是哥哥的人生，终于接近是一种人生了。

那三年里，哥哥生活得挺幸福，"二小"也挺知足，他们居然都渐胖了。我每星期去看他们，一块儿做饭、吃饭、散步、下棋，有时还一块儿唱歌……

却好景不长，"二小"回哈尔滨后，某日不慎从高处跌下，不幸身亡。这噩耗使我伤心了好多天，我只好向单位请了假，亲自照看哥哥。

我对哥哥说："哥，二小不能回来照顾你了，他成家了……"

哥哥愣怔良久，竟说："好事。他也该成家了，咱们应该祝贺他，你寄一份礼给他吧。"

我说："照办。但是，看来你又得住院了。"

哥哥说："我明白。"

那年，哥哥快六十岁了。他除了头脑，话语和行动都变得迟钝了，其实没有任何可能具有暴力倾向的表现。相反，倒是每每流露出次等人的自卑来。

我说："哥，你放心，等我退休了，咱俩一块儿生活。"

哥哥说："我听你的。"

哥哥在北京先后住过了几家精神病院，有私立的，也有公立的。现在住的这一所医院，据说是北京市各方面条件最好的。每月费用四千元左右。幸而我还有稿费收入，否则，即或身为教授，只怕也还是难以承担。

前几天，我又去医院看他。天气晴好，我俩坐在院子里的长椅上，我看着他喝酸奶，一边和他聊天。在我们眼前，几只野猫慵懒大方地横倒竖卧。而在我们对面，另一张长椅上坐着一对老伴儿，他们中间是一名五十来岁的健壮患者，专心致志、大快朵颐地吃烧鸡。那一对老伴儿，看去是从农村赶来的，都七十五六岁了。二老腿旁，也都斜立着树杈削成的拐棍。他们身上落了一些尘土，一脸疲惫。

我问哥："你当年为什么非上大学不可？"

哥哥说："那是一个童话。"

我又问："为什么是童话？"

哥哥说："妈妈认为只有那样，才能更好地改变咱们家的穷日子。妈妈编那个童话，我努力实现那个童话。当年我曾下过一种决心，不看着你们几个弟弟妹妹都成家立业了，我自己是绝不会结婚的……"他看着我苦笑。原来哥哥也有过和我一样的想法！我心一疼，黯然无语，呆望着他，像呆望着另一个自己的化身。

哥哥起身将塑料盒扔入垃圾桶，复坐下后，看着一只猫反问："你跟我说的那件事，也是童话吧？""什么事？"我的心还在疼着。"就是，你保证过的，退休了要把我接出去，和我一起生活……”想来，那一种保证，已是六七年前的事了，不料哥哥始终记着。他显然也一直在盼着。

哥哥已老得很丑了。头发几乎掉光了，牙也不剩几颗了，背驼了，走路极慢了，比许多六十八九岁的人老多了。而他当年，可是一个一身书卷气、儒雅清秀的青年，从高中到大学，追求他的女生多多。

我心又是一疼。

我早已能淡定地正视自己的老了，对哥哥的迅速老去，却是不怎么容易接受的，甚至有几分慌恐、恓惶，正如当年从心理上排斥父亲和母亲无可奈何的老去一样。

“你忘了吗？”哥哥又问，目光迟滞地望着我。我赶紧说：“没忘，哥，你还要再耐心等上两三年……”“我有耐心。”他信赖地笑了，话说得极自信。随后，眼望向了远处。

其实，我晚年的打算从不曾改变——更老的我，与老态龙钟的哥哥相伴着走向人生的终点，在我看来，倒也别有一种圆满滋味在心头。对于绝大多数的人，人生本就是一堆责任而已。参透此谛，爱情是缘，友情是缘，亲情尤其是缘，不论怎样，皆当润砾成珠。

对面的大娘问：“是你什么人呀？”我回答：“兄长。”话一出口，自窘起来。现实生活中，谁还说“兄长”二字啊！大娘耳背，转脸问大爷：“是他什么人？”大爷大声冲她说：“是他老哥！”我问大娘：“你们看望的是什么人啊？”

她说：“我儿子。”看儿子一眼，她又说，“儿子，慢点儿吃，别噎着。”

大爷说：“为了给他续上住院费，我们把房子卖了。没家了，住女婿家去了……”

他们的儿子津津有味地吃着，似乎老父亲老母亲的话，他一句也没听到。

我心接着一疼。这一次，疼得格外锐利。

我联想到了电视新闻报道的那件事——一位崩溃了毅忍力的母亲，绝望之下毒死了两个一出生便严重智障的女儿；也联想到了电影前辈秦怡在接受采访时讲述的实情——她的患精神病的儿子一犯病往往劈头盖脸地打她……

中国境内，不是所有精神病患者的家里，都有一个有稿费收入的小说家，或一位著名的电影演员啊！

我又暗自祈祷了：上帝啊，人间有些责任，哪怕是最理所当然之亲情责任，亦绝非每一个家庭只靠伦理情怀便承担得了的！您眷顾他们吧，您拯救他们吧……

这一次，在我意识中，上帝不是任何神明，而是——我们的国家……

（选自2011年第10期《散文选刊·下半月》）

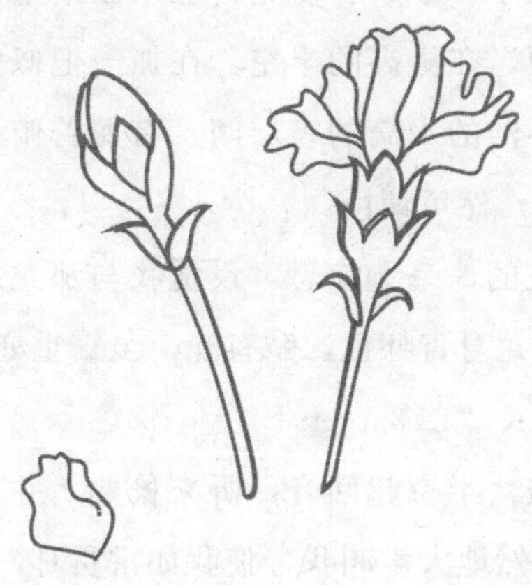

龙！龙！龙！

某些人一见我这篇散文的题目，必然地并且立刻地就会联想到日本电影《虎！虎！虎！》。他们中有人还会太自以为是地下结论——看，为了吸引眼睛，连文题都进行如此相似的拷贝了！足见中国作家们已浮躁到何种地步！没什么可写的就不写算了嘛，何必硬写？

见他们的鬼去！

我之写作，非是他们的心所能理解的。

我笔写我心，与他们的心无关；与《虎！虎！虎！》更是无关。

几天前我做了一个梦。

二十几年来，由于严重的颈椎病，入睡成为一件极困难的事。终于成眠，到底也只不过是浅觉，一向辗转反侧，想做梦也做不成的。

然而几天前真的做了一梦——梦见自己站在半空，仿佛是我家可以隔窗望到的盘古大厦的厦顶。在更高的半空，在抓一把似能有实物在手，并能像湿透了的棉絮般拧出不洁的水滴的霾层间，有龙首俯视我，龙身在霾中一段隐一段现的，其长难断，然可谓巨。

我却未觉惊恐。是的，毫无惊恐。反觉我与那龙之间，有着某种亲缘存在，故它定不会伤我。龙身青虾色，鳞有光，虽霾重亦不能尽蔽。

我正疑惑，龙叫我："二哥……"

其声如槌轻击大鼓，半空起回音，听来稔熟，并且，分明是小心翼翼的叫法；又分明，它怕猝然地大声叫我，使我如雷贯耳，惧逃之。

我不惧，问："你是玉龙？"

龙三点首。

又问："玉龙，你怎么变成了一条真龙？"

龙说："二哥，我也不明白。"

再问："你这一变成真龙，萌萌和她妈往后的日子谁陪伴？你们家失去了你的支撑怎么行呢？还有你姐和两个妹妹，没有你的接济，她们的生活也更困难了呀！"

龙说："是啊！"

随之，龙长叹一声。

我生平第一次听到一条龙的叹息——如同一万支箫齐吹出"咪、发"二音；在我听来，像是"没法"。

我顿时满心怆然，为玉龙的妻和女儿，为他的姐姐和两个妹妹；也为他自己，尽管他变成的是一条龙，而非其他。在人和龙之间，我愿他仍是一个人，即使是中国草根阶层中的一个人。他仍是一个人，对他的亲人们终究是有些益处的。我想，这肯定也是他的愿望。

我见龙的双眼模糊了，不再投射出如剑锋的冷光。它双眼一闭，清清楚楚的，我又见有两颗乒乓球般大的泪滴从半空落下。一颗落在我肩头，碎了，仿佛有大雨点溅我颊上，冰凉冰凉；另一颗落在离我的脚半米远处，也碎了，溅湿了我的鞋和裤脚。

我又听到了一声龙的叹息，如同一万支箫包围着我齐吹"咪、发"。

"没法……没法……"龙的叹息在霾空长久回响。

我的双眼，便也湿了。

斯时我心如海，怆然似波涛，一波压一波，一涛高过一涛，却无声。

我觉喘不上气来，心脏像是就要被胀破了。

龙叫我脱下上衣，接住它给我的东西。

我照做。

龙以爪挠身，鳞片从霾空纷纷而落。我喊起来："玉龙，不要那样！"

然而，又不能不慌忙地接。

龙说：“我的鳞，都是玉鳞，上好的和田玉。每片值数万元！请二哥分给我的姐姐和两个妹妹，从此我对她们的亲情责任一劳永逸了……”

鳞落甚多，我衣仅接多半，少数不知飘坠何处了。也有的落在盘古大厦之顶，发出清脆铿锵的响声，如磬音。

“玉龙，不要再给啦！”

我眼里禁不住地淌下泪来。抬头望龙，大吃一惊，见龙抓出了自己的一只眼睛！

龙说：“二哥，我的一只眼睛，值几千万元。你替我创办一个救助穷人的基金吧。百分之五，作为你的操心费……”

分分明明地，一颗龙眼自空而落。龙投得很准，使其准确地被我接住了——与那些鳞片一样，带着如人血一般殷红的血迹。大约中碗，透明似水晶，眸子尚在内中眨动，如在传达眼语。

我再次抬头望它，见它已掉头而去。我又喊：“玉龙，别走！我还有话对你说！”

“二哥放心，我会做一条对人间有益的好龙的！空中霾气太重，我肺难受，得赶紧去往空气质量好的地方将养鳞伤眼伤。这是你我最后一面，从此难见了……”霾空传下那龙最后的言语，如阵阵闷雷。

我大叫：“玉龙！玉龙！玉龙你回来……”

龙转瞬不见。

我将自己叫喊醒了。

玉龙是我家五十年前的近邻卢叔、卢婶家的长子。当年我刚入中学，他才上小学。我们那一条小街，是哈尔滨市极破烂不堪的一条小街，土路，一年几乎有一半的时间是泥泞的。当年我们那个同样破烂不堪的院子九户人家，共享一百多平方米的院地，而我家和卢家，是隔壁邻居，我家二十八平方米，他家约二十平方米。我曾在我的小说《泯灭》中，将那条小街写成“脏街”。我也曾在我的小说《一个红卫兵的自白》中，写到“卢叔”这样一个不幸的人物。那是一部真实与虚构相交织的小说。这样的小说，按普遍经验而言，其中具有了虚构成分的人物，本是不该写出真实之姓的。然而，我却据真所写了——当年的我，哪里有什么写作经验呢？

真实的卢叔，亦即《一个红卫兵的自白》中的“卢叔”的原型，可以说是一个美男子。我家成为卢家的近邻那一年，卢叔三十六七岁。当年我还没看过一部法国电影，现在自然是看过多部了。那么现在我要说——当年的卢叔，像极了法国电影明星阿兰·德龙。

卢叔参加过抗美援朝，这是真实的。

卢叔复员后曾在铁路局任科级干部也是真实的。

不久，卢叔被开除了公职，没有了收入，成了一个靠收废品维持生计的人，这也是真实的。如今看来，那肯定是一桩受人诬陷的冤假错案。年轻的科长，有抗美援朝之资本，还居然有张欧化的脸，是美男子，肯定有飘飘然的时候。那么，被嫉妒也就不足为怪了。

卢婶当年似乎大卢叔两岁，这是我当年从大人们和他们夫妻俩开的玩笑中得知的。她年轻时肯定也是个窈窕好看的女子，身材比卢叔还略高。我们两家成邻居那一年，她已发胖，却依然有风韵。但，那显然是种根本不被她自己珍惜的风韵。底层的，丈夫有工作的人家，日子尚且都过得拮据，何况她的丈夫是个收废品的。想来，她又哪里有心思重视自己的风韵呢？

好在卢婶是个极达观的女子、妻子和母亲。她一向乐盈盈地过他们一家的穷日子，仿佛穷根本就不是件值得多么发愁的事。用今天的说法，全院的大人当年都觉得她的幸福指数最高。那一种幸福感，是当年的我根本无法理解的。

现在的我，当然已能完全理解——与卢叔那样一个美男子成为夫妻，在底层的物质生活极其匮乏的年代，在对物质生活的憧憬若有若无的她那一类女人心里，大约等于实现了第一愿望吧？何况，卢叔是个有生活情趣的男人，还是个懂得心疼自己妻子的丈夫，同院的大人们常拿这样一句话调侃他——“这是留给你妈的，谁偷吃我打谁！”而所留好吃的，往往是难得一见的一点儿肉类食品罢了。

玉龙是卢家长子。他的姐姐叫玉梅，弟弟叫玉荣。玉荣之下，还有两个妹妹。他最小的妹妹，是我们两家成为近邻之后出生的。有一点是过来人对从前年代有时难免怀旧一下的理由，那就是比之于如今的孩子们，从前的孩子们真的格外有礼貌。这不仅体现于他们对于大人的称呼，更体现于他们对于邻家子女的称呼。即使年长半岁，甚或一两个月，他们也惯于在名字后边加上“哥”或“姐”的。我家兄弟四个依次都比卢家的子女年长，故依次被卢家的孩子叫作“大哥”“二哥”“三哥”“四哥”。我的哥哥精神失常以后，卢家的孩子照样见着了就叫“大哥”的。卢家的子女都很老实，从不惹是生非。我只记得玉龙与另一条街上的孩子打过一次架，原因是“他们当街耍笑我大哥”！

卢家孩子称呼我家兄弟四人，“哥”前既不加“梁家”，也不带出名字。玉龙和玉荣兄弟两个，从小又是极善良、极有正义感的孩子。我从未听卢叔或卢婶教育过他们应该怎样做人。进言之，他们在这方面是缺乏教育的。我想，他们的善良与正义，几乎只能以“天性”来解释。当年，我每天起码要听到十几次出自卢家孩子之口的“二哥”。卢家五个孩子啊，往往一出家门就碰到了一个，听到了一句啊！

如今想来，当年的我，每天听到那么多句“二哥”，对我是一件重要之事。那使我本能地远避羞耻的行为。被邻家的孩子特亲近地叫“二哥”，这与被自己的亲弟弟亲妹妹所叫是很不同的。被邻家的孩子特亲近地叫“二哥”，使当年的我不可能不在乎配不配的问题。

大约是一九八四年或一九八五年春节前，我第二次从北京回哈尔滨探家。

我已是年轻的一夜成名的作家，到家的当天晚上，便迫不及待地挨家看望邻居的叔叔婶婶们，自然先从卢叔家开始。

而卢家人正吃晚饭，除了卢婶，我见到了卢家全家人。卢叔瘦多了，我问他是不是病过，他说确实大病了一场。玉龙的姐姐玉梅、弟弟玉荣，还有玉龙的大妹妹，全都从兵团、农场返城了，全都还没有正式工作。除了卢叔，卢家儿女们，皆以崇拜的目光看我，使我颇不自在。我六十多岁的老父亲，虽已劳累了一辈子，从四川退休回到哈尔滨后，为了使家里的生活过得宽裕点，在一个建筑队继续上班。经我父亲介绍，玉龙也在那个建筑队上班。

我问玉荣为什么不也像他哥哥一样找份临时的工作。玉荣被问得有些难为情，玉龙则替弟弟说："弟弟是兵团知青时患了肺结核，从此干不了体力活了。而要找到一份不累的工作，对像玉荣那么一个毫无家庭背景的返城知青，等于异想天开。"

气氛一时就很愁闷。

我心愀然。事实上，连我返城的三弟，当时也只能托我那当了一辈子建筑工人的老父亲的"福"，也与我父亲在同一个建筑队干活。

我又问："卢婶怎么不在家？"

卢叔反问我："你家没谁告诉你？"

我闻言困惑。

而玉龙忧伤地说："二哥，我妈秋天里病故了。"

玉龙实际上只有小学文化，从他口中说出"病故"二字而非"死"字，使我感觉到了他心口那一种疼的深重——不知他要对自己进行多少次提醒，才能从头脑中将"死"字抠出去，并且铆入他不习惯说的"病故"二字，吸收足了他对他母亲的怀念之情。

我的心口也不禁疼了一下。那样一家，没有了卢婶，好比一棵树在不该落叶的季节，掉光了它的叶子。

我又没话找话地说了几句什么，逃脱似的起身告退。

"二哥……"我已站在门口时，玉龙叫了我一声。

我扭回头，见卢家人全都望着我。

卢叔凄笑着说："大老远的，你还想着给叔带几盒好烟回来，叔多谢了。"

我说："院里每位叔都有的。"

卢叔说："那你给我的也肯定比给他们的多。"

而玉龙说："二哥，我们全家都祝贺你是名人了。"

我又不知说什么好。

卢家的儿女们，一个个虔诚地点头。

因为我哥哥几天前又犯病了，我的家也笼罩在愁云忧雾之中；家人竟都没顾得上告诉我卢婶病故了……

第二年春季，父亲到北京来看孙子。

父亲告诉我，卢叔也病故了。

父亲夸玉龙是个好儿子，为了给卢叔治病，将他家在后院盖的一间小砖房卖了。

父亲惋惜地说："因为急，卖得也太便宜了，少卖了五六百元。如果不卖，等到动迁的时候，玉龙和玉荣兄弟俩就会都有房子结婚了。"

父亲最后说："但玉龙是为了使你卢叔走前能用上些好药，少受些罪。他做得对，所以全院都夸他是个好儿子。"

夏季，玉龙忽一日成为我在"北影"的家的不速之客——将近一米八的个子，一身崭新的铁路制服，一表人才。

他说他父亲当年的"问题"得到了纠正，所以他才能有幸成为一名铁路员工。

我问他具体的工作是什么。他说在货场管仓库，说得很满意。

他反问我："二哥，我文化也太低呀！所以应该很满意啊，对不对？"

我和我的父亲连说："对、对。"

我和父亲特为他高兴。

他怕误了返回哈市的列车，连午饭也不一块吃，说走就走。

我和父亲将他送出"北影"大门外。他说："真想和大爷和二哥合一张影。"可临时去哪儿借照相机啊！当年连我这种人还没见过手机呢！

父亲保证地说："下次吧！下次你来之前怎么也得先通个气儿，好让你二哥预先借台照相机预备着。"

玉龙说："大爷，我爸妈都不在了，有时我觉得活得好孤单，我以后可不可以把您当成老父亲啊？"

父亲连说："怎么不可以！怎么不可以！"

玉龙看着我又说："那二哥，以后你就好比是我的亲二哥了吧。"

我说："玉龙，我们的关系不是早就那样了吗？"

望着玉龙走远的背影，父亲喃喃自语："好孩子啊！也算熬到了出头之日了，他弟弟妹妹们有指望了……"

两年后，我有了正式工作不久的三弟"下岗"了。

那一年的冬季，玉龙又出现在我面前，穿一件旧而且破了两处、露出棉花的蓝布面大衣，看上去像个到北京上访的人。他很疲惫的样子，不再一表人才。我讶异于他为什么穿那么一件大衣，以为大衣里边肯定还穿着铁路员工的蓝制服。但他脱下大衣后，上身穿的却是一件洗褪了色的紫色秋衣，显然又该洗澡了。

玉龙说："二哥，我下岗了。"

我一时陷于无语之境。

他买了我写的十几本书，说是希望通过送书的方式结识什么人，帮自己找到份能多挣几十元钱的活干，说再苦再累他都干，只要能多挣几十元钱。

我一边签自己的名，一边问他弟弟妹妹们的情况如何。

他说，他弟玉荣的病还是时好时犯，好时就找临时的工作，一向只能找到又累又挣钱少的活儿，干到再次病倒了算。他姐有小孩了，也"下岗"了。他两个妹妹同样没有正式工作。

我听着，机械地写着自己的名字，不忍抬头看他，宁愿一直写下去。

书中有一本是《一个红卫兵的自白》。

我正要签上名，玉龙小声说："二哥，这本不签了吧。"

我头也不抬地问："为什么？"

他说："你就听你弟的吧。"

我固执地说："这一本书我写得不那么差。"

他沉默片刻，以更小的声音说：“二哥，不瞒你，有看了这一本书的人，撺掇我告你。”

我这才想到，在《一个红卫兵的自白》中，我写到的一个人物用了卢叔的真姓，但却在书中那个“卢叔”身上加上了一些虚构的成分，还是那种有理由使卢家人提出抗议的虚构成分。我终于放下笔，缓缓抬起头，以内疚极了也怜悯极了的目光看定他说：“玉龙，你起诉二哥吧。你有权利也有理由起诉我，那样你会获得一笔名誉补偿金，而那也正是二哥愿意的。”

我说的是真诚的话。

事实上每次见到玉龙，我必问他缺不缺钱。而他总是说不缺，说真到了缺的时候，肯定会向我开口的。然而，我觉得他肯定永远不会主动向我开口的。据我所知，卢叔卢婶在世时，生活最困难的卢家，不曾向院里的任何一户邻居开口借过钱。在这一点上，卢家儿女有着他们父母的基因。

听了我的话，玉龙的脸顿时红到了脖子，当面受了侮辱般地说：“二哥，你这不是骂我吗？哪儿有弟弟告哥哥的呢？我那么做我还是人啊！”

我说：“兄弟互相告，姐妹互相告，甚至父母和子女互相告，这类事全国到处发生。你放心，二哥保证，绝不生你的气。”

他说：“那我自己也会一辈子生自己的气。我姐我弟我妹他们也会生我的气！二哥你要是不欢迎我了，我立刻就走好啦！”

我只得笑着说：“那再版时，二哥一定作一番认真修改。”

后来，玉龙又出现在我家时，我送给他一本签了我的名也写上了他名字的《一个红卫兵的自白》，告诉他，是一本修改过的书。

他又红了脸，笑道：“二哥你看你，还认真了，这你让我多不好意思！”

该脸红、该不好意思的是我，却反倒成了他。我情不自禁地拥抱了他一下。

他找着拎着的，带来了两大旅行兜五六十本书。他累得不断地出汗，说经人介绍，帮一位是东北老乡的生意人在北京跑批发，联系业务得自己出钱送礼，而送我的签名书，对他是花钱不多却又比较送得出手的礼物。

我不许他以后再买我的书，要求他提前告诉我，我会为他备好签名书，他来取就是。他说："那不行。这已经够麻烦二哥的了，怎么能还让二哥送给我书呢！何况我每次需要的又多，二哥写一本书很辛苦，绝对不行！"

到现在为止，他一次也没向我要过书。

后来，我的人生中发生了两件毫无思想准备的伤心事，先是父亲去世了，几年后母亲又去世了——这两件事对我的打击极沉重。

再后来，我将哥哥接到北京，也将玉荣请到北京帮我照顾哥哥，同时算我这个"二哥"替玉龙暂时解决了一件操心事，等于给他的弟弟安排了一份力所能及的"工作"。

但玉荣在回哈尔滨看望哥哥姐姐妹妹的日子里，不幸身亡。而我四弟的妻子不久患了尿毒症，一家人的生活顿时乱了套。

那一个时期，在我的头脑之中玉龙这个弟弟不存在了似的。两年后，等我将我这个哥哥的种种责任又落实有序了，才关心起久已没出现在我面前的玉龙来。

那是北京寒冷的冬季。我给四弟寄回了两万元钱，嘱他必须尽早联系上玉龙，不管玉龙需不需要，必须让玉龙收下那两万元钱。

不久，四弟回我电话说，交代给他的任务他完成了。

春季里的一天，下午我从外开罢一次会回到家里，见玉龙坐在我家门旁的台阶上，双眼有些肿胀，上唇起了一排火泡——他一副心力交瘁的样子，却没带书，只背一只绿书包。

进屋后，他刚一坐下，我便问他遭遇什么难事了。

他说他最小的妹妹也大病一场，险些抢救不回生命来。

我问他为什么不告诉我。

他说："我知道四嫂那时候也有生命危险啊，我什么忙都帮不上，怎么还能告诉二哥我自己着急上火的事呢？"

"二哥，你的心意我领了，但这两万元钱我不能收。二哥的负担也很重，我怎么能收呢？"他从书包里掏出了两万元钱，放在我面前。他说等了我将近三个小时，他这次来我家就是为了送钱。两万元钱带在身上他怕丢，所以一直耐心地等我回来。

我生气了，与他撕撕扯扯地，终于又将两万元钱塞入了他的书包。

这时响起了敲门声，我开了门见是某出版社的编辑，我忘了人家约见的事了。

玉龙起身说他去洗把脸。

他洗罢脸就告辞了。

编辑同志问他是我什么人。

我如实说是老邻居家的一个弟弟，关系很亲。

编辑同志说他见过玉龙。

我心中暗惊一下，猜测或许是给对方留下了某种不良印象的“见过”。

编辑同志却说，前几天她出差从外地回到北京，目睹了这么一种情形——有一精神不正常的中年女子，赤裸着上身在广场上边走边喊，人们皆视而不见，忽有一男人上前，脱下自己的大衣，替那疯女子穿上了。

我说：“你认错人了吧？”

她说：“不会的。当时我也正想脱下上衣那么做，但他已那么做了。我站在旁边，看着一个非亲非故的男人为一个疯女人一颗一颗扣上大衣扣子，心里很受感动。他给我留下的印象极深，所以不会认错人。”

编辑走后，我见里屋的床上有玉龙留下的两万元钱。

那一年，玉龙出现在我面前的次数多了，隔两三个月我就会见到他一次。虽然用手机的人已经不少了，但他还没有手机，我也没有。他或者在前一天晚上往我家里打电话，那么第二天我就会在家里等他；或者贸然地就来了，每撞锁，便坐在我家门旁台阶上等，有时等很久。

“二哥，你瘦了。”

“二哥，你显老了。”

“二哥，你脸色不好。”

“二哥，你可得注意身体。”

以上是他一见到我常说的话，也是我一见到他想说的话。每次都是他抢先说了，我想说的话也就咽回去不说了。

那一年，我身体很差，确如他说的那样。

那一年，他的身体看上去也很差，白发明显地多了，脸还似乎有点肿胀。

我暗暗心疼他，正如他发乎真情地心疼我。

他带来的书也多了。书是沉东西！

——想想吧，一个人带五六十本书，不打的，没车送，乘公交，转地铁，是一件多累的事啊！以至于我往往想给他几本我新出的书，由于心疼他，犹犹豫豫地最终也就作罢了。

他来的次数多，我于是猜到他换挣钱的地方也换得频了。

赠某某局长、处长、主任、经理……我按名单签着诸如此类的上款，而他常提醒我不要写“副”字，“赠”字前边加上“敬”字。我根本不认识那些人，他显然也一个都不认识。他只不过是在落实他“老板”交给的任务。

有次签罢书，他起身急着要走。

我说：“别急着走，坐下陪二哥说会儿话。”

他立刻顺从地坐下了。

我为他换了茶水，以闲聊似的口吻说：“怎么，不愿让二哥多知道一些你的情况吗？”

他说：“我有啥情况值得非让你知道的呢？”

我说：“比如，做了什么好事、坏事……”

他立刻严肃地说：“二哥，我绝没做过什么坏事。如果做了，我还有脸来见你吗？”

我说：“二哥的意思表达不当，我指的是好事。”

他的表情放松了，不无自卑地说：“你弟这种小民，哪儿有机会做好事啊！”

我就将编辑朋友在火车站见到的事说了一遍，问那个好人是不是他。他侧转脸，低声说：“因为大哥也是得的精神病，我不是从小就同情精神病人嘛，那事儿更不值得说了。”

我一时语塞，良久，才说：“玉龙，我是这么想的——二哥帮你在哈尔滨租个小门面，你做点儿小本生意，别再到北京四处打工了吧，太辛苦啦！”他低下头去，也沉默良久才又说：“二哥，那不行啊。在咱们哈尔滨，租一个最便宜的而且保证能赚到钱的门面，起码一年五六万元，还得先付一年的租金。二哥你负担也重，我不能花你的钱。再说，我也没有生意头脑，一旦血本无归，将二哥帮我的钱亏光了，那我半辈子添了块心病了。我打工还行，力气就是成本。趁现在还有这种不是钱的成本，挣多少是多少吧！二哥你家让你操心的事就够多的了，别为我操心了吧……”

我又语塞，沉默了良久才问出一句废话：“打工不容易是吧？”

玉龙忽地就低声哭了。

我竟乱了方寸，一时不知该怎么劝他。

他边哭边说：“二哥，有些人太贪了，太黑了，太霸道了，太欺负人了……只要有点儿权有点儿钱，就不将心比心地考虑考虑我这种人的感受了……”

我已经记不清我是怎么将他送出门的了。

我独坐家里，大口大口地深吸着烟，集中精力回忆玉龙说过的话。

我能回忆起来的是如下一些话：

“二哥，我受欺负的时候，被欺负急了就说，别以为我好欺负，我是不跟你一般见识！我二哥是作家梁晓声！多数时刻不起作用，但也有少数起作用的时候。二哥，你是玉龙的精神支柱啊！别说三哥四哥秀兰姐家的生活没有了你的帮助不行，我玉龙在精神上没有你这个支柱也撑不下去啊……

“二哥，我希望雇我的人多少看得起我点，有时忍不住就会说出我有一个是作家的二哥。他们听了，就要求我找你，帮他们疏通这种关系、那种关系。我知道你也没那么大神通，只能实话实说。结果他们就会认为我不识抬举，恼羞成怒让我滚蛋……

“二哥，有时我真希望你不是作家，是个在北京有实权的大官，也不必太大，局一级就行，那我在人前提起你来，底气也足多了……

“二哥，有时候我真想自己能变成一条龙，把咱们中国的贪官、黑官、腐败的官全都一口一个吞吃了！但是对老百姓却是一条好龙，逢旱降雨，逢涝驱云。而且，一片鳞一块玉，专给那些穷苦人家，给多少生多少，鳞不光，给不完……”

那一天，我吸了太多的烟，以至于放学回来的儿子，在门外站了半天才进屋。

那次见面后的一个晚上，玉龙给我打来一次电话。

他说：“二哥，我真有事求你了。”

我说：“讲。”仿佛我真的已不是作家，而是权力极大的官了。

玉龙说的事是——东北农场要加盖一批粮库，希望我能给农场领导写封信，使他所在的工程队承包盖几个粮库。

我想这样的事我的信也许能起点儿担保作用，爽快地答应了。我用特快专递寄出了一封长信，信中很动感情地写了我家与卢家非同一般的近邻关系，以及我与玉龙的感情深度，我对他人品的了解、信任。我保存了邮寄单，再见到玉龙时郑重其事地给他看——为了证明我的信真寄了。

玉龙顿时高兴得像个小孩子，也将我像搂抱小孩子似的搂抱住，连连说：“哎呀二哥，你亲口答应的事我还会心里不落实吗？还让我看邮寄单，你叫我多不好意思呀二哥……”

但那封信如泥牛入海，杳无回音。

而那一次，是我那一年最后一次见到玉龙。

他并没来我家找我问过，也没在打电话时问过。

我想，他是怕我在他面前觉得没面子。大概，也由于觉得我是为他才失了面子的，没勇气面对我了。

之后两年多，我没再见到过玉龙。

今年五月的一天，我应邀参加一次活动，接我的车竟是一辆车体宽大的奔驰。行至豁口，遇红灯。车停后，我发现从一条小胡同里走出了玉龙。他缓慢地走着，分明地，有点儿驼背了。剃成平头的头发，白多黑少了。穿一件褪了色的蓝上衣，这儿那儿附着黄色的粉末。脚上的旧的平底布鞋也几乎变成黄色的了。

他一脸茫然，目光惘滞，显然满腹心事。他走到斑马线前，想要过马路的样子，可却呆望着绿灯，似乎还没拿定主意究竟要不要过。

我想叫他。可是如果要使他听到我的声音，我必须要求司机降下车窗，必须将上身俯向司机那边的窗口，还必须喊。因为，奔驰车停在马路这一边，不大声喊他是听不到的。

我话到嘴边，却终究没要求司机降下车窗。

然而，玉龙到底是踏上了斑马线。

当他从车头前缓慢地走过时，坐在车内的我不由得低下了头。我怕他一转脸看到了我。那一时刻，某些与感情不相干的杂七杂八的想法在我头脑中产生了。那一时刻，我最不愿他看到他的“精神支柱”。被人当成“精神支柱”而实际上又不能在精神上给予人哪怕一点点支撑力的人，实际上也挺可怜的。

那一刻，我对自己鄙薄极了。

玉龙终于踏上了马路这一边的人行道，站在离奔驰四五步远处；似乎，还没想清楚应去往何方，去干什么。

我停止胡思乱想，立即降下车窗叫了他一声。

然而，红灯变绿灯了。

奔驰开走了。

玉龙似乎听到了我的叫声——他左顾右盼。左顾右盼的他，瞬间从我眼前消失……

几天后，传达室的朱师傅通知我：“那个叫你二哥的姓卢的人，在传达室给你留下了一个纸箱子。”

纸箱子很沉。我想，必定又是书。

我将纸箱子扛回家，拆开一看——不仅有二三十本我的书，还有两大瓶蜂蜜。

一张纸上写着这样一行字："二哥，蜜是我从林区给你买的，野生的，肯定没受污染，也没有加什么添加剂。"

下边，是密密麻麻的一片需要我写在书上的名字。

所有的书我早已签写过了，然而现在都是两个多月以后了，玉龙却没来取走。他也没打过我的手机，没给我发过短信。他是有我的手机号的。

以前，他也有过将书留在传达室，过些日子再来取的时候。但隔了两个多月还不来取，这是头一次。

我也有他的手机号。

我拨过几次，每次的结果都是——该手机已停用。

他在哪里？在干什么？难道忘了书的事了吗？

不由得不安了。

后来，我就做了那场玉龙他变成了一条龙的梦。

我与四弟通了一次电话，"指示"他必须替我联系上玉龙。

四弟第二天就回电话了，说他到玉龙家去过，而玉龙家动迁后获得的小小两居室又卖了，已成了别人的家。四弟也只有玉龙的一个手机号，就是那个已停用的手机号。看来，我只有等了。不是等他来将我签了名的书取走，那一点儿都不重要了。

我盼望他再一次出现在我面前，使我知道他平安无事。

有些人的生活，做梦似的变好着。好得以至于使我们一般人觉得，作为人，而不是神，生活其实完全没必要好到那么一种程度。即使真有神，大多数的神们的生活，想来也并不是多么奢华的。

有些人挣钱，姑且就说是挣钱吧，几百万几千万几亿的，几通电话，几次秘晤，轻轻松松地就挣到了。这里说的还不是贪污、受贿，是"挣"。

而有些人的生活，像垃圾片似的，要出现一个小小的好的情节，那几乎就非从头改写不可。而他们的草根之命是注定了的，靠他们自己来改写，除非重投一次胎，生到前一种人的家中去，否则，"难于上青天"。

而有些人挣钱，仍会使人联想到旧社会——受尽了屈辱、剥削和压迫。

最不幸的姑且不论，中国又该有多少玉龙，其实艰难地生活在无望与渺茫的希望之间呢？

而卢家的这一个玉龙，他有许多种借口坑、蒙、拐、骗，却在人品上竭尽全力地活得干干净净——我认为他的基因比某些达官贵人高贵得多！

我祈祷中国的人间，善待他这一个野草根阶层的精神贵族。

凡欺辱他者，我咒他们八辈祖宗！

玉龙，玉龙，快来找我……

（选自2013年第10期《散文选刊·下半月》）

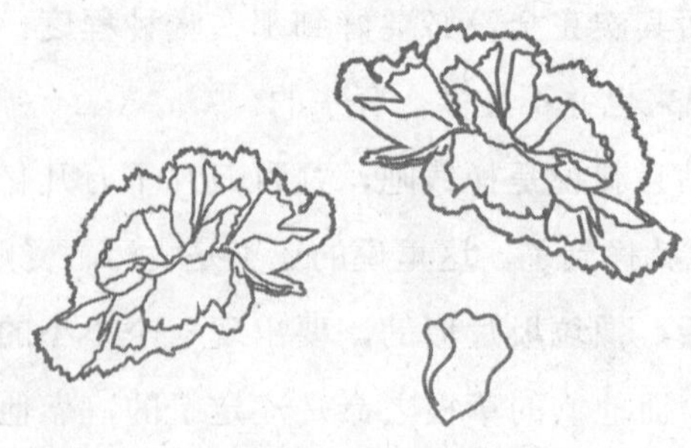

淡淡的友情

雾　帆

我已学得很孤独了。

孤独——这是一种教养。想在文学道路上走下去，而心性却恋着浮躁都市的种种浮躁热闹，小说家的涅槃，迟早是要被毁了的。所以我不能断定抗抗已经是我的朋友了，因为我朋友太少太少。所以我写她便尽量本着客观原则，不受交谊的驱使。倘她不满意，我也是无奈而无疚了。

我与抗抗认识很早，但过从甚少。

大概是一九七五年，在复旦校园，我们中文系创作专业两个年级二十人左右，围坐在水泥体操场上开个什么讨论会，有位陌生的南方姑娘置身于高年级同学之中——白衫，绿裙，沉静而瘦，落落大方地含蓄着自己的聪颖。几乎一上午的讨论，她始终默默地似乎很虔诚很注意地听着。

过后，高年级的一个同学，好像是她的同乡，告诉我她也是北大荒知青，正给上海出版社写一部长篇，并言及她当时的处境十分困难——不发工资，粮票都不寄。她呢，在上海刚大病了一场。后来我知道，实际情况比那位高年级同学告诉我的，对于她要更艰难得多。一言以蔽之——她当时正困在命运的、境遇的“黑雾”中，然而她韧忍地写着她的小说——《分界线》——北大荒知青反映北大荒知青生活的第一部长篇小说。不可避免地，它打着那个时代的文学的烙印。我细读过它。它毕竟和《虹南作战史》《牛田洋》这类大为不同。它毕竟还是小说。看得出，她已尽了她很大的努力，与“革命主题”谨慎地保持着距离。

据我所知，《分界线》的出版，并未使她的命运、她的境遇有良好的改观。

她是“黑雾”中人。

仅只是出于同情，我从复旦向北大荒发出过三封信，是写给当年的兵团宣传部文艺处崔干事——他如今在深圳从商了。我希望他能关心她，给她些帮助。但她当时属于农场知青，与兵团“体制不同”，崔干事“爱莫能助”。那时，关于她的诽词不少。而我的好事，也就难免使我自己“授人以柄”。

她当时一无所知。自从在复旦见过一面，我就再未碰到过她。也许她后来听说了些？当时我想，命运和境遇不会扼息她的。我从她的名字中悟到了这一点。

后来她考上了黑龙江省艺术学校。她发表了《爱的权力》。她引起了新时期文学的关注。她入了文学讲习所。她的短篇小说《夏》和中篇小说《淡淡的晨雾》同时获奖。她从她自己的命运和境遇中生生地挣出了一个崭新的张抗抗。我甚至相信——她当时“别无选择”。再塑一个“我”对任何人都不容易。否则这个世界也太随和了。她成功了。许多人没有成功。许多人对前人坎坷的足迹望而生畏，嫉妒者所以不可爱，在于他们眼红别人的获得，漠视而又轻蔑别人的付出。

像所有迈出了成功的第一步的人一样，她无疑也招致了妒嫉。她肯定依然在抵御和防范着中伤。因为我听到的关于她的诽词更多了。可能还被小人袭击和暗算过。

一九八二年，我参加《安徽文学》举办的一次笔会，途经杭州，特意去她家看望了她一次。尽管她不再是“兵团战士”，我仍一厢情愿地视之为“兵团战友”。她家人很多。成功者大抵都会经历这么一种受宠的阶段，在我看来，她当时并未由于受宠而若惊起来。只简短地交谈了几句话，我便告辞了。那之前，我们毫无过从。我相信，在复旦校园里，我没给她留下任何印象。

倘非说印象，那就是，也只能是——我觉得她在“雾”中。一种玫瑰色的“雾”，边圈渲濡着往昔生活曾企图压垮她的“黑雾”的余环。如同彩云前翩飞的一只蝴蝶，稍一得意忘形，便会被彩云所吞。一些迈出了成功的第一步的人，正是这样消失了自己的。那以后，我们很长很长的时间都没再见面。屈指算来，五六年矣。她再塑了自己，并未被成功所蚀，她自己证明了这一点。

今年年初，或者是去年年底，意外地收到她一封信。极短，三五行，言及北京市举办了一次读者与作者的对话活动。她去，希望我也去。我答应了，去了。得知那次主要是读者就《隐形伴侣》与她对话，我特意从北影图书馆借来她的书又看了一遍。发表在《收获》时，我已读过。既要去参加座谈，态度就得虔诚。

在那次座谈中，抗抗很得体地回答各种问题，尤其是针对她的作品提出的问题。看得出来听得出来，她希望从读者中搜集到使自己感到欣慰的反馈。读者评价不俗，她亦颇觉欣慰。她是个严肃的小说家，不是个“玩文学”的。只是她过于认真了，想要在自己和读者之间，建立一座互相充分理解的桥梁。其实呢，这一点，时代性地过去了。读者读某作家的小说，并不认为同时应有充分理解的义务。抗抗是成熟的，在理性上，她也许更早更透彻地明白这一点。但她毕竟是女作家，谈到自己作品时，难免像女人谈到自己心爱的孩子似的。你可以不喜欢她的“孩子”，但她还是要告诉你，她的孩子在本质上是怎样的孩子。一种母亲般的感情色彩。这其中隐含着对文学的真诚，对自己精神奉献的真诚。

今年六月，我们又见一面，还是在她的作品研讨会上。有评论界名家、准名家。我又应邀去了，最后一个发言。那一天对我等于一次摧残——我被判为“肝硬化”病人不久，意志遭到宣判，身体先自垮了大半。会议开了一整天，我便显而易见地下午比上午更憔悴。

吃午饭时，抗抗直往我碗里夹“蛋白质、脂肪”之类。

她很不安。她一个劲儿说：“你回去吧！你回去吧！下午就别参加了。”我说：“我还没发言呢。”她说：“那你也回去吧，我让他们安排车送你回去。瞧你脸色，真不好。”

她很善良，懂得体恤别人、关心别人。

记得下午我的发言很直率——车上又不免有几分懊悔，问她可否接受。她也很直率——回答说不完全接受，但感激我认真地看了她的小说。她是个挺虚心的小说家。那以后，我们又无来往。至今，我家中放着她的一件毛衣——什么人在什么情况之下委托我转交给她的，忘了。有半年了，她也不来取。她还没到过我家。我也没到过她家。对于我，她始终是一面“雾”中的船帆，看不见她在行走，但却不知不觉出现在你面前。对于她，我是“雾”外之人。她对我似乎是信得过的，也许她从“雾”中看我，能够看得更清楚些，而我却从未想深入她那“雾”区。我凭直感，觉得她不会袭击他人，挺珍重友好关系的。

现在让我来谈谈她的小说——她与我不同，虽同属于“知青作家”一批，但她写“知青”，首先是写人性，写心理历程。我写“知青”，首先是写历史，写群体命运历程。她的大部分反映“知青生活”的小说中，总有一个女性，而且总是主角，似她自己，又绝不是她自己。那一个女性以女性的特殊心灵，对世界对时代对人生，表达出更符合人性的追求和呼吁。而我，总是通过一群人，看似有我自已的身影，其实我常尽量超出于客观（我眼里的客观当然未见得也不可能便是客观）对世界对时代对人生，表达出我认为更符合公理的追求、呼吁。

《隐形伴侣》中的“隐形伴侣”，在《爱的权利》，在《夏》，在《白罂粟》，在《淡淡的晨雾》中，早已存在着了，向生活提出关于人性的质问。她内心里常驻着一个“隐形伴侣”。她的小说中常常绰绰地徜徉着一个一个“隐形伴侣”。她和“她”是良友吗？会永远是良友吗？谁统治谁呢？谁将先背叛谁呢？

曾有人对我讲——张抗抗是一个女权主义者。

我一笑。

如非说她信仰着一种什么“主义”，我看她首先是一个人性主义者。认为是人权主义者也未尝不可。人权尚未获得最高的尊重，女权的要求显得“超前”。

对美好的高尚的自然的人性之追求，恐怕要伴随她一生的创作实践吧？

不知她喜不喜欢乔治·桑的小说。我曾很喜欢过，现在不喜欢了。所以，我若对她进一忠告的话，那就是——远离乔治·桑……

现在她是一个幸福的人。

一个幸福的女人——我透过雾罩看她是这样。

一个幸福的女小说家——当然先有女人本身的幸福，才有女小说家的幸福。

她有权也应该得着她那一份儿女人的幸福。

如今她仿佛在雨后静谧的紫雾之中。

张抗抗——行进在黑雾、白雾、红雾、紫雾中的一面始终鲜亮而韧性的征帆，为我们写出了迷雾一般的世界。

（选自1988年第11期《文汇》）

上海人刘鸿飞

一九七二年，我从团部宣传股，被“精简”到木材加工厂。全团仅“精简”二人，一男一女。男的自然便是我。被“精简”之于我，带有不言而喻的惩罚性。原因是我作为团“思想政治教育工作组”的成员，在木材厂“蹲点”时，公然替一名将被开除团籍的鹤岗市知青进行了“放肆”的辩护。结果是他保住了团籍，而我被逐离团机关。当年的我血气方刚，并不怎么沮丧，反而觉得自己乃是实际上的“战胜”了强大对手们的落魄英雄——毕竟由于我的慷慨陈词的辩护，那鹤岗市知青的团籍保住了。

当年若不被“精简”，我便不会与上海人刘鸿飞成为亲情深焉的知青战友。如今想来，格外欣慰，认为是一种补偿，一种生活对受到不公正惩罚的人的温爱。这一种补偿，这一种生活对人的温爱，越来越显出它美好风景般的意义和价值。起码对我如此。

鸿飞个子很高，大约一米八以上。当年高且瘦，一副形销骨立的模样。鼻梁也高，木材厂的知青就送了他个绰号“高鼻子”，后来进化为“老高”。

我初到木材厂的日子，不明所以，便也叫他“老高”。他从未纠正过我。我叫他“老高”，他就自自然然地答应，仿佛本就姓高。其实他比我小四岁。

直至有一天全连点名后。我奇怪地问大家：“连长把老高的姓念错了，怎么没人笑？”于是众人皆笑。鸿飞也浅浅地笑……

鸿飞是连里最安分守己的知青。什么鸡鸣狗盗、名利纷争之事，都与他无涉。他也是毫无绯闻的一个知青，仿佛头脑里天生没这一套“程序”。女知青们普遍地对他抱有良好印象，但也普遍地就刹在印象良好为止。他在她们面前一向作谦谦君子、斯文绅士之状，从无轻佻言语和举止。我不曾见他和哪一个女知青调笑过。

他是那种永远也不会巴结领导不会奉迎领导的人，同时是永远也不至于和领导发生冲突的人。他从不在背后议论领导的短长。但不管别人议论到什么程度，他都绝不会因任何卑劣的目的去汇报。哪怕被郑重提审，我想他都不会出卖别人的。他也从不背后议论任何人的短长，所以他也未遭别人议论过。大家偶尔背后“讲究”他，那也纯粹是对他进行毫无恶意的调侃。但这种调侃绝不会太过分。对他，似乎谁都恪守着一种原则——勿使调侃变为冒犯。似乎不论谁都认为，冒犯他是绝不应该的，甚至是罪过的。尽管谁都明白，其实对他调侃过分了，他也断不至于生气的。但这并不意味着他没脾气。事实上他性格很倔，很耿直。有时领导也常被他顶撞得翻白眼儿，那当然往往是领导糊里糊涂而又自以为是的时候。他可能是唯一使领导当众下不来台，而又不至于往心里去，不至于耿耿于怀地记恨他的知青。他天生胸无城府，里外几近透明，单纯得像个大儿童。而又一向我行我素，无遮无掩地活在他那种不防人也不被人防的大儿童的世界里。

记不清怎么一来，我俩就友好了。那是一种不显山不露水的友好。他也只能对人这么一种友好法儿。我觉出他内心里挺敬我的。而我极欣赏他的为人处世。因我和许多人身上都有的，甚至是普通的中国人身上都有的坏毛病，他身上竟没有。

他是电锯手。我是抬木班的“二杠”，平时不在一起干活。没有大木须“归楞”时，我常被派去做锯台出料工。我觉得那是比抬大木还累的活儿，也是全木材厂人人发怵的活儿。电锯一响，出料工的肩就成了输送带，负重上跳板、下跳板，休想有机会喘口长气儿。

他往往会因有意照顾我而拉闸停锯。倘连里的干部走来，问为什么停锯，他就说：“锯太热了，凉凉。”或者干脆瞪起眼来一句：“怎么啦？歇一会儿不行啊？”那时连里的干部倒往往显得没脾气了，讪讪地转一圈儿，就会识趣儿地走开……

我上大学，因报到日期迫近，托运的包装箱，是他在班上替我做的。连里的干部发现了，问：“这不是公家的木板吗？”他说：“不用公家的，用你家的呀！”干部说：“那也不能上班时间做呀！”他不吭声，接着做。

干部嘟哝几句什么，也就不认真干涉了。他们大概是这么想的——如果连刘鸿飞这样的知青都容忍不了，那么恐怕也就没有不背后议论他们的知青了。

在我大学生活最受极左氛围困扰的日子里，鸿飞回上海探家。他到复旦看我，见我心情不好，关切地询问我原因。我据实相告。

他便提议我应离开复旦一段日子，躲到某地去净净心。我说无处可去。他想了想，便约好一个日子，说要带我到乡下小住。结果他将我带到了朱家桥附近某村。

那是他姨家。老阿婆孤身一人过寂寞的生活。每天尽量为我俩做顺口的吃。由鸿飞的姨，我对南方乡下的一些老阿婆们，至今保持着极愿亲之近之的情感。由鸿飞的老父老母，我对上海底层公众中的老人们，始终保持着深厚的敬意。

我在大学期间仅探过一次家，就是唐山地震那一年夏。鸿飞预先为我买好了五十斤精面。上海当年也控制。他大约要买数次，才能凑足五十斤。而我连提都没提过想往家带精面一事……

我毕业分至北京后，与鸿飞多年不见。最初给他写过几封信。他没回信。他最不愿做的事之一便是写信。但我知他心里在始终思念着我，我对他也是。

一九九三年我到上海签名售书——猛一抬头，无意间望见了他那大个子，在买书的人们后面，那么一往情深地望着我。我立刻弃笔向他奔去，问他站那儿看望我多久了。

他浅浅一笑，轻描淡写地回答：“没多久，才一个多小时。”

……

今年我到上海签名售书——猛一抬头，无意间又望见了他那大个子，在买书的人们后面，那么一往情深地望着我。左边是他的妻子，右边是他的女儿。分明地，妻子女儿又陪他站在那儿默默地望我许久了……

而我当天下午便要离开上海。

中午我没去和上海作协的朋友们相聚。我的态度坚定得不容商量。我想上海作协的朋友们，是会原谅我的缺席的吧？

我带鸿飞一家回到了我住的宾馆。我们从容不迫地消费了一顿丰盛的午餐。

我说："我买单啊！"

他浅浅地一笑，十分理解我，不与我争。

我叫他的女儿为"女儿"，看着"女儿"胃口好，我心情也好得没比。我问他的工作顺心不顺心，问他的收入，问他妻子的收入，问"女儿"的学习，问现在的居住情况。

他对我没什么可隐瞒的，一一实告。他明白我要获得一份放心。我曾对他的处境很不放心过。他的单位在郊区，市里的老父老母还需照顾，而且仅住九平方米一间的小屋，工厂经济效益也不好……

我曾向上海寄过几封信，希望能经由我的帮助，使他的处境稍微改善——尽管他从未向我流露过这样的愿望。几年来，我内心里一直因帮助不了他而深怀不安。

所幸此次见面，他给了我一个放心。他学会了开车。停薪留职，在为一家私营公司的老板当司机。他照例像上次见我一样，郑重其事地、语重心长地嘱咐我一些话："你写东西一定要谨慎。你的一些文章我也看过，太尖锐了。不好。""干你们这一行的，一不谨慎就会跌跟头的。小跟头可能难免，但千万把握住自己，别跌大跟头。"

"你这个作家的名声还不错。我常替你高兴。人没名，不必强求个名。已经有名了，就应该爱护自己的名声。这也是尊重尊重你的那些读者，是不？"

"咱们都快老了，做人更得成熟了。这种年纪，上有老下有小的，跌不起大跟头了……”

像一位憨厚长兄，而且是从不曾离开过乡村的长兄，在对自己“混出了人样儿”的，又总难令自己完全放心的胞弟进行“谆谆教导”。仿佛不耳提面命地经常教导着，胞弟则有可能一失足被拉入什么黑帮似的……

自从我老父亲去世后，再没人以那么一种口吻跟我说话。我深为感动，诺诺连声。因为我也得回报他一个放心啊！可感动之余，内心又暗觉好笑。鸿飞这家伙他似乎忘了我俩谁年龄大些，谁为兄、谁为弟了！他从不与我谈文学。他谈不来文学。他无暇读什么小说。几年读一回，那八成因为是我写的。而且，八成因为他听到了有人说好，或者有人说不好。

他也从不拿我当什么作家看。仿佛在我们之间，岁月是停滞的，他仍是当年的电锯手，我仍是当年的出料工。我和他，只不过是两个情投意合的知青的关系而已。

情投意合？其实我和他之间的性格反差太大了。我们之间连共同的话题都不多。我常困惑于我们之间的那种真挚友谊，总想理清个因由。也总满足于我们之间那一种友谊的真挚，和它实实在在的存在。“数重云外树，不隔眼中人。”有一类友谊，不问为什么，岂非更好？

最后，我想对鸿飞的老板说——聘司机，能聘到鸿飞这样的人，最称心不过了。他乃是寻常中国人中，品性极可赞的一个。他乃是寻常上海人中，品性极笃诚厚道的一个。

真的！

他的品性中，有寻常中国人又寻常又难能可贵的一面。因其难能可贵。故而可曰是一种品性的可爱魅力。若轻易辞退他这样的司机，再难找第二个。

我祈祝鸿飞一生万事如意！

（选自1997年梁晓声著《丢失的香柚》）

路文彬印象

路文彬是我的同事。我们都是北京语言大学人文学院中文系教师。想来，我大约要痴长他近20岁吧？我竟从没问过他。开学后，便问。给自己个清楚。本生已过，糊涂事多多。一问便知之事，何不知之？

然我和他都是教育界新人。他比我早几年执教。故也可以说，他是我的“前辈”。

“路前辈”是个性感的男士，有一头浓密且自然卷曲的优质发。在头发稀疏甚至华发早生更甚至开始谢顶的中国青年男士越来越多的今天，他那一头优质发无疑是会令别的男士嫉妒的。比如我，每次见到他，心底便陡然产生一种打算革他那一头优质发的命的强烈冲动。但一想到20年前我也曾有过一头浓密的优质发，且又相貌比他英气，于是心态归于平衡，“革命”冲动随之怏怏作罢。

但我毕竟痴长他近20岁，所以又自觉有资格叫他“小路”或“文彬”；倘在学子前提到他，加“老师”。

我每在我的选修课上提到他，有时还实行必须性的“攻击”。

记得有次在课堂上讨论中文学子与文学的关系，有名女生说——“应有朝圣般的热忱”。

我不禁一愣，问怎么便有此种思想。

答曰：“小路老师说的。”

我言：“胡说八道。”

依我想来，当代大学之中文教学，无非三项宗旨：一、播讲人文思想及情怀；二、提升审美境界；三、训练想象能力及分析评论的能力。前二者关乎为社会“造就”什么样的人；后者关乎“造就”能干什么的人。

但，我又主张生存第一。不是所有中文学子，将来都适于从事与中文相关的职业，更非都适于终生从事。自觉不适于者，应果断转行。那文学的“道”，少些人去殉它也罢。我可不愿看到我的某些学生的人生，将来如曹雪芹或蒲松龄那么凄凉悲苦。何况，《红楼梦》和《聊斋志异》，也断不是谁不惜以凄凉悲苦的人生去换，便一准能换来的……

过后，我向“路前辈”亦即“小路老师”讲到这事，他便无声地笑。那是他的样子最可爱的时候，也是特别“人性化”的时候。

我说：“你这家伙，别站着说话不腰痛。你我尽可以将文学之事当成朝圣，可咱们的‘孩子’们陪咱们不起。”

他叹口气，慢条斯理地说：“我的原话是——‘当我们领略人类的文学风景时，理应对前人心怀感激和感动。我们受益于前人，所以对前人要有虔诚而不是轻佻的态度。’朝圣二字，比喻而已。”

顿时地，我也有些被他的话感动了。

路文彬是一个热爱文学的人，是一个以在大学课堂上讲授中文为幸的人。据同事们说，是一个在课堂上充满激情的人。我还从没听过他的课。开学后，我要听一听。

在生活方式上，路文彬是个古典主义者，一向反对安装空调和购买私家车，他常挂在嘴边的一句话是：“老子、孔子用过空调、开过汽车吗？”有时，我觉得他古典得简直近乎迂腐。不过，这一点，我们也算一致。只是，他倒是不拒绝电脑的，这点我显然要比他古典得彻底。对了，这家伙还一直坚持抵制日货，见有朋友或同事拿着日本牌子的电器，他总要面目狰狞地骂人家没心没肺；然后上升到学术高度，说人家这是缺乏历史感。我知道，他对历史是颇有研究的。“历史感即命运感”，这话我第一次就是从他那里听说的。

对于明明是中文学子却又心里鄙薄中文、应付中文学业的同学，他每有痛心疾首言论。我与他相反，惯持“理解万岁”的态度。他不止一次批评过我之“心太软”，而我则每以“不忍”二字自我开解。事实却是，有时我比他还苛刻严格，他倒“不忍”了起来。

上一个学期，我曾声色俱厉地要求我的选修班的学生们在我说“上课”后起立，某堂课学子们竟在我的淫威之下反复三次，直至他们起立之后不再发出椅响为止。

翌日，文彬见我，振臂一呼：“打倒师道尊严。”

我解释：“我实为学道尊严立则也。”

文彬是酷爱读书的人。我所读过的文学类书，他都是读过的；他所读过的，有许多我未读过。近年，我的阅读兴趣转向史海钩沉之类，且尤喜泛读杂览。故只要有半点钟以上的时间在一起，双方便都本能又迫不及待地“知识互补”。

以我的眼看来，中文在今天的大学里已是这样的一门课——太过认真，便几乎没法讲授了；倘不认真，连身为教师的那点儿良心都谈不上有了。个中感觉，实难拿捏。

幸有文彬这样一位同事，互勉互励，使我们仍能胜任愉快。

北京语言大学人文学院的教职员们，至今有三分之二是我不熟悉的。我熟悉的三分之一，个个皆好人也。

我有幸在“好人成堆”的环境中与“路文彬们”共事，人生之一知足也……

二〇〇六年八月二十四日于北京

（选自2006年第6期《南方文坛》）

酷老头范圣琦

第一次见到范圣琦时，我在家里，他在电视里。

他在电视里吹萨克斯；我在听，在看。

屏幕上只有他一个，背景是海蓝色幕幔。而他，戴一顶黑色贝雷帽，帽檐斜佩一枚银色的锚形徽。白绸衣裤。上衣的领口、袖口、对襟和下摆，刺绣着图案简约又美观的红色宽边。漂亮。至于他的脸，那是一张典型的国字脸，五官分明，线条硬朗，委实够得上是一张相貌堂堂的脸。屈指算来，十年已经过去，当年他也该有六十余岁了。但若不是他的下巴蓄着一簇挺古典的、托洛茨基式的胡子，我竟不能立刻看出他已是一个老头儿。

倘若他穿着那么一身出现在街上，即使不是出现在街上，而是出现在公园里，出现于晨练的时光，看见的人们，十之七八大约是会议论他“老来俏”的——哪怕他正打着地道的太极拳或别的什么宗什么派的拳路，也还是难免会受到讥嘲吧？

但他可是在电视里呢。所以他那一套怎么看都不太像是演出服的衣裤，也就只有顺理成章地当成演出服来看待了。而若当成演出服来看待，任你是一个喜欢评头论足的人，你也不得不承认——儒雅。

儒雅归儒雅，那股子俏劲儿，却是儒不尽也雅不掉的。

显然，那正是他一心想要留给人的印象。

归根结底，无论谁的眼都能看得出一个老头儿人老心不老，胸怀里涨满着不泯的青春潮。

萨克斯曲，我是听过几次的，演奏者皆洋人。有两次是在国外的演出现场听到的；其余几次，只不过听的是碟。故我一向以为，洋乐器还是要由洋人来吹奏才够味儿。并认为，萨克斯是比小提琴、大提琴、钢琴和竖琴更洋的洋乐器。因为它看去未免太“机械化”了。

没想到一个中国人居然也能将萨克斯吹奏得那么好！而且是一个中国老头儿！

我两次在国外的演出现场所见的演奏者，一位是四十几岁的黑人，一位是三十几岁的白人。前者吹奏时，手中萨克斯根本无须吊带悬在颈上。后者用了，但吊带很窄，二指宽的黑色的皮质吊带而已。

电视里那中国老头的萨克斯的吊带，却有四指宽，还是一条锦而不艳的彩带。像他的服装，雅得可以，俏得也可以。

六十几岁的人了，身板笔直。他幅度有致地左右摇摆着身体，将一首萨克斯曲吹奏得行云流水，回肠荡气。

我一时看得发呆，听得发呆。虽外行之耳，却也敢料定那是专业的水平。而且是，很高的水平。

再者说了，水平不高，恐怕也没机会出现在电视里呀！——人家可一连吹奏了三首曲子啊！电视台正宗的音乐频道的时段，一般舍不得全让一个老头独揽了的。

等他从电视里消失了，我这厢仍听得意犹未尽，不禁脱口赞道：“好一个帅老头儿！”

仅那一次，他的形象，便深深地印在我的记忆之中了。

一年后某日，或许还是两年后某日，我到我们民盟北京市委去开会——发言稿居然忘在家里了。我低着头回忆写在发言稿上的内容，猛抬头时，见对面的一个人冲我微笑。

他是一位老同志，灰白的顶发已然稀疏。但鬓发边发还挺密，也挺长，一并向后梳拢过去，扎成一束，像女孩子们的马尾辫那样。自然，短是要短许多的。一双眼睛，目光闪闪，大而且眼神晶亮，看去精神矍铄，气色良好。那是夏季的事。他穿着一件短袖的半新不旧的浅色格子衫。事实上他坐在我对面的两排人之间并不显得多么特别，一般人也能看出他的职业大约与某类艺术有关。对于男人，不论年老抑或年轻，长发后束具有先锋艺术家的招牌意味。而坐在他左右两旁的又差不多都是搞艺术的。先锋的意味并不足以格外吸引我的眼球。

我盯住他，目不转睛地研究他的脸，乃因他脸上有着一种别样的表情。他显然是一个很不习惯开会的人，却又偏要做出一个经常出席各种会议的人的样子。他还似乎想要证明自己是一个老顽童，打算调皮捣蛋一下，以放松自己的神经，也娱乐别人一下；但又明知那不可取，于是和自己较劲儿地表现规矩。几乎每一所托儿所里都有几个那样的孩子——当有参观者们光临，只许他们小大人似的一个个端坐在小凳子上不许他们玩，或不许他们以自己喜欢的方式玩时，他们的状态往往是颇令人同情的。然而连这一点也不是我研究他的真正原因。我自己在某些会议场合的状态也同样是颇令人同情的，不但在开着会而又喜欢开会的功夫，那是一种挺高级的功夫。

我目不转睛地盯着他乃是因为我觉得我自己太熟悉他那一张老脸了，可一时又怎么也想不起来究竟在哪儿见过他。想不起来还偏不能停止地想。如同一个人一边行走一边数着一座摩天大楼的层数，一次次重数也数不清，于是干脆站住了数起来。

他发现我在盯着他看，一次次向我点头微笑，似乎终于忍无可忍，站起身来，大模大样地绕场半周，坐到我背后一排的一个空位置那儿去了……

终于挨到了自由发言的时候。没想到他还不甘寂寞，先声夺人地大发了一通言。我已记不得他究竟说了些什么话了，只记得众人一阵阵地笑。我们都知道的，某些很不习惯于开会的人一旦终于逮着了自由发言的机会，其率性道出的话语是我们爱听的。何况我们民盟北京市委一向鼓励和包容个性化的发言。

这老头儿发过言之后，我继着他的话题发了一通言，蓄意使气氛更活跃些。

那一次会在笑声中休息了十分钟。

不待我起身，一只手拍在我肩上。转身一看，是那老头儿。

他问："你相亲啊？"

我反问："我们在哪儿见过吗？"

他说："肯定没见过？"

我说："肯定没见过。"

旁边有人说："范圣琦。'老树皮'乐队吹萨克斯的！"

我不由得一拍双手："我在电视里见过你吹萨克斯！一流水平，大家风度！"

他哈哈一笑，自谦道："我是个老顽童，爱上镜！"

他的笑声很爽朗。

我说："能笑得这么响亮的中国老头儿不多呀！"

他又哈哈大笑道："承蒙夸奖！承蒙夸奖！"

旁边又有人说："整天吹萨克斯嘛，底气充沛。"

他郑重了，连说："对，对。我这一辈子，全仗着那么一口气了。"

我又说："十三亿多中国人中，能把萨克斯吹得像你那么好的老头儿，估计没几个。"

他却孩子般的腼腆了，又连说："我那是吹着玩儿，吹着玩儿。"

我说："陪我到院子里抽支烟。"

他就陪我到院子里去了。

在树荫底下，我又问："叫你老头儿不在意吧？"

他说："那在什么意啊，本来就是老头儿了嘛！"

我犹豫一下，忍不住再问："六十几？"

他说："虚岁六十八。年轻。"

我不禁大发感慨："老范，老范，你在电视里，那可是一个帅老头哇！最好平时也要保持那么一股帅劲儿！"

他嘴凑我耳，小声说："那当然！今天不是来开会嘛！平时我老范，出门就要求自己有回头率，少了心里还不舒服！”

我笑了，说：“支持。”

他问：“老弟似乎挺喜欢我这老头儿？”

我说：“是啊。想不到你老哥居然也是我们盟里的人。今天能见到你，我太高兴了。”

他又问：“真话？”

我说：“绝对。”

他睁大双眼把我看了几秒钟，更加郑重地问：“那你说我是帅老头儿？”

我奇怪，反问：“说你是帅老头儿不正是赞美你的话吗？”

“可别人都说我是酷老头儿！”

分明地，他有异议。

我说：“酷，那得形容小青年的。六十八了，就别酷了。帅就行了。”

“六十八怎么了？六十八就不该活得精神抖擞了吗？我要还是小青年，那就非酷个够不可！酷多上档次！帅，太腻歪人了。你是作家，你应该比我更明白帅和酷那是有很大区别的……”

“可酷，还多少有点儿另类的意味儿……”

“我很另类啊！老头儿就不许另类了？”

他跟我较真儿。

“依你，依你。”

我只得退让。

……

两年以后的某天，民盟中央办公室的同志打来电话，说澳门将举办纪念林则徐多少周年诞辰的活动，盟里的几位艺术家以民间人士的身份组团前往助兴，问我愿否参加。我考虑到要乘三个多小时的飞机，考虑到自己的颈椎病，有些犹豫。

“大家都希望你能一道去。特别是老范，他说都两年多没见到你了……”

“哪位老范？”

“范圣琦呀！”

“‘老树皮’乐队的酷老头？”

“对啊。”

我不再犹豫，当机立断：“去！”

可不，自从两年前相识，我和他就再没见过。两年间只通过一次电话，是我想请他到我们北京语言大学去进行一场他一个人的专场演出，他当时爽快地表态：“没问题！”

我说：“钱很少。”

他说：“不要钱。”

我说：“也别不要。一点儿不要，我过意不去。”

他说：“你是谁？我是谁？咱俩不是还有一层盟里的同志关系吗？何况是为了活跃大学里的文艺气氛，这是咱们民盟一向的社会义务之一啊，谈钱干什么呢？”

我说：“好，不谈钱了。那么你给我个底儿，你能吹奏多长时间？”

他反问：“你希望多长时间？”

我说：“一个小时短了点儿，一个半小时你顶得下来吗？”

他说：“没问题！”——稍停，补充道：“太没问题了！我自己有时吹着玩儿，还吹过一个多小时呢！”

那事，纯粹由于我这一方面的拖延，竟没操办成。然他当时的爽快，他的话，又给我留下很深的印象……

赴澳之日，在北京机场，我俩一见面，他打量我直摇头。

我问：“看我哪点不顺眼？”

他以批评的口吻说：“你穿得太不像样子了！”

我追问：“得像什么样子？”

他说：“咱们这是一个艺术家代表团哎！你怎么也应该穿出点儿派来嘛！”

那一天，他穿得很有派，头上又戴着那一顶招牌式的贝雷帽了。帽檐上照例佩着锚形徽，上身穿着一件褐色皮质夹克，再加上他那俄式的胡子，像一位着便服的老船长——酷！

我看着他刚欲评论，他抢先道：“想好了再说！”

我说：“你很酷。”

他高兴地笑了。我接着说：“等我到了你现在的年龄，也向你学习。”他又批评道：“错！大错特错！衣着能体现出一个人的生活热情。没有经济条件不必刻意追求。可你有经济条件！我们的作家你要与时俱进！干吗非等到了我这种年龄？我这只不过是随心所欲罢了……”

不待他说完，我已从他头上摘下了他的贝雷帽，戴在自己头上。

他笑道：“这种帽子太不适合你了，到了澳门我帮你选一顶帽子！”

我孤陋寡闻，直至那一天，还相信他只不过是一个业余的萨克斯吹奏者。

在澳门，有时间从容地交谈了，才了解到酷老头范圣琦和萨克斯的关系，实在是一言难尽的。

范圣琦祖籍山东黄县的某一个小村庄，乃范仲淹三子一系的第二十九代孙。他的爷爷是晚清秀才，废除科举以后，成为村里的私塾先生。他的大爷十四五岁就随人闯关东，在黑龙江富锦县首屈一指的皮货商栈里站柜台，凭着机灵好学，二十来岁便由小伙计出息成了一个经营管理型的人才，被东家派往到沈阳一个更大的皮货商栈独当一面，薪水颇丰。他的父亲，投奔他的大爷先到了沈阳，也当小店员。后来他的母亲带着他们四兄弟追随他的父亲到了东北，落脚哈尔滨，住在一位富有的亲姨姥姥家里。当年姨姥爷已经病故，给一个目不识丁的小脚老太太也就是他的姨姥姥，留下了在哈尔滨、青岛、上海的多处实业，洋蜡、洋皂、洋袜、洋服是它们供不应求的产品。那一年范圣琦六岁。地位上有点儿像大观园里的林黛玉。然而那么一种童年，却是亲情氤氲，其乐融融，无忧无虑，衣食富足的。这为他后来一生不泯的快乐性格奠定了成长基础。但是随着抗日战争的发生，姨姥姥那多家实业纷纷倒闭，童年的好时光也就开始现出危机来。在那一时期的某一天，姨姥姥带着他和他的二哥逛一家日本商店，一个十四岁一个十一岁的两个少年，被一排乐器柜台里的各种各样的洋乐器吸引住了目光。姨姥姥左催右催，兄弟俩竟不愿离开了。而那年头，姨姥姥家已只靠变卖家当维持生活了，遂叹曰：“等你们长大了给你们买。”

那本是一句大人敷衍小孩子的话。

然而冥冥之中，似乎有着一个主宰，偏要成全两少年的音乐梦想似的。

不久日本投降了。

又某日，范圣琦的二哥带着姨姥姥的一件貂皮大衣到当铺里去当，揣着为数并不太多的一笔钱回家时，在马路边上看到了有人在大声招徕着叫卖乐器……

往事如烟。

在澳门，由六十八岁而七十一岁的酷老头儿范圣琦讲到此处，仍不免神情激动。

他说：“那可都是精良的乐器啊！是不是我和我二哥在日本人开的大商店里看见的那些我不敢说，但却件件都是新的！便宜呀，等于白给似的！……”

二哥怎么能经得起那一种诱惑呢？手里拿着这个，眼睛还盯着那个。

结果他二哥不假思索地就花掉了当姨姥姥的皮衣所得的一半的钱，竟买下了三把提琴两管萨克斯——也带不走啊，只得雇上一辆人力车拉着自己也拉上乐器……

姨姥姥竟没责备他的二哥。那一件便宜的事情简直使对音乐一无所知的老太太没有了责备的理由。

范家四兄弟，也同样对音乐尚一无所知。

大哥已是一名专科学校里学科技的学生，没精力再染指乐器了。四弟还小，兴趣也不在乐器方面。于是，三把小提琴和两管萨克斯，成了二哥范圣莹和范圣琦终日爱不释手的东西。结果就“玩”出了以后中国交响乐团的首席小提琴家和中国铁路文工团半个世纪内无人可以取代的萨克斯演奏家。

范圣琦十一岁开始自学。说是自学，其实亦经名师指点。他的启蒙老师，乃是真正的音乐大师，当年流亡到哈尔滨的前俄国国家乐队的音乐家，俄国音乐史上赫赫有名的人物。故范圣琦有幸受过正宗的古典音乐演奏之法的熏陶。

他十四五岁以全国第一的名次考取了中央音乐学院管弦乐系；十八九岁毕业后分配到铁路文工团；后来又被团里派回哈尔滨市拜认俄籍名师学过一个阶段的双簧管；再回到团里，时逢一九五七年被打成“右派”，那一年他二十四岁……

我问：“你怎么也会被打成‘右派’？”

他哈哈大笑，反问：“这有什么奇怪的？我被打成‘右派’才一点儿也不奇怪呢！”

追诘缘由。

答曰：“还不是因为给领导提意见嘛！鼓励我提，我就提呗。一提，自然就成‘右派’啰！”

又问：“心理上受过很大的伤害吧？”

他说：“那倒没有。只不过是不服！把我打成‘右派’？我看你才是‘右派’呢！已经被宣布为‘右派’了，还敢和领导吵。我常去中南海演出啊，周总理都熟悉我了。如果再见不到我，他老人家会问：‘小范哪儿去了？怎么没来啊？’有一次我没去，周总理就这么问过，真的！”

“那领导就拿你这个‘右派’没辙了？”“那倒也不是。把我工资降了两级呀。由八十四元降到六十二元了。才过两年，又给我恢复到八十四元了。我这个人，只要不禁止我吹萨克斯，什么工资啦、级别啦、‘右派’不‘右派’的啦，不在乎。一拿起萨克斯，那就是满心怀的快乐。‘右派’经历，在我这儿没留下什么大感觉。”

我说：“那你可真是一个幸运的‘右派’。”

他一愣，沉思片刻，同意地说：“是啊，比起来，我范圣琦这个当年的‘右派’，太幸运了。”

……

酷老头爱听“段子”，自己也爱讲“段子”。什么“段子”都爱听，都爱讲。而且，尤其喜欢讲给我听。讲罢，还往往赞叹不已：“多生动啊，多鲜活啊。比你们作家笔下的语言如何？”

我自是每次听了都自愧弗如，甘拜下风的。我不上网，也没手机，自己的头脑里一个“段子”的储存也没有过。

团里的一位老大姐，每半开玩笑半认真地制止他：“老范，不许污染咱们晓声！”

他反驳道：“我这是熏陶！我问他，愿不愿意我这么熏陶他？”

我说：“愿意。”

于是同行诸人皆笑。

他嘴凑我耳，又悄悄地说：“记住，人不可以活得太素了。毫无半点儿荤味儿，那么一个人也就活得太没劲了。”

我装傻，求教：“怎么就太没劲了？”

他一本正经，诲人不倦地说：“人生终究是应该通趣的，那就活得太不通趣了呀！”

我大声说：“范老，拯救我。我要通趣，我要通趣！”

那一位大姐便双手一拍，叹道：“唉，眼睁睁被拖下水一个，这可如何是好！”

诸人又都开心地笑。

由于有他这一个成员，我们的澳门之行笑声不断。我则学作“捧哏”的，技非专业，尽力而为。车上车下，形迹匆匆，东离西往，观光亦累。倘哑团状态，闷煞人也。本非文谈雅论之刻，笑话且有适当分寸，娱人悦己，我能接受。

然拜会一刻，座谈时候，酷老头又是一番样子——落落大方，彬彬有礼，性格内束，神情庄重，特绅士。

我悄悄问：“怎么判若两人了？”

他便扯过我手，用手指在我手心写了一个字——“节”。

回到住地，问他那一个“节”字的深奥，答曰：“我这一生，所谓的经验，便是‘节’字而已。也可以说是我做人的原则——爱国，爱民族，爱民盟，此大节。大节方面，力求行得端，做得正。其他方面，是我的自由，皆小节。而小节，仅老伴儿有权限制我，属特权。那特权，别人我是绝对不给予的。我以大节的一贯，保障我行我素的自由。”

我沉思良久，说：“所见略同。”

及纪念典礼仪式揭幕后，酷老汉代表我等上台献艺。

临行，刮胡子，拢头发，正领带，擦皮鞋，旋转镜前，左照右照。

我说：“可以了呀。”

他说：“我一人上台，代表的是你们大家，马虎不得。”

一曲终了，掌声骤起。

于是又吹奏一曲。

那时刻，酷老汉在台上神采奕奕，出尽风头。

台下人士，交头接耳。

我听到一句话是——“真是味儿！”

也不知赞的是曲，还是他这个老头儿。一想到七十余岁的一个人了，居然还能经常魅力四射地活跃在大小舞台上，不禁心生几许醋意。又想到老头儿曾对我轻描淡写地说过：“今年开门红，前三个多月已挣了一辆奥迪。”

那醋意，越发不可收拾，遂成嫉妒。

……

如今，我与酷老头又两年没见了。

他已七十有三矣。

我又得知，我们民盟的几位大学校长、副校长，去年与台湾地区的大学校长们共聚某名山，纵论教育心得。酷老头与盟里的几位音乐、戏曲方面的艺术家，又结伴登山助兴，亦大受彼们欢迎，以至于活动结束时，有位台湾的大学校长夫人，带头唱起了《团结就是力量》……

噫兮！

一管乐器，竟使一个人的人生从少年至老年，那么充实，那么快乐，那么具有活力，这真是一件令别人称羡不已的事情啊！艺术不仅带给了许多艺术家以美好的满足，却也带给许多艺术家不幸与厄运。伟大如莫扎特者，尚且一生荣辱交织，伤痕累累。它带给范圣琦的，几乎尽是快乐！缪斯女神，未免太偏爱他了！他靠了他的萨克斯，活得自信无比，嘲笑做人之曲谨，张扬真性之疏狂。智利机巧，不屑一为，浮名纷争，视若烟云。一辈子只管从无厌时地吹他那一管萨克斯，直吹得黑发变白发，少年变老人，竟还在吹着！吹时那一种如醉如痴，似拥红颜新妇！直吹得越老越酷，越老越精神！

如此艺术人生，美哉！美哉！

世人，谁能不看着高兴呢？

（选自2006年梁晓声著《未死的沙威》）

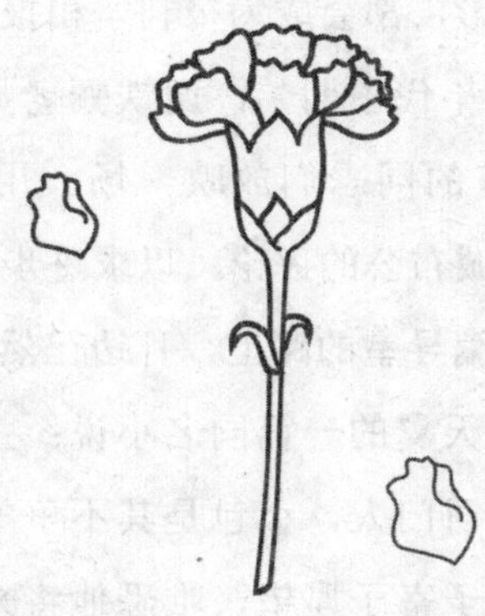

谢铁骊老师

一

我与谢铁骊老师之间的友谊，竟是由我对他的批判开始的。批判二字不带引号，自然意味着是真正的批判，而且是咄咄逼人，火力相当猛烈的批判。

但我批判的只不过是他的一部电影——《包氏父子》，并未见诸文字，可谓“口诛”。

事实上，在那之前，我对他是心怀敬仰的。因为他所执导的《早春二月》，是我喜欢的电影之一。作为北影编导室当年最年轻的编辑，他也是认得我的。受编导室领导的指示，我还曾到他家里汇报过什么事情。当年，在电影界有“南北二谢”之说：“南谢”指谢晋；“北谢”，即指谢铁骊老师。当年，他打算拍什么电影，都会成为报刊争相报道的新闻。

话说那一年（大约八十年代中期），谢铁骊老师完成《包氏父子》后，在北影小放映室专为编导室的同志们放映一场。用他的话说，是“艺术汇报”，“希望听到自家人开诚布公的评论，以求进步”。

灯亮后，掌声起。在回编导室的路上，耳边已然好评不绝。

《包氏父子》改编于张天翼的一篇同名小说：主人公为老包小包父子二人。老包是一大户人家的老司门人，小包是其不争气的儿子，龄在少年。小包的母亲死得早，老包对儿子寄予厚望，唯恐他将来如自己一样，成为人间一条没出息的“虫”。在他的逻辑中，别人家的儿子能成“龙”，自己的儿子何以不能？为了将儿子送入较好的学校，老包四处借债交学费，甚至抵押上了父子二人唯一可住的老屋……

影片的结尾是令人极为同情的——小包成为那样一所为富家子弟开办的学校的学生，非但对父亲毫不体恤、毫不感恩，反而沾染恶习，要求穿名牌，要求有充裕的零花钱，还吸烟饮酒，整天一门心思琢磨怎样获得暗恋的女生的青睐。终于有一天，小包因偷盗被警车载走，泪流满面的老包之绝望，语言文字难以形容……

电影是特别忠实于原著的。

谢铁骊老师为什么亲自改编张天翼的那一篇小说并执导为电影呢？

乃因，当年高考恢复没几年，大学成为一切望子成龙的家长们心目中唯一的“龙门”。某些家长，并非将大学视为知识的殿堂，而是视为造就“人上人”的殿堂。在他们看来，大学能如此这般，那么当然比任何殿堂更加神圣。

于是，在八十年代的中国，亦屡屡发生《包氏父子》之类的事情。谢铁骊老师不止一次从报上读到了相关报道，以电影警示现实的艺术冲动油然产生。

公平而论，那样的一部电影，即使在今天，亦具有现实意义。

讨论会气氛热烈，人人发言踊跃，无论从艺术水平还是现实意义方面，充分肯定的意见都是一边倒的。

只有我没发言了。作为编导室最年轻的剧本编辑，我的发言也往往是人们期待听到的，正如今天人们对某些“80后”的声音所持的态度。即使听了大不以为然，毕竟也还是想听听。况且，当时的我，同时也是三次获全国中短篇小说奖的青年作家了。

“这是一部在社会认识价值方面只能给予最低分的电影！”

我话出口，语惊四座。

责任编辑陈瑞琴大姐，坐我正对面。她和她的先生——电影学院著名的电影理论教授余倩先生，与我关系友好。

我的话令陈瑞琴大姐极度惊愕。

接着我引用鲁迅先生对张天翼小说的一种评价。鲁迅说（大约是对萧伯纳说的），张天翼一向执着于反映中国底层人们的命运，这在当时的中国文坛是难能可贵的。但是，张氏对底层人物的描写，却每每讽刺挖苦有余，缺乏体恤与同情的温度。有时其对小人物的批判，“几近于作践”。而《包氏父子》，恰恰证明鲁迅对张天翼小说的善意的批评言之有理；而电影《包氏父子》，恰恰又形象化地放大了张氏小说的缺点……

其实今天看来，窃以为，鲁迅对张天翼小说的批评，我们借以来评价他自己的某些小说，似乎也无不当之处。而且，当年的我，并不曾核实鲁迅那话的出处，只不过从某本书中偶然读到了不带引号的一段话而已。鲁迅究竟那么说过没有，在我这儿明明是存疑的。但会议中，意在拉大旗，做虎皮，当成轰向著名导演的重磅炮弹。是耶否耶，也就不管那么多了。

接着，我又从社会公平的角度进一步批判《包氏父子》缺乏深度——贫富悬殊导致优良的教育资源被少数富人阶级占据，而这进一步导致社会人口素质的两极分化，于是富者可持续地富，贫者代代贫。电影批判的重点，应针对社会不公平现象，而非老包那么一个可怜兮兮的底层小人物。老包的悲剧，归根结底，是社会巨大影响力之下的悲剧一种，正如苔丝的悲剧、于连的悲剧折射的社会问题……

如果我是心平气和地谈出我的看法，那么再正常也不过。但我几乎声色俱厉，还拍了几次桌子。

讨论会在凝重的气氛中结束。

之后我懊悔不已，因为谢铁骊老师毕竟是我所尊敬的前辈。以后，我若在厂内望见谢铁骊的身影，绕道避行。心有所虑，怕迎面相遇。

某日，我又绕过他的身影，正低头走着，听到有人叫“小梁”——抬头，竟是他。不知他何时走到我跟前的。

我尴尬。

他和气，说："你对《包氏父子》的看法，别人转告给我了。"

我暗想，那是必然的呀。嘴上却说："我年轻，乱放炮……"

他微笑。那一种多少有些狡黠意味的笑，分明在暗示我——少跟我来这套！是不是你心里话，我听得出来的。

我尴尬之甚，又违心地说："谢老师千万别拿我的话当真。我那天的发言太情绪化了，请您多多原谅。"

不料他说："年轻人发言，没点情绪色彩，那还像年轻人？你的看法有一定道理。"

我说："您真这么认为？"

他说："某些人间悲剧，肯定是社会问题导致的，但绝不能说全是。人自身的思想意识，往往也成为导致悲剧结果的原因。某些文学作品揭示悲剧的社会外因，固然应予肯定。而某些文学作品揭示悲剧的主观内因，也不应大加排斥是不是？这是我对《包氏父子》这一篇小说与你不同的看法。至于《包氏父子》这一部电影，我自认为不像你说的那么糟吧？起码两位演员的表演还是到位的吧？"

我说："是啊，是啊。"

他又笑，还是笑得有些狡黠。

这时又走来北影的另一位大导演，插话与他交谈起某事来，我借机溜走。刚走几步，听到他在背后大声说："小梁，以后不许躲我啊，我是愿意和你们年轻人交朋友的嘛！"

从此，我对他不再敬而远之，我们的关系渐渐友好起来。但怎么一来，竟友好到了彼此一见就都心里高兴、喜笑颜开的程度，我却完全回忆不起来了。

两年后听说，他打算将张平的小说《天网》执导为电影，并一如既往地亲自改编剧本。

《天网》当年争议颇大，似乎还牵扯到了什么名誉权之类的官司。而谢铁骊那时身为全国人大常委会委员，于是厂里厂外，界内界外，有不少好心人劝他三思而行。他们的思想方法是——你谢导在北影享有拍摄特权，得心应手地拍题材保险的电影不是很好嘛，干吗也非要蹚“雷区”呢？

我给他打了一次电话，表达热烈的支持。

电话那端，他呵呵笑出了声，欣慰地说：“和年轻人交朋友，就是有益无害嘛！”

我说：“那也得分什么样的年轻人吧？”

他说：“那是那是，得您这样的。”

他将“您”字，说出了强调的重音。

我也不由得笑出了声……

我是那一届华表奖的评奖委员会成员。先前听说，某些人士对电影《天网》极不以为然，从政治上不喜欢。我便力挺《天网》，认为《天网》理应获得华表奖。

恰巧中央电视台记者采访评奖情况，我对着镜头振振有词：“华表奖是政府奖。政府奖的宗旨应是人民电影奖。人民电影奖当具有人民性。什么是电影的人民性？歌颂现实中人民所拥护的好人好事，是谓人民性。批判现实中人民所反对的人和事，也是电影人民性的另一方面。谢铁骊导演以真诚的现实主义艺术情怀，拍了一部体现另一方面人民性的电影，难能可贵。因为体现另一方面人民性的电影太少太少……”

我不知后来中央电视台对我的采访播出了没有，但我关于华表奖的那些话，当年却在京城电影界很是流行了一阵子。

我再见到谢铁骊老师时，又是在北影院内的路上，当时他身旁围着些记者。我欲绕行，他又叫住了我。

我只得走过去。

他说：“关于电影的人民性，你对他们讲讲。”

我红了脸说：“采访的明明是你，我讲什么呀？”

“版权属于你嘛。没碰到你，另当别论。既然你在这儿了，我不能不尊重版权所属人啊，是吧？你说你说，你说的是原版。”又问记者们：“你们是不是想听原版的？”

我所熟悉的那一种狡黠的微笑，就又浮在他那永远给人以亲切印象的脸上。

我只得说。

当我们离开记者，并肩走着时，他说：“有人觉得你是我的死党。”

我说：“是吗？”

他说：“咱们为了避嫌，要不你以后发现我，还是绕道走？”

我一时不知说什么好。

他又说：“如果那对你是件困难的事儿，我以后绕着你走也行。”

我说：“我又没犯什么错误！”

他说：“现在是没有，谁知我以后怎么样啊！中国人活得都挺不容易，犯个把次错误很容易。”

我不由得驻足看他，却见他满脸灿烂的笑容，笑得孩子般无邪，这才明白他是在一路打趣……

九十年代初，中国电影家协会组成电影代表团出访日本，成员名单上有我。我那年已调至中国儿童电影制片厂，因老父亲病故，长久难以从悲痛中自拔，决定不去。

影协方面又打电话来说：“谢铁骊同志是团长，他很希望你去。”

我立刻说：“那我去。”

二

我是个喜欢开玩笑的人。在我看来，谢铁骊老师基本上是个不苟言笑的人，只偶尔幽默一下罢了。那次访日，完全改变了我对他的看法，原来他竟是一个连骨头里都可能积淀着幽默的人。简直可以这样说，没领略过谢氏之风趣的人，就等于根本没有真正认识他。

在机场，相见后，他提醒地问：“你的包呢？”

他知我记性差，怕我丢了包，足见他这位团长，当起来也像当导演一样细心的。我左手拎一纸袋，右手拎一纸袋，答曰："就这些。"

"就……这些？……"他一脸讶然，绕我三匝，站我对面，上下打量我。

我穿一双旧皮鞋，鞋帮有皮补丁，却赤着脚；裤子洗过几遭，缩水了，露踝。

他又说："脚脖子还挺白。"

我说："男人对男人，不欣赏脚。"

他说："别自作多情，我怎么那么爱欣赏你？我是以团长的身份，对你表示不满。上身西服，不扎领带，却扣着衬衣领扣！脚穿皮鞋，还不穿袜子。明明出国嘛，竟不带包，拎两纸袋儿！你对我当团长有意见？"

我说："没有呀。"

他说："那你这么出中国电影家代表团的洋相？我们几个，知你是代表团成员；到了日本，警惕性高的日本警察，兴许觉得你是个可疑的中国人！"转身问其他成员："对不对？"

大家就都说："对！团长说得太对了！"

"日本刚发生地铁投毒事件，团长，他这样子跟咱们出国，有你操心的！"

他就叹曰："唉，我谢铁骊的命啊！"

大家皆笑。

还不到办手续的时间，周围又没地方可坐，干站着多没意思，他就指着我拎的一只纸袋儿，继续拿我开心："这只纸袋儿还印满了小红心，不够一百个，也有八九十个！原来装着某女士送给你的东西吧？"

我说："不是中国心，是日本心，一位日本女性来北京，到我家访问过我。这是一只日本礼品袋。"

他又转身对大家说："都听到了吧？他如果在日本出什么绯闻，那是和我这团长没什么关系的！日本礼品袋儿肯定不仅这一种带这么多小红心的，人家偏偏选择这一种袋子，意味深长嘛！"

我装无邪，成心诱他调侃，清白无辜地说：“人家年龄比我大。”

他说：“那更复杂了！都作证啊，我没登机就开始操心了，我可是有责任感的团长！”

大家就又笑。

每听北影人说——别看谢铁骊表面庄庄重重，其实性格上有极可爱的一面。闻言，一向半信半疑。那日，始信也。终于明白我们以前接触时，常浮现在他脸上的那一种狡黠的笑，不是什么“狡黠”，是骨头里的幽默分泌到脸上的结果。

大家不忍让我们可敬可爱的六十多岁的团长一直陪我们站着，都催他先过“绿色通道”，到贵宾室去坐等。

他说：“那哪有和大家在一起愉快啊！”

有人推之，方从众愿。走了几步，反身回到大家跟前，俨然说：“本团长要求有个拎包的，大家看谁像拎包的？”

都看看我说：“他像。”

我知他是嫌闷，欣然从去。

在贵宾室，我们聊起了中国电影，谢铁骊于是判若两人，不无悒色地说：“中国电影，以后面临的考验将更巨大，好比某寓言中的驴子，在意识形态的要求和市场的要求之间，肯定将熬一个疲于奔命的阶段。”

我问：“您对未来的中国电影有什么看法？”

他说：“那要看中国电影培养什么样的中国观众了。我们现在有些业内人士的思维逻辑是——商业片是拍给大多数人看的，文艺片是拍给很少一部分人看的。如此逻辑，将导致中国文艺片观众越来越少。其实，正常的情况应该是，电影将大多数人培养成像喜欢看商业片一样喜欢看文艺片的人。也就是培养成喜欢看电影的人而不是一味朝仅仅喜欢看娱乐电影的方面去吸引。一个国家有多少喜欢看电影的人和有多少仅仅喜欢看娱乐电影的人，这两种情况，对于一个国家的电影业的繁荣发展，那差别可就大了……”

说那些话时的谢铁骊，不再是从骨头里往外分泌幽默的谢铁骊，而是从骨头里往外分泌忧患意识的谢铁骊。

他看一眼手表，忽然说：“才八九个人的一个团，咱俩别太特殊，还是去找大家吧。团长应该时时刻刻和大家在一起。”

见了大家，他一本正经地问秘书长：“哎，请示一下，我这团长，可不可以封一个副团长呀？”

秘书长说：“请示什么呀，我们都听你的啊！”

他看看我说：“那我封晓声为副团长。他自由散漫，给他个副团长当当，他会对自己有点儿要求，我不也少操不少心？”

结果大家都争相说自己也有这样那样的缺点，为了对自己有点儿要求，也都讨封。

他说：“都别急都别急，晓声他对内是副团长，对外我得介绍他是我拎包的。咱们这一趟，场面上说话的事，肯定都是我的事儿。我还需要个场面代言人，谁先实习实习？”

大家一时又都摇头，摆手，躲一边去，唯恐被他的目光锁定。

……

到达日本，迎接的友人中，有在北京访问过我的那一位彼国女士，五十余岁的汉语言学家。她的目光一落在我拎的那只印着八九十个小红心的纸袋儿上，就仿佛被黏住了。

谢铁骊朝我挤眼睛，其他成员忍笑。我说：“您如果看着眼熟那就对了，这正是一年半以前，您到北京访问我时，装礼物的那只纸袋。”

她说：“我看出来了，看出来了！”

谢铁骊听她中国话流利，以团长的身份煞有介事地替我解释：“我们中国人，在礼尚往来方面，民间有规矩。礼物留下了，包袱皮儿那是一定要还的。”

她说：“你保留了一年半，就是为了有机会到日本来，当面还我？”

我能怎么说？

只得顺水推舟：“正是。”

她大受感动，连说：“太使我意外了，太使我意外了！”

别的日本人亦皆肃然。那会儿，我想，我在他们心目中，肯定确立了一个礼数周到的中国人的形象无疑。

上车时，我和谢铁骊并坐。

他悄说：“记着到了住地就还给人家啊！”

我说：“那我里边的东西往哪儿装？”

他说：“你还想拎回国去呀？你做出点儿个人牺牲，服从大局吧！”

……

先是，在国内时，某次电影现状研讨会上，有位第五代导演，谈到谢氏电影时，称之为“小谢”，自然满堂灿笑，唯谢铁骊未笑，认真聆听，仿佛便是“小谢”了。

那位仁兄姓滕，名文骥，亦谢铁骊忘年交。

轮到“小谢”发言，表情、语调，谦恭如第六代导演，甚至是第七代第八代导演。

他说：“承蒙滕老奉承了我几句，惭愧得很，不敢当‘成就’二字。腾老谦虚，说他是‘看着我的电影长大的’。而我呢，是看着滕老们的电影继续长大的……”

包括赵实部长在内，无不笑出声来……

到日本的第二天，我不知怎么，对谢铁骊老师也脱口叫出了“小谢”。

全团笑过，都道，叫团长“小谢”，实在是太亲切的叫法了。

他说：“那也得经我团长同意吧？”

大家说：“代表团在国外，凡事尤其要讲民主，我们是多数，您一个人是绝对少数。叫您‘小谢’是我们一致主张，您要少数服从多数。”

他说：“那，我只有——称你们某‘老’或某老师啰？”

异口同声曰：“要得。”

团内叶大鹰年龄最小，“小谢”问之：“以后我称您叶老师，不会有不自在的感觉吧？”

大鹰立即回答："感觉好极了！"

自此，"谢老师"之称废除，便一律叫他"小谢"了。剑雨兄一时改不过口，每遭大家批评。

而"小谢"，自然是要称我"梁老"的。

有次，在地铁站口，一位新派的日本带队小姐，手持团员名单点名，罢，不安地问："怎么少一个人？"

都说不少啊。

问："你们在客车上总叫的那位'小谢'呢？"

大家忍俊不禁……

还有一次，与日方中日友好人士座谈，对方代表做了较长时间发言，"小谢"发言时，显然是出于礼貌，也说了十几分钟。

在回宾馆的车上，他问大家："我讲话时，感觉你们听得挺不耐烦。"

异口同声："对。"

又问："嫌我说得长了？"

还是异口同声："是。"

"那，诸位老师批准我以后讲几分钟？"

七嘴八舌之后，统一为五分钟以内。

当晚，是联谊性质的活动，"小谢"团长发言时，从腕上捋下手表，放于桌面，情绪饱满地侃侃而谈，还引用古诗句。团员中有人交头接耳，暗暗计时。

一回住地，大家齐聚他的房间，都道是"小谢"该表扬，因为他的发言仅四分半。

团员中女编剧王浙滨，一本正经地点评："多精彩的发言啊，多一字嫌多，少一字嫌少，我们严格要求您还是对的吧？水平一下子就上去了！"

他也不免得意起来，说："承蒙各位老师培养，小小的进步，有你们的一半功劳，也有我自己的一半功劳嘛。"

叶大鹰坏笑道："高水平都是逼出来的，咱们再将'小谢'的发言减少一两分钟怎么样？”

大家很人道，说那对团长的要求太过苛刻了，凡事不能过。但表扬也不能白表扬，团长得对表扬意思意思。

结果，是“小谢”请我们去吃顿夜宵……

回国前一天，有半天逛超市购物的时间，团长要求大家都得去，不准任何人的假。他那话是冲我说的。还说，不在日本多少消费点儿，怎能对得住主人们连日来热情周到的安排？

那是一家半大不小的超市，满眼都是写有“一百元货”“四十元货”的纸条。货物也自然是小东西。但大家到那种地方去，正是都要买些新颖别致的、有纪念意义的小东西。

那些东西对我没什么吸引力，我闪于一旁呆看而已。

“小谢”却不容我置之度外，一会儿在某货架后轻轻唤我：“晓声，过来，看看这儿有你喜欢的没有？”

一会儿悄没声地突然冒出在我跟前，也不言语，拉着我手就往某处货架那儿领……

我说：“我其实根本没打算在日本买任何东西。”

他急了：“你怎么可以这样？你怎么可以这样？这样是不对的，我坚决抗议！”

我说：“我也根本没带日元。”

他立刻说：“我有，我有，足够你花的，你说你要多少吧！”

那时的“小谢”，像是那一家日本超市雇的导购员、推销员或业务总管，而且，是王牌的。一会儿帮这个拿不定主意买什么的人做出决定，一会儿怂恿那个买下他认为绝对值得买、不买就是大傻瓜的东西，不亦乐乎。

有成员问他：“那您呢？”他先人后己地说：“我不急我不急，我是团长嘛，得先让你们都买到中意的东西！”

我在他的强烈要求下，终于由他垫付了几十日元，买了几样他替我决定的小物件。

在车上，大家一个个心满意足、大有所获的样子，还唱歌。

我照例与谢铁骊老师坐一起，问他："您是不是觉得很有成就感啊？"

他说："当然，那当然！"

我说："普遍而言，男人是不愿逛商场买东西的。"

他说："那是不愿体验生活乐趣的男人。"

我说："那是女人们的生活乐趣。"

他说："男人的一半是女人，所以女人的生活乐趣，也应该是男人的另一半生活乐趣。不经常体验体验，就不够理解女人。连对女人都缺乏理解，怎么谈得上较全面地理解生活？"

我说："那您经常逛商场买东西吗？"

他说："那可能吗？根本不可能啊！所以只要有机会，就该像女人那样逛商场。多好玩啊！"

……

七天转眼过去。

当我们走出北京机场，望着谢铁骊老师，即将分手各奔东西时，我看出每一个人都有些与他依依不舍了。

他说："诸位老师，以后还愿意和我出国吗？"

异口同声："愿意！"

叶大鹰补充了一句："以后要不是谢老师带队，那咱们谁还出国啊？！"

他笑道："大鹰这话的意思好像是，把以后率你们出国当成任务压给我了。"

王浙滨的眼立刻一亮："再什么时候？"

……

几个月后，忘了因为什么事儿，我去过铁骊老师家一次。那时，他的家早已搬至木樨地了。其实也没什么非去不可的事，大约仅仅是由于想他了，找个借口见他一面吧。

他摆出了好烟，沏上了好茶，和他的夫人共同陪我聊天。他夫人也是北影人，也和他一样待人亲切，虽然和他交谈的场景不同了，我亦不觉拘束。究竟聊了些什么，却早忘了，左不过就是电影话题夹杂着生活话题罢了。

唯一给我留下深刻印象的，是沙发上的一本书——《茨威格小说集》。

我不由得问："您还喜欢读外国小说？"

他说："是啊。中国的文学和电影，一向是三维视角——政治的，民生的，综合成故事的。西方是四维的。"

我说："多那一维是心理的。"

他说："对。"

我说："中国心理小说也将涌现了。"

他说："不知什么时候，中国会有心理电影。"他想了想，说："心理现实主义，中国也需要那样的电影。我是肯定没机会拍那样的电影了。"

前辈脸上，显出了心有不甘、心有郁闷的表情。一小时后，他的侄子回来了。那是个面容清秀、身材颀长的青年。前辈向我介绍，侄子是研究佛学的，而且是硕士，同时是居士，在京工作，住他家里，已编辑出版过几部介绍佛学故事的书籍。

居士问我对佛教是否感兴趣？

我就回答了我对佛教的认识，局限于文化层面的理解而已。

于是其侄请我到他的小房间，向我介绍几类佛教知识方面的书，同时赠我几本。结果，一聊起来，竟忘了真正的主人夫妇了。

快中午时，我离开居士的小房间，见谢老师夫妇，双双坐在沙发上候着我的出现呢。

我不禁脸红。谢老师说没什么，说自己难成侄儿的知音，侄儿遇到一个有些共同语言的，可以理解。

他们夫妇要留我用餐，我执意告辞了。

铁骊老师送我下楼，在电梯里说："我是无神论者，侄子是虔诚的有神论者，还住在我这儿，朝夕相处，也是和谐共处，谁也不企图影响谁，不争论，不对立，彼此尊重对方的信仰，有意思吧？"

我说："不仅有意思，还耐人寻思。"

他说："文化之事，最应该讲共同存在的原则。文化观点的誓不两立，其实是不可取的立场。军事上，一个师团消灭另一个师团往往是容易的。文化上，企图用一种抵消另一种那就是文化专制主义了。文化消亡的现象，更多时候是自然而然的现象……"

我说我同意他的看法……

自那以后，我竟再也没见过谢铁骊老师。屈指算来，不通音讯十几年矣。

每想念。

再屈指一算，谢铁骊老师已是年过八十的人了。

谢铁骊，一位一生喜欢读书的中国电影导演，也是一位名著改编情结很深的电影导演；同时是一个从不端艺术架子，高兴与年轻人打成一片的人；一个平易近人的，幽默风趣，在人际关系中反对斗争哲学、主张和谐相处的人；一个在年轻人心目中具有魅力的，不仅可敬而且特别可爱的人。

大约，他一生中只有一次是与人斗争过的，便是在"文革"时期，和"四人帮"们……

（选自2009年第1期《都市美文》）

淡淡的友情

实在地说，此集之出版，不由我不对阎纯德教授心怀感激。

算来，我们相识已二十五六年了。一九八六年，我随林斤澜、柳溪两位作家访问法国，恰值纯德教授作为公派学者也在那里进行文化交流。当时他在著名的普罗旺斯大学（马赛第一大学）中文系执教，我们到南法访问时，他专程到住处看望我们。他想得很周到，赠我们每人一部相册，至今，我在法国的留影，仍保存在那一部相册中。当年他四十多岁，风度翩翩，儒雅斯文，就职于北京语言大学。他是中国女性文学的先驱学者。

二〇〇二年，我调至北京语言大学，于是我们成为同事，仿佛是一种缘分注定。然而，他住校内，我住校外，平时接触不多。常言道，光阴似箭，如今他已退休，我虽然还带着几届数名研究生，但实际上也过了退休年龄，正盼着允许早日退休。

退休后的纯德教授依然忙碌，领衔编辑这套散文随笔集，只不过是他今年里的成果之一。当他对我说也希望收入我的一部散文集时，我岂能不欣然从命？但我当时陷入电视剧《返城年代》的倒计时创作，又哪里有暇顾及呢？只不过将一大捆散文书稿及散章拎给他，请他与编辑商议，确定内容，代我鉴选。

故又实在地说，此时我还不知道我这一本散文集的集名以及具体内容——然这并不意味着我对读者无责任心。恰恰相反，以往的情况告诉我，凡我自己选编的集子，往往不如极具编辑经验和水平的别人代我选编的集子更受读者欢迎。因为由自己来选编，难免敝帚自珍，自以为是。换了别人的眼光来看待，则必是另一番标准。何况纯德教授不是一般的别人，而是评论家兼散文家。

所以，不论此集最终定名为哪几个字，我这上篇自序，确实发乎诚心的。虽然，我们的友情淡如水，它可是我格外珍惜的友情。我能想象得到他及编辑为选编好我这一本集子，付出了多少时间和多大的精力。

再次深深地感谢！我的感谢不仅对阎纯德教授而言，也同时是对本书的编辑的表达。

最后我想说的是——我的阅读感受和写作心得使我认为——杂文与人的关系如同严父与诤友，警告我们断不可怎样；而散文与人的关系，则如同慈母与红颜知己。“慈母”教我们领会真与善的人性要义，“红颜知己”影响我们从真与善中发现美。

爱默生说——文学及艺术的最终目的是使人并使人类社会变得良好起来。

我深以为然，遂作为写作信条。

二〇一一年十月三十一日于北京

（选自2012年梁晓声著《倘我为马》）

一个加班青年的明天

我因为要写一份关于中国《劳动法》在现实生活中被遵守情况的调研报告，结识了某些在公司上班的青年——有国企公司的，有民营公司的；有大公司的，有小公司的。

张宏是一家较大民营公司的员工，项目开发部小组长。男，27岁，还没对象，外省人，毕业于北京某大学，专业是三维设计。毕业后留京，加入了“三无”大军——无户口，无亲戚，无稳定住处。已“跳槽”三次，在目前的公司一年多了，工资涨到了一万三千元。

他在北京郊区与另外两名“三无”青年合租一套小三居室，每人住一间屋，共用十余平方米的客厅，各交一千元月租。他每天七点必须准时离开住处，骑十几分钟共享单车至地铁站，在地铁内倒一次车，进城后再骑二十几分钟共享单车。如果顺利，九点前能赶到公司，刷上卡。公司明文规定，迟到一分钟也算迟到。迟到就要扣奖金，打卡机六亲不认。他说自从到这家公司后，从没迟到过，能当上小组长，除了专业能力强，与从不迟到不无关系。公司为了扩大业务范围和知名度，经常搞文化公益讲座——他联络和协调能力也较强，一搞活动，就被借到活动组了。也因此，我认识了他。他也就经常成为我调研的采访对象，回答我的问题。

我曾问他对现在的工作满意不满意。他说挺知足。

每月能攒下多少钱？

他如实告诉我——父母身体不好，都没到外地打工，在家中务农，土地少，辛苦一年挣不下几多钱。父母还经常生病，如果他不每月往家寄钱，父母就会因钱犯愁。说妹妹在读高中，明年该考大学了，他得为妹妹准备一笔学费。说一万三千元的工资，去掉房租，扣除“双险”，税后剩七千多元了。自己省着花，每月的生活费也要一千多元。按月往家里寄两千元，想存点钱，那也不多了。

我很困惑，问他是否打算在北京买房子。他苦笑，说怎么敢有那种想法。

问他希望找到什么样的对象。他又苦笑，说像他这样的，哪个姑娘肯嫁给他呢？

我说：“你形象不错，收入挺高，愿意嫁给你的姑娘肯定不少啊。”他说：“您别安慰我了，一无所有，每月才能攒下三四千元，想在北京找到对象是很难的。”发了会儿呆，又说：“如果回到本省，估计找对象会容易些。”

我说：“那就考虑回到本省嘛，何必非漂在北京呢？终身大事早点定下来，父母不就早点省心了吗？”

他长叹一声，说不是没考虑过。但若回到本省，不管找到的是什么样的工作，工资肯定少一多半。而目前的情况是，他的工资是全家四口的主要收入。父母供他上完大学不容易，他有责任回报家庭。说为了父母和妹妹，个人问题只能先放一边。沉默片刻，主动又说：“看出您刚才的不解了，别以为我花钱大手大脚的，不是那样。我们的工资分两部分，有一部分是绩效工资，年终才发。发多发少，要看加班表现。”他说为了获得全额绩效工资，他每年都加班二百多天，往往双休日也自觉加班。一加班，家在北京市区的同事回到家会早点，像他这样住在郊区的，十一点能回到家就算早了。说全公司还是外地同事多，都希望能在年终拿到全额的绩效工资，无形中就比着加班了，而这正是公司头头们乐见的。他是小组长，更得带头加班。加不加班不只是个人之事，也是全组、全部门的事。哪个组、哪个部门加班的人少、时间短，全组全部门同事的绩效工资都受影响。拖了大家后腿的人，必定受到集体抱怨。对谁的抱怨强烈了，谁不就没法在公司干下去了吗？

我又困惑了，说加班之事，应以自愿为原则呀。情况特殊，赶任务，偶尔加班不该计较。经常加班，不成了变相延长工时吗？违反《劳动法》啊！

他再次苦笑，说也不能以违反《劳动法》而论，谁都与公司签了合同的。在合同中，绩效工资的文字体现是“年终奖金”。你平时不积极加班，为什么年终非发给你奖金呢？

见我仍不解，他继续说，有些事，不能太较真儿的。公企也罢，私企也罢，全中国，不加班的公司太少了。那样的公司，也不是一般人进得去的呀！

交谈是在我家进行的——他代表公司请我到某大学做两场讲座，而那向来是我甚不情愿的。65岁以后的我，越来越喜欢独处。不论讲什么，总之是要做准备的，颇费心思。

见我犹豫不决，他赶紧改口说：“讲一次也行。关于文学的，或关于文化的，随便您讲什么，题目您定。”

我也立刻表态：“那就只讲一次。”

我之所以违心地答应，完全是由于实在不忍心当面拒绝他。我明白，如果我偏不承诺，他很难向公司交差。

后来我俩开始短信沟通，确定具体时间、讲座内容、接送方式等等。也正是在短信中，我开始称他“宏”，而非“小张”。

我最后给他发的短信是——不必接送，我家离那所大学近，自己打的去回即可。

他回的短信是——绝对不行，明天晚上我准时在您家楼下等。

我拨通他的手机，坚决而大声地说：“根本没必要！此事我做主，必须听我的。如果明天你出现在我面前了，我会生气的。”

他那头小声说：“老师别急，我听您的，听您的。”

“你在哪儿呢？”

“在公司，加班。”那时九点多了。

我也小声说：“明天不是晚上八点讲座吗？那么你七点下班，就说接我到大学去，但要直接回家，听明白了？”

“明白，谢谢老师关怀。”

结束通话，我陷入了良久的郁闷，一个问号在心头总是挥之不去——中国广大的年轻人如果不这么上班，梦想难道就实现不了啦？

第二天晚上七点，宏还是出现在我面前了。

坐进他车里后，因为他不听我的话，我很不开心，一言不发。

他说：“您不是告诉过我，您是个落伍的人吗？今天晚上多冷啊，万一您在马路边站了很久也拦不到车呢？我不来接您，不是照例得加班吗？”

他的话不是没道理，我不给他脸色看了。

我说：“送我到学校后，你回家。难得能早下班一次，干吗不？”

他说：“行。”

我说：“向我保证。”

他说：“我保证。”

我按规定结束了一个半小时的讲座，之后是半小时互动。互动超时了，十点二十才作罢。有些学子要签书，我离开会场时超过十点四十了。

宏没回家。他已约到了一辆车，在会场台阶上等我。

在车里，他说：“这地方很难打到车的，如果您是我，您能不等吗？”

我说：“我没生气。”沉默会儿，又说：“我很感动。”

车到我家楼前时，十一点多了。

我很想说：“宏，今晚住我家吧。”却没那么说。肯定，说了也白说。

我躺在床上后，忽然想起——明天上午有人要来取走调研，可有几个问题我还不太清楚，纸上空着行呢，忍不住拿起手机，打算与宏通话。刚拿起，又放下了。估计他还没到家，不忍心向他发问。

第二天上午九点左右，没忍住，拨通了宏的手机。不料宏已在火车上。

“你怎么会在列车上？”我大为诧异。

他说昨天回住处的路上，部门的一位头头通告他，必须在今天早上七点赶到列车站，陪头头到东北某市去洽谈业务。因为要现买票，所以得早去。

我说：“你没跟头头讲，你昨天半夜才到家吗？”

他小声说："老师，不能那么讲的。是公司的临时决定，让我陪着，也是对我的倚重啊。"

他问我有什么"指示"，我说没什么事，只不过昨天见他一脸疲惫，担心他累病了。

他说不会的，自己年轻，再累，只要能好好睡一觉，精力就会恢复的。

又一个明天，晚上十点来钟，他很抱歉地与我通话——请求我，千万不要以他为例，将他告诉我的一些情况写入我的调研报告。

"如果别人猜到了你举的例子是我，那不是非但在这家公司没法工作下去了，以后肯定连找工作都难了……老师，我从没挣到过一万三千多元，虽然包含绩效工资和'双险'，虽然是税前，但我的工资对全家也万分重要啊！"

我说："理解，调研报告还在我手里。"

我问他在哪儿，干什么呢。他说在宾馆房间，得整理出一份关于白天洽谈情况的材料，明天一早发回公司。

这一天的明天，又是晚上十点来钟，接到了他的一条短信——梁老师，学校根据你的讲座录音打出了一份文稿，传给了我，请将您的邮箱发给我，我初步顺一顺再传给您。他们的校网站要用，希望您同意。

我没邮箱，将儿子的邮箱发给了他，并附了一句话——你别管了，直接传给我吧。

第二天上午十点多钟，再次收到宏的短信——梁老师，我一到东北就感冒了，昨天夜里发高烧。您的讲座文稿我没顺完，传给公司的一名同事了。她会代我顺完，送您家去，请您过目。您在短信中叫我"宏"，我很开心。您对我的短信称呼，使我觉得自己的名字特有诗意，因而也觉得生活多了种诗意，宏谢谢您了。

我除了回复短信嘱他多多保重，再就词穷了。

几天后，我家来了一位姑娘，是宏的同事，送来我的讲座文稿。因为校方催得急，我在改，她在等。我见她一脸倦容，随口问："没睡好？"

她窘笑道："昨晚加班，到家快十二点了。"

我心里一阵酸楚，又问："宏怎么样了？"

她反问："宏是谁？"

我说："小张，张宏。"

她同情地说——张宏由于发高烧患上急性肺炎了，偏偏他父亲又病重住院，所以他请长假回农村老家去了……

送走那姑娘不久，宏发来了一条短信——梁老师，我的情况，估计我同事已告诉您了。我不知自己会在家里住多久，很需要您的帮助，希望您能给我们公司的领导写封信，请他们千万保留我的工作岗位。那一份工作，宏实在是丢不起的。

我默默吸完一支烟，默默坐到了写字桌前……

（选自2018年6月16日《解放日报·朝花版》）

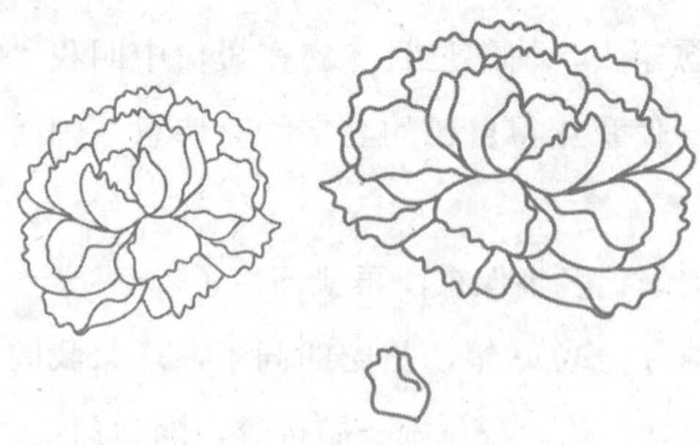

婚缘备忘录

初恋杂感

我的初恋发生在北大荒。

许多读者总以为我小说中的某个女性，是我恋人的影子。那就大错特错了。她们仅是一些文学加工了的知青形象而已，是很理想化了的女性。她们的存在，只证明作为一个男人，我喜爱温柔的，善良的，性格内向的，情感纯真的女性。

有位青年评论家曾著文，专门研究和探讨一批男性知青作家笔下的女性形象，发现他们（当然包括我）倾注感情着力刻画的年轻女性，尽管千差万别，但大抵如是。我认为这是表现在一代人的情爱史上惨淡的文化现象和倾向。开朗活泼的性格，对于年轻的女性，当年太容易成为指责与批评的目标。在和时代的对抗中，最终妥协的大抵是她们自己。

文章又进一步论证，纵观大多数男性作家笔下缱绻呼出的女性，似乎足以得出结论——在情爱方面，一代知青是失落了的。

我认为这个结论是大致正确的。

我那个连队，有一排宿舍——破仓库改建的，东倒西歪。中间是过廊，将它一分为二。左面住男知青，右面住女知青。除了开会，互不往来。

幸而知青少，不得不混编排，劳动还往往在一块儿。既一块儿劳动，便少不了说说笑笑，却极有分寸，任谁也不敢超越。男女知青打打闹闹，是违反行为规范和道德准则的，是要受批评的。

但毕竟都是少男少女，情萌心动，在所难免，却都抑制着。对于当年的我们，政治荣誉是第一位的，情爱不知排在第几位。

星期日，倘到别人的连队去看同学，男知青可以与男知青结伴而行，不可与女知青结伴而行。为防止半路汇合，偷偷结伴，实行了“批条制”——离开连队，由连长或指导员批条，到了某一连队，由某一连队的连长或指导员签字。路上时间过长，便遭讯问——哪里去了？刚刚批准了男知青，那么随后请求批条的女知青必定在两小时后才能获准，堵住一切“可乘之机”。

如上所述，我的初恋于我实在是种“幸运”，也实在是偶然降临的。

那时我是位尽职尽责的小学教师，二十三岁，已当过班长、排长，获得过“五好战士”证书，参加过“学习毛主席著作积极分子代表大会”。但没爱过。

我探家回到连队，正是九月，大宿舍修火炕，我那二尺宽的炕面被扒了，还没抹泥。我正愁无处睡，卫生所的戴医生来找我——她是黑河医校毕业的，二十七岁，在我眼中是老大姐。我的成人意识确立得很晚。

她说她回黑河结婚。她说她走之后，卫生所只剩卫生员小董一人，守着四间屋子，她有点不放心。卫生所后面就是麦场，麦场后面就是山了。她说小董自己觉得挺害怕的，最后她问我愿不愿在卫生所暂住一段日子，住到她回来。

我犹豫，顾虑重重。

她说：“第一，你是男的，比女的更能给小董壮壮胆。第二，你是教师，我信任。第三，这件事已跟连里请求过，连里同意。”

我便打消了重重顾虑，表示愿意。

那时我还没跟小董说过话。

卫生所一个房间是药房（兼作戴医生和小董的卧室），一个房间是门诊室，一个房间是临时看护室（只有两个床位），第四个房间是注射室、消毒室、蒸馏室。四个房间都不大。我住临时看护室，每晚与小董之间隔着门诊室。

除了第一天和小董之间说过几句话，在头一个星期内，我们几乎就没交谈过，甚至没打过几次照面。因为她起得比我早，我去上课时，她已坐在药房兼她的卧室里看医药书籍了。她很爱她的工作，很有上进心，巴望着轮到她参加团卫生员集训班，毕业后由卫生员转为医生。下午，我大部分时间仍回大宿舍备课——除了病号，知青都出工去了，大宿舍里很安静。往往是晚上十点以后回卫生所睡觉。

“梁老师，回来没有？”

小董照例在她的房间里大声问。

“回来了！”

我照例在我的房间里如此回答。

“还出去吗？”

“不出去了。”

“那我插门啦？”

“插门吧。”

于是门一插上，卫生所自成一统。她不到我的房间里来，我也不到她的房间里去。

“梁老师！”

“什么事？”

“我的手表停了。现在几点了？”

“差五分十一点。你还没睡？”

“没睡。”

“干什么哪？”

“织毛衣呢！”

我清清楚楚地记得，只有那一次，我们隔着一个房间，在晚上差五分十一点的时候，大声交谈了一次。

我们似乎谁也不会主动接近谁。我的存在，不过是为她壮胆，好比一条警觉的野狗——仅仅是为她壮胆。仿佛有谁暗中监视着我们的一举一动，使我们不得接近，亦不敢贸然接近。但正是这种主要由我们双方拘谨心理营造成的并不自然的情况，反倒使我们彼此暗暗产生了最初的好感。因为那种拘谨心理，最是特定年代中一代人的特定心理，一种荒谬的道德原则规范了的行为。如果我对她表现得过于主动亲近，她则大有可能猜疑我“居心不良”。如果她对我表现得过于主动亲近，我则大有可能视她为一个轻浮的姑娘。其实我们都想接近，想交谈，想彼此了解。

小董是牡丹江市知青，在她眼里，我也属于大城市知青，在我眼里，她并不美丽，也谈不上漂亮。我并不被她的外貌吸引。

每天我起来时，炉上总是有一盆她为我热的洗脸水。接连几天，我便很过意不去。于是有天我也早早起身，想照样为她热盆洗脸水。结果我们同时走出各自的住室。她让我先洗，我让她先洗，我们都有点不好意思。

那一天中午我回到住室，见早晨没来得及叠的被子叠得整整齐齐，房间打扫过了，枕巾有人替我洗了，晾在衣绳上。窗上，还有人替我做了半截纱布窗帘，放了一瓶野花。桌上，多了一只暖瓶，两只带盖的瓷杯，都是带大红喜字的那一种。我们连队供销社只有两种暖瓶和瓷杯可卖。一种是带“语录”的，一种是带大红喜字的。

我顿觉那临时栖身的看护室，有了某种温馨的家庭气氛。甚至由于三个耀眼的大红喜字，有了某种新房的气氛。

我在地上发现了一截姑娘们用来扎短辫的曲卷着的红色塑料绳。那无疑是小董的。至今我仍不知道，那是不是她故意丢在地上的。我从没问过她。

我捡起那截塑料绳，萌生起一股年轻人的柔情。

受一种莫名其妙的心理支配，我走到她的房间，当面还给她那截塑料绳。

那是我第一次走入她的房间。

我腼腆之极地说：“是你丢的吧？”

她说：“是。”

我又说：“谢谢你替我叠了被子，还替我洗了枕巾……”

她低下头说：“那有什么可谢的……”

我发现她穿了一身草绿色的女军装——当年在知青中，那是很时髦的。

还发现她穿的是一双半新的有跟的黑色皮鞋。

我心如鹿撞，感到正受着一种诱惑。

她轻声说："你坐会儿吧。"

我说："不……"

立刻转身逃走。回到自己的房间，心仍直跳，久久难以平复。

晚上，卫生所关了门以后，我借口胃疼，向她讨药。趁机留下纸条，写的是——我希望和你谈一谈，在门诊室。

我都没有勇气写"在我的房间"。

一会儿，她悄悄地出现在我面前。

我们也不敢开着灯谈，怕突然有人来找她看病，从外面一眼发现我们深更半夜地还待在一个房间里……

黑暗中，她坐在桌子这一端，我坐在桌子那一端，东一句，西一句，不着边际地谈。从那一天起，我算多少了解了她一些：她自幼失去父母，是哥哥抚养大的。我告诉她我也是在穷困的生活环境中长大的。她说她看得出来，因为我很少穿件新衣服。她说她脚上那双皮鞋，是下乡前她嫂子给她的，平时舍不得穿……

我给她背我平时写的一首首小诗。给她背我记在日记中的某些思想和情感片段——那本日记是从不敢被任何人发现的……

她是我的第一个"读者"。

从那一天起，我们都觉得我们之间建立了一种亲密的关系。

她到别的连队去出夜诊，我暗暗送她，暗暗接她。如果在白天，我接到她，我们就双双爬上一座山，在山坡上坐一会儿，算是"幽会"，却不能太久，还得分路回连队。

我们相爱了，拥抱过，亲吻过，海誓山盟过。都稚气地认为，各自的心灵从此有了可靠的依托。我们都是那样地被自己所感动，亦被对方所感动。觉得在这个大千世界之中，能够爱一个人并被一个人所爱，是多么幸福多么美好！但我们都没有想到过、没有谈起过结婚以及做妻子、做丈夫那么遥远的事，那仿佛的确是太遥远的未来的事。连爱都是“大逆不道”的，那种原本合情合理的想法，却好像是童话……

爱是遮掩不住的。

后来就有了流言蜚语，我想提前搬回大宿舍。但那等于“此地无银三百两”。继续住在卫生所，我们便都得继续承受种种投射到我们身上的幸灾乐祸的目光。舆论往往更沉重地落在女性一方。

后来领导找我谈话，我矢口否认——我无论如何不能承认我爱她，更不能声明她爱我。

不久她被调到了另一个连队。我因有着我们小学校长的庇护，除了那次含蓄的谈话，并未受到怎样的伤害。

你连替你所爱的人承受伤害的能力都没有，这真是令人难堪的事！

后来，我乞求一个朋友帮忙，在两个连队间的一片树林里，又见到了她一面。那一天淅淅沥沥地下着雨，我们的衣服都湿透了。我们拥抱在一起流泪不止……

后来我调到了团宣传股。离她的连队一百多里，再见一面更难了……

我曾托人给她捎过信，却没有收到过她的回信。

我以为她是想要忘掉我……

一年后我被推荐上了大学。据说我离开团里的那一天，她赶到了团里，想见我一面，因为拖拉机半路出了故障，没见着我……

一九八三年，《这是一片神奇的土地》获奖，在读者来信中，有一封竟是她写给我的！

算起来，我们相爱已是十年前的事了。

我当即给她写了封很长的信，装信封时，即发现她的信封上，根本没写地址。我奇怪了，反复看那封信。信中只写着她如今在一座矿山当医生，丈夫病故了，给她留下了两个孩子……最后发现，信纸背面还有一行字，写的是——想来你已经结婚了，所以请原谅我不给你留下通信地址。一切已经过去，保留在记忆中吧！接受我的衷心的祝福！

信已写就，不寄心不甘。细辨邮戳，有“桦川县”字样。便将信寄往黑龙江桦川县卫生局，请代查卫生局可有这个人，然而空谷无音。

初恋所以令人难忘，盖因纯情耳！

纯情原本与青春为伴。青春已逝，纯情也就不复存在了。

如今人们都说我成熟了，自己也常这么觉得。

近读青年评论家吴亮的《冥想与独白》，有一段话使我震慑——

大概我们已痛感成熟的衰老和污秽……事实上纯真早已不可复得，唯一可以自慰的是我们还未泯灭向往纯真的天性。我们丢失的何止纯真一项？我们大大地亵渎了纯真，还感慨纯真的丧失，怕的是遭受天谴——我们想得如此周到，足见我们将永远地远离纯真了。

号啕大哭吧，不再纯真又渴望纯真的人！

他写的正是我这类人。

（选自梁晓声1993年著《梁晓声人生独白》）

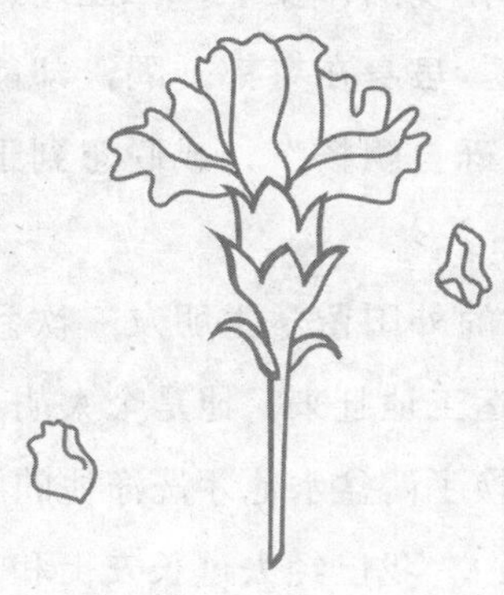

十六路公共汽车咏叹调

一九七七年我从上海复旦大学中文系分配到北京电影制片厂，于是和十六路公共汽车结下了不解之缘。

同今天一样，它的起点和终点，自然都是在北太平庄。

当年北太平庄一带，远没有今天这么热闹。没有远望楼饭店，没有专利局大厦，没有它旁边的电影学院新址，没有电影学院旁边的中国儿童电影制片厂。北影门前的马路，也没有今天这么宽，而且主行线两侧路面是沙土的。春季秋季，大风一起，沙土飞扬，天地玄黄。当年春秋两季里，骑自行车从北影门前驶过的女士，脸面常罩纱巾。望着她们，你竟会觉得自己仿佛是在神秘而落后的异国。左方，自然没有什么立交桥。右方，不消说也没有。不进市区，北太平庄一带，一点儿也不能使你感到，生活在北京与生活在一个荒蛮的小县城究竟有什么区别。北太平庄的“庄”字，最意味着它当年的情景。在我的印象中，伫立北影门前，放眼向右眺去，燕山起伏的脉脊依稀可见。虽身在京都一隅，却能使人不禁地联想到鲍照的诗句“疾风冲塞起，沙砾自飘扬”，或联想到于鹄的诗“碛冷唯逢雁，天春不见花”。

我在复旦大学读书时的外国留学生朋友一次到北影访我，见面时他浑身灰土，仿佛刚从水泥搬运工地赶来。他是个大胡子，灰土似乎使他的每一根胡子都变粗了。我给他换了两盆水他才洗净他的脸和胡子。我问他对北京有何印象？他委婉地回答：“我已经去过长安街和东单西单了……”又问：

“如果尚未去呢？”他坦言道：“那就太像一个大农村了！而且是你们黑龙江那‘旮旯儿’的。”我曾不免有些后悔过——毕业时没听从老师的劝说留在上海，义无反顾地就到北京来了是否很理智？如果不是后来我爱上了北影的一位姑娘的话……

她是道具车间的服装员。

当年主动而又热情地关心我之婚姻大事的“老师”们、“阿姨”们真不少。我想我活到二十八岁还没自己做主过什么事。我总得试试自己替自己做主的能力，于是我就爱上了她。

某一天晚上，她终于接受了我的虔诚来晤我。月光下的男人还不及月光下的女人一半动人。我当时觉得我是一个丑陋又真挚的朝圣者，而她是一位女神。在那一个晚上在月光下我觉得她那么的动人。她并非通常所说的什么“佳丽”。我也并不专爱漂亮的脸庞。“动人”是另一个层面的对女性的修饰词，也许还更是男人的主观心态的写照。

可是，她很歉意地低垂着头轻声说：“可是……我已经有朋友了……”

我注视着她一时呆住了。

不知过了多久，我也轻声说：“对不起……”

之后我便再也找不到适当的话说。

不知又过了多久我抬起手腕看了看表。

她说：“我走吧？……”

我说：“是啊，你走吧……”

当时二十八岁的我只想哭。二十八岁的我这一个男人当年不啻是一个大男孩儿，书生气十足且单纯得要命。在恋爱方面几乎还是白纸一张，没有预习过。也没有谁告诉过我“谁按规定去爱，谁就得不到爱”或“爱情和战争都需要有必胜的信心”之类格言。我在北大荒的初恋没给我留下什么经验，留下的不过是长久氤氲内心的忧伤……

我想她是领悟了我的暗示才离去的……

望着她的背影我忽然意识到自己太迂腐……

我想追上她。我想我当时是在发呆之后又寻找到了一些可对她说的话的……

并且我确实已在快步赶上她……

然而迟了——返程的十六路公共汽车在马路对面停了片刻又开走。它开走后我已不见她的身影……

当年十六路公共汽车站的行车路线是从北太平庄到动物园。往返途中在北影门前都有站。她是乘往北太平庄方向，我骑上自行车追至北太平庄，追至二十二路的起点站。末班车刚刚开走，站上已无一人……

几天后她随摄制组出外拍景。半年内我再没见过她。又过了半年我还没见过她——据说她接着又上了一部戏……

如今北影周围已经楼群林立了。如今北影门前的马路又宽又直，路上已架起了几座立交桥。如今一条人工环城河漾澜而来漾澜而去。河上的小桥两岸的草地园圃，为京都的这一带增添了许多风景。春季里路两旁的桃花和秋季里的菊花开得烂漫一片。到我家做过客的“老外”们，再也没谁说北京像一个大农村了。倒是几乎都说过——“你住的这一带环境真美啊！”

当然，如今十六路的行车路线也改变了，往返途中不再各站交错了。立交桥使它的运行路线更通畅自由了。

有时我乘十六路公共汽车，不禁地想——如果当年的那个夜晚是今天的某一个夜晚，我怎么竟会追不上她？……

妻早已了解了我的十六路公共汽车情结。每每调侃我——“当年的十六路是你‘心口永远的痛’吧？……”

如今，当年的她已不再变化发型。奥斯丁说过：“假如哪个女人不再变化发式，证明她已迈入了人生的安稳阶段。”

我衷心祝福她。

如今，妻也不再变化发型了，任劳任怨地做着贤妻良母。

我，也不经常刮胡子。

男人不经常刮胡子证明些什么，似乎还没有哪一位名人说过一句格言。

而我要说的是——“在城市里恋爱的青年男女，掌握附近公共汽车运行时刻的规律，是不无必要的啊！……”

（选自1994年梁晓声著《万千说法》）

婚缘备忘录

屈指算来，为人夫十三载矣。

人生真是匆匆得令人恐慌。

十七年前，我从上海复旦大学毕业，成为北京电影制片厂文学部最年轻的编辑之后，曾受到过许多关注的目光。十年“文革”在我的同代人中遗留下了一大批老姑娘，每几个家庭中便有一个。一名二十八岁的电影制片厂的编辑，还有“复旦”这样的名牌大学的文凭（尽管不是正宗的），看去还斯斯文文，书卷气浓，了解一下品德——不奸不诈，不纨绔，不孟浪，行为检束，于是同事中热心的师长们和“阿姨”们，都觉得把我“推荐”给自己周围的某一位老姑娘简直就是一件义不容辞的历史责任……

然而当年我并不急着结婚。

我想将来成为我妻子的那个姑娘，必定是我自己在某种“缘”中结识的。

我期待着那奇迹，我想它总该多多少少有点儿浪漫色彩吧？……

也觉得组建一个小家庭对我而言条件很不成熟。我毫无积蓄，基本上是一个穷光蛋。每月四十九元工资，寄给老父老母二十元，所剩也只够维持一个单身汉的最低生活水平，平均一天还不到一元钱。

结婚之前总得“进行”恋爱，恋爱就需要一些额外的消费。但我如果请女朋友或曰“对象”吃一顿饭，那一个月肯定就得借钱度日。而我自己穷得连一块手表都没有。兵团时期的手表大学毕业前卖了，分配到北影一年后还买不起一块新表。

当然，我不给老父老母寄钱，他们也能吃得上穿得上。他们也一而再、再而三地叮嘱我，为自己结婚积蓄点儿钱吧！但我每月照寄不误。我自幼家贫，二十八岁时家里仍很穷，还有一个生病的哥哥常年住在医院里。我觉得我可以三十八岁时再结婚，却不能不在二十八岁时以自己的方式报答父母的养育之恩。对老父亲老母亲我总有一种深深的负疚感——总认为二十八了才开始报答他们（也不过就是每月寄给他们二十元钱）已实在是太晚了，方式也太简单了……

在期待中我由二十八岁而三十二岁。奇迹并没有发生，“缘”也并没到来。我依然行为检束，单身汉生活中没半点儿浪漫色彩。

四年中我难却师长们和“阿姨”们的好意，见过两三个姑娘，她们的家境都不错，有的甚至很好。但我那时忽然生出想调回哈尔滨市，能近在老父母身旁尽孝的念头，结果当然是没“进行”恋也没“进行”爱……

念头终于打消，我自己为自己“相中”了一个姑娘，缺乏“自由恋爱”的实践经验，开始和结束前后不到半个小时。人家考验我而我不能理解为什么对我还需要考验（又不是入党）。误会在半小时内打了一个结，后来我知道是误会，却已由痛苦而渐渐索然。这也足见“自由”是有代价的这话有理。

于是我现在的妻子某一天走入了我的生活。她单纯得很有点儿发傻。二十六岁了决然地不谙世故。说她是大姑娘未免“抬举”她，充其量只能说她是一个大女孩儿。也许与她在农村长到十四五岁不无关系……她是我们文学部当年的一位党支部副书记“推荐”给我的。那时我正写一部儿童电影剧本。我说悠悠万事唯此为大，待我写完了剧本再考虑。

一个月后我把这件事都淡忘了。可是“党”没有忘记，毅然地关心着我呢。

某天“党”郑重地对我说：“晓声啊，你剧本写完了，也决定发表了，那件事儿，该提到日程上来了吧？”

倏忽地我觉得我以前真傻。“恋爱”不一定非要结婚嘛！既然我的单身汉生活里需要一些柔情和女性带给我的温馨，何必非拒绝“恋爱”的机会呢！……

这一闪念其实很自私，甚至也可以说挺坏。

于是我的单身汉宿舍里，隔三日岔五日的，便有一个剪短发的、大眼睛的大女孩儿“轰轰烈烈”而至，“轰轰烈烈”而辞。我的意思是——当年她的生气勃勃，走起路来快得我跟不上。我的单身宿舍在筒子楼，家家户户在走廊里做饭。她来来往往于晚上——下班回家绕个弯儿路过。一听那上楼的很响的脚步声，我在宿舍里就知道是她来了。没多久，左邻右舍也熟悉了她的脚步声，往往就向我通报——哎，你的那位来啦！……

我想，“你的那位”不就是人们所谓之“对象”的别一种说法吗？我还不打算承认这个事实呢！

于是我向人们解释——那是我“表妹”，亲戚。人们觉得不像是“表妹”，不信。我又说是我一位兵团战友的妹妹，只不过到我这儿来玩的。人们说凡是“搞对象”的，最初都强调对方不过是来自己这儿玩玩的……

而她自己却俨然以我的“对象”自居了。邻居跟她聊天儿，说以后木材要涨价了，家具该贵了。她听了真往心里去，当着邻居的面儿对我说——那咱们凑钱先买一个大衣柜吧！

搞得我这位“表哥”没法儿再窘。

于是，似乎从第一面之后，她已是我的“对象”了。非但已是我的“对象”了，简直就是我的未婚妻了。

有次她又来，我去食堂打饭的一会儿工夫，回到宿舍发现，我压在铺桌玻璃板下的几位女知青战友、大学女同学的照片，竟一张都不见了。

我问那些照片呢？

她说她替我“处理”了。说下次她会替我带几张她自己的照片来……

而纸篓里多了些“处理”的碎片……

她吃着我买回的饺子，坦然又天真。显然，她丝毫也没有恶意，仿佛只不过认为，一个未来家庭的未来的女主人，已到了该在玻璃板下预告她的理所当然的地位的时候了……

我想我得跟她好好地谈一谈了。

于是我向她讲我小时候是一个怎样的穷孩子，如今仍是一个怎样的穷光蛋，以及身体多么不好，有胃病、肝病、早期心脏病等等。并且，我的家庭包袱实在是重哇！而以为这样的一个男人也是将就着可以做丈夫的，意味着在犯一种多么糟糕多么严重的大错误啊。一个女孩子在这种事上是绝对将就不得、凑合不得、马虎不得的。但是嘛，如果做一个一般意义上的好朋友，我还是很有情义的。当时的情形恰如一首歌里唱的——我向她讲起了我的童年/她瞪着大而黑的眼睛痴痴地呆呆地望着我……

我曾以这种颇虚伪也颇狡猾的方式成功地吓退过几个我认为与我没“缘”的姑娘。

然而事与愿违。她被深深地感动了，哭了。仿佛一个善良的姑娘被一个穷牧羊人的命运感动了——就像童话里所常常描写的那样……

她说：“那你就更需要一个人爱护你了啊！……”

于是我明白——她正是从那一时刻开始真正爱上了我。

我一向期待的所谓“缘”，也正是从那一时刻显现了面目，促狭地向我眨眼的……

三个月后到了年底。

某天晚上她问我：“你的棉花票呢？”

我反问：“怎么，你家需要？”

翻出来全给了她。

而她说：“得买新被子啦。”

我说：“我的被子还能盖几年。”

她说：“结婚后就盖你那床旧被呀？再怎么不讲究，也该做两床新被吧？”

我瞪着她一时发愣。我暗想——梁晓声你还有什么好说的？看来这个大女孩儿，似乎注定了就是那个叫上帝的古怪老头赐给你的妻子。在她该出现于你生活中的时候，她最适时地出现了……

十个月后我们结婚了。我陪我的新娘拎着大包小包乘公共汽车光临我们的家。那年在下三十二岁，没请她下过一次“馆子”。

她在我十一平方米的单身宿舍里生下了我们的儿子。三年后我们的居住条件有所改善，转移到了同一幢筒子楼的一间十三平方米的住室里……

妻子曾如实对我说——当年完全是在一种人道精神的感召下才决定了爱我。当年她想——我若不嫁给这个忧郁的男人，还有哪一个傻女孩儿肯嫁给他呢？如果他一辈子讨不上老婆，不成了社会问题？

我相信她的话，相信她当年肯定是这么想的。细思忖之，完全可能像她说的那样。当年肯真心爱这样的一个穷光蛋，并且准备同时能做到真心地视我的老父老母弟弟妹妹为自己亲人的，除了她，我还没碰着。

她是唯一没被我的“自白”吓退的姑娘……十三年间我的工资由四十九元而五十几元而七十几元而八十几元、九十几元……

一九九二年底，我的基本工资升至一百二十五元至今……

十三年间她的工资由五十几元而六十几元、七十几元、八十几元渐次升至一百多元……

一九九二年以前她的工资始终高于我的工资十几元。

一九九二年我们的工资一度接近，但她有奖金，我没有奖金，实际工资仍比我高。

现在，她的单位经济效益不错，实际工资则比我高得多了。

我有稿费贴补，生活还算小康。而我们的起点，却是从一穷二白开始的。着实过了五六年拮据日子呢！

十三年内，我几乎整个儿影响了她——我不喜欢娱乐，尤其不喜欢户外娱乐，故我们这三口之家，是从来也不曾出现在娱乐场所的。最传统的消遣方式，也不过就是于周末晚上，借一盘或租一盘大人孩子都适合看的录像带，聚一处看个小半通宵。我对豪奢有本能的反感——所以我的家是一个俭约的家，从大到小，没一样东西是所谓名牌。我们结婚时的一张木床，当年五十七元凭结婚证买的，直至去年才送给了乡下来的传达室师傅。我不能容忍一日三餐浪费太多的时间精细操作，一向强调快、简、淡的原则。而她是喜欢烹饪的，为我放弃爱好，练就了一种能在十几分钟内做成一顿饭的本事。她常抱怨自己变成了急行军中的炊事员。我还不许她给我买衣服，买了也不穿。我的衣服鞋子，大抵是散步时自己从早市上买的。看着自己能穿，绝不砍价，一手钱，一手货，买了就走。仿佛自己买的，穿起来才舒适。上当的时候，也无悔，不在乎。有时她见我穿得不土不洋，不伦不类，枉自叹息，却无可奈何。而在这一点上至今我决不让步。我偏执地认为，一个男人为买一件自己穿的衣服而逛商场是荒诞不经的。他的老婆为他穿的衣服逛商场也是不可原谅的毛病。因为那时间从某种意义讲已不完全属于她，而属于他们。现代人的闲暇已极有限，为一件衣服值得吗！她当然也因她当妻子的这一种“特权”被粗暴取消与我争执过，但最终还是屈从于我，彻底放弃了“特权”，不得不对我这个偏执的丈夫实行“无为而治”……

儿子一天天长大了，渐渐地我觉得自己老之将至了，精力早已大不如前。每每看妻子，似乎才于不经意间发现似的——她也早已不是十三年前的大女孩儿，脸上有了些许女人的岁月沧桑的痕迹……

我最感激的，是我老父亲老母亲住在北京的日子里，她对他们的孝心。我老父亲生病时期，我买了一辆三轮车，专为带老父亲去医院。但实际上，因为我那时在厂里挂着行政职务，倒是她经常蹬着三轮车带我老父亲去医院。不知道老人家是我父亲的，还以为是她父亲呢。知道了却原来是我的父亲，无不感慨多多。如今，将公公当自己的父亲一样孝顺的儿媳，尤其年轻的儿媳们，不是很多的……

我最感到安慰的，是我打算周济弟弟妹妹们的生活时，她一向是理解的，支持的。我的稿费的一半左右有计划地用于周济弟弟妹妹们的生活。我总执拗地认为我有这一义务，能尽好这一义务便感到高兴。在各种社会捐助中，尤其对穷人，对穷人孩子的捐助，倘我哪一次错过，下一次定加倍补上。不这么做，我就良心不安。贫困在我身上留下的印痕太深，使我成为一个本能的毫无怨言的低消费者。旧的家具、旧的电视机，不一定非要换成新的，换成名牌。几千元我拿得出来的情况下，倘我无动于衷，我便会觉得自己未免“为富不仁”了，尽管我不是“大款”，几千元不知凝聚着我多少“爬格子”的心血。没有一个在此方面充分理解我对穷人的思想感情并支持我的妻子，那么家里肯定经常吵闹无疑……

好丈夫是各式各样的。除了吸烟我没有别的坏毛病。

最重要的，我的妻子赞同我对友爱与情爱的理解。在这一前提下，我才能学做一个坦荡男人。我对妻子坦坦荡荡毫无隐私。我想这正是她爱我的主要之点。她对我“无为而治”，而我从她的“家庭政策”中领悟到了一个已婚男人怎样自重和自爱……

好妻子也是各式各样的。十三年前的那个大女孩儿，用十三年的时间充分证明了她是一个好妻子——最适合于我的“那一个”。我给未婚男人们的忠告是——如果你选择妻子，最适合你的那一个，才是和你最有“缘”的那一个。好的并不都适合。适合的大抵便是对你最好的了……

信不信由你！

（选自1994年梁晓声著《万千说法》）

生活杂感

落叶赋

我曾写过些短文，或记某事，或忆某人，大抵并非虚构。好比拾一片叶子夹在书中，目的不在于作书笺，而在于长久保存住它。我皆可讲出在什么地方，什么时候，为什么在一片落叶之中偏偏拾起某一片。它们常使我感到，生活原本处处有温馨。哪怕仅仅为了回报生活对我的这一种慷慨赠予，我也应将邪恶剔出灵魂以外。如剔出扎在手指上的刺，或抖落爬到身上的毛虫。

一九七七年我大学毕业刚分配到北影时，体质很弱，又瘦又憔悴。肝脏病、胃溃疡、心跳过速和严重的神经衰弱，使我终日无精打采。我心情沮丧之极，仿佛患了忧郁症似的，每每顾影自怜。

友人们劝我必须加强身体锻炼，我自己也这么认为。于是每天清晨跑步，先在厂内跑一圈，后来跑出厂去，跑至北航校门前绕回来。祛病心切，结果适得其反。

又有友人建议我学太极拳。

我问跟谁学。

他说：“这还用专门拜师吗？咱们北影院墙外的小树林里，不是有许多天天在那儿打太极拳的老人？”

于是我每天清晨再跑步，开始光顾那一片小树林。那里，柿树的叶子很美的，正值夏末秋初季节，它们的主体依然是绿色的，但分明地，已由翠绿变成墨绿了。那一种墨绿，绿得庄重，绿得深沉。它们的边缘，却已变黄了。黄得鲜艳，黄得烂漫，宛若镀金。墨绿金黄的一枚叶子，简直就像一件小工艺品。

如此这般的蔽空一片，令人赏心悦目，胸襟为之顿开，为之清爽。

在那林中徐旋缓转，轻舒猿臂，稳移鹤步的，全是老人。几乎没有一个四十岁以下的人，使二十七八岁的我觉得自卑，觉得窘迫，觉得手足无措，怕笨拙生硬的举动，会使自己显得滑稽可笑。

我躲在林子的最边儿，占据了几棵树之间的狭小空地，顾左右而暗效之。我觉得一个瘦小的老头儿最该是我的楷模。他的套数很娴熟，动作姿态极为优美。一举手一投足，好比是在舞蹈，我却很难跟上他的套数。多日后，连“抱球”“摸鱼”这样的基本动作，还模仿得不成样子。

一天那老头儿走向我的“绿地”。瘦小的老头儿一副形销骨立的样子，仿佛衣裤内已没有什么很实在的内容。一阵旋风，足以将他裹卷上天空，起码刮到新街口去似的。但他两眼却炯炯有神，目光矍铄，而且透露着近乎冷峻的镇定。他仿佛功夫片的老侠士，面临决死的挑战，毫无惧色，执念一搏。

他本已做完了一套，走到离我四五步远处，站定，转身，重做。

前推后抱，左五右六，很慢很慢，慢得似电影的慢镜头。我不失时机跟着学做了一遍。之后他回身笑问：“刚开始学？”我不好意思地说：“是的。看别人做得挺容易，自己真学起来却怪难的，都不想学了。”他说：“别不想学了啊，今后就跟我学吧！我天天来这儿。”“那太好了！”——我喜出望外。他上下打量我片刻，又问：“你有病？”我已将他视为师傅，如实告诉他我有些什么病。他说：“人往往有病之后，才开始珍惜身体，锻炼身体。年轻的，年老的，大多数人都这样，我自己也是。不过你那几种病，不是什么难治的病。生活要有规律，饮食也要有规律。要遵照医嘱服药，再加上坚持锻炼，我保你半年之后就会健康起来的。你年纪轻轻的，身体这么弱，将来怎么成？一个身体不好的人，会觉得连生活也没意思的。”

他说的这些话，别人也对我说过。我常认为是些廉价的安慰之言。但经由这位“师傅”口中说出，似别有一番说服力，另有一番真诚在内。我诺诺连声，从内心里对他产生了恭敬。

他说：“初学乍练的人，都有些不好意思。尤其你们年轻人，好像一比划起太极拳来，就自己将自己归入老人之列了似的。你跟我学，首先要克服这种心理。太极拳有好几套，不同套数对不同的病有间接的疗效作用。从明天起，我要教你一种适合于你的套数。”

我非常感激这一位素昧平生的老人对我的一份真诚和良苦用心。同是体弱人，同病相怜之情油然而生。我犹豫一阵，还是忍不住问：“老人家，那您有什么病呢？”“我嘛，”他又微笑了，以一种又淡泊又诙谐的口吻说，“我的病，和你的病比起来，就大不一样了！甚至可以被医生，被别人，也被我自己认为根本就没有病了。我之所以还天天来这里，是因为除了你，还有不少人希望跟我学，希望得到我的指导呵。”

他颇得意。那是一种什么怪病？大概也就是神经失调之类的病吧？难怪他对自己的病并不太以为意，挺乐观的了。初识，我未再冒昧问什么。第二天我醒晚了。睁开眼看表，已七点半多。慵慵懒懒地不起床，心想那老头儿，未必会在小树林里等我。不过几句话的交谈，谁那么认真地当“师傅”？可心里总归有些不安定，万一人家真在等着呐？终于还是起了床，去到了小树林。小树林里已经只有一个人。那位老人，他居然真的在等我。这老头儿！也未免太认真了！我很羞愧，欲编个理由，解释几句。不待我开口，他便说：“跟我学吧！”于是他在前，我在后，做了一套与昨天完全不同的太极拳。之后，我做，他从旁观看，指点，口述套数，不厌其烦一遍一遍示范，甚至摆布我的腿臂，以达到他所要求的准确性，做得好时还不时鼓励几句。好像我将代表中国去参加亚运会或奥运会，而他是我的教练，希望我一举夺魁，获冠军得金牌。

分手时，他说：“练太极拳，讲究呼吸吐纳之功，清晨空气清新，有益于净化脏腑。又讲究心静、眼静、神静，到了现在这时候，满街车水马龙的，噪声大，空气污浊了，练也无益，反而对身体有害，对不对？”

他一点儿也没有批评我的意思，只不过认为，向我讲明白这些，乃是他的责任。我羞愧难当，连说：“对，对。”他又说：“我这个人哪，有三件事最容易使我伤感：一是我养的花儿死了；二是我养的鱼死了；三是看到年轻人病病弱弱的，却还不注意锻炼，增强体质，也不善于锻炼，不知道如何增强体质。你们年轻人将来是咱们中国的主人啊！这不是空洞的大道理。身体不好，于自己，于家庭，于工作和事业，于民族和国家，都无利。明天见。”

他说完，就头也不回地匆匆走了。以后我特意买了个小闹钟。以后我再也没让他等过我。一个多月后，我已动作很自信，姿势很准确了。有些初学者，也开始羡慕地望着我了。每每地，当我停止，便会发现，身后有些人在跟着我学。而那老人，到树林深处，去带去教另一批“学生”了。那时气功还没成为“热”，也没像现在这般普及，健身的人们，都热衷于太极拳。

柿树的叶子，那一抹金边儿，黄得更深、更烂漫了。实际上，每一片叶子，其主体基本已是金黄色了。仅剩与叶柄相近的那一部分还是墨绿的。倘形容一个月前的叶子，如碧玉，被精工巧匠镶了色彩对比赏心悦目的金黄，那么此时的叶子，仿佛每一片都是用金铂百砸千锤而成，并且嵌上了一颗墨绿的珠宝。这样的万千美丽的叶子，无风时刻，在晴朗天空的衬托下，在阳光的照耀下，如一幅足以使人凝住目光的油画，一幅出自大师之手的点彩派油画。有风抚过，万千叶子抖瑟不止，金黄墨绿闪耀生辉，涌动成一片奇妙的半空彩波，令人产生诗情思。而雨天里，乳雾笼罩之中，则更是另一番幽寂清郁了……

不久我感到小树林中缺少了什么，缺少了一身褪色的紫红运动衣，那老人每天穿的正是那样一套运动衣。美好的小树林中缺少了那老人的身姿，于我，似乎缺少了美好的一部分，缺少了对美好的体会。一天、两天、三天，接连许多天，他一直没再来到小树林里。我向别人询问，都说认识他，甚至说太熟悉他了。只是没一个人说得出他的名字，家住哪里。人们对于他又几乎一无所知。我也是。然而我想他必定还会来，也不过只是向人们问问而已。大约又过了半个月，树叶全黄了，由金黄而橘黄。那一种泛红的橘黄，证明秋之魅力足以与夏比美。每一个领略到这种美的人，骑车的也罢，步行的也罢，常会边望边走；或不禁驻足观赏，翔立冥思。年轻人，尤其年轻的情侣们，开始出现在小树林里，摆出各种美的或自以为美的姿态照相了。

树上，泛红的橘黄的叶隙间，隐约可见一个个绿果——虽长得够大了但还没经霜的柿子。一场秋雨后，大部分树叶落了。我仍每天到小树林去习太极拳。我的坚持不懈，也是为着希望再见到那老人一面。又一天，小树林里出现了一位姑娘。她不像是来锻炼的，分明是来寻找人的。我的年龄最轻，她一发现我，就朝我走来。“请问，您认识一位穿紫红色运动衣，身材瘦小，以前每天来这里打太极拳的老人吗？”待我做完全套动作，收稳脚步，她这么问。我说：“认识呀！我跟他学的。他该算我师傅呢。”“我是他女儿。他嘱咐我，一定要将这个亲自交给你。这是他在床上写的画的，希望你今后也能带别人教别人。”那是一套自己装订的太极拳图。图旁，细小而工整的毛笔字，注了行行说明。那当然并非什么秘籍，不过是供人初学的自编“教材”。“你父亲他怎么这么多天没来？这儿除了我，还有许多认识他的人。我们常在一起谈到他，都挺想他的。”“他去世了，前天去世的。他患的是骨癌，检查出已经晚期了，扩散了。”“什么……什么时候？”“半年前。我父亲让我嘱咐你，千万不要告诉认识他的其他人。他知道有些人也患着同样的病，对那些人精神乐观很重要。他希望你转告其他人，就说他病彻底好了，身体很健朗，回老家住去了。”望着她离去的背影，我一时呆住了。我照那姑娘的话，照她父亲的嘱咐和希望做了。凡说认识他熟悉他的人，皆从他“康复”的“事实”中获得了极大的鼓舞、极大的信念。

如今，在各个地方，练气功的人多了，打太极拳的人少了，每当望见他们，我便想起了那一位瘦小的穿一身褪了色的紫红运动衣的老人。我的记忆中，便又多了一片“叶子”。我写此事时，内心里油然充满了对人对生活的温馨。正是这一点，使我的心灵获得有益滋补，使我的心灵比身体要健康得多。

（选自1991年第6期《中国老年杂志》）

我和橘皮的往事

多少年过去了，那张清瘦而严厉的、戴六百度黑边近视镜的女人的脸，仍时时浮现在我眼前，她就是我小学四年级的班主任老师。想起她，也就使我想起了一些关于橘皮的往事……

其实，校办工厂并非是今天的新事物。当年我的小学母校就有校办工厂，不过规模很小罢了。专从民间收集橘皮，烘干了，碾成粉，送到药厂去，所得加工费，用以补充学校的教学经费。

有一天，轮到我和我们班的几名同学，去那小厂房里义务劳动。一名同学问指派我们干活的师傅，橘皮究竟可以治哪几种病？师傅就告诉我们，可以治什么病，尤其对平喘和减缓支气管炎颇有良效。

我听了暗暗记在心里。我的母亲，每年冬季都为支气管炎所苦，经常喘作一团，憋红了脸，透不过气来。可是家里穷，母亲舍不得花钱买药，就那么一冬季又一冬季地忍受着，一冬季比一冬季气喘得厉害。看着母亲喘作一团，憋红了脸透不过气来的痛苦样子，我和弟弟妹妹每每心里难受得想哭。我暗想，一麻袋又一麻袋，这么多这么多橘皮，我何不替母亲带回家一点儿呢？……

当天，我往兜里偷偷揣了几片干橘皮。

以后，每次义务劳动，我都往兜里偷偷揣几片干橘皮。

母亲喝了一阵子干橘皮泡的水，剧烈喘息的时候，分明减少了，起码我觉着是那样。我内心里的高兴，真是没法儿形容。母亲自然问过我——从哪儿弄的干橘皮？我撒谎，骗母亲，说是校办工厂的师傅送的。母亲就抚摸我的头，用微笑表达她对她的一个儿子的孝心所感受到的那一份儿欣慰。那乃是穷孩子们的母亲们普遍的最由衷的也是最大的欣慰啊！……

不料想，由于一名同学的告发，我成了一个小偷，一个贼。先是在全班同学眼里成了一个小偷，一个贼，后来是在全校同学眼里成了一个小偷，一个贼。

那是特殊的年代。哪怕小到一块橡皮，半截铅笔，只要一旦和“偷”字连起来，也足以构成一个孩子从此无法刷洗掉的耻辱，也足以使一个孩子从此永无自尊可言。每每地，在大人们互相攻讦之时，你会听到这样的话——“你自小就是贼！”——那贼的罪名，却往往仅由于一块橡皮，半截铅笔。那贼的罪名，甚至足以使一个人背负终生。即使往后别人忘了，不再提起了，在他或她内心里，也是铭刻下了。这一种刻痕，往往扭曲了一个人的一生，改变了一个人的一生，毁灭了一个人的一生……

在学校的操场上，我被迫当众承认自己偷了几次橘皮，当众承认自己是贼。当众，便是当着全校同学的面啊！……

于是我在班级里，不再是任何一个同学的同学，而是一个贼。于是我在学校里，仿佛已经不再是一名学生；而仅仅是，无可争议的是一个贼，一个小偷了。

我觉得，连我上课举手回答问题，老师似乎都佯装不见，目光故意从我身上一扫而过。我不再有学友了。我处于可怕的孤立之中。我不敢对母亲讲我在学校的遭遇和处境，怕母亲为我而悲伤……当时我的班主任老师，也就是那一位清瘦而严厉的、戴六百度近视镜的中年女教师，正休产假。她重新给我们上第一堂课的时候，就觉察出了我的异常处境。放学后她把我叫到了僻静处，而不是教员室里，问我究竟做了什么不光彩的事。我哇地哭了……第二天，她在上课之前说：“首先我要讲讲梁绍生（我当年的本名）和橘皮的事。他不是小偷，不是贼。是我嘱咐他在义务劳动时，别忘了为老师带一点儿橘皮。老师需要橘皮掺进别的中药治病。你们再认为他是小偷，是贼，那么也把老师看成是小偷，是贼吧！……”

第三天，当全校同学做课间操时，大喇叭里传出了她的声音。说的是她在课堂上所说的那番话……从此我又是同学的同学，学校的学生，而不再是小偷，不再是贼了。从此我不想死了……我的班主任老师，她以前对我从不曾偏爱过，以后也不曾。在她眼里，以前和以后，我都只不过是她的四十几名学生中的一个，最普通的最寻常的一个……

但是，从此，在我心目中，她不再是一位普通的老师了。尽管依然像以前那么严厉，依然戴六百度的近视镜……

在“文革”中，那时我已是中学生了，没给任何一位老师贴过大字报。我常想，这也许和我永远忘不了我的小学班主任老师有某种关系。没有她，我不太可能成为作家。也许我的人生轨迹将彻底地被扭曲、改变，也许我真的会变成一个贼，以我的堕落报复社会。也许，我早已自杀了……

以后我受过许多险恶的伤害，但她使我永远相信，生活中不只有坏人，像她那样的好人是确实存在的……因此我应永远保持对生活的真诚热爱！

（选自1995年第2期《深圳青年》）

老 妪

那个老妪是一个卖茶蛋的老妪。在十二月的一个冷天，在北京龙庆峡附近。儿子须作一篇“游记”，我带他到那儿“体验生活”。

卖茶蛋的皆乡村女孩儿和年轻妇女。就那么一个老妪，跻身她们中间，并不起劲儿地招徕。偶发一声叫卖，嗓音是沙哑的，所以她的生意就冷清。茶蛋都是煮的，老妪锅里的蛋未见得比别人锅里的小，我不太能明白男人们为什么连买茶蛋还要物色女主人。

老妪似乎自甘冷清，低着头，拨弄煮锅里的蛋。时时抬头，目光睃向眼前行人，仿佛也只不过因为不能总低着头。目光里绝无半点儿乞意。

我出于一时的不平、一时的体恤、一时的怜悯，向她买了几个茶蛋。活在好人边儿上的人，大抵内心会生发这种一时的小善良，并且总克制不了这一种自我表现的冲动。表现了，自信自己仍立足在好人边上，便获得一种自慰和证明了什么的心理安泰感和满足感。

老妪应找我两毛钱，我则扯着儿子转身便走，佯装没有算清小账。儿子边走边说：“爸，她少找咱们两毛钱。”我说：“知道。但是咱们不要了。大冷的天她卖一个茶蛋挣不了几个钱，怪不易的……”于是我向儿子讲，什么叫同情心，人为什么应有同情心，以及同情心是一种怎样的美德……

两个多小时后，我和儿子从公园出来，被人叫住——竟是那老妪，袖着双手，缩着瘦颈，身子冷得佝偻着。“这个人，”她说，“你刚才买我的茶蛋，我还没找你钱，一转眼，你不见了……”

老妪一只手从袖筒里抽出，干枯的一只老手，递向我两毛钱，皱巴巴的两毛钱……

儿子仰着脸看我。我不得不接了钱。我不知自己当时对她说了句什么……而公园的守门人对我说：“人家老太太，为了你这两毛钱，站我旁边等了那么半天！”

我和儿子又经过买茶蛋的摊行时，见一老叟，守着她那煮锅。如老妪一样，低着头，摆弄煮锅里的蛋。偶发一声叫卖，嗓音同样是沙哑的。目光偶向眼前行人一睃，也只不过是任意的一睃，绝无半点儿乞意。比别人，生意依旧冷清……

人心的尊贵，一旦近乎本能的，我们也就只有为之肃然了。我觉得我的类同施舍的行径，对于老妪，实在是很猥琐的……

（选自1998年梁晓声著《心灵的花园》）

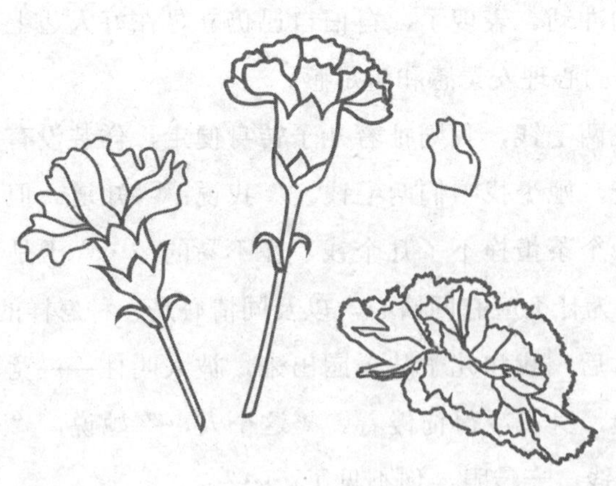

朱师傅一家

赵大爷死后，朱师傅来了。接替赵大爷，成为我们儿童电影制片厂宿舍楼的管理员。职责和赵大爷一样，负责环境卫生及安全。

朱师傅可能比我年龄小七八岁，安徽农民。自然，他住在赵大爷住过的小小门房里。门房约十平方米，隔为两间。外间是收发和传达，朱师傅住里间。小小门房一分为二，里间摆一张单人床和一张窄桌外，也就没什么余地了。

收发和传达另有人负责，地方也特别小，所以朱师傅的起居，客观上就限定在里间了。

别人都叫他朱师傅，或叫他老朱。他年龄明明比我小，我叫他老朱自觉不合适，故也随年轻人们叫他朱师傅。他则随年轻人们叫我“梁老师”。

有次我说：“朱师傅，别叫我梁老师，叫我老梁。”他愣了愣，却说：“那哪儿成呢？那么多人都叫你梁老师，我怎么能叫你老梁呢？”

我说：“那就叫我晓声。不是也有那么多人叫我晓声吗？”

他说：“他们是你朋友啊！”

我说：“那你也当我是朋友嘛。”

他说：“行，梁老师，以后我就当你是朋友！”

直到现在，他仍叫我“梁老师”——虽然，我这方面觉得，他已经拿我当朋友了。看来“梁老师”他是叫定了，没法儿要求他改了。

和赵大爷一样，朱师傅也是极有责任心的人。我们宿舍楼周围的环境卫生一直挺好，人们都是比较满意的。这受益于朱师傅的责任心和勤劳。

记不得从哪一年起，朱师傅的女儿朱霞来了。朱霞已经是大姑娘了，二十一二岁了，但看去仍像少女。自幼患了小儿麻痹，一只手有些残疾。人们都很喜欢朱霞，我也喜欢她。她是个有礼貌又懂事的姑娘。人们也都很惋惜她的病，都希望她的病能在北京治好。

不久朱师傅的妻子和儿子也一道来了。他妻子是位质朴的农村妇女。她随朱师傅叫我“梁老师”，而我称她“嫂子”，这在辈分上是颠倒的。其实我应叫她“弟妹”。但我不习惯那么叫她。而她呢，既然我称她“嫂子”，她似乎也就只有姑妄听之了。

朱师傅的儿子比朱霞小两岁，叫朱凡。朱凡是个清秀且聪明的农村小青年，比少年大不点儿那类青年。

朱师傅常替人们修自行车。朱凡从旁看了几次，会修了。遇有谁家的自行车坏了，推到门房外，请朱师傅修，倘若朱师傅没时间亲自修，便将“任务”交代给朱凡，往往还要严肃地叮嘱：“要认真修啊，不许对付！”

我曾对朱师傅说：“朱师傅，别不好意思，要收钱。”

朱师傅笑着说：“那哪儿行呢？那成什么事儿了呢？”

我也曾对朱凡说：“你爸不好意思收钱，你有什么不好意思的？你要收！”

朱凡也和他父亲那么憨厚地笑，不吱声儿。

“朱霞，你收！”

朱霞也笑。

“嫂子，他们都不好意思，你出面收！在这一点上不必学雷锋，不必搞无偿服务！”

她同样憨厚地笑。

我也曾暗中对某些关系亲密者打招呼——“咱们都不要让人家朱师傅白修车啊！”

人们都说对。

其实街口就有修自行车的。但那修自行车的天一黑就收摊了。住在楼里的大人们或学生们，往往晚上了才想起自行车有毛病，怕影响第二天上班上学，于是只有求助于朱师傅。而朱师傅从来有求必应。即使自己没空儿，也是先应下来，让儿子修。尤其冬季的晚上，不能把自行车搬屋里修，只能将电灯拉到外边，冻手冻脚地修……

这不给几元钱真是让人过意不去。

但据我所知，他们是从来不收钱的。非塞钱给他们，反而会搞得他们非常窘。

我妻子的自行车，我儿子的自行车，他们也不知贪黑给修过多少次了。

我们也只能送些东西，变相地表示感谢。

朱霞曾在北京住院治过病，厂里为此发起了募捐，或多或少，是一份心，总之几乎都捐了，捐的都很情愿。证明人们对朱师傅和他的一家都是很友善的。也证明朱师傅和他的一家，给人们的印象是非常好的。

原本仅容得下一张床的传达室里间，四口之家是显然地、绝对地没法儿同住的。但这世上在一些人看来是显然的、绝对的事，在另外一些被逼到被推到那事前的人们，往往也就不那么显然、不那么绝对了。正所谓事是死的，人是活的；生存空间是小的，人生活的心气儿却可以大一些。朱师傅捡了一张破木床，修修，将两张木床摞起来了，成了双层的床。又捡了一块板，晚上临睡前将下床接出一条。就这样，显然而又绝对解决不了的困难，似乎也就得到了一定程度的解决。朱霞和母亲每晚睡下床，睡得多么挤是可想而知的。朱凡睡上床。而朱师傅自己，则每晚在厂里到处找地方借宿。好在厂里有些供值班人员睡的床，一般情况下他借宿不会遭到拒绝。

现在，这一家四口的生活，主要靠朱师傅一人的微薄收入维持着。

但我从未见朱师傅愁眉苦脸过。

朱师傅另外还有没有收入呢？

有是有的——四处捡些废品卖。

他清除七个垃圾通道时，常将易拉罐儿、塑料瓶眼细地挑出来攒着。我也常见他推了满满一车废品送往什么地方的废品站。

我曾听有人说："嘿，又发了，也许卖不少钱呢！"

我不相信现而今谁靠捡废品卖会"发"。

倘真能，为什么我们城里人不也"发"一把呢？

一个易拉罐儿几分钱，一斤废报几角钱，这我也是知道的。一车废品卖不了多少钱的，明摆着的事儿。

朱师傅挣的是城里人，尤其是北京人显然地、绝对地不愿挣的钱，也是显然地、绝对地在靠诚实的劳动挣钱。

故我常将能卖钱的废品替朱师傅积攒了，亲自送给他。

有次我问："怎么最近没见朱凡啊？"

他笑了，欣慰地说："去学电脑了！"

这一位中年的、安徽农村来的农民父亲，就用自己卖废品所得的钱，供他的儿子去学最现代的谋生技能。

现在朱凡已经在某邮局谋到了一份临时的工作。尽管收入和他父亲的收入一样很低微，但毕竟，全家多了一份收入啊！

某日，朱师傅见了我，吞吞吐吐地问："你看，如果我想在车棚这一角用些胶板围一处我睡觉的地方，厂里会同意吗？"

我说："我不是早就建议你这样做了吗？只管照你的想法做吧，厂里我替你说。"

厂里的领导也很体恤他一家。

现在，朱师傅有了自己的栖身之处——就在门房的边上，一米多宽，两米多长，用胶板围的一个箱子似的"房间"。睡在里边，夏天的闷热，冬天的森冷，大约非一般城里人所能忍受。现在，这一家人已在北京——确切地说，在我们童影的门房生活了七八年了。除了朱霞，朱师傅、"嫂子"和朱凡，都在为生活而挣钱。不管一份工作多么脏、多么累，收入多么低微，在北京人看来是多么不值得干、不屑于干，在他们看来，却都是难得的机遇……

在风天，在雨天，在寒冬里，在赤日下，我常见“嫂子”替朱师傅清理七个垃圾通道，替朱师傅打扫宿舍区和厂区的卫生。也像朱师傅一样，从垃圾里挑拣出可卖点儿钱的东西。她替朱师傅时，朱师傅则也许往废品站送废品去了，也许另有一份儿活，去挣另一份儿钱了。

“嫂子”推垃圾车的步态，腾腾有力，显示出一种“小车不倒只管推”的样子。

这一家的每一个成员，似乎总是那么乐观，似乎总是生活得那么亲情融融。

有时我不免奇怪地想——他们的乐观源于什么呢？

当然，我知道，他们一家人要通过共同的努力，早日积攒下一笔钱，然后回安徽农村去盖房子。

那须是多大数目的一笔钱呢？

三万元？还是五万元？

他们离这个目标还有多远呢？

似乎，为了达到这个目标，他们再豁上七八年的时间也不足惜。而且，一定要达到，一定能达到。

难道，这便是他们乐观的生活态度的因由吗？

哪一个人没有生活的目标呢？

哪一个家庭没有生活的目标呢？

但是，有多少人，有多少个家庭，身在到处声色犬马、灯红酒绿的大都市里，不谤世妒人，不自卑自贱，不自暴自弃，一心确定一个不超出实际的寻常得不能再寻常的生活目标，全家人同舟共济，付出了一个七八年，并准备再付出一个七八年去辛辛苦苦地实现呢？

我清楚，这样的人，这样的人家，在北京也是不少的。

这一种生活态度不是很可敬吗？

自尊，自强，自立——于老百姓而言，不是特别重要吗？

十分难得的是，他们还有那么一种仿佛任什么都腐蚀不了的乐观！

这乐观可贵呀！

我常对自己说——朱师傅是我的一面镜子。他这一面镜子，每每照出我这个小说家生活的矫情。

我也常对妻子和儿子说——是我们一家的镜子。

相比于朱师傅和他的一家，我和我的一家，还有什么理由不乐观地生活？我们对生活所常感到的不满足不如意，不是矫情又是什么呢？……

（选自1999年梁晓声著《世纪末的证明》）

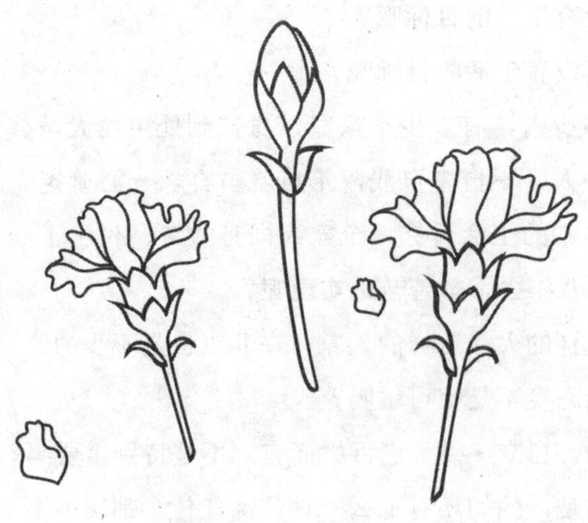

母亲们，今天请休息

自幼稔熟了那些劳动阶层的母亲们，无论年轻的她们，或中年的她们，或已是祖母外祖母的她们，从她们做了劳动者之妻的那一天起，她们的人生就注定了是克勤克俭、千操百碌的。

她们何曾有过什么节日呢？

在中国，在从前的时代，尤其是没有的。

我见惯了她们在北方寒冷的冬季，抱着用小被包裹得厚厚实实的孩子挤公共汽车的身影；见惯了她们连同她们的孩子滑倒在冰上的情形。那时她们眼中泪光盈盈，因心疼她们的孩子。在“文革”中，在“大串联”时期，在开到南方的列车车厢里，我目睹背着孩子的母亲，手拎着装了水果和几个煮鸡蛋的篮子，蜂拥围向各个窗口，为的是卖几个钱买火柴买盐。她们的孩子头枕着她们的肩酣睡，口水湿了她们的衣裳。八十年代初期，某省的一个国家级煤矿深夜发生严重塌方。那是一个雨夜，矿笛凄厉。我放下笔从招待所跑向矿井，见已聚集了众多的女人。她们是矿工的妻子。她们中有人也是筛煤的女工，从她们劳动的夜班现场跑至。她们的脸和她们井下的丈夫们的脸一样黑。她们肃立雨中，无人哭号，似乎那是她们早有心理准备的事，雨水混着泪水从她们脸上往下淌……

九十年代初期，我在西北一户农家里做客。七十多岁的大娘刚吃过午饭，就要挑起粪筐往地里送肥。

我说：“大娘，睡会儿午觉吧。”

她说："不睡，没那么娇气的习惯。"

我说："今天您一定要睡个午觉，今天是您的节日。"

那一天是三月八日。我告诉她那一天是国际劳动妇女节。

她问："谁给咱们劳动妇女定了一个节日呢？"

我说："克拉拉·蔡特金。一位外国女人。"

她说："从没听过。"又说："这女人真善良，体恤咱们劳动妇女。"

在我的劝说下，她答应休息，为的是不辜负一位别国女人的体恤。

一切民间的传统节日，之前和那些天里，其实更是劳动妇女最忙碌的日子——她们做在先，吃在后；为了预备下一些年货；为了丈夫穿上一双新鞋；为了儿女穿上一件新衣服；甚至，为了墙上的年画和窗上烘托节日气氛的剪纸，她们更要起早，更要熬夜，更要精打细算地花钱……

劳动者丈夫们，劳动妇女的儿子们、女儿们、孙儿孙女们，请在三月八日这一天，虔诚地对自己的妻子和母亲们说："今天是您的节日，请休息一天吧！"

否则，我们将辜负一百多年以前出生的那位伟大的，叫克拉拉·蔡特金的德国女性的意愿啊！

无论这世界发展到何种程度，劳动妇女总是多数。

一想到她们已一代代地照样为人类的社会培养出有不俗作为的儿女，我们对她们的敬意怎能不发自内心？

伟大的克拉拉·蔡特金，世界将永远记住你，你所提议建立的节日是平凡而伟大的——因为它体现着我们人性中朴素的诗性和圣性……

（选自2001年第3期《中国妇女·上半月》）

老水车旁的风景

其实，那水车一点儿都不老。

它是一处旅游地最显眼的标志，旅游地原本是一个村子。两年前，这地方被房地产开发商发现并相中，于是在盖别墅和豪宅的同时，捎带着将这里开发成了旅游景点，使之成了小型的周庄。

在双休日或节假日，城里人络绎不绝地驾车来到这里。吃喝玩乐，纵情欢娱。于是这里有了算命的、画像的、兜售古玩的；也有了陪酒女、陪游女、卖唱女、按摩女，皆姿容姣好的农家少女。她们终日里耳濡目染，思想迅速地商业化着。

城里人成群结队地到来的时候，必会看到，在那水车旁有一老妪和一少女。老妪七十有几，少女才十六七岁，皆着清朝裳。老妪形容枯瘦憔悴；少女人面桃花，目如秋水，顾盼之际，道是无情却有情。老妪纺线，少女刺绣，成为水车的陪衬，景观中的风景。她们都是景区花钱雇了在那儿摆样给观光客们看的，收入微薄。幸而，若有观光客与她们照相，或可得些小费。老妪是村里的一位孤寡老人，在村里有一间半祖宅。村子受益于旅游业，有了些公款，每月亦给她五十元。老妪是以感激旅游业，对自己能有那样一种营生，甚为满足，终日笑眯眯的。少女是从外地流落到这儿的，像寻蜜的蜂儿一样被这旅游地的兴旺发达吸引来的。她的家在哪里，家境如何，身世怎样，没人知道。曾有好奇的村人问过，少女讳莫如深，每每三缄其口，是以渐无问者。当地人对于外地人，免不了有点儿欺生。可像她那么一个十六七岁的女孩，讨生活的方式并不危害任何当地人的利益，虽然明明是外省人，便借故欺她，却是不忍心的。不忍相欺归不忍相欺，但对于那来历不明的小姑娘，当地人内心还是有些犯嘀咕。会不会是个小女贼，待人们放松了警惕，待她摸清了各家的情况，抓住对她有利的机会，逐门逐户偷盗个遍，然后逃得无影无踪。据他们所知，省内别的景区发生过这样的事，祸害了当地人的也是个姑娘。只不过是个二十几岁的大姑娘，只不过没有亲自偷盗，而是充当一个偷盗团伙的眼线。那么，她背后也有一个偷盗团伙吗？人们相互提醒着。随后，她的行动，便被置于许多双有责任感的眼睛的监视之下。但她一如既往地对人们有礼貌，还特别感激当地人收留她。难道因为她才十六七岁，还太单纯，看不出别人对她的警惕吗？这么小年龄的女孩儿走南闯北，会单纯才怪！那么，必是伪装的了。于是，在当地人看来，小女孩还很狡猾……

只有老妪觉得她是个好女孩儿。

她们成为“同事”几天以后，老妪曾问少女住在哪儿，少女说住在一家饭店的危房里，每天五元钱，晚上还得帮着干两个多小时的活儿。饭店里有老鼠，她最怕老鼠。“就是每月一百五十元，也花去了我半个来月的工资，还得看主人两口子的眼色……”少女说得泪汪汪的。

“闺女，住我家吧。我那儿就我一个人，我也喜欢有你这么个伴儿，不会给你气受。”老妪说得很诚恳。

少女没想到老妪会那么说，正犹豫着该怎么回答，老妪又说：“我一分钱不收你的。”

……

于是，少女作为老妪所希望的一个伴儿，住到了老妪家里。

于是，少女脸上笑容多了，喜欢和她一块儿照相的观光客多了，小费也多了。最多时，每天能收到五十元。

老妪脸上的皱纹少了。熟悉她那张老面孔的人，发现她脸上几条最深的褶子变浅了，有要舒展开来的迹象了。她脑后的抓髻也好看了，不像以前那么歪歪扭扭的了。她的指甲不再长而不剪，指甲缝也不再黑黢黢的了。她那身“行头”，显然洗得勤了。她的好心情让她的小费也多起来了。

有好心人提醒她：“你让那小人精住你那儿去了？千万防着点儿，万一你那点钱被她偷了，临走连件寿衣都穿不上……”

老妪不爱听那样的话。她说：“走？往哪儿走？人家孩子比我多的钱放那儿都不避我，我那么点儿钱，防人家干吗？”

她爱听少女的话。

少女常对她说：“奶奶，尽量想高兴的事儿，那样您准能活一百多岁。”

经历了二十几年孑然一身、形影相吊的孤寡生活以后，忽然有了一个朝夕相处的小女伴儿，老妪返老还童了似的。有时，一老一少对面坐着，各点各的钱，还相互换零凑整的……

然而有天老妪忽然失明，接着咯血了。村里不得不派人把她送到县医院，一诊断是癌症，早扩散了。那么老的人了，是农村人，还是个孤寡老人，也只有回家挨着。

村里负责的人就对少女说：“她都这样了，你搬走吧，爱住哪儿住哪儿去吧。”少女哭着说：“我不搬走。奶奶对我好，我要服侍服侍她……”非亲非故，来历不明，还口口声声“奶奶，奶奶”叫得挺亲，就是不搬走，图什么呢？村里负责的人想到了老妪的一间半祖屋。这个小人精，不图房子，还图什么？于是，在老妪状态稍好的某日，村里负责的人带着一男一女来到了老妪家里，他介绍那男的是县公证处的，女的是位律师。他开门见山地对老妪说，她应该在临死前做出决定，将一间半祖屋留给村里。那屋子是可以改装成门面房的，稍加改装以后，或卖或租，钱数都很可观。

老妪说：“行啊！”村里负责的人又说：“那你就在这张纸上按个手印吧！”老妪不高兴了：“我觉得，我一时死不了。”村里负责的人急了：“所以趁你还明白，才让你按手印嘛！”老妪就不理他们三个男女，把身子一转，背朝他们了……村里负责的人没主意了，找来另外几个有主意的人商议，他们都认为老妪完全有可能被那外省的小妖精蛊惑了，已经按手印留下了什么遗嘱，把一间半祖屋“赠给”那小妖精了……口口相传，几个人所担心的事情，一夜之间，仿佛成了确凿之事。是可忍，孰不可忍？岂能让不相干的人占了便宜？于是全村男女老少同仇敌忾起来。没人愿意去照顾那糊涂的老妪了……少女就连她那份儿工作也不能干了……

村里人们的心，暗中扭成了一股劲儿——你不是哭着闹着要服侍吗？你一个人好好服侍吧！服侍得再好也是枉费心机，企图占房子？法庭上见吧！十几天后，老妪走了。老妪攒下的钱不够发送自己，少女为她买了一套寿衣……又过了几天，那少女也消失了，没跟村里任何人告别，也没留下封信……

村里负责的人竟不知拿老妪那一间半祖屋怎么办才好了。景区内的门面房是在涨价。但他不敢自作主张改造、装修或租或售，因为他怕有一天少女突然出现，手里拿一份什么证明，使村里损失了改造费或装修费，甚至落个非法出售或出租的罪名……

那景区至今依然游人如织。那水车至今还在日夜转动。那一间半老屋子，至今还闲置着，越发破败了。再不改造和装修，不久就会倒塌……

（选自2009年第3期《读者》）

咪妮与巴特

我家所住的院子，临街有一处很大的门洞，终年被两扇对开的铁栅栏门封着。左边那一扇大门上，另有小门供人出入。但不论出者入者，须上下十来级台阶。小门旁，从早到晚有一名保安值勤，看上去还是个半大孩子，一脸稚气未褪。

我第一次见到咪妮，是在去年夏天的一个中午。它“峭然不动”地蹲在小保安脚边，沐浴着阳光，漂亮得如同工艺品。它的脸是白色的；自额、眼以上，黄白相间的条纹布满全身。尾巴从后向前盘着，环住爪。看上去只有两三个月大。一点儿也不怕人，显得挺孤傲的，大睁着一双仿佛永远宠辱不惊的眼，居高临下地、平静地望着街景。猫的平静，那才叫平静呢。

我问小保安：“你养的？”他说：“我哪儿有心思养啊，是只小野猫。”从楼里出来了一个背书包的女孩儿，她高兴地叫了声“咪妮！”——旋即俯身爱抚，边说：“咪妮呀，好几天没见到你了。昨天夜里下那么大雨，你躲在哪儿啊？没挨淋吧？”小野猫仍一动不动，只眯了眯眼，表示它对人的爱抚其实蛮享受的。那女孩儿我熟识，她家和我家住同一楼层，上五年级了。我问：“你给它起的名字？”她“嗯”一声，从书包里取出小塑料袋，内装着些猫粮；接着将猫粮倒在咪妮跟前，看它斯文地吃。我又问：“既然这么喜欢，干吗不抱回家养着啊？”她的表情顿时变得失意了，小声说：“妈妈不许，怕影响我学习。”“多漂亮的小猫呀，模样太可爱了！”——不经意间，有位女士也站住在台阶前了。我和她也是认识的，她是某出版社的一位退休编辑，家住另一条街，常到这条街来买东西。女孩儿立刻说："阿姨，那您把它抱回家养着吧！"

连小保安也忍不住说："您要是把它抱回家养着，我替它给您鞠一躬！这小猫可有良心了，谁喂过它一次，一叫，它就会过去。"

退休的女编辑为难地说："可我家已经有一只了呀，而且也是捡的小野猫。"

于是他们三个的目光一齐望向我，我亦为难地说："几个月前，我家也收养了一只小野猫。"

于是我们四个的目光一齐望向咪妮，它吃饱了，又蹲在小保安脚边，不动声色，神态超然地继续望街景。给我的感觉是，作为一只猫，它似乎懂得自己应该是有尊严的。只要自己时时刻刻不失尊严，那么它和人的关系就接近着平等了。确乎地，它一点儿都不自卑，因为它没被抛弃过……

而和它相比，巴特分明是极其自卑的。

巴特是一条流浪街头的小狐犬，大概一岁多一点儿。小狐犬是长不了太大的，它的体重估计也就七八斤，一只大公鸡也能长到那么重。它的双耳其实比狐耳大，却不如狐耳那么尖那么秀气；全身都是白色的，只有鼻子是褐色的。小狐犬的样子介于狐和犬之间，说不上是一种漂亮的狗。它招人喜欢的方面是它的聪明，它的善解人意。

我第一次见到它，是在离我们这个社区不太远的一条马路的天桥上。我过天桥时，它在天桥上蹿来蹿去，一忽儿从这一端奔下去，一忽儿从那一端奔上来，眼中充满慌恐，偶尔发出令人心疼的哀鸣。奔得精疲力竭了，才终于在天桥上卧下，浑身发抖地望着我和另一个男人；我俩已驻足看它多时了。那男人告诉我——他亲眼所见，一个女人也就是它的主人，趁它在前边撒欢儿，坐入一辆小汽车溜了……

尽管我对它心生怜悯，但一想到家里已经养着一只小野猫了，遂打消了要将它抱回家去的闪念。我试图抚摸抚摸它，那起码足以平复一下它的惶恐心理，不料刚接近一步，它迅速站起，跑下了天桥……

从那一天起，它成了附近街上的流浪狗。有一个雨天，我撑伞去邮局寄信，又见到了它。它当时的情况太糟了，瘦得皮包骨，腹部完全凹下去，分明多日没吃过什么了。白色的毛快变成灰色的毛了，左肩胛还粘着一片泥巴，我猜或是被自行车轮撞了一下，或是被什么人踢了一脚。它摇摇晃晃地过街，不顾泥不顾水的。邮局对面有家包子铺，几名民工在塑料棚下吃包子，它分明想到棚下去寻找点儿吃的。如果不是饿极了，小狐犬断不会向陌生人聚拢的地方凑去的。然而它连走到那里的气力也没有了，四腿一软，倒在水洼中。我赶紧上前将它抱起，否则它会被过往车辆轧死。在我怀里，那小狗的身子抖个不停，比我在天桥上见到它那次抖得还剧烈。但凡有一点儿挣动之力，它是绝不会允许我抱它的。它眼中满是绝望。我去棚下买了一屉小包子给它吃——有我在眼前看着，它竟不敢吃。我将它放在一处安全的、不湿的地方，将装包子的塑料袋摊开在它嘴边，它却将头一偏。一名民工朝我喊："嗨，你守在那儿，它是不会吃的！"我起身离开数步，回头再看，它才狼吞虎咽地吃起来……

以后，只要我在街上看见它，总是要买点儿什么东西喂它。渐渐地，它对我比较地信任了。有次吃完，跟着我走，一直将我送到我们那个院子的台阶前。"巴特"是我对它的叫法，我小时候养过一只狗就叫"巴特"。

某日，我在台阶上喂咪妮，巴特出现了。它蹿上台阶，与咪妮争食猫粮，咪妮吓得躲开。我说："巴特，不许抢，一块儿吃。你看，有很多。够你吃的！"我的声音严厉了点儿，它居然退开，尽管很不情愿。并发出极低微的喉音，像小孩子委屈时的呢哝，扭头看我，眼神很困惑。当我将咪妮抱过来放在猫粮旁，巴特的头转向了一旁。那一时刻，这无家可归的可怜的流浪狗，表现出了一种令我肃然起敬的良好的教养，一种对于一条饥饿的小狗来说实在难能可贵的绅士风度。多好的小狗啊！我不禁想，这么听话这么乖的一条小狗，它的主人怎么就忍心将它抛弃了呢？我抚摸了它一下，又用温柔的语调说："不是不允许你吃，是希望你谦让点儿。吃吧吃吧，你也吃吧！"它这才又将嘴巴伸向了猫粮。两个小家伙吃饱以后，并没马上分开，而是互相端详，试探地接近对方。当彼此都接受了，咪妮卧在小保安脚边，一下一下舔自己的毛。巴特却不安分，绕着咪妮转，不停地嗅它，还不时用头拱它一下。而咪妮并不想和巴特闹，不理睬巴特的挑逗，闭上了眼睛。巴特倒也识趣，停止骚扰，也在咪妮身旁卧下。不一会儿，两个小家伙都睡着了，咪妮将下颏搁在巴特背上，睡相尤其可爱。

小保安苦笑道："看，我好像成了专在这儿保护它俩的人了！"

傍晚，我碰到了那个经常喂咪妮的女孩儿，她在门洞里玩滑板。她停住滑板，问我："伯伯，你猜它俩躲到哪儿去了？"我反问："谁俩呀？"她说："咪妮和巴特呀，保安叔叔告诉我，你叫那条小流浪狗巴特，我喜欢你给它起的名字。"我说："我也喜欢你给那只小野猫起的名字。""你猜它俩躲哪儿去了？"我摇头。"我知道，您想不想去看？"我犹豫一下，点了点头。在我们那个院子最里边，有一处休闲之地。草坪上，曲折地架起尺许高的木板踏道。在两段木板的转角，女孩儿蹲了下去。她说："它俩在木板底下呢。"仅仅蹲着并不能看到木板底下。女孩儿又说："您得学我这样。"我便学她那样，将头偏向一旁，并低垂下去，于是看到——咪妮和巴特，正在一块纸板上嬉闹。女孩儿说："纸板是我为它俩放在那儿的。"两个小家伙发现我和女孩儿在看它们，停止嬉闹，先后钻出，跟我和女孩儿亲热了一阵，复钻入木板底下，继续伴斗。

看着一条被抛弃的、心理创伤很深的流浪小狗与一只孤独然而高傲的小野猫成了一对好朋友，我心温暖。比之于人的社会，那一时刻，我忽然觉得，小猫小狗之间建立友爱，则要容易多了。我从那尺许高的木板之下，看到了令我感动并感慨的图景。

自那一天起，两个小家伙形影不离。它们有了一个共同的家，便是那木板踏道的底下。看着它们在一起高兴的人多了，喂它们东西吃的人也多了。小保安不知从哪儿捡了两个旧沙发垫塞到了木板下，还有人将一大块旧地板革铺在踏道上，防止雨漏下去。两个小家伙喜欢相依相偎地睡在"家"里了。据女孩儿说，咪妮睡时，仍将头枕在巴特背上，似乎那样它才睡得舒服，睡得安全……

偶尔，它俩也会跑下台阶，穿过街道，在对面的小铺子间踬踬逛逛的。大概它们以为，人都是善良的。而街对面那些开小铺面的外地人，以及他们的孩子，确实都挺善待它们。看到家养的小猫小狗在一起是一回事，看到一条小流浪狗和一只小野猫形影不离是另外一回事：咪妮和巴特，使那一条街上的许多大人和孩子的心，都因它们而变得柔软了。

我出差了数日，返京第二天中午，艳阳高照，然而暑热已过，天气好得令人心旷神怡。吃罢午饭，我带足猫粮狗粮，去到了门洞那儿。

却不见咪妮和巴特。

小保安说："都死了……"

我一愣。

他告诉我——一天下午，咪妮和巴特又跑到街对面去了；偏巧街对面停着一辆"宝马"，车窗摇下一边，内坐一妖艳女郎，怀抱一狮子狗。那狗一发现咪妮和巴特，凶吠不止。咪妮和巴特便迅速跑回台阶上，蹲在小保安脚边。那女郎没抱紧狮子狗，狮子狗从车窗蹿了出去，追到了台阶上。咪妮野性一发，挠了狮子狗一爪子；女郎赶到，见她的狮子狗鼻梁上有了道血痕，说是破了她那高贵的狗的狗相，非要打死咪妮不可。小保安及时抱起咪妮，说咪妮不过是一只小野猫，有身份的人何必跟一只小野猫计较？而这时，巴特和那狮子狗，已扑咬作一团。女郎尖叫锐喊，从花店中闯出一彪形大汉，奔上台阶，看准了，狠狠一脚，将小巴特踢得凌空飞起，重重地摔在水泥街面上。咪妮挣脱小保安的怀抱，转身逃入院中。那女郎踏下台阶，也对奄奄一息的巴特狠踢几脚。一切发生在不到一分钟内，等人们围向巴特。"宝马"已开走了……

我听得目瞪口呆，良久才问了一句话是："那，那咪妮呢？……"

"也死了……躲在木板底下，三天不出来，三天不吃东西……怎么叫它也不出来，喂它什么都不吃……活活渴饿死的……我和几个小朋友把它和巴特埋在一块儿了……"

我一转身，见说完话的女孩儿，无声地哭。

我，将手伸入了衣兜。

无话可说之时，我便只有吸烟。

我三口五口就吸完了一支烟。

何以解恨？唯有香烟。

唯有香烟……

翌日，我终于想好了我要说些什么——在课堂上，在讨论一部爱情电影时，我对我的学生们说："那种对猫狗也要分出高低贵贱的女人，万勿娶其为妻！那种对小猫小狗心狠意歹的男人，你们女同学记住，不要嫁给他们！……"其实我还想说：这处处呈现出冰冷的、病态的、麻木的、凶暴的现实啊，还有救吗？然我自知，这么悲观的话，是不该对学生们说的……

（选自2010年第4期《海燕·都市美文》）

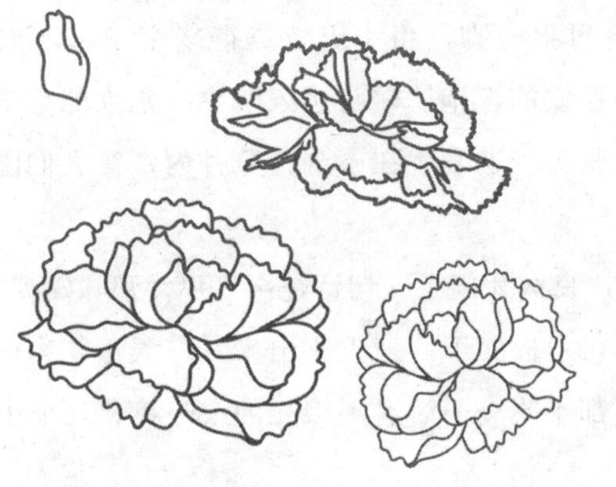

老驼的喘息

我这个出生在哈尔滨市的人，下乡之前没见到过真的骆驼。当年哈尔滨的动物园里没有。据说也是有过一头的，三年困难时期饿死了。我下乡之前没去过几次动物园，总之是没见到过真的骆驼。当年中国人家也没电视，便是骆驼的活动影像也没见过。

然而骆驼之于我，却并非陌生动物。当年不少男孩子喜欢收集烟盒，我也是。一名小学同学曾向我炫耀过“骆驼牌”卷烟的烟盒，实际上不是什么烟盒，而是外层的包装纸。划开胶缝，压平了的包装纸，其上印着英文。当年的我们不识得什么英文不英文的，只说成是“外国字”。当年的烟不时兴“硬包装”，再高级的烟，也无例外的是“软包装”。故严格讲，不管什么人，在中国境内能收集到的都是烟纸。烟盒是我按“硬包装时代”的现在来说的。

那“骆驼牌”卷烟的烟纸上，自然是印着一头骆驼的。但那烟纸令我们一些孩子大开眼界的其实倒还不是骆驼，而是因为“外国字”。那是我第一次见到外国的东西，竟有种被震撼的感觉。当年的孩子是没什么崇洋意识的。但依我们想来，那肯定是在中国极为稀少的烟纸。物以稀为贵。对于喜欢收集烟纸的我们，是珍品啊！有的孩子愿用数张“中华”“牡丹”“凤凰”等当年也特高级的卷烟的烟纸来换，遭断然拒绝。于是在我们看来，那烟纸更加宝贵。

“文革”中，那男孩的父亲自杀了。正是由于“骆驼牌”的烟纸祸起萧墙。他的一位堂兄在国外，还算是较富的人。逢年过节，每给他寄点儿东西，包裹里常有几盒“骆驼”烟。“造反派”据此认定他里通外国无疑……而那男孩的母亲为了表明与他父亲划清界限，连他也抛了，将他送到了奶奶家，自己不久改嫁。故我当年一看到“骆驼”二字，或一联想到骆驼，心底便生出替我那少年朋友的悲哀来。

“文革”中我还从大字报汇编中得知——有人通过画骆驼对党对社会主义进行“丑化”，并且偌大的画曾悬于人民大会堂。当年的大字报汇编，好比现在的文摘类报刊。将全国各地的大字报内容选编在一起，内容很广泛，也相当耸动。我拥有过的，是挺讲究印刷水平的一册，配有那幅获罪的画。画上的三匹骆驼，看去有些瘦，也有些疲惫。却正因为是那样的骆驼，我觉得恰恰画出了骆驼的精神——毅忍。但批判者们似乎偏爱肥的且毛色光鲜的那一类骆驼。他们莫须有地指出，将骆驼画得那般瘦，那般疲惫，还要命名为《任重道远》，不是居心“丑化”党和社会主义才怪了呢！

故在当年，我一看到“骆驼”二字或联想到它，心底便也生出几分不祥之感来。

后来我下乡，上大学，在十年左右的时间里，竟再没见到“骆驼”二字，也没再联想到它。

落户北京的第一年，带同事的孩子去了一次动物园，我才见到了真的骆驼，数匹，有卧着的，有站着的，极安静极闲适的样子，像是有驼峰的巨大的羊。肥倒是挺肥的，却分明被养懒了，未必仍具有在烈日炎炎之下不饮不食还能够长途跋涉的毅忍精神和耐力了。那一见之下，我对“沙漠之舟”残余的敬意和神秘感荡然无存。

后来我到新疆出差，乘吉普车行于荒野时，又见到了骆驼。秋末冬初时节，当地气候已冷，吉普车从戈壁地带驶近沙漠地带。夕阳西下，大如轮，红似血，特圆特圆地浮在地平线上。

陪行者忽然指着窗外大声说：“看，看，野骆驼！”

于是吉普车停住，包括我在内的车上的每一个人都朝窗外望。外边风势猛，没人推开窗。三匹骆驼屹立风中，也从十几米外望着我们。它们颈下的毛很长，如美髯，在风中飘扬。峰也很挺，不像我在动物园里见到的同类，峰向一边软塌塌地歪着。但皆瘦，都昂着头，姿态镇定，使我觉得眼神里有种高傲劲儿，介于牛马和狮虎之间的一种眼神。事实上人是很难从骆眼中捕捉到眼神的。我竟有那种自以为是的感觉，大约是由于它们镇定自若的姿势给予我那么一种印象罢了。我问它们为什么不怕车？

有人回答说这条公路上运输车辆不断，它们见惯了。

我又问这儿骆驼草都没一棵，它们为什么会出现在离公路这么近的地方呢？

有人说它们是在寻找道班房，如果寻找到了，养路工会给它们水喝。

我说骆驼也不能只喝水呀，它们还需要吃东西啊！新疆的冬天非常寒冷，肚子里不缺食的牛羊都往往会被冻死，它们找到几丛骆驼草实属不易，岂不是也会冻死吗？

有人说：当然啦！

有人说：骆驼天生是苦命的，野骆驼比家骆驼的命还苦，被家养反倒是它们的福分，起码有吃有喝。

还有人说：这三头骆驼也未必便是名副其实的野骆驼，很可能曾是家骆驼。主人养它们，原本是靠它们驮运货物来谋生的。自从汽车运输普及了，骆驼的用途渐渐过时，主人继续养它们就赔钱了，得不偿失，反而成负担了。可又不忍干脆杀了它们吃它们的肉，于是骑到离家远的地方，趁它们不注意，搭上汽车走了，便将它们遗弃了，使它们由家骆驼变成了野骆驼。而骆驼的记忆力是很强的，是完全可以回到主人家的。但骆驼又像人一样，是有自尊心的。它们能意识到自己被抛弃了，所以宁肯渴死、饿死、冻死，也不会重返主人的家园。但它们对人毕竟养成了一种信任心，即使成了野骆驼，见了人还是挺亲的……

果然，三头骆驼向吉普车走来。

最终有人说：“咱们车上没水没吃的，别让它们空欢喜一场！”

我们的车便开走了。

那一次在野外近距离见到了骆驼以后，我才真的对它们心怀敬意了，主要因它们的自尊心。动物而有自尊心，虽为动物，在人看来，便也担得起“高贵”二字了。

后来我从一本书中读到一小段关于骆驼的文字——有时它们的脾气竟也大得很，往往是由于备感屈辱。那时它们的脾气比所谓“牛脾气”大多了，连主人也会十分害怕。有经验的主人便赶紧脱下一件衣服扔给它们，任它们践踏任它们咬。待它们发泄够了，主人拍拍它们，抚摸它们，给它们喝的吃的，它们便又服服帖帖的了。

毕竟，在它们的意识中，习惯于主人是它们自身不可分割的一部分。

不久前，我在内蒙古的一处景点骑到了一头骆驼背上。那景点养有一百几十头骆驼，专供游人骑着过把瘾。但须一头连一头，连成一长串，集体行动。我觉有东西拱我的肩，勉强侧身一看，见是我后边的骆驼翻着肥唇，张大着嘴。它的牙比马的牙大多了。我怕它咬我，可又无奈。我骑的骆驼夹在前后两匹骆驼之间，拴在一起，想躲也躲不开它。倘它一口咬住我的肩或后颈，那我的下场就惨啦。我只得尽量向前俯身，但却无济于事。骆驼的脖子那么长，它的嘴仍能轻而易举地拱到我。有几次，我感觉到它柔软的唇贴在了我的脖梗儿上，甚至感觉到它那排坚硬的大牙也碰着我的脖梗儿了。倏忽间我于害怕中明白——它是渴了，它要喝水。而我，一手扶鞍，另一只手举着一瓶还没拧开盖的饮料。即明白了，我当然是乐意给它喝的。可骆队正行进在波浪般起伏的沙地间，我不敢放开扶鞍的手，如果掉下去会被后边的骆驼踩着的。就算我能拧开瓶盖，也还是没法将饮料倒进它嘴里啊，那我得有好骑手在马背上扭身的本领，我没那种本领。我也不敢将饮料瓶扔在沙地上由它自己叼起来，倘它连塑料瓶也嚼碎了咽下去，我怕锐利的塑料片会划伤它的胃肠。真是怕极了，也无奈到家了。

它却不拱我了。我背后竟响起了喘息之声。那骆驼的喘息，类人的喘息，如同负重的老汉紧跟在我身后，又累又渴，希望我给“他”喝一口水。而我明明手拿一瓶水，却偏不给“他”喝上一口。

我做不到的呀！

我盼着驼队转眼走到终点，那我就可以拧开瓶盖，恭恭敬敬地将一瓶饮料全倒入它口中了。可驼队刚行走不久，离终点还远呢！我一向以为，牛啦、马啦、骡啦、驴啦，包括驼和象，它们不论干多么劳累的活都是不会喘息的。那一天那一时刻我才终于知道我以前是大错特错了。

既然骆驼累了是会喘息的，那么一切受我们人所役使的牲畜或动物肯定也会的，只不过我以前从未听到过罢了。

举着一瓶饮料的我，心里又内疚又难受。

那骆驼不但喘息，而且还咳嗽了，一种类人的咳嗽，又渴又累的一个老汉似的咳嗽。

我生平第一次听到骆驼的咳嗽声……

一到终点，我双脚刚一着地，立刻拧开瓶盖要使那头骆驼喝到饮料。偏巧这时管骆驼队的小伙子走来，阻止了我。

因为我手中拿的不是一瓶矿泉水，而是一瓶葡萄汁。

我急躁地问："为什么非得是矿泉水？葡萄汁怎么了？怎么了？！"

小伙子讷讷地说，他也不太清楚为什么，总之饲养骆驼的人强调过不许给骆驼喝果汁型饮料。

我问他这头骆驼为什么又喘又咳嗽的。

他说它老了，说是旅游点买一整群骆驼时"白搭给"的。

我说它既然老了，那就让它养老吧，还非指望这么一头老骆驼每天挣一份钱啊？

小伙子说你不懂，骆驼它是恋群的。如果驼群每天集体行动，单将它关在圈里，不让它跟随，它会自卑，它会郁闷的。而它一旦那样了，不久就容易病倒的……

我无话可说，无话可问了。

老驼尚未卧下，一动不动地站在原处，瞪着双眼睇视我，说不清望的究竟是我，还是我手中的饮料。

我经不住它那种望，转身便走。

我们几个人中，还有著名编剧王兴东。我将自己听到那老驼的喘息和咳嗽的感受，以及那小伙子的话讲给他听，他说他骑的骆驼就在那头老驼后边，他也听到了。

不料他还说："梁晓声，那会儿我恨死你了！"

我惊诧。

他谴责道："不就一瓶饮料吗？你怎么就舍不得给它喝？"

我便解释那是因为我当时根本做不到的。何况我有严重的颈椎病，扭身对我是件困难的事。

他愣了愣，又自责道："是我骑在它身上就好了，是我骑在它身上就好了！我多次骑过马，你当时做不到的，我能做到……"

我顿时觉他可爱起来。暗想，这个王兴东，我今后当引为朋友。

几个月过去了，我耳畔仍每每听到那头老驼的喘息和咳嗽，眼前也每每浮现它睇视我的样子。

由那老驼，我竟还每每联想到中国许许多多被"啃老"的老父亲老母亲们。他们之被"啃老"，通常也是儿女们的无奈。但，儿女们手中那瓶"亲情饮料"，儿女们是否也想到了那正是老父老母们巴望饮上一口的呢？而在日常生活中，那是比在驼背上扭身容易做到的啊！

中国许许多多的底层民众，他们之巴望被关怀的诉求，也往往像一瓶"责任饮料"，握在各级官员手中，他们是否很乐于为民众解渴呢？那其实往往比在驼背上扭身难不到哪儿去。即使难，做不到，他们会因而内心里不好受吗？

天地间，倘没有一概的动物，自远古时代便唯有人类。我想，那么人类在情感和思维方面肯定还蒙昧着呢？万物皆可开悟于人啊！

[选自2011年10月25日《人民日报》（海外版）]